Valentin Musso est né en 1977. Agrégé de lettres, il enseigne la littérature et les langues anciennes dans les Alpes-Maritimes. Il est l'auteur de plusieurs romans, dont *Une vraie famille*, *Les Cendres froides* et *Le Murmure de l'ogre*, Prix Sang d'encre des lycéens et Prix du polar historique.

Valentin Musso

LA FEMME
À DROITE
SUR LA PHOTO

ROMAN

Éditions du Seuil

TEXTE INTÉGRAL

ISBN 978-2-7578-7119-5
(ISBN 978-2-02-133313-8, 1re publication)

© Éditions du Seuil, 2017

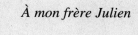

À mon frère Julien

Prologue

Samedi 24 janvier 1959
Quartier de Silver Lake, Los Angeles

Quand elle ouvre la porte, la lumière du jour l'aveugle. Elle place une main en visière au-dessus de ses yeux, qui portent les stigmates d'une nuit sans sommeil. Le maquillage qu'elle a appliqué sur son visage dissimule mal ses traits tirés. Son esprit n'est plus qu'un marécage opaque et le ciel bleu sur la ville de Los Angeles lui semblerait presque une anomalie.

Elle referme la porte derrière elle, s'arrête un instant sur le perron, le temps d'attraper la paire de lunettes de soleil dans son sac. Elle rajuste son pill box sur sa tête puis descend les trois marches qui la séparent de l'allée.

Elle tourne la tête du côté de la haie clairsemée qui borde la propriété. Dans la maison voisine, à une fenêtre du rez-de-chaussée, elle discerne la silhouette immobile. Elle s'attendait à la voir. Vera Anderson... Toujours aux aguets, toujours à l'affût des moindres faits et gestes du voisinage – une distraction comme une autre pour combler le vide d'une existence monotone.

« L'actrice est sortie », dira-t-elle dans quelques secondes à son mari avec une pointe de jalousie ou de réprobation – Mme Anderson n'est pas du genre à aller au cinéma. « Ces starlettes d'Hollywood, toutes des dévergondées », doit-elle penser chaque fois qu'elle la voit. Elle les imagine tous deux dans leur cuisine, elle à nettoyer un évier déjà rutilant, lui à lire les nouvelles du jour en buvant une énième tasse de café. Peut-être le mari a-t-il brièvement levé la tête de son journal pour l'apercevoir. Après tout, cette fille va bientôt devenir célèbre, elle fera un excellent sujet de conversation durant leurs ennuyeuses soirées entre amis…

Un discret geste de la main pour la saluer. Derrière la vitre, la femme y répond, mais un petit rictus méprisant a sans doute surgi au coin de ses lèvres.

Elle détourne le regard en remontant ses lunettes sur son nez. Cette paire de chaussures qu'elle n'a encore jamais portée lui fait mal et elle doit faire un effort pour marcher d'un pas naturel jusqu'au garage.

Elle s'installe dans la Chevrolet, s'empresse de démarrer le moteur. Elle sait au plus profond d'elle-même qu'il est encore temps de faire marche arrière et d'assumer ses erreurs. Une force obscure la retient ici. Une partie de son être demeure amarrée à cette maison dans laquelle elle aurait aimé passer le reste de sa vie. Tout est déjà joué pourtant, sa décision est prise depuis des heures.

Tandis que le véhicule regagne la rue, elle regarde pour la dernière fois la jolie façade et le jardin impeccablement entretenu. Elle descend la vitre et allume une cigarette – sa première de la journée. La bouffée qui pénètre dans ses poumons la rassérène durant quelques secondes, avant que l'angoisse et la peur ne reprennent le contrôle.

Elizabeth Badina ne verra jamais son nom ni son visage sur les murs de la ville. Elle ne sera jamais adulée par les foules silencieuses des salles de cinéma. Et le plus dur à supporter, c'est que ce nom même n'éveille plus aucun sentiment en elle.

Dans quelques minutes, elle redeviendra la fille insignifiante qu'elle a toujours été et qu'elle aurait dû rester.

Et sa vie, alors, ne sera plus qu'un cauchemar éveillé.

PREMIÈRE PARTIE

Il n'est pas indispensable d'être fou pour faire du cinéma. Mais ça aide beaucoup.

Samuel Goldwyn

1

Tout commença par un simple coup de fil, le lendemain de mon quarantième anniversaire. Lorsque la sonnerie du téléphone retentit dans l'appartement, peu avant midi, le 26 août 1998, je gisais encore dans mon lit, un brin éméché. Je n'eus ni la force ni la présence d'esprit de décrocher et ce n'est qu'au milieu de l'après-midi que je découvris sur mon répondeur le message qui allait bouleverser ma vie.

J'étais rentré chez moi à l'aube. Mon agent et ami, Cuthbert St-Louis, avait organisé la veille une fête surprise en mon honneur. Toutefois, comme il savait que je détestais les surprises et encore plus les anniversaires, il avait cru bon de me mettre dans la confidence et de me faire répéter mon arrivée.

« Sois un peu en retard, ça sera plus crédible. Et par pitié, David, ne fais pas ta drôle de tête !

– Quelle drôle de tête ?

– Tu sais bien… Celle qui donne à tout le monde l'impression que tu as quelque chose à te reprocher. (Il avait mimé une grimace contrite.) On dirait Nixon en train de se faire tirer les vers du nez par David Frost ! »

J'avais demandé au taxi de me déposer dans l'Upper East Side, à trois rues de l'appartement de Cuthbert, pour marcher un peu et me laisser le temps de me conditionner psychologiquement. Comme il me l'avait expliqué, j'étais censé venir dîner chez lui en compagnie de quelques amis pour une soirée informelle. J'arrivai donc en tenue décontractée, l'air dégagé, avec une bouteille Ridge Vineyards Monte Bello à 200 dollars – Cuthbert n'étant satisfait que lorsque j'apportais du vin californien.

En franchissant la porte, je dus feindre la surprise quand une trentaine de convives entonna « *Happy Birthday… !* » dans des trilles désagréables, sans pouvoir chasser de mon esprit l'image de Richard Nixon qui, enfoncé dans un fauteuil beigeasse trop bas pour lui, déclarait à la caméra : « J'ai commis des erreurs, quelquefois horribles et indignes d'un président… »

Au milieu de la chorale réjouie, j'aperçus notre hôte, un verre à la main. Il levait discrètement le pouce dans ma direction pour me faire comprendre que je jouais mon rôle à merveille. Ou peut-être voulait-il simplement me faire plaisir. À une époque pas si lointaine, rien ne me grisait davantage que de me retrouver l'objet de toute l'attention, de goûter à la satisfaction d'être quelqu'un d'important, dont la simple apparition est capable de changer le centre de gravité d'une pièce. Ce soir-là, je n'éprouvais que de la gêne et le sentiment désagréable d'être un usurpateur qui s'étonne encore qu'on lui témoigne tant d'égards. Sans me laisser le temps de placer un mot, Cuthbert me donna une tape virile dans le dos en prenant ma bouteille.

– Joyeux anniversaire, mon grand ! Hmm… excellent choix !

Je subis sans broncher les remarques convenues et peu amusantes de quelques invités sur le grand saut dans la quarantaine et les ravages inexorables du temps. 40 ans… Lorsqu'il m'arrivait de penser à mon âge, c'est-à-dire de plus en plus souvent, je prenais conscience d'avoir déjà vécu la moitié de ma vie sans rien avoir accompli d'extraordinaire – je songeais que Mozart était mort à 35 ans en laissant derrière lui la bagatelle de six cent vingt-six œuvres (j'avais poussé le vice jusqu'à vérifier un jour l'information dans le catalogue Köchel). Cuthbert, lui, avait franchi la barre fatidique des 50 ans, mais son optimisme inébranlable paraissait le mettre à l'abri du temps. Même le pontage coronarien qu'il avait subi deux ans plus tôt n'y avait rien changé. Il buvait trop, fumait trop, avait depuis longtemps dépassé la limite de surcharge pondérale, ce qui ne l'empêchait visiblement pas de se sentir épanoui et dans la force de l'âge : selon ses propres dires, il plaisait encore davantage aux femmes à mesure que ses cheveux grisonnaient et qu'il prenait du ventre. On aurait pu croire à de la forfanterie, mais j'étais toujours médusé par le pouvoir d'attraction qu'il exerçait sur la gent féminine, même lorsque celle-ci ignorait le montant de son compte en banque.

Par sa taille, l'appartement de Cuthbert était indécent. Il comprenait six chambres, trois salles de bains, une salle de billard, un bureau dans lequel il ne mettait jamais les pieds, et un salon deux fois plus grand que la surface moyenne de n'importe quel logement new-yorkais. Quoique son boulot d'agent lui rapportât gros, il devait l'essentiel de sa fortune à l'héritage de son père, un richissime industriel de Chicago qui avait fait une brève carrière chez les républicains dans les années 80, avant qu'une aventure avec une strip-teaseuse en âge d'être sa fille ne le pousse à la démission. Et au divorce…

Je cherchai du regard des têtes familières. Le plus bizarre dans cette fête (*ma* fête), c'était que je n'y connaissais presque personne. J'avais l'impression d'être un gosse qui débarque dans une nouvelle école et se retrouve tout penaud dans la cour de récréation. Je n'avais jamais vraiment cru à l'adage qui veut que les amis de mes amis soient mes amis. Les trois quarts des personnes présentes dans l'appartement auraient pu disparaître de la surface de la terre que cela ne m'aurait fait ni chaud ni froid. Comme je passais poliment de groupe en groupe, Cuthbert fit les présentations sans avoir l'air d'y toucher : « Tu te souviens de… », « Vous vous connaissez, bien sûr… » J'appris qu'il y avait là une créatrice de mode qui vendait dans sa boutique du Time Warner Center des vêtements confectionnés à partir de « déchets recyclés », le saxophoniste d'un groupe de jazz *underground* qui venait de se produire au Carnegie Hall avec une formation classique de cinquante musiciens, ainsi qu'un écrivain surdoué de 22 ans qui s'apprêtait à sortir chez Knopf « l'un des romans les plus inventifs et conceptuels de ces dix dernières années » – nous ne parlions pas ensemble depuis trente secondes qu'il dissertait déjà sur la littérature autoréflexive et m'expliquait avoir voulu écrire « une version résolument postmoderne de *Vie et Opinions de Tristram Shandy* ».

Abby était arrivée entre-temps. C'est elle qui m'arracha aux griffes de la réincarnation de Laurence Sterne. Elle portait une robe en twill noir très élégante qui laissait discrètement apparaître ses épaules mordorées sous un fin voile de mousseline. Objectivement, Abby était de loin la plus belle fille de la soirée. Quand je la croisais du regard alors que j'avais déjà bu deux ou trois verres, il m'arrivait d'oublier que nous partagions lit et salle de bains – occasionnellement, certes, car, malgré ses allusions répétées, je parvenais encore à la persuader de conserver son adorable duplex dans SoHo – et pendant une fraction de seconde je crois que j'aurais été capable de l'aborder pour chercher à la draguer.

Elle m'entraîna avec elle en me déposant un baiser sur les lèvres, puis désigna les gens autour de nous.

– Alors, surpris ?

– Très drôle. J'ai failli en lâcher ma bouteille de vin.

– Je regrette d'avoir loupé ça. J'aurais tellement aimé voir ta tête !

Elle accompagna ses paroles d'un petit pincement de joue, le genre de gestes qu'elle faisait quand elle voulait me mettre en rogne.

– Tu es passée chez toi ?

– Non, l'avion avait du retard. J'ai même dû me changer dans les toilettes de l'aéroport… Ç'a été la croix et la bannière ! Heureusement que Meryl était là pour m'aider. J'ai laissé mes valises dans l'entrée.

Grosso modo, Meryl jouait dans la vie d'Abby le même rôle que Cuthbert dans la mienne.

– C'est gentil de la part de Cuthbert d'avoir organisé tout ça, fit-elle en embrassant le salon du regard.

Je baissai la voix.

– Dis, est-ce que tu as la moindre idée de qui sont tous ces gens ?

– Non, mais ça va être marrant de faire connaissance…

Abby était capable de se fondre dans à peu près n'importe quel milieu et de nouer en quelques secondes des relations en apparence amicales avec des gens qu'elle ne connaissait ni d'Ève ni d'Adam, ce qui n'était pas vraiment mon cas.

– Alors, c'était comment Miami ?

– Chaud et humide, pour changer.

– C'est tout ?

– On n'a pas arrêté ! De l'aéroport à l'hôtel, de l'hôtel au studio… Tu ne peux pas savoir comme j'avais hâte de rentrer. Et dire que je repars dans deux jours…

Abby revenait d'une séance photos en Floride pour une célèbre marque de cosmétiques. Même au faîte de ma fugace célébrité, j'avais toujours eu l'avantage de pouvoir me promener tranquillement dans la rue sans que personne m'aborde. Je suppose que les trois quarts de l'humanité connaissent le visage de Brad Pitt ou d'Angelina Jolie, mais je doute que même un pour cent de la population soit capable de citer le nom d'un seul scénariste d'Hollywood, eût-il des centaines de millions de recettes à son actif. Cet avantage, Abby l'avait perdu depuis longtemps. Quand nous étions ensemble, je sentais en permanence le regard des gens posé sur nous, ou plutôt sur elle – mais cela avait fini par ne plus faire de différence. Elle était toujours disponible, posait volontiers pour quelques « photos souvenirs », échangeait des paroles aimables avec de parfaits inconnus, mais avait le don d'intimider suffisamment les gens pour les tenir à une distance raisonnable. En public, j'étais souvent mal à l'aise en sa compagnie : je ne pouvais m'empêcher de penser que je constituais le maillon faible de notre couple. Dans la rue, au restaurant, dans les soirées, j'imaginais toujours les quidams se demander avec un brin d'effarement : « Mais qui est ce type au bras d'Abby Williams ? » Sa vie avait fini par lui échapper. On pouvait lire ses mensurations dans la plupart des magazines féminins. Sa notoriété avait grandi après quelques apparitions dans des séries à la mode que je n'avais jamais regardées. Elle avait fait la couverture de *Vogue*, à moins que ce ne soit celle de *Vanity Fair*. Au début de l'année, elle était passée au *Larry King Live* – une prestation très remarquée que Larry, sous les applaudissements enthousiastes du public, avait conclu par un inoubliable : « Vous êtes aussi drôle que belle ! » Abby savait donner ce que l'on attendait d'elle. Elle voyageait beaucoup, avait édité deux ou trois cassettes de remise en forme et participait comme ses semblables à des actions humanitaires et caritatives avec un professionnalisme jamais pris en défaut.

Mais cette vie n'était pour elle qu'une façade. Abby aimait lire Virginia Woolf et James Joyce – elle était la seule personne que je connaissais à être arrivée au bout de *Finnegans Wake* –, rêvait de monter sur les planches pour jouer du Tennessee Williams et possédait une intelligence largement supérieure à la mienne – pour passer le temps, nous avions fait un jour un test de QI et elle m'avait battu à plates coutures sans en tirer d'orgueil particulier. Elle me disait souvent qu'elle ne ferait pas de vieux os dans ce métier et qu'elle se retirerait un jour dans un ranch du Montana pour vivre au milieu des chevaux. Cette idée saugrenue lui était venue quelques mois auparavant après qu'elle m'eut traîné deux fois au cinéma voir le dernier film de Robert Redford.

– Tu veux un verre ?

– Pas pour le moment. Je rêverais plutôt d'une cigarette… mais je n'en ai pas sur moi.

– Demande à Pamela.

– Qui ça ?

– Pamela je-ne-sais-plus-comment. C'est la créatrice, là-bas, avec laquelle je parlais… enfin, qui soliloquait plutôt. Voilà bien dix minutes qu'elle triture une clope entre ses doigts sans l'allumer. Une fumeuse repentie, sans doute.

Abby s'approcha de moi et m'embrassa à nouveau, sur la joue cette fois.

– On rentre ensemble ce soir ?

Elle excellait à donner une intonation légère et détachée à des questions dont la réponse, elle le savait, n'allait pas de soi pour moi.

– Bien sûr qu'on rentre ensemble ! répondis-je avec un peu trop d'enthousiasme.

Il y eut un silence embarrassant que je m'empressai de briser :

– Chapeau rouge, robe très échancrée, maquillage sorti tout droit d'une peinture fauve…

Elle me jeta un regard perdu.

– Pamela. 15° Nord.

Abby balaya l'air d'un geste de la main puis s'éloigna en riant. Je n'eus même pas le temps d'atteindre le bar que Cuthbert m'interceptait en me tendant un verre de scotch.

– Tu as bien fait de ne pas mettre de cravate. Ça te donne un air plus décontracté.

– Je ne porte jamais de cravate !

– C'est bien ce que je dis : ça te va bien mieux.

Vu le nombre de whiskys qu'il avait déjà dû ingurgiter, je n'étais même pas sûr qu'il s'agisse d'une plaisanterie.

– Tu as vraiment tiré le gros lot, ajouta-t-il.

– De quoi est-ce que tu parles ?

Il me lança un regard de biais.

– À ton avis ? En plus d'être indécemment belle et friquée, cette fille est adorable.

J'avais la pénible impression d'entendre Larry King. Ne manquaient plus que les rires et les applaudissements en bruit de fond.

– Pourquoi est-ce que tu me dis ça ? Tu crois que je ne le sais pas ?

Nouvelle lippée d'alcool.

– Ouais… Eh bien, mon grand, tu ferais mieux de ne pas trop l'oublier ! J'ai foiré tous mes mariages et je ne suis certainement pas le dernier à devoir être blâmé, mais je me dis que si j'étais tombé sur une fille comme elle j'aurais fait davantage d'efforts.

Il ne se passait en général pas un mois sans que Cuthbert ne me fasse la morale au sujet d'Abby. Cela pouvait être de vagues allusions au détour d'une phrase ou un long sermon digne d'un pasteur luthérien. Que me reprochait-il, en somme ? Certainement la même chose que je me reprochais moi-même. Je connaissais Abby depuis plus d'un an mais notre relation semblait ne pas avoir évolué d'un pouce. Nous vivions chacun de notre côté, sans subir les contraintes de la vie quotidienne qui érodent la plupart des couples. Quand nous étions séparés à cause du travail, Abby me manquait, mais je savais aussi que ces périodes de solitude m'étaient nécessaires. Même si cette relation à distance offrait des avantages, il était évident qu'Abby avait besoin de plus, sans que je sache vraiment ce que ce « plus » signifiait. À moins que je n'aie simplement pas trop envie de le savoir.

– Bon, laissons le passé où il est. Tu as eu le temps de jeter un coup d'œil au scénar ?

Si je m'attendais à ce que Cuthbert aborde le sujet, je ne pensais pas qu'il le ferait aussi vite. Il profitait sans doute de ses derniers instants de vraie lucidité pour tenir une conversation constructive.

– Intéressant, dis-je en hochant la tête et en prenant un air concentré. Très intéressant…

Je ne l'avais bien évidemment pas lu. Tout juste avais-je survolé la note qui l'accompagnait et feuilleté trois pages avant de le remiser dans le tréfonds d'un tiroir de mon bureau. Pour le peu que j'en savais, l'histoire tournait autour de quatre *teenagers* qui, partis en week-end dans le Vermont dans une splendide maison de vacances familiale, étaient pris pour cible par un tueur masqué : le genre d'histoire inepte que tout scénariste à peu près sain d'esprit n'oserait signer que sous le nom d'Allan Smithee. À l'époque, la mode de l'industrie du cinéma était aux *slashers* : des films à moyen budget capables d'engranger 10 millions de dollars de recettes lors de leur premier week-end, des œuvres aussi lucratives que stupides qui draineraient des hordes d'adolescents boutonneux dans les salles obscures et donneraient peut-être lieu à des franchises. Un film au scénario identique était sorti sur les écrans l'été précédent mais son titre m'échappait.

– Et… ?

Je vidai cul sec mon verre pour me donner un peu de courage. L'alcool me laissa une impression de brûlure dans la gorge.

– Le tissage des scènes.

– Hum…

– Il faudrait travailler le contraste de proportions et de rythme. Trop de scènes qui n'apportent rien au développement de l'histoire.

C'était aux mots près le commentaire que je lui avais servi sur le précédent script qu'il m'avait proposé – et que je lui resservirais sur le prochain, si prochain il y avait –, mais il ne s'en rendit visiblement pas compte. Son ébriété latente avait parfois du bon. Il opina de tout son corps et je regardai ce qu'il restait du liquide ambré houler dangereusement jusqu'au rebord de son verre.

— Tu as un putain de flair ! C'est exactement ce que je me suis dit en le lisant : « Le tissage des scènes est complètement à revoir. » Bon, je t'accorde que l'histoire n'est pas très originale…

— Ah, tu trouves ?

— … mais c'est tellement jouissif de voir ces têtes à claques se faire dézinguer à tour de rôle. Quand je regarde ces films, j'ai toujours l'impression de me retrouver au milieu d'une tragédie grecque : tu sais pertinemment que la moitié des types sur scène ne termineront pas la pièce, et c'est ce qui fait que tu prends ton pied. Une catharsis moderne, en fin de compte…

Je ne voyais pas trop où il voulait en venir, mais j'avais appris qu'il ne fallait jamais contredire Cuthbert lorsqu'il avait commencé à boire.

Quand, après quelques atermoiements de circonstance, j'entreprenais de retravailler ces scénarios, je relisais chaque matin la demi-page du *New York Times* qui trônait au-dessus de mon bureau dans un magnifique cadre en merisier : « DAVID BADINA, LE NOUVEAU SURDOUÉ D'HOLLYWOOD ». Je connaissais par cœur l'article que le quotidien m'avait consacré cinq ans plus tôt et me le récitais à voix haute durant mes nombreux moments de déprime, dans une sorte d'élan masochiste. « La grande force de ce scénario, c'est de refuser constamment les effets usés du genre fantastique, de se dispenser des scènes d'action et des passages ouvertement horrifiques pour générer toute la puissance d'hypnose du cinéma. David Badina fait une entrée fracassante dans la cour des grands. » L'article, un brin ronflant mais plutôt bien troussé, était illustré par une photo en noir et blanc : en bras de chemise, le regard inspiré, j'étais assis dans un fauteuil derrière mon bureau et tenais à la main un scénario que je faisais semblant de corriger. Je crois bien me souvenir que j'avais imité pour cette séance la pose d'Arthur Miller sur un cliché des années 50.

La Maison des silences avait coûté 6 millions de dollars ; au bout d'un mois d'exploitation, le film en avait engrangé 90. Depuis, il s'était classé dans les dix films américains les plus rentables de tous les temps. Il m'avait rapporté une petite fortune : si le scénario m'avait été payé une bagatelle, j'avais eu la sagesse de négocier un énorme intéressement sur les recettes de ce projet auquel personne ne croyait. La somme m'avait permis d'acheter une maison à Los Angeles, mon appartement new-yorkais, une Aston Martin de collection qui n'avait été produite qu'à vingt exemplaires, et, accessoirement, elle m'avait procuré l'assurance de pouvoir mener un très agréable train de vie jusqu'à la fin de mes jours.

Après la sortie du film, j'étais passé par une phase d'intense euphorie. J'étais courtisé, entouré, sollicité. Je sortais, rencontrais beaucoup de monde dans les soirées, enchaînais quelques relations sans lendemain, liais des amitiés sans conséquence et travaillais de moins en moins. Au terme d'années de galère, j'éprouvais un insatiable désir de jouir de mon heureuse fortune, sans doute déjà conscient que celle-ci ne durerait pas – j'avais un jour lu chez Freud que le désir de succès entraînait une puissante culpabilité qui ne pouvait disparaître qu'avec sa mise en échec. Par pure arrogance, j'avais refusé de m'engager auprès des studios et décliné tous les projets qu'on me proposait pour pouvoir me consacrer, en toute indépendance, à ce que j'appelais « mon œuvre ».

Un scénariste bardé de succès m'avait dit un jour, au cours d'une de ces fameuses soirées : « Beaucoup d'auteurs ont réussi à raconter une bonne histoire. Rares sont ceux qui ont réussi à raconter *deux* bonnes histoires. » Je ne sais toujours pas s'il m'avait assené cette sentence pour meubler la conversation ou pour démasquer l'imposteur qu'il subodorait en moi. Le fait est qu'elle s'était réalisée avec une ironie dévastatrice. Mon projet suivant, auquel j'avais travaillé de façon chaotique et qui m'avait néanmoins valu un très joli chèque, avait été un flop retentissant. Pour d'obscures contraintes de post-production dont seuls les studios ont le secret, la sortie du film avait été maintes fois repoussée et avait fini par coïncider avec le week-end d'ouverture du Super Bowl. Il avait essuyé des critiques acerbes, que je n'avais jamais relues pour préserver ma santé mentale. Je ne parvenais pourtant pas à effacer de mon esprit des expressions comme « suicide artistique » ou « arcanes du ratage absolu ». Un journaliste avait même conclu son article en déclarant : « On est vaincu par tant de nullité, professée avec tant de sérieux. » Par chance, mon nom avait été relativement épargné dans ce naufrage. Le côté négatif de ce métier, c'est que les scénaristes ont souvent l'impression d'avoir fait quatre-vingt-dix pour cent du boulot et d'être totalement ignorés à la sortie du film. Le côté positif, c'est que, lorsque ledit film ne marche pas, ce sont rarement eux qui essuient le tir des balles.

La gloire fugitive que j'avais connue en avait toutefois sacrément pâti, tout comme mon amour-propre. Freud avait manifestement oublié de préciser que l'autopunition inconsciente pouvait engendrer une dépression bien plus désagréable que la griserie de la réussite. Je m'étais mis à fuir les mondanités pour me remettre au travail. Les idées ne manquaient pas, mes tiroirs étaient pleins de carnets que j'avais accumulés au fil des ans, mon ordinateur fourmillait de « prémisses » dont les studios sont friands, mais, dès que je m'attelais sérieusement à la tâche, quelque chose se bloquait en moi. Ce n'était pas vraiment l'angoisse de la page blanche, ce cliché éculé dont se servent les auteurs pour se donner de l'importance. Tout ce que j'écrivais était incroyablement mauvais, tout simplement. Allongé sur le sofa de mon bureau, il m'arrivait de visionner *ad nauseam* le DVD de *La Maison des silences*. Plus le film avançait, plus je me sentais oppressé. Je n'arrivais pas à croire que j'étais l'auteur des dialogues et des scènes qui se succédaient sur l'écran. Je sortais de ces séances découragé, avec la désespérante impression de n'être plus que l'ombre de moi-même.

Je ne sais plus comment la chose était arrivée mais, pour lutter contre le désœuvrement plus que pour des raisons financières, j'avais accepté d'endosser le rôle de *script doctor* : un moyen selon Cuthbert de retrouver confiance en moi et de me remettre au travail en douceur. Une situation purement transitoire qui durait néanmoins depuis déjà trois ans. Mon travail consistait à établir des « diagnostics » et à rafistoler des scénarios bas de gamme, en changeant quelques scènes de place, en réécrivant des dialogues insipides ou en ajoutant une ou deux scènes d'action palpitantes qui, de préférence, ne viendraient pas grever le budget du film. En un mot, une activité très bien rémunérée qui ne me demandait en général que six ou huit semaines de travail. Comme il était de coutume que les consultants payés au cachet par le producteur restent anonymes, je n'avais même pas à insister pour que mon nom n'apparaisse jamais au générique de ces fadaises.

— Écoute, l'histoire a du potentiel, mais il faut me laisser encore quelques jours… pour voir si je peux être utile sur ce coup-là.

Cuthbert recommença à dodeliner de la tête.

— Bien sûr, bien sûr… C'est ton anniversaire, après tout. Ne parlons pas boulot ce soir. Je vais te resservir un verre.

— Mollo ! Je viens à peine de finir celui-là !

— Le vin est tiré, il faut le boire. Je veux que tu t'amuses !

Il s'éloigna en renversant du scotch sur le parquet. En fond sonore était diffusé un disque de jazz à la mélodie chaotique – sans doute l'œuvre du saxophoniste génial qu'il avait invité à ma fête et dont j'avais déjà oublié le nom.

Je fis un effort pour me mêler aux invités. On m'interrogea sur mes projets. J'évitai de faire une quelconque allusion à mon boulot de consultant et mentis en prétendant mettre le point final à une histoire terrifiante, à la fin inattendue, dans la pure lignée de mon premier et unique succès. Je citai pêle-mêle *Psychose*, *Shining*, *Rosemary's Baby*, *Les Innocents* avec un enthousiasme surjoué, avant de me rendre compte qu'il y avait de l'indécence à convoquer autant de chefs-d'œuvre pour parler d'une histoire dont je n'avais pas écrit la moindre ligne.

Mis à part ces questions polies, les conversations tournaient toutes autour de la procédure de destitution qui menaçait Clinton. Tout l'été, les journaux avaient fait des gorges chaudes de la mystérieuse robe bleue détenue par le procureur Starr et du témoignage du président devant le Grand Jury. Même s'il était difficile d'échapper à l'affaire, je ne l'avais suivie que de fort loin, avec une sorte de dégoût, autant à cause de l'acharnement insensé de ce bigot de Starr que de l'incapacité de Clinton à freiner son appétit sexuel démesuré. Il n'y avait bien sûr ce soir-là que d'ardents défenseurs du président. Les opinions politiques de ses invités étaient toujours prises très au sérieux par Cuthbert, qui était depuis longtemps un soutien inconditionnel des « Billary ». Lors de la campagne de 1994, il avait mis la main à la poche pour soutenir la candidature démocrate. Plus récemment, il s'était joint à des dizaines d'acteurs et de producteurs pour régler les quelque 10 millions de dollars d'honoraires d'avocats qu'avaient coûté au couple l'affaire Whitewater et les scandales Jones et Lewinsky. Je trouvais plutôt cocasse que la fortune de son père, farouche conservateur, ait aidé à l'accession d'un progressiste à la Maison-Blanche. Je ne pouvais pas non plus oublier que c'était un scandale sexuel qui avait détruit sa famille et ruiné les ambitions politiques paternelles.

Comme je le craignais, Cuthbert ne voulut pas être en reste sur le sujet. Concentrant sur lui tous les regards, un nouveau verre à la main, il se mit à vitupérer les républicains du Congrès et le zèle du procureur, « bras armé de l'extrême droite », puis se lança dans une interminable tirade psychologique pour tenter d'expliquer le comportement de Clinton par une enfance passée entre une mère et une grand-mère qui se détestaient cordialement. Pour lui, le président était un « drogué de romantisme » qui avait toujours le besoin émotionnel d'avoir deux femmes dans sa vie. Cette improvisation saugrenue lui valut des rires et des applaudissements nourris. Certains invités finirent même par scander des « Cuthbert, président ! ».

Quand on m'eut servi mon cinquième verre de la soirée, je commençai à lâcher prise : je tentai d'oublier ma vie, mes scénarios imaginaires, et me laissai bercer par le brouhaha des conversations futiles, ignorant que quelques heures plus tard mon existence allait voler en éclats.

Le message laissé sur mon répondeur était étonnamment bref. Une formule de politesse, un nom et un rendez-vous qui n'en était pas vraiment un. Dans un style lapidaire, un certain Samuel Crawford m'informait qu'il était de passage à New York et qu'il déjeunerait les deux jours suivants à la Côte basque, dans Midtown West, à 12 heures précises. C'était à peu près tout. Le plus étrange, c'était qu'il n'avait laissé ni numéro ni adresse pour que je puisse le joindre en retour. L'invitation, quoique ne faisant pas de doute, n'était pas clairement exprimée, du moins pas comme on pourrait l'attendre dans un coup de fil professionnel de ce genre. Cet appel n'aurait suscité en moi aucune émotion particulière si son auteur n'avait précisé, juste avant de raccrocher, qu'il était l'assistant personnel de M. Wallace Harris. Il n'y avait pas d'erreur possible : il ne pouvait s'agir que du seul et unique Wallace Harris, l'une des dernières légendes vivantes du cinéma américain.

Je dus écouter le message trois fois. La première, mal réveillé, assis au comptoir de ma cuisine devant une tasse de café et un verre d'aspirine, je crus à une mauvaise blague de la part de Cuthbert. La deuxième, je commençai à le prendre au sérieux sans arriver pourtant à lui donner un sens satisfaisant. La troisième, je ne pensais plus à rien. La voix enregistrée se transforma en un murmure à mes oreilles. Je sentis les battements de mon cœur s'accélérer tandis que de vieilles photographies en noir et blanc défilaient dans ma tête.

Je ne sais pas combien de temps je restai assis sur mon tabouret à fixer le téléphone et à tenter de comprendre ce qui m'arrivait. Je sais seulement que c'est un nouvel appel qui me fit sortir de mon hébétement.

— Monsieur Crawford ? demandai-je à mi-voix.

— David ? C'est moi.

— Abby ?

Je renversai ma tasse. Le café encore fumant se répandit sur le comptoir avant de dégouliner au sol. Comme j'étais en caleçon, je me levai brusquement pour ne pas me faire ébouillanter.

— J'avais peur de te réveiller. Tu as bien dormi ?

Je pris un torchon qui traînait pour éponger le café et limiter les dégâts.

— Heu… très bien. Tu es chez toi ?

— Non, je suis avec Meryl sur Washington Square. On a déjeuné ensemble.

Contrairement à moi, Abby possédait un téléphone mobile dont elle ne se séparait jamais. Je m'agaçais souvent de la voir triturer le clapet de son portable ou se lancer dans de grandes discussions avec ses amis à n'importe quelle heure du jour ou de la nuit. Même à l'époque, ne pas avoir de portable dans le monde du cinéma et du show-biz suffisait à faire de vous un dinosaure ou un misanthrope.

— Tu es partie à quelle heure ?

— Tu n'as pas vu mon mot ?

J'écarquillai les yeux et balayai l'appartement du regard jusqu'à remarquer une feuille blanche sur la table en verre du salon à côté d'un stylo.

33

– Si, bien sûr… Excuse-moi, je suis encore un peu dans les vapes.

J'entendis son rire moqueur dans le combiné.

– J'étais certaine que tu traînerais toute la journée au lit. Une vraie marmotte !

Je demeurai silencieux. J'étais ailleurs, encore obsédé par ce message.

– C'était bien hier soir…

Pendant une seconde, je crus qu'elle parlait de la fête. Puis je me souvins que, malgré la fatigue et l'alcool, nous avions trouvé la force de faire l'amour en rentrant. Notre périple dans l'appartement remonta à la surface : l'entrée, le canapé, le couloir, puis la chambre… Ces souvenirs agréables ne suffirent pourtant pas à me faire réagir.

– J'aimerais qu'on passe la soirée ensemble, continua-t-elle.

– Tu veux sortir ?

– Pas ce soir. Qu'est-ce que tu dirais de venir chez moi ? Je pourrais nous préparer quelque chose.

– On n'aura qu'à commander…

– Non, je suis d'humeur à cuisiner. J'ai envie de me sentir un peu chez moi. Mon appartement finit par ressembler à celui d'un magazine de déco. On dirait que personne n'y vit.

– D'accord.

Abby faisait seule la conversation. J'avais beau essayer de me concentrer et d'être aimable, mon esprit n'était plus qu'une toile blanche sur laquelle s'affichait un nom en lettres capitales : WALLACE HARRIS.

– Tu pourras venir vers 20 heures.

– 20 heures. Parfait.

Je regardai le comptoir taché de café et le torchon sale roulé en boule. J'avais envie que la conversation s'achève pour être de nouveau tranquille et réfléchir.

– David… je t'aime.

Je cessai de respirer. Ces trois mots avaient toujours eu sur moi un effet paralysant. J'étais incapable de voir en eux une simple affirmation ou une marque d'amour ; ils résonnaient comme une question qui demandait en retour : « Et toi ? »

Je ne suis pas certain de ce que je répondis. Sans doute un « Moi aussi » à peine murmuré qui, je le savais, ne contenterait personne.

Je passai ce qu'il restait de l'après-midi seul dans l'appartement, tournant en rond, m'asseyant vingt fois derrière mon écran d'ordinateur, puis faisant autant d'allers-retours jusqu'à la terrasse. Au dernier étage de l'immeuble, j'avais une vue imprenable sur l'Hudson et sur la banlieue ouest de la ville, côté New Jersey. Quand j'avais besoin de faire une pause, il m'arrivait souvent de suivre du regard les voiliers qui fendaient l'eau jusqu'à l'Upper New York Bay ou les péniches qui remontaient paresseusement le cours du fleuve. Pour une fin août, il faisait encore atrocement chaud. L'après-midi, il n'était pas rare que le thermomètre atteigne les 32 degrés, mais je préférais encore l'air du dehors à la climatisation de l'appartement, qui me donnait des maux de tête.

Vers 18 heures, avant de me préparer pour rejoindre Abby, ayant repoussé le plus possible ce moment, je sortis de la penderie de ma chambre une vieille boîte à chaussures que je n'avais plus ouverte depuis des années. Assis sur le bord de mon lit aux draps toujours défaits, j'entrepris un voyage douloureux dans le passé. Un passé que je n'avais pas connu mais qui, en

35

quarante années d'existence, ne m'avait pour ainsi dire jamais quitté.

*

Je ne dormis quasiment pas cette nuit-là et fus debout aux aurores. La soirée avec Abby s'était bien passée, mais j'avais dû lui sembler absent et préoccupé. J'avais gardé le silence sur le coup de téléphone de Crawford. Parce que je ne voyais pas comment lui en parler. Parce qu'il m'aurait fallu donner trop d'explications dont je n'avais pas le courage. J'avais fait de même avec Cuthbert : j'avais été tenté de l'appeler puis m'étais ravisé, conscient qu'il me fallait pour l'instant affronter seul cette épreuve. Abby avait espéré que je resterais dormir chez elle, mais j'avais préféré rentrer, prétextant un rendez-vous tôt le lendemain matin. Bien que je ne pense pas qu'elle m'ait cru, elle n'avait fait aucune remarque à ce sujet. Avant qu'on se quitte, elle m'avait offert le cadeau d'anniversaire qu'elle n'avait pas pu me donner la veille : un portable dernier cri dans lequel elle avait pris soin d'enregistrer son propre numéro.

Je ne fis pas grand-chose de ma matinée. Après avoir avalé trois tasses de café, je sortis marcher un peu le long de l'Hudson dans Riverside Park, en ressassant les mêmes questions qui me taraudaient depuis la veille. Pour essayer de me changer les idées, j'avais emporté avec moi le scénario de Cuthbert. Je ne vins à bout que d'une dizaine de pages, assis sur un banc à côté d'un vieil homme qui enchaînait les grilles de mots croisés. En le lisant, je repensai à une citation que j'avais entendue dans la bouche d'un cinéaste : « Si ça peut être écrit ou pensé, ça peut être filmé. » Je doutai qu'elle puisse s'appliquer à ce scénario et plaignis d'avance le pauvre réalisateur qui aurait à mettre en images ce tissu d'inepties.

Peu avant midi, je pris un taxi pour me rendre à mon rendez-vous. Le chauffeur, un Haïtien aux dreadlocks foisonnants, passa la course à pester contre sa clim défaillante et à tripoter le petit ventilateur collé à son pare-brise.

Je mentionnai le nom de Samuel Crawford à l'accueil du restaurant, non sans une certaine anxiété. Je remarquai, au-dessus du comptoir, des photos en noir et blanc de Jackie Kennedy et de Frank Sinatra. L'hôtesse m'escorta directement jusqu'à sa table, sans même vérifier son livre des réservations. La décoration du lieu était festive : les murs étaient recouverts d'immenses fresques naïves représentant des paysages maritimes colorés, parfaitement en accord avec la météo de ce mois d'août. Je repérai Crawford d'assez loin, car il était installé au fond de la salle, où il n'y avait pas encore d'autres clients.

– David !

Je fus étonné qu'il m'accueille par mon prénom. Ce détail mis de côté, la première impression qu'il me fit fut celle d'une étonnante familiarité. Tout, dans la manière qu'il eut de se lever, dans la poignée de main affable qu'il me tendit, dans le ton enjoué avec lequel il me salua, créait un contraste saisissant avec le message lapidaire qu'il m'avait laissé. Il me faisait l'effet d'accueillir un ami qu'il aurait simplement quitté la veille.

Crawford devait avoir dans les 75 ans, mais son visage aux traits vifs était peu marqué. Ses yeux étaient malicieux, quoique empreints d'une certaine tristesse. Sur son crâne plutôt dégarni se mêlaient de longues mèches blanches en bataille qui lui auraient donné l'aspect d'un homme peu soucieux de son apparence s'il n'avait porté un très élégant costume de lin blanc.

Je m'assis, le dos tourné à la salle.

– Je suis heureux de vous rencontrer. Je vais être honnête, je craignais que vous ne veniez pas. Je me suis rendu compte que le message que je vous avais laissé était… disons… un peu abrupt. Il faut me pardonner, je ne suis jamais très à l'aise au téléphone.

– J'avoue que j'ai été surpris par votre appel.

Il ignora ma remarque.

– J'espère que vous aimez la cuisine française.

J'acquiesçai d'un signe de la tête, par pure politesse. La chaleur accablante et le nœud qui me nouait l'estomac m'avaient enlevé tout appétit.

– J'aime beaucoup ce restaurant. J'y ai pour ainsi dire ma table de mise. Connaissez-vous la France ?

– Je ne connais que celle de Truffaut et de Godard.

– Hum… la Nouvelle Vague. J'ai vécu deux ans à Paris après la guerre. J'y ai été correspondant pour différents journaux – une courte carrière de journaliste pour laquelle j'étais d'ailleurs plutôt doué. Ce furent deux années merveilleuses, mais qui me semblent aujourd'hui appartenir à une autre vie… La vie passe si vite, David. C'est la plus grande banalité que l'on puisse proférer, mais c'est aussi celle dont on fait le plus amèrement l'expérience.

Le serveur arriva et me tendit une carte, brisant cette étrange parenthèse existentielle. Un geste discret de Crawford l'incita à me servir un verre de vin. Je n'osai pas refuser, même si j'avais encore beaucoup bu la veille au soir et que j'aurais préféré rester sobre pendant ce déjeuner.

– Je vous conseille la timbale de homard, je n'ai jamais été déçu.

On prit notre commande et, durant un moment, nous n'échangeâmes pas la moindre parole. Crawford me fixait avec une insistance qui me gênait. On aurait dit qu'il essayait de me radiographier.

– Vous ne vivez pas toute l'année à New York, n'est-ce pas ?

– Je vis la majorité du temps à Los Angeles. Pour le travail, bien sûr. Et il me reste de la famille là-bas. Enfin, ma grand-mère…

Contrairement à ce que j'attendais ou espérais, cette allusion ne suscita aucune réaction chez lui.

– Vous avez eu mon numéro par M. St-Louis ?

– M. St-Louis ? répéta-t-il en levant les sourcils. Non, non… Je vais être direct, David : M. Harris apprécie beaucoup ce que vous faites et il aimerait que vous travailliez avec lui sur son prochain film.

La seule pensée que Wallace Harris ait pu voir l'un des films dont j'avais écrit le scénario provoqua en moi un frisson. Qu'il puisse connaître mon existence le redoubla. Pourtant, la seule question qui m'obsédait était la suivante : savait-il réellement qui j'étais ?

– Nous n'en sommes évidemment qu'au stade préparatoire, mais Wallace sait repérer les talents. À mon humble avis, l'une des caractéristiques des génies est de savoir bien s'entourer.

Le terme de « génie » avait été tellement galvaudé au sujet de Harris que je le trouvais dans la bouche de Crawford totalement artificiel et un brin condescendant à mon égard.

– Il veut donc que je lui écrive un scénario… C'est sérieux ?

Ma question était stupide. Je me doutais bien qu'il n'avait pas l'intention de m'engager comme major-dome.

– Que vous l'aidiez plutôt à donner vie aux idées qu'il a en tête. Une sorte de maïeutique… Je ne peux évidemment pas entrer dans les détails pour l'instant, mais Wallace a besoin de sang neuf. D'un scénariste talentueux mais qui n'ait pas été trop formaté par les standards actuels. *La Maison des silences* était vraiment une œuvre épatante. Et la suivante était également remarquable, même si elle n'a pas eu, je crois, les mêmes faveurs de la part du public.

– C'est le moins qu'on puisse dire. Ni des critiques, d'ailleurs…

Crawford sourit en secouant la tête.

– Ce métier est fait de hauts et de bas, David. Lorsque j'ai rencontré M. Harris, en 1950, il venait de terminer son premier long métrage. Les critiques ont été abominables… oui, c'est le mot. Les gens ont eu tôt fait de l'oublier. On lui reprochait de privilégier la technique au détriment de ses personnages et de son histoire. À l'époque, personne n'aurait misé un dollar sur lui. Cinq ans plus tard, *La Chevauchée du désert* lui valait une flopée de récompenses et le faisait entrer dans l'histoire du cinéma. Tous les films de Wallace ont divisé la critique, vous le savez bien. Certains ne voient encore en lui qu'un imposteur, un maniériste surestimé. Il ne faut pas faire ce genre de métier si l'on n'a pas le cuir épais.

– Je n'ai pas bien compris quel était votre lien avec M. Harris. Vous m'avez dit que vous étiez son assistant ?

Je vis que ma question l'agaçait.

– Ai-je vraiment employé ce mot ? Disons plutôt que je suis un très vieil ami de M. Harris, qui lui sert parfois d'intermédiaire. Il a les agents en horreur. « Des parasites, dit-il souvent, qui ne sont là que pour venir s'empiffrer sur le dos de la bête. » (Je songeai que Cuthbert aurait bien ri s'il avait été des nôtres.) J'ai toujours apporté une modeste contribution au travail de Wallace. (La façon qu'il avait d'alterner à chaque phrase « Wallace » et « M. Harris » me sembla étrange : on aurait dit qu'il jouait alternativement son rôle d'ami et celui de collaborateur.) Je l'ai aidé à faire passer des castings, à découvrir de jeunes talents. Je l'ai même assisté sur certains tournages. M. Harris ne travaille qu'avec des gens en qui il a une confiance absolue. Il a une image de tyran, mais on ne peut pas être un grand réalisateur sans être un peu… directif. Vous savez que, sur le tournage des *Oiseaux*, Tippi Hedren a subi un véritable harcèlement de la part de Hitchcock ? Comme elle refusait ses avances, il a demandé à ses assistants de jeter sur la pauvre femme de véritables volatiles qui lui ont labouré le visage et le corps. Elle a même fini à l'hôpital… Je vous assure que c'est vrai ! Deux acteurs du film me l'ont confirmé plus tard. Et Peckinpah ? Un sacré numéro, celui-là… Sur le tournage de *Major Dundee*, il a réussi l'exploit de virer tous ceux qui ne lui obéissaient pas au doigt et à l'œil, soit la moitié de son équipe.

J'avais toujours douté de l'authenticité de ces anecdotes. Wallace Harris avait quant à lui la réputation de pouvoir faire rejouer cinquante fois la même scène à ses acteurs, les poussant à bout physiquement et psychologiquement, souvent d'ailleurs pour ne rien obtenir de plus qu'à la première prise. Je fis pourtant mine de n'en rien savoir.

– J'espère que M. Harris n'en est jamais arrivé à de telles extrémités.

Crawford huma son verre de vin.

– Oh, il a fait bien pire !

Il n'y avait pas une once d'humour dans son ton. Au petit rictus qui se dessina sur ses lèvres, j'eus même l'impression qu'il avait lui-même fait l'expérience de ce « bien pire ».

On nous servit. Crawford attaqua son plat sans attendre. Pour ne pas paraître impoli, je m'efforçai de l'imiter, mais la nourriture ne passait pas.

– C'est délicieux, n'est-ce pas ?

Il s'essuya les lèvres et finit son vin.

– Soyons concrets, David : M. Harris aimerait vous rencontrer le plus rapidement possible.

Je n'arrivais pas à croire que les choses puissent aller si vite. Je repensai au contenu de la boîte à chaussures que j'avais exploré la veille, seul dans ma chambre.

– C'est-à-dire ?

– Quel jour sommes-nous ?... Jeudi ? Dès ce week-end, si vous le pouvez.

– Vous êtes sérieux ?

– Tout à fait. Je ne trahirai aucun secret en vous disant que M. Harris a eu des problèmes de santé ces dernières années. Il vit pour ainsi dire à l'écart du monde et sort très peu de chez lui. Mais il va mieux, rassurez-vous. Il se sent prêt à attaquer un nouveau tournage... même s'il a conscience qu'il s'agira proba-blement de son dernier.

En près de cinquante ans de carrière, Harris n'avait réalisé que neuf films, presque tous considérés avec le temps comme des chefs-d'œuvre. Il passait pour un véritable maniaque, obsédé par la perfection, contrôlant tout de A à Z, mentant fréquemment à ses producteurs pour leur dissimuler ses choix artistiques ou les dérives financières de ses tournages. Sa dernière interview connue remontait à son précédent film, sorti sept ans plus tôt. Depuis, plus rien. Quelques articles le décrivaient comme un misanthrope reclus dans un lieu tenu secret, définitivement retiré de l'industrie du cinéma. Régulièrement, son nom était associé à des projets, mais ces annonces se révélaient vite n'être que des rumeurs. C'est pourquoi l'optimisme de Crawford me laissait dubitatif. Harris devait avoir peu ou prou le même âge que lui. Les phases préparatoires de ses œuvres pouvaient durer plusieurs années, ses tournages entre six et douze mois. Je l'imaginais mal à son âge se lancer dans une aventure aussi épuisante.

– Wallace a une propriété dans le Massachusetts, un endroit magnifique. Il ne se déplace que rarement. C'est pourquoi il faudra que vous alliez à lui… si vous acceptez son invitation, bien évidemment.

Comment aurais-je pu la décliner ? Voilà des années que je n'avais plus écrit une ligne digne de ce nom et que je m'abaissais à des tâches purement lucratives. Pourtant, je ne pensai pas un seul instant à ma carrière. J'étais obsédé par Harris, par cet homme qui était un inconnu pour moi mais qui faisait néanmoins partie de l'histoire de ma famille. Il me fallait le rencontrer, je n'avais pas le choix.

Crawford prit mon petit hochement de tête pour un accord.

– Bien. Pour le moment, une collaboration entre vous est simplement envisageable ; rien n'est fait.

– Je comprends.

– Je sais à quoi vous pensez, David. Wallace n'est pas connu pour être quelqu'un de facile. Il a usé beaucoup de scénaristes au cours de sa carrière et certaines collaborations ont tout simplement... tourné court. Il peut être parfois imprévisible dans ses réactions. Il se peut fort qu'il ne vous donne pas une impression très positive quand vous le rencontrerez. Ne vous fiez pas aux apparences. C'est un homme exceptionnel. Et comme tous les hommes exceptionnels... Après tout, on se moque bien de savoir si Picasso ou Michel-Ange étaient sympathiques, vous ne croyez pas ?

Je n'ai gardé qu'un souvenir confus de la suite. Crawford, aimable et disert, se perdit en anecdotes. Il parla des films et des scénarios auxquels il avait contribué, de ses rencontres avec les grandes stars de l'âge d'or d'Hollywood et des deux romans qu'il avait publiés dans les années 60, sans grand succès. Notre déjeuner ne dura guère plus d'une heure.

Ce n'est qu'en sortant du restaurant que je me rendis compte que pas une seule fois nous n'avions prononcé le nom de ma mère.

3

Ma mère… Je n'ai aucun souvenir d'elle. Je n'avais même pas un an lorsqu'elle a disparu. Pour la plupart des gens qui se rappellent encore cette époque – la fin des années 50, celle des grandes productions holly-woodiennes –, Elizabeth Badina n'est plus qu'un nom. Celui d'une jeune actrice qui se volatilisa mystérieuse-ment durant le tournage de *La Délaissée*, le troisième film de Wallace Harris.

En 1998, il ne me restait d'elle que quelques reliques enfermées dans la boîte à chaussures que j'avais res-sortie après avoir reçu le message de Crawford : des papiers d'identité, des photos professionnelles et d'autres de famille (même si ces dernières étaient plus rares), quelques lettres adressées à ma grand-mère, et un journal intime où transparaissaient déjà ses rêves de célébrité. Je ne possédais aucun document officiel de l'enquête qu'avait déclenchée sa disparition. Des centaines d'articles qui avaient été écrits les premières années à son sujet, je n'en avais lu qu'une dizaine. Le plus fouillé était paru dans le *Washington Star* au début de 1960. Il commençait ainsi : « Il y a un an, jour pour jour, la jeune actrice disparaissait à l'orée d'une carrière prometteuse. Retour sur une enquête toujours irrésolue. » Le papier, qui faisait une double page, retraçait la vie de ma mère dans un style purement factuel. Son enfance tranquille à Santa Barbara. Ses années de lycée, où elle s'était montrée une élève intelligente quoique très effacée. Son arrivée à Los Angeles en 1953, à l'âge de 21 ans. À en croire le journaliste, elle avait d'abord occupé un emploi dans un bureau de change, puis avait réussi à intégrer une célèbre agence de mannequins sur Wilshire Boulevard six mois après son installation dans la Cité des Anges. La plupart des clichés professionnels en ma possession dataient d'ailleurs de cette période : des images stéréotypées où, tout sourires, elle s'affichait en maillot de bain dans des poses un peu ridicules, près d'une piscine ou au milieu de palmiers. Cette jeune femme, brune, les yeux clairs, les cheveux bouclés, n'était pas encore celle que l'on verrait plus tard sur pellicule. On lisait sur son visage une timidité et une maladresse évidentes. Malgré leur côté très artificiel, j'aimais bien ces photos. La beauté de ma mère y était innocente, trop peu consciente d'elle-même. On avait l'impression qu'elle était totalement insensible au pouvoir qu'elle devait exercer sur les autres. Elle avait cette même expression naïve, teintée de fausse assurance, que sur des photos plus anciennes de son adolescence.

L'article expliquait à demi-mot que ses rêves de gloire s'étaient rapidement heurtés aux réalités du monde impitoyable d'Hollywood. Elle avait enchaîné à peu près tous les boulots que lui proposait l'agence : hôtesse d'accueil, modèle pour des publicités, faire-valoir dans des matchs de base-ball au bras de quelques stars de second rang qui ignoraient jusqu'à son nom. Elle avait hanté tous les grands studios de l'époque, son book et son CV sous le bras, jusqu'à décrocher un premier contrat de six mois renouvelable avec la RKO.

De tels contrats n'avaient rien de mirobolant dans ces années-là : ils vous donnaient juste l'assurance d'être corvéable à merci en échange de maigres mensualités. Même Marilyn Monroe avait vécu à ce régime à la Fox ou à la Columbia avant de rencontrer le succès.

Longtemps silhouette puis figurante dans ces séries B dont la RKO avait le secret, ma mère avait obtenu, une fois libérée de son contrat, des rôles plus consistants dans des drames de facture classique qui n'avaient pourtant pas attiré les foules. Les choses s'étaient ensuite brutalement accélérées. En 1958, elle avait été choisie pour interpréter l'héroïne du nouveau film de Wallace Harris, une femme qui se venge de son mari volage. Rien dans ce que j'avais pu lire à son sujet n'expliquait comment une actrice quasi inconnue avait pu décrocher le rôle-titre dans le film d'un réalisateur oscarisé. Tout juste évoquait-on le nom de Simon H. Welles, producteur des premiers longs métrages de Harris, qui avait immédiatement repéré le potentiel de cette jeune femme.

Ma mère disparut au bout de trois semaines de tournage. Le lundi 26 janvier 1959, on l'attendit durant plusieurs heures sur les plateaux de la San Fernando Valley. On tenta de la joindre chez elle. Un membre de l'équipe fut chargé de se rendre à son domicile de Silver Lake. On appela ma grand-mère, qui vivait encore à Santa Barbara, mais elle n'avait eu aucune nouvelle de sa fille depuis bientôt dix jours.

Le lendemain, la production se décida à contacter la police de Los Angeles, qui prit très vite cette disparition au sérieux. L'enquête montra que des voisins avaient aperçu Elizabeth quittant son domicile le samedi 24 janvier au matin. Sa voiture fut retrouvée à une dizaine de kilomètres de chez elle, tout près de Hollywood Boulevard. Le lieu intrigua immédiatement les enquêteurs, car, la veille au soir, on l'avait vue au Blue Star, un restaurant de cette même rue, en compagnie d'un homme qu'on n'identifia jamais. Des dizaines de témoins furent auditionnés. Sa maison fut fouillée de fond en comble. On interrogea tous les contacts de ses carnets et répertoires. Des inspecteurs furent même chargés de lire sa correspondance dans l'espoir d'y trouver des indices.

Moins d'une semaine après sa disparition fut diffusé un bulletin spécial du LAPD contenant sa photo ainsi qu'une description physique très précise. Le document parut dans les journaux et fut placardé dans toute la ville, des terminus de bus aux dépôts de taxis. L'un des articles l'avait d'ailleurs reproduit : « Sexe féminin, Américaine, 27 ans, 1,65 m, 53 kg, yeux bleus… » On aurait facilement pu croire à la petite annonce d'une célibataire recherchant le mari idéal.

L'enquête du LAPD ne donna pas grand-chose, c'est du moins ce que tout le monde crut à l'époque. Quelques déséquilibrés en mal de célébrité déclarèrent avoir kidnappé et assassiné Elizabeth Badina, mais le ridicule de leurs aveux fut vite mis en évidence. Des lettres anonymes, sans doute l'œuvre de voisins revanchards, accusèrent des citoyens sans histoire. La police reçut des myriades de témoignages d'hommes et de femmes qui assuraient avoir vu l'actrice vivante aux quatre coins du pays – San Francisco, New York, Boston, Miami… Comme dans toutes les affaires criminelles ayant un retentissement médiatique, ces dénonciations et ces témoignages fantaisistes firent perdre beaucoup de temps et d'énergie aux enquêteurs.

Au bout d'une quinzaine de jours, le FBI fut appelé à la rescousse – une intervention peu habituelle pour une simple disparition, mais qui avait probablement été décidée en haut lieu étant donné le contexte particulier. Si le LAPD n'avait pas hésité à livrer des informations à la presse, le FBI se montra quant à lui beaucoup plus discret. On sut simplement que l'enquête fut reprise à zéro. Devant l'absence de nouvelles pistes, les rumeurs les plus folles se mirent alors à courir sur le compte de ma mère. On lui prêta des mœurs dissolues et d'innombrables liaisons : avec son partenaire, Dennis Morrison, avec le producteur du film, Simon H. Welles, puis avec Harris lui-même, qui aurait cru bon de dissimuler cette aventure en se montrant intraitable avec elle en public. La jeune actrice disparue passa dans quelques articles du statut de victime à celui de fille libertine prête à tout pour faire décoller sa carrière.

Au milieu de ces racontars, une thèse avait fait son apparition – l'article du *Washington Star* s'en fit d'ailleurs l'écho. Et si Elizabeth Badina avait disparu de son plein gré ? Différents témoins des premières semaines du tournage avaient rapporté que l'actrice était angoissée et déprimée. On mentionnait des incidents sur le plateau et des altercations avec Harris que la production avait tout fait pour cacher aux journalistes. Après tout, elle n'avait à son actif que des rôles anecdotiques. Peut-être s'était-elle tout simplement enfuie pour échapper à la pression grandissante. Peut-être se terrait-elle quelque part, à l'autre bout du pays ou à l'étranger. Cette thèse de la disparition volontaire, je l'avais soigneusement reléguée dans un coin de mon inconscient : lui prêter le moindre crédit, c'était envisager l'idée que ma mère ait pu sciemment m'abandonner.

Je suppose que les gens qui me connaissent estiment que je ne m'en suis pas si mal sorti. Je n'ai pas eu une enfance malheureuse. Élevé par ma grand-mère, j'ai toujours été choyé, protégé, entouré de mille soins. Ce qui me faisait le plus souffrir, c'était de n'avoir pu protéger la mémoire de ma mère dans un jardin secret. Elle ne m'avait rien laissé : pas d'images, pas de parfums, pas de souvenirs de gestes tendres. Sa vie se réduisait en somme à quelques titres accrocheurs dans de vieux journaux. Elle avait fini par n'être plus pour moi qu'une victime de fait divers.

Je ne sais plus très bien quand ma grand-mère m'a pour la première fois parlé ouvertement de sa disparition. Je devais être jeune, peut-être six ou sept ans. Son nom n'était entouré d'aucun silence, il y avait plusieurs photos d'elle dans le salon. J'ai grandi avec son visage sous les yeux, sans savoir qui elle était vraiment. Ma grand-mère ne disait jamais « ta maman » ou « ma fille », juste « Lizzie ». Elle parlait d'elle d'une façon détachée, sans émotion notable, comme si elle était simplement partie en voyage et finirait par revenir un beau matin à la maison. J'ai mis longtemps à comprendre que cet étrange comportement devait être le seul moyen qu'elle avait trouvé pour affronter cette épreuve.

Que dire d'autre ? Interrompu brièvement, le tournage de *La Délaissée* reprit avec une actrice plus confirmée : Clarence Reynolds, une vedette qui eut les faveurs du public jusqu'au début des années 60. J'avais toujours trouvé son jeu faux et maniéré, mais il y avait peu de chances que je sois vraiment objectif sur la question. L'affaire, qui avait passionné le pays pendant plusieurs semaines, tomba peu à peu dans l'oubli. Tous les cinq ou dix ans, le nom d'Elizabeth Badina resurgissait néanmoins dans quelques articles consacrés à la cohorte d'affaires non résolues du LAPD. Ma mère s'y trouvait souvent en compagnie d'une autre Elizabeth, Beth Short, surnommée le Dahlia noir.

Je n'ai vu ses films qu'une seule fois chacun, lorsque j'avais 16 ou 17 ans, au hasard des programmations de petits cinémas de quartier. Assis dans l'obscurité, j'attendais avec anxiété le moment où elle apparaîtrait sur l'écran, et quand cela se produisait je me sentais coupable de ne rien éprouver. Je n'étais plus qu'un cœur sec.

Alors que j'étais à l'université, lors d'une soirée trop arrosée, je commis l'imprudence de parler de ma mère à un étudiant de troisième année que je pensais être mon ami. Lorsque je buvais trop, j'avais tendance à m'épancher ou à vouloir attirer l'attention des gens. Je ne me souviens plus très bien comment le sujet était arrivé sur la table ni ce que j'avais précisément raconté ce soir-là, mais le fait est que, le lendemain, la moitié du campus connaissait mon histoire. Mon « secret » se répandit comme de la poudre. Moi qui étais d'un naturel réservé et effacé, je devins l'objet d'une popularité aussi soudaine que malsaine. On se retournait sur mon passage. On m'interpellait partout, dans les amphithéâtres, à la bibliothèque, à la cafétéria : « Eh, Badina ! C'est vrai ce qu'on raconte ? » Des filles qui ne m'avaient jamais remarqué se mirent à m'aborder et à me témoigner une compassion dérangeante, comme si j'étais un gosse de 10 ans qui venait de perdre ses parents dans un accident de la route. Chez certaines, les manifestations de compassion se transformaient vite en minauderies. Elles papillonnaient du regard, me posaient une main sur le bras, hochaient délicatement la tête pour m'inciter aux confidences – dans mon immense naïveté, je ne compris pas tout de suite qu'elles me draguaient. Dès que j'essayais de détourner la conversation, je voyais s'éteindre dans leur regard la petite étincelle qu'avait fait naître en elles ma condition d'orphelin. La situation était morbide : j'étais un peu semblable à ces tueurs en série qui, patientant dans le couloir de la mort, reçoivent des quatre coins du pays lettres enflammées et demandes en mariage de la part de leurs « admiratrices ».

Un matin, je découvris dans mon casier un exemplaire d'un livre paru au début des années 80 sur les scandales et les affaires criminelles qui avaient émaillé l'histoire d'Hollywood. L'auteur était un universitaire de l'Ohio. La couverture, d'assez mauvais goût, représentait une bobine de film recouverte de grosses taches de Ketchup censées être du sang. Un Post-it au milieu du livre signalait un chapitre d'une quinzaine de pages consacré à la disparition de ma mère. Je n'ai jamais su qui avait déposé le bouquin dans mon casier et je n'ai jamais cherché à le savoir. Peut-être l'une de mes nouvelles groupies, ou plus vraisemblablement un étudiant de la section cinéma obsédé par le meurtre de Sharon Tate ou la mort de Marilyn. Je ne lus que le titre du chapitre – « Le mystère Elizabeth Badina » – avant de balancer l'ouvrage dans la première poubelle venue. Quel était le but de ce présent ? Avait-on cru me faire plaisir ? Ou cherchait-on par pur masochisme à remuer le couteau dans une plaie jamais refermée ?

Les choses ne s'arrêtèrent pas là. Un scribouillard du journal de l'université, qui rêvait de décrocher un jour le prix Pulitzer, me harcela pendant des jours pour que je lui accorde une interview. C'était un type au visage recouvert d'acné, à l'air chafouin et à l'élocution affectée. Son carnet à spirale dans une main, un stylo dans l'autre, il faisait le pied de grue devant ma chambre et m'escortait partout, me promettant ni plus ni moins de faire de moi « une légende vivante du campus », mais en omettant de préciser que ce scoop lui permettrait de traiter d'autre chose que des banals résultats des compétitions d'athlétisme et de basket. Il ne me lâcha que lorsque je me montrai ouvertement menaçant avec lui. Trois jours plus tard, dans la rubrique « C'était hier », il publia sur ma mère un interminable article qui n'était qu'une compilation maladroite d'extraits de journaux qu'il avait dû compulser à la bibliothèque. Le seul passage véritablement de son cru était une attaque revancharde à mon endroit. J'y étais présenté comme un étudiant orgueilleux qui cherchait à se rendre populaire en exploitant sans vergogne un terrible drame familial. Mon sang ne fit qu'un tour. Quand il me vit débarquer furibond dans les locaux du journal, il détala dans le couloir en poussant de petits jappements effrayés. Colère au front, je le coursai en le traitant de tous les noms. Deux gars bien plus costauds que moi tentèrent de s'interposer, mais je me débattis comme un beau diable pour me défaire de leur étreinte. Je crois bien que ce fut le seul jour de ma vie où j'aurais été capable de tuer quelqu'un. Il n'y eut pas de combat épique ni de corps-à-corps sanglant. La confrontation qui devait laver mon honneur fut écrasée dans l'œuf. La peur au ventre, mon pisse-copie rata une marche et dégringola dans l'escalier, se cassant un bras et se fêlant deux côtes. L'épisode me valut d'être aussitôt convoqué chez le doyen. Pour ne pas perdre la face, mon adversaire prétendit que je l'avais lâchement poussé dans l'escalier. On ne le crut qu'à moitié. Son article infamant, qui mettait l'université dans une position délicate, me valut des circonstances atténuantes. Personne ne porta plainte. Nous fûmes tous deux exclus pour une durée d'un mois. À partir de ce jour, je devins le type bizarre du campus qu'il valait mieux éviter. Je ne fis rien pour me défaire de cette réputation et me jurai de ne plus jamais parler de mon histoire à personne.

*

Je quittai New York le samedi suivant ma rencontre avec Crawford, vers 8 heures du matin, pour faire route vers le nord. Il faisait un temps radieux. La simple idée de sortir de la ville me faisait du bien. Qui plus est, rouler seul en voiture m'a toujours permis de cogiter. Abby était repartie la veille pour un tournage publicitaire. Nous avions passé la matinée ensemble et j'avais essayé de me montrer aussi détendu que possible. Je ne l'avais pas mise au courant de mon voyage, autant pour respecter ma parole que parce que je ne voyais toujours pas comment aborder le sujet avec elle.

Je roulai d'une traite, ne m'arrêtant que pour prendre de l'essence et boire un café aux abords de Cranberry Lake. En traversant le Connecticut, je me mis à réfléchir à plein régime. Harris pouvait-il ignorer que j'étais le fils d'Elizabeth ? Sa proposition pouvait-elle relever de la simple coïncidence ? Quelle chance y avait-il qu'il ne soit entré en contact avec moi que pour des raisons professionnelles ? Harris était un perfectionniste et vérifiait tout dans les moindres détails. Crawford avait insisté sur le fait qu'il ne s'entourait que de gens en qui il avait une confiance absolue. Je l'imaginais aisément mener des enquêtes sur ses futurs collaborateurs. Malgré toutes les précautions que j'avais prises, nombre de personnes dans le milieu du cinéma connaissaient mon histoire. À commencer par Cuthbert. Harris savait qui j'étais, il était presque impossible d'envisager le contraire.

Vers 11 heures, un discret panneau blanc m'indiqua que j'entrais dans le Massachusetts. S'ensuivit une route monotone bordée d'arbres touffus qui cachaient toute vue sur la région. En définitive, je n'étais guère étonné que Harris ait choisi cet État pour finir sa vie : le berceau de l'Amérique, celui des pèlerins du *Mayflower* et des premières colonies de Nouvelle-Angleterre, le cœur de la guerre d'Indépendance. Ses films, quoique de genres différents, racontaient tous une partie de l'histoire du pays, de la conquête des grands espaces à la corruption du monde politique en passant par l'atmosphère étouffante et puritaine des villes de province – sujets qui lui avaient valu bien des problèmes avec la censure et le pouvoir, ce dont il avait d'ailleurs largement joué, profitant de ses déboires pour proclamer sa farouche indépendance.

Je n'eus pas trop de mal à trouver sa propriété, dans la mesure où Crawford m'avait donné des indications très précises. Elle se situait au cœur des Berkshires, entre Stockbridge et Tyringham. Fidèle à sa réputation de misanthrope, Harris avait préféré les collines boisées et les vallées verdoyantes de l'ouest de l'État à la côte, trop touristique. Je savais qu'au XIXe siècle des milliardaires s'étaient fait construire de magnifiques propriétés dans la région, dont la plupart avaient été transformées en complexes hôteliers.

L'entrée était marquée par un grand portail assez laid, encadré de piliers démesurés en pierre de taille. Par souci de discrétion, le nom du propriétaire n'était nulle part indiqué. Je descendis du véhicule pour sonner à l'interphone et remarquai une caméra placée au-dessus d'un mur surmonté de herses. Je n'entendis dans l'appareil qu'un simple « Oui ? » et n'eus qu'à prononcer mon nom pour que le portail s'ouvre devant moi. Je remontai une allée interminable, pleine de virages, qui ressemblait du reste plutôt à une route. Partout autour de moi, la nature, mais une nature domestiquée et parfaitement agencée : des arbres bien taillés, des prairies désertes, des pelouses fraîchement tondues, de petits ruisseaux qui serpentaient sagement en bordure de la route. Mon anxiété ne cessait de grandir. Combien de personnes avaient eu l'honneur de pénétrer dans l'« antre du génie reclus » ? Je tentai de me calmer en me disant que je n'avais rien à perdre.

Après un dernier tournant, la demeure de Harris apparut. Elle ne ressemblait à rien de ce que j'avais pu imaginer : elle était immense, impressionnante, dans un style architectural qui n'avait rien de remarquable. Certains détails évoquaient le style néo-colonial, mais la bâtisse avait dû faire l'objet de tant de modifications qu'elle ne possédait aucune unité ni aucun charme.

Sur ma droite, à une vingtaine de mètres de l'allée, je remarquai un jardinier qui cessa de tailler ses arbustes pour me regarder passer. Je me garai devant une dépendance, à côté d'un véhicule assez étrange, une sorte de vieille Jeep de l'armée. J'avais pensé qu'on viendrait m'accueillir, mais personne ne se présenta et je demeurai quelques instants immobile, le bras appuyé sur le capot de ma voiture.

Il faisait déjà chaud malgré la légère brise qui s'était levée. En me retournant, je vis que le jardinier se dirigeait dans ma direction. C'était un homme plutôt petit, replet, qui portait une salopette d'un bleu très soutenu. Sa grosse paire de lunettes démodée lui tombait sur le bout de nez.

Lorsqu'il fut à trois ou quatre mètres de moi, je réalisai qu'il s'agissait de Harris en personne.

4

J'eus du mal à cacher ma surprise. Je ne connaissais le réalisateur que par des photos de tournage ou quelques interviews filmées. Je trouvai qu'il faisait plus vieux que son âge et qu'il n'avait pas l'air particulièrement en forme. Sa tenue négligée de jardinier n'arrangeait sans doute pas les choses. À quoi m'étais-je attendu ? Cet homme avait 77 ans – j'avais vérifié l'information sur internet avant de venir – et il avait déserté les plateaux de tournage depuis bientôt une décennie. Je m'étais en définitive accroché aux paroles excessivement optimistes de Crawford.

J'aurais dû être impressionné, mais ce petit bonhomme en face de moi me semblait affreusement banal, à mille lieues de l'image que je m'étais faite de lui. Quand il me tendit la main, je fus frappé par son regard tout à la fois malicieux et fuyant.

– David, merci d'être venu.

Sa voix, elle, était reconnaissable entre mille : haut perchée et légèrement nasillarde. Comme je ne savais pas comment l'appeler – « Wallace » me paraissait outrageusement familier, mais « monsieur » trop déférent maintenant qu'il avait employé mon prénom –, je me contentai de lui faire des compliments convenus sur sa propriété.

– Vous connaissez Caton l'Ancien ? demanda-t-il en me regardant de biais.

– Le consul romain ?

– Lorsqu'il ne guerroyait pas, Caton se consacrait exclusivement aux travaux des champs et vivait dans sa ferme comme un simple plébéien. On oublie trop souvent que les Romains étaient des paysans. Tout le contraire des Grecs… les philosophes. Voyez-vous, quand je tourne des films, je me sens cent pour cent grec, et quand je ne travaille pas je me sens cent pour cent romain.

Je savais que Harris était un pur autodidacte. Avait-il envie de m'épater par ses références érudites ou voulait-il simplement justifier sa tenue ?

– Le déjeuner avec Samuel s'est bien passé ?

Je mis deux secondes à comprendre qu'il parlait de Crawford.

– Très bien.

– J'espère qu'il ne vous a pas trop ennuyé avec ses anecdotes. Quand il replonge dans le passé, on ne peut plus l'arrêter.

Harris essuya ses mains terreuses sur sa salopette.

– Venez, entrons, nous serons plus à l'aise.

La bâtisse ouvrait sur un vestibule de style vieux manoir anglais aux murs couverts de têtes d'animaux empaillés.

– Je vous ferais bien visiter la maison, mais je ne pense pas que vous soyez venu pour ça.

Je le suivis dans un immense salon rempli d'affaires en désordre. Au milieu de la pièce trônait une longue table en chêne sur laquelle on avait disposé un buffet qui aurait pu nourrir un régiment. Près d'une cheminée en marbre se trouvait une table basse carrée, presque entièrement recouverte de piles de livres et de cassettes en équilibre, autour de laquelle étaient disposés un canapé de velours élimé et plusieurs fauteuils hétéroclites. La décoration était sommaire et ne manifestait aucun raffinement. Harris ne m'invita pas à m'asseoir. J'attendis qu'il ait pris place dans un fauteuil pour faire de même. J'entendis une sorte de ronflement et remarquai un labrador allongé à côté de la cheminée. L'animal se dressa sur ses pattes puis vint me renifler sans hostilité. Il était vieux et un peu pouilleux. Son œil gauche était totalement opaque. Pour paraître poli, je le caressai. En retour, il se mit à baver dans mes mains en poussant des grognements de satisfaction.

– Comment s'appelle-t-il ?

– Il n'a pas de nom. Ce n'est qu'un chien.

Je crus que Harris plaisantait, mais son visage demeura impassible.

– Vous avez faim ?

Mon ventre gargouillait. J'ignorais si cela était dû à la faim ou au stress.

– Si vous m'accompagnez.

– Je vais vous préparer une assiette.

Il se releva avec quelques difficultés. C'est avec une certaine fascination que je regardai cette figure mythique du cinéma, engoncée dans sa salopette, s'affairer autour de la table et remplir deux assiettes de tous les mets qui lui tombaient sous la main. S'il avait une flopée de domestiques, ceux-ci étaient particulièrement discrets, car je n'avais encore croisé personne d'autre que lui dans cette gigantesque demeure.

Je m'étais promis de prendre les choses comme elles viendraient, mais je me sentais à présent ridicule, assis dans ce fauteuil avec ce vieux cabot collé à mes jambes.

– J'ai vu tous vos films… à l'exception de vos premiers courts métrages.

Je n'avais rien trouvé de plus intelligent à dire pour établir un contact. Harris se retourna brièvement vers moi et grimaça.

– Mieux vaudrait que vous ne les voyiez pas !

Comme beaucoup de cinéastes perfectionnistes, Wallace Harris portait un regard très critique sur ses premières œuvres. Il avait même essayé d'interdire la sortie en DVD de ses courts métrages – je m'en voulus d'avoir pu l'oublier.

Il revint avec nos assiettes et poussa un soupir de soulagement en se rasseyant. Il posa la sienne sur le seul petit espace de la table basse resté libre et n'y toucha pas. Pour me donner une contenance, je picorai la nourriture du bout de ma fourchette en attendant qu'il parle.

– David, vous avez envie de travailler avec moi ?

– Si je suis ici…

Il remonta ses grosses lunettes, qui avaient tendance à lui glisser sur l'arête du nez.

– Très bien. Le projet que je vais vous proposer, je le traîne avec moi depuis plus de vingt-cinq ans.

Il se pencha vers la table, prit un livre de poche sur le dessus d'une des piles et me le lança sans ménagement. Je dus écarter mon assiette pour l'attraper au vol. Le labrador, que j'avais bousculé d'un coup de pied, émit une plainte.

La couverture représentait un manoir gothique noyé dans le brouillard. Nathaniel Hawthorne, *La Maison aux sept pignons*. Je n'avais lu de Hawthorne que *La Lettre écarlate* et je ne connaissais le livre que je tenais en main que par quelques extraits qui ne m'avaient pas laissé une grande impression. À dire vrai, j'aurais été bien en peine d'en résumer l'intrigue.

– Vous voulez… adapter ce roman ?

Mon ton dubitatif le contraria.

– Vous savez que Hawthorne est né à Salem et qu'il a vécu dans les Berkshires… Il a écrit ce roman à quelques kilomètres d'ici, même s'il abhorrait les hivers dans la région. Vous devriez visiter sa maison à Lenox.

Il y eut un silence dérangeant. À l'exception de *La Chevauchée du désert*, qui pouvait vaguement s'apparenter à un western, Harris n'avait jamais réalisé de film d'époque. Pourquoi diable voulait-il se lancer dans une entreprise aussi périlleuse à son âge ?

– Que pensez-vous du livre ? demanda-t-il en pianotant sur sa salopette avec agacement.

Il n'envisageait même pas la possibilité que je ne l'aie pas lu.

– Eh bien… c'est un grand classique, évidemment.

– Mais… ?

– Mais c'est un peu poussiéreux, non ?

Je vis ses mains se crisper et son visage se tendre. Il me jeta un regard d'une noirceur absolue, puis frappa violemment la table basse de la paume de sa main, faisant s'écrouler deux ou trois piles de livres et de cassettes. Ce fut un miracle que son assiette restée en équilibre ne tombe pas. Je restai pétrifié sur place, le regard baissé, incapable de comprendre comment j'avais pu utiliser un adjectif aussi dénigrant que « poussiéreux ». Comme s'il saisissait tout de la situation, le labrador quitta précipitamment le canapé pour s'éloigner de moi et réclamer une caresse à son maître. J'avais l'impression d'être devenu l'ennemi numéro un de cette maison. Je craignais que Harris ne me jette dehors ou ne se lance dans une véhémente diatribe en m'énumérant toutes les vertus du roman, mais il se calma presque aussitôt. Son changement d'attitude était incompréhensible.

– *La Maison aux sept pignons* devait être mon troisième film. J'avais commencé à écrire un scénario mais aucun producteur n'en a voulu. Il faut dire que le livre avait déjà fait l'objet d'une adaptation dans les années 50… un très mauvais film, d'ailleurs, évitez de le regarder.

Cette dernière remarque me rassura : ma bourde ne m'avait visiblement pas mis complètement hors jeu.

– Est-ce que vous avez encore ce scénario ?

– Il n'était pas bon, pas bon du tout. À l'époque, j'avais l'esprit embrumé par tout un tas de théories fumeuses sur l'art d'adapter des œuvres littéraires. Je pensais que pour réaliser un film personnel il fallait s'éloigner autant que possible du matériau d'origine. Je me trompais. Tout est dans le livre : je crois même que nous pourrions commencer à tourner sans script. Tout juste avons-nous besoin d'un exemplaire du roman intelligemment annoté.

Si le livre de Hawthorne constituait à lui seul un scénario clé en main, je me demandai ce que je faisais là.

– Je voudrais que vous le relisiez, que vous preniez des notes, et que nous puissions nous revoir très rapidement. Vous avez un endroit où loger ?

Je n'avais évidemment rien réservé. Je ne pensais rester chez Harris que pour la journée et rentrer le soir même à New York. Mais je me sentis pris au piège par sa question, qui ne me laissait aucune latitude.

– J'ai retenu une chambre à Stockbridge.

– Parfait. Est-ce que vous pouvez relire ça d'ici demain ?

Je ne fis paraître ni inquiétude ni surprise et feuille-tai rapidement le livre.

– D'ici demain, c'est parfait.

– Surtout, n'oubliez pas de prendre des notes ! Ne vous fiez pas à votre mémoire, les bonnes idées s'envolent vite.

Quoique n'appréciant guère son ton professoral, j'acquiesçai docilement.

– Une dernière chose très importante : je voudrais que vous demeuriez pour le moment d'une discrétion totale quant à notre collaboration. N'en parlez à personne, pas même à votre agent. Ne vous inquiétez pas, je ferai établir dans les meilleurs délais un contrat en bonne et due forme, mais en attendant…

Légalement, j'étais dans l'obligation d'informer Cuthbert de toutes les propositions qu'on pouvait me faire. En gardant le silence sur mes rencontres avec Crawford et Harris, je lui avais déjà joué un mauvais tour. Jusque dans les années 70, il était fréquent que des scénaristes triment des mois sur un projet, sans contrat ni paiement ; cette naïveté était d'ailleurs souvent la source de grosses déconvenues lorsque les projets capotaient. À Hollywood désormais, plus aucun scénariste sérieux n'écrivait une ligne sans qu'agents et avocats n'aient établi un contrat en béton. Mais ma présence chez Harris n'était pas motivée par l'argent. Et comme la plupart des gens dans ce métier, j'aurais été prêt à travailler gracieusement pour lui.

– Je suis désolé d'abréger notre échange, mais je me sens un peu fatigué à présent. Je crois que j'aurais dû m'économiser davantage dans le jardin. Passez-moi le livre, je vous prie.

Harris s'empara d'un vieux stylo bille fatigué qui traînait sur la table basse et griffonna son numéro sur la page de garde.

– Appelez-moi dès que vous aurez fini. Quelle que soit l'heure… je dors très peu, vous ne me dérangerez pas.

Il se leva. J'étais frustré : j'avais fait plus de deux heures de route et notre rencontre avait été expédiée comme une vulgaire visite chez le dentiste. Surtout, pas plus qu'avec Crawford nous n'avions fait la moindre allusion à ma mère durant notre conversation.

Harris ne me raccompagna même pas à ma voiture. Il me laissa sur le perron et redisparut sans attendre dans son étrange demeure. Lorsque j'eus franchi le portail de la propriété, j'eus le sentiment que toute cette rencontre n'avait été, en fin de compte, qu'une pitoyable mascarade.

5

Il ne me fut pas difficile de trouver un hôtel. Juste après ma visite chez Harris, je tombai sur une adorable auberge de style colonial – sans doute l'une de ces anciennes villégiatures de riches New-Yorkais. Je suis certain qu'elle aurait beaucoup plu à Abby. Ma chambre, avec son papier peint à rayures, sa cheminée en pierre et sa baignoire sur pieds, semblait tout droit sortie d'un roman du XIXe siècle, ce qui pouvait m'aider à plonger dans l'ambiance du roman. Comme je n'avais pas envie de rester enfermé, je fis un tour dans Stockbridge, petite ville peu prétentieuse mais assez artificielle, où il était presque impossible de faire un pas sans tomber sur une reproduction d'une peinture de Norman Rockwell. Je pris un verre dans la rue principale en observant les touristes, encore nombreux en cette fin de mois d'août, puis m'achetai quelques affaires de toilette puisque je n'avais pas imaginé devoir passer la nuit dans les Berkshires.

Rentré à l'auberge, je lus le roman de Hawthorne d'une traite, y passant toute la soirée et une partie de la nuit, et je dois dire qu'il me plut. Même si, en tant que scénariste, je trouvais qu'il contenait trop de digressions et que le dénouement était franchement tiré par les cheveux, je compris immédiatement ce qui avait pu attirer Harris dans cette histoire. L'un des personnages centraux était un jeune photographe qui dénonçait l'imposture d'un notable corrompu. L'intérêt du livre venait du fait que la photographie y était vue non comme un détecteur de vérité mais comme une source d'illusion qui trompait les personnages sur la vraie nature des modèles. Il n'était pas sorcier de comprendre que le rôle du daguerréotype tenait dans le roman la place que le cinéma avait occupé dans la vie de Harris. Le livre avait en plus une évidente portée politique. J'imaginais que, pour le réalisateur, notre photographe progressiste devait être le fer de lance d'un combat contre le puritanisme et les classes dominantes, qui pouvait faire écho à nombre de ses films. Je ne pus m'empêcher de songer à *La Délaissée* et au rôle qu'aurait dû y interpréter ma mère : une jeune femme étouffée dans une vie de mensonges, soumise à un mari hypocrite, qui décide de se révolter contre les apparences de la haute bourgeoisie. Comme le cinéaste me l'avait demandé, je pris quelques notes dans un carnet au fil de ma lecture. À la fin, je me surpris à griffonner sur le papier : *Qu'est-ce que je fais ici ?*

*

Je dormis peu et mal. Après un rapide petit déjeuner, j'appelai Harris dès 8 h 30 au numéro qu'il m'avait laissé. C'est lui qui répondit.

– Je ne vous dérange pas ?

– David… Vous avez eu le temps de relire le roman ?

– Oui.

– Vous pouvez passer ?

– Quand ?

– Dans une demi-heure, si ça ne vous ennuie pas.

Il raccrocha. La manière qu'il avait de ne s'embarrasser d'aucun détail me déstabilisait. Il ne faisait aucun effort pour se montrer aimable et nos conversations ne s'étaient limitées qu'au strict nécessaire.

J'arrivai devant le portail de la propriété à 9 heures pile. Je crois que c'est Harris lui-même qui me parla à l'interphone. Il m'attendait devant l'entrée de la demeure, ayant troqué sa tenue de travail contre un vieux jean trop large et une chemise rouge délavée par le temps. Comme il restait silencieux, je dus me charger des civilités – quelques mots sur Stockbridge et sur l'auberge où j'avais dormi. Debout sur le perron, il réussissait l'exploit de paraître à la fois vaniteux et effacé.

Dans le salon qui n'avait pas été rangé, du café et des corbeilles de viennoiseries étaient posés sur la table en chêne.

– Prenez ce qui vous fait plaisir.

Je me servis un café. Il remarqua le petit carnet de moleskine que je tenais en main.

– Tiens, vous avez pris des notes ?

Sa voix avait presque des accents de reproche, mais j'évitai de me laisser intimider par son petit jeu.

– Les bonnes idées s'envolent vite, rétorquai-je d'un ton ironique.

Ma remarque n'eut pas l'air de l'amuser.

Il me fit signe de m'asseoir, puis m'écouta poliment, sans m'interrompre. Je lui exposai pendant une dizaine de minutes les faiblesses et les réussites du roman d'un point de vue purement scénaristique. J'essayai de me montrer brillant, incisif, développant la métaphore entre l'œil du photographe et celui du cinéaste qui pouvait donner lieu à une habile mise en abyme. En fait, je me rendis compte que j'avais envie de l'impressionner. Il acquiesçait parfois, mais rarement, d'un petit signe de la tête. Je voyais en revanche son visage se refermer dès que j'émettais des propositions trop précises qui avaient trait à la mise en scène ou que j'écartais de façon péremptoire les rebondissements improbables de l'intrigue. Je savais pourtant comment le réalisateur fonctionnait. La vraisemblance n'avait jamais été un élément crucial dans ses films. Ce qu'il attendait de ses scénaristes n'était qu'un matériau brut qu'il repenserait du tout au tout, sans souci de réalisme ou de structure formatée.

Quand j'eus fini, il me jaugea durant quelques secondes. Je m'apprêtais à devoir répondre à toute une série d'objections, comme à un oral d'examen, mais Harris afficha une mine un peu lasse.

– J'ai eu mes avocats au téléphone. Le contrat sera prêt la semaine prochaine. C'est une première proposition… Au cas où la somme ne vous conviendrait pas, nous pourrions bien sûr en rediscuter.

Si j'étais plutôt dur en affaires, l'argent était pour le moment le cadet de mes soucis. En revanche, les liens contractuels qui m'unissaient à Cuthbert m'inquiétaient et j'avais envie d'aborder au plus vite le sujet avec Harris. Mais il ne m'en laissa pas le temps. Contre toute attente, il se leva et me regarda d'un air gêné.

– Laissons tout cela pour le moment. J'aimerais vous montrer quelque chose.

Il n'ajouta pas un mot et je me contentai de le suivre. Nous nous engageâmes dans un long couloir vide au bout du salon, descendîmes un escalier en colimaçon puis longeâmes à nouveau un couloir, vétuste et humide, jusqu'à une porte métallique. J'étais pour le moins déconcerté. Harris me fit entrer dans une pièce : c'était une petite salle de cinéma flambant neuve, équipée d'une vingtaine de fauteuils en velours rouge et d'un écran d'assez belle taille.

— Installez-vous.

Il disparut aussitôt de la salle pour se rendre, comme je devais vite le comprendre, dans la cabine de projection. Harris avait tout préparé bien avant mon arrivée : après quelques secondes à peine, les lumières s'éteignirent et l'écran s'alluma. Je ne savais pas à quoi m'attendre. Harris voulait-il me gratifier d'une projection privée de l'un de ses films ? Étant donné le personnage, l'hypothèse était plausible. Je jetai des regards inquiets autour de moi, comme si une assistance épiait mes réactions.

C'est alors qu'elle apparut sur l'écran.

Elizabeth. Ma mère.

Elle était assise sur un canapé, les jambes légèrement repliées, dans un intérieur cossu des années 50. À l'arrière-plan, on apercevait un homme d'une quarantaine d'années, debout dans l'embrasure de la porte du salon : Dennis Morrison, l'acteur qui interprétait son mari dans *La Délaissée*. À aucun moment les deux personnages ne devaient se regarder. Ma mère demeurait les yeux baissés sur son livre, le visage tourné vers la caméra.

« Tu rentres tard.

— Quelle heure est-il ?

— Plus de 2 heures.

— J'étais au club avec Ted.

— Ta soirée s'est bien passée ?

— Oh, la routine… On a bu quelques verres, discuté de tout et de rien. Je n'ai pas vu l'heure tourner. Tu connais Ted…

– …

– Je pensais que tu serais déjà couchée.

– Je n'arrivais pas à dormir.

– Encore tes insomnies ?

– J'ai lu un peu en t'attendant.

– Une de tes histoires d'amour ?

– Oui, une histoire d'amour qui finit mal. »

Je n'entendis pas le reste du dialogue. Mes oreilles bourdonnaient. Quelque chose d'étouffant pesait dans cet intérieur propret, dans ces échanges pleins de sous-entendus. Mes yeux étaient rivés sur le visage de ma mère. Un visage grave et fermé qui reflétait toute la tristesse et toute l'humiliation de la femme trompée. Je ne lui avais jamais vu une telle expression dans ces films où elle n'avait servi que de faire-valoir.

La scène dura deux ou trois minutes – je n'avais plus de réelle notion du temps. C'est sur le tournage de *La Délaissée* que Harris avait fait des longs plans fixes l'une de ses marques de fabrique : il n'hésitait pas à les répéter des dizaines de fois, poussant les acteurs dans leurs derniers retranchements. Combien de prises avaient-elles été nécessaires pour tourner cette scène ? Dix ? Vingt ? Peut-être plus.

Ma mère disparut de l'écran. Les lumières se rallumèrent. Une goutte de sueur fendit mon front en deux. Je n'étais plus capable de formuler la moindre pensée logique.

La porte s'ouvrit et le réalisateur revint, le visage dénué d'expression. À la stupeur succéda la colère. J'avais l'impression d'avoir été trahi. Tout ce qu'on racontait sur Harris était donc vrai : le plaisir qu'il avait à manipuler les autres, à prendre le dessus sur eux, à garder le contrôle de la situation. Les mots sortirent de ma bouche presque malgré moi :

– Putain ! Mais à quoi est-ce que vous jouez ?

– Je ne comprends pas… Je pensais vous faire plaisir.

Sa fausse ingénuité me fit sortir de mes gonds :

– Vous ne comprenez pas ? Depuis hier, vous n'avez pas fait la moindre allusion à ma mère et vous me balancez maintenant ces images en pleine figure, sans me prévenir. Qu'est-ce que vous imaginiez ? Que j'allais verser ma petite larme et vous témoigner de la reconnaissance pour cette minute de nostalgie. C'est quoi, votre problème ?

Cette fois, Harris parut vraiment déstabilisé. Qui, au cours de son existence, avait osé lui parler sur ce ton ? Probablement personne. Ou ceux qui l'avaient fait avaient dû être virés sans autre forme de procès. Mais je n'avais rien à perdre. Cette projection privée me donnait la preuve que tout, depuis le coup de fil de Crawford, n'avait été qu'une mise en scène. J'aurais sans doute quitté cette maison sur-le-champ si Harris n'avait soudain pris un air contrit qui me calma un peu.

– Ce n'était pas une bonne idée, murmura-t-il. J'aurais dû écouter Samuel… Remontons, s'il vous plaît. Je crois que nous devrions parler.

À quoi faisait-il allusion exactement ? En quoi Crawford était-il concerné par cette affaire ?

Il sortit de la salle de projection et nous n'échangeâmes plus aucune parole jusqu'à ce que nous ayons regagné le salon.

– Asseyez-vous, David.

Il me vit hésiter à prendre place en face de lui, mais mon hésitation était de pure forme. La curiosité était trop forte : il fallait que je comprenne ce que Harris me voulait, et ce qu'il savait à propos de la disparition de ma mère. Le labrador sans nom était réapparu sur le canapé. Je n'allais pas me laisser embobiner. C'était à moi de mener la discussion.

— Pourquoi est-ce que vous m'avez fait venir ? Cette histoire d'adaptation… c'était du bidon, n'est-ce pas ? Vous n'avez jamais eu l'intention de réaliser ce film ?

Harris prit un air outré dont je n'étais pas dupe.

— Comment pouvez-vous dire une chose pareille ? Ma proposition est tout à fait sérieuse. J'ai bien lancé un contrat. Si vous voulez toujours que nous travaillions ensemble, il sera sur votre bureau la semaine prochaine…

Je n'avais pas envie de palabrer sur ce contrat.

— Depuis quand savez-vous que je suis le fils d'Elizabeth ?

Harris souffla.

— Depuis quelques années… Un jour, Samuel Crawford est tombé sur un article qui vous était consacré. C'était à l'occasion de la sortie de *La Maison des silences*. Il n'a eu aucun mal à faire le rapprochement avec votre mère et il s'est alors intéressé à votre travail. Il trouvait que vous aviez beaucoup de talent, que vous étiez différent des scénaristes de votre génération. Il m'a montré vos films et, quand j'ai eu l'idée de me lancer dans cette adaptation, j'ai pensé à faire appel à vous. Le fait que vous soyez le fils d'Elizabeth a peut-être joué dans ma décision, mais vous vous doutez bien que je n'ai jamais engagé personne pour de simples raisons… affectives.

— Au moment du tournage de *La Délaissée*, vous ne saviez pas qu'Elizabeth venait d'accoucher ?

— Non, je l'ignorais à l'époque.

Ce détail n'avait pas vraiment d'importance, mais il me semblait peu crédible qu'un type obsessionnel et suspicieux comme Harris ait pu l'ignorer.

– Ces images que vous m'avez montrées… vous en avez d'autres comme celles-là ?

– Ce sont les seules que je possède encore. Tout le reste a été égaré ou détruit pendant le montage du film.

J'avais tant de questions à poser que je ne savais par où commencer.

– Comment en êtes-vous arrivé à engager ma mère ? Elle n'était qu'une actrice de second rang !

– Samuel m'était un collaborateur précieux. Il avait l'habitude de dénicher de jeunes acteurs et m'aidait lors de la distribution des rôles. Il avait vu des photos d'Elizabeth dans des agences et l'avait croisée, je crois, dans une de ces soirées mondaines où je ne mettais jamais les pieds. Elle lui avait fait forte impression. Elizabeth a passé des essais. Elle était faite pour ce rôle, j'en ai été immédiatement persuadé. Au début, j'ai craint qu'elle ne soit trop jeune et qu'elle ne manque d'expérience, mais j'ai vite compris que sa candeur convenait parfaitement au personnage : Vivian est une femme naïve, qui croit follement à son mariage, et qui va peu à peu sombrer dans le désespoir et le crime. Je ne voulais pas d'une actrice dont le visage soit connu du public et qui traîne ses rôles précédents comme des casseroles. Samuel partageait mon point de vue. Il a beaucoup insisté pour que je la choisisse. Le producteur, lui, était plutôt réticent.

– Vous parlez de Simon H. Welles ?

– Oui. À l'époque, le cinéma commençait à être sérieusement concurrencé par la télévision et Simon voulait absolument une tête d'affiche. Mais j'ai tenu bon… comme chaque fois.

Pourquoi Crawford, s'il avait eu un rôle aussi décisif dans la carrière trop courte de ma mère, ne m'avait-il pas parlé d'elle ? Harris lui avait-il demandé de garder le silence à ce sujet ?

– J'ai lu dans des articles que les choses s'étaient mal passées entre vous…

– Mon Dieu ! On a raconté tout un tas de sornettes sur nos relations. Les tournages sont toujours le lieu de tensions, mais celui-ci n'a pas été pire qu'un autre. Je n'ai jamais fait partie de ces réalisateurs qui considèrent leurs acteurs comme du bétail. J'exigeais simplement qu'ils donnent le meilleur d'eux-mêmes. Vu les sommes qu'ils touchaient, c'était bien la moindre des choses ! Personne n'a jamais reproché à Chaplin de filmer vingt fois la même scène ! Savez-vous ce qu'il disait ? Que la tension éprouvée devant les projecteurs et la caméra stimulait tout autant sa créativité que celle des acteurs. Elizabeth était très professionnelle. Elle ne se plaignait jamais, même lorsqu'elle était exténuée. Je m'entendais très bien avec elle. Elle savait la chance qu'elle avait de participer à ce tournage.

La vanité de Harris revenait au galop. Je n'avais pas envie de le laisser glisser sur cette pente.

– Vous souvenez-vous des jours qui ont suivi la disparition de ma mère ?

– Bien sûr que je m'en souviens. Les acteurs étaient logés dans de luxueux bungalows près du studio de la San Fernando Valley, mais votre mère rentrait tous les soirs chez elle à Los Angeles. Le lundi matin, nous l'avons attendue plusieurs heures et j'avoue que j'étais très contrarié, car nous avions une scène importante à tourner. Comme elle n'arrivait pas, j'ai décidé de modifier notre planning pour mettre en boîte quelques plans moins importants. Ce genre de désagréments étaient fréquents sur les tournages. Dans l'équipe, personne ne s'est vraiment inquiété, mais j'ai tout de suite pensé qu'il se passait quelque chose d'anormal.

– Pourquoi ?

– Je vous l'ai dit : Elizabeth ne se comportait pas comme une actrice capricieuse, elle était toujours ponctuelle et faisait tout ce qu'on lui disait de faire. Si elle avait eu un problème personnel, elle n'aurait pas manqué de nous avertir. Il est facile de réécrire l'histoire après coup, mais j'ai eu un mauvais pressentiment. Elle avait quitté le studio le vendredi après-midi, vers 16 heures – la scène que vous avez vue tout à l'heure est la dernière que nous ayons tournée. Juste avant de partir, Elizabeth était venue me voir pour me dire qu'elle était heureuse de faire ce film. Ça m'avait surpris.

– En quoi était-ce surprenant ?

– Personne ne dit jamais ce genre de choses sur un plateau. Tout le monde est stressé ou fatigué, on n'a guère l'habitude de se jeter des fleurs. Le ton qu'elle avait employé m'avait paru étrange. Je n'y ai repensé qu'*a posteriori*, quand l'assistant qu'on avait envoyé chez elle est revenu bredouille. Le lendemain, j'ai décidé qu'il fallait contacter la police malgré les réticences de Simon.

– Des « réticences » ?

– Il ne voulait pas de mauvaise publicité et il était de surcroît certain qu'elle finirait par revenir. Hollywood a souvent utilisé les frasques de ses acteurs pour faire parler des films, mais Elizabeth était quasi inconnue : il craignait que mêler si vite la police à cette histoire ne nous crée des problèmes. Les inspecteurs du LAPD ont interrogé les membres de l'équipe, les uns après les autres. J'ai insisté pour que chacun collabore et dise tout ce qu'il savait. Les jours ont passé. Welles, qui était en contact avec les policiers, me tenait au courant de l'enquête, mais c'était à peu près tout. Le tournage a ensuite été suspendu.

Harris avait l'air affecté par ces souvenirs. C'était la première fois que je lisais sur son visage une émotion qui ne semblait pas feinte.

– Que s'est-il passé quand vous êtes revenu au studio ?

– J'ai tourné toutes les scènes où Elizabeth n'était pas présente. Puis j'ai engagé une doublure pour filmer des plans de son personnage de dos. Environ dix jours après sa disparition, nous avons eu une longue réunion dans un bureau de Los Angeles. Une dizaine de personnes tout au plus étaient là : Welles bien sûr, le directeur de production, quelques cadres et avocats du studio. Nous avons pris la seule décision qui s'imposait : remplacer Elizabeth au plus vite et reprendre le tournage à zéro, du moins pour les scènes où son personnage apparaissait. Nous n'avions pas le choix : la production commençait à prendre du retard, le budget du film s'était envolé. C'est à ce moment-là que Clarence Reynolds est entrée en scène. Je ne voulais pas d'elle mais, vu la situation, j'ai bien été obligé de m'incliner. Simon avait déjà tenté de l'imposer avant que j'engage Elizabeth. Sa fatuité n'avait d'égale que son jeu désastreux. J'ai bataillé dur tout au long du tournage pour qu'elle abandonne ses poses de tragédienne et ses grands airs mystérieux ! Elle n'est jamais arrivée à la cheville de votre mère. Non, elle n'a jamais été Vivian !

Harris avait presque crié. Son visage était devenu écarlate. Le labrador émit une plainte et lui jeta un regard de chien battu, ce qu'il était peut-être, après tout. J'attendis que le réalisateur ait retrouvé un peu de calme pour le relancer :

– Vous avez dit que vous étiez tenu au courant de l'enquête. Qu'avez-vous appris exactement ?

– Très peu de choses. Ce dont je me souviens, c'est qu'Elizabeth avait dîné avec un homme sur Hollywood Boulevard le vendredi soir. Mais vous étiez déjà au courant, n'est-ce pas ? À partir du moment où le FBI a repris l'enquête, les choses se sont compliquées. Welles est devenu de plus en plus évasif.

– Pour quelle raison ?

– Il manquait d'informations. Le FBI se méfiait d'Hollywood comme de la peste. Pour les fédéraux, nous n'étions qu'un repère de communistes et de sympathisants des droits civiques. Et puis, je n'étais pas vraiment en odeur de sainteté à l'époque. Mes films dérangeaient : vous comprenez, je n'incarnais pas les bons vieux idéaux américains. Samuel saurait sans doute vous parler de l'enquête mieux que moi. Je travaillais dix-huit heures par jour, et après ce qui s'était passé le tournage est devenu pour moi un cauchemar. Je sais simplement que la police…

Il s'interrompit et croisa les mains sur ses genoux.

– Oui ?

– La police était persuadée qu'Elizabeth entretenait une liaison au moment du tournage.

– Vous pensez que cette personne appartenait au milieu du cinéma ?

– C'est possible. Je vous avouerais que je n'ai pas cherché à le savoir. Le tournage avait pris une nouvelle direction et on évitait de parler ouvertement d'Elizabeth sur les plateaux. D'une certaine manière, je pense que tout le monde se sentait un peu coupable de ce qui lui était arrivé.

Nous ne parlâmes plus ce jour-là ni du contrat ni de l'adaptation du roman de Hawthorne. Harris me conseilla de rentrer à New York et de réfléchir à sa proposition à tête reposée. Je le saluai avec une certaine amertume, sans croire pour autant qu'il ait cherché à jouer un jeu malsain avec moi. S'il avait conservé ces bouts de pellicule durant quarante ans, c'est que ma mère avait dû représenter quelque chose dans sa vie. Et la colère qui l'avait animé lorsqu'il avait évoqué sa remplaçante m'avait semblé venir du cœur.

En quittant sa propriété pour rentrer chez moi, je savais que Harris ne tournerait plus jamais de film. Et que je n'écrirais quant à moi pas une ligne de ce scénario.

6

Mon court séjour dans les Berkshires m'avait miné le moral. Je ne savais quoi penser de ma rencontre avec Harris. Soit il en avait trop dit, soit il n'en avait pas dit assez. Les images de ma mère assise sur ce canapé, un livre entre les mains, revenaient en boucle dans ma tête. Rien ne parvenait à me les faire oublier. Par moments, j'en venais presque à regretter que notre discussion n'ait pas tourné uniquement autour du travail pour lequel il était censé m'avoir engagé.

Cuthbert m'appela dans l'après-midi. J'en profitai pour le remercier encore une fois pour la soirée. Il ne fut pas long à revenir à la charge sur le scénario qu'il m'avait confié. Par découragement mais aussi pour abréger la conversation, je me surpris à accepter sa proposition, même si je ne me sentais pas le courage de travailler sur un projet aussi absurde. Après tout, je n'avais pas besoin d'argent et, depuis ma rencontre avec Harris, cette activité de *script doctor* ne m'apparaissait plus que comme une tâche profondément avilissante. J'aimais beaucoup Cuthbert, il était mon seul véritable ami, mais il m'arrivait parfois de voir en lui une sorte de Méphistophélès qui m'aurait poussé à vendre mon âme au diable.

Abby avait cherché à me joindre deux fois en mon absence. Simple oubli ou acte inconscient, je n'avais pas emporté mon portable. Je la rappelai et tombai sur son répondeur. J'y laissai un court message pour m'excuser et lui expliquer que j'avais été très occupé – ce qui était en somme la stricte vérité.

Le lendemain, je dus écumer les trois plus grandes librairies de la ville pour dénicher un exemplaire d'occasion de *Crimes et Scandales à Hollywood*, l'ouvrage qu'on avait déposé dans mon casier du temps où j'étais à l'université. Je trouvais que le titre du livre convenait mal à la disparition de ma mère dans la mesure où à ce jour, dans cette affaire, il n'y avait eu ni scandale ni encore moins crime. Mon exemplaire était une réédition plutôt récente. La biographie à l'arrière de la jaquette m'apprit que l'auteur était mort en 1992. En me mettant en quête de ce livre, je n'avais fait que ressasser une question à laquelle je ne pouvais trouver de réponse : pourquoi, durant toutes ces années, n'avais-je pas cherché à en savoir plus sur ma mère ?

Dans l'épais volume, seule une quinzaine de pages la concernait directement, mais je les lus trois fois avec une attention soutenue. Sur son enfance à Santa Barbara, son parcours, ses débuts dans le monde du cinéma, je n'appris rien de vraiment nouveau. L'auteur, sans doute pour rendre l'« affaire Elizabeth Badina » plus spectaculaire, avait tendance à surestimer la célébrité de ma mère au moment de sa disparition. Il ne mentionnait jamais qu'elle avait eu un fils. En définitive, Harris n'avait peut-être pas menti en assurant ne connaître mon existence que depuis quelques années. Armé d'un stylo, je repérai les passages les plus intéressants.

Tous les témoignages tendent à montrer qu'Elizabeth Badina a été vue en public pour la dernière fois au Blue Star, un restaurant de Hollywood Boulevard, le vendredi 23 janvier 1959 vers 22 heures. Il est formellement établi que, même si elle n'était pas à proprement parler une habituée des lieux, elle y était du moins déjà venue plusieurs fois en compagnie d'amis à partir du printemps 1957. Les serveurs de l'établissement se souviennent parfaitement d'elle et la décrivent comme une jeune femme coquette, toujours très bien habillée et maquillée. Le Blue Star est un restaurant plutôt populaire et familial, très fréquenté le week-end. Ce soir-là, Elizabeth a rendez-vous avec un homme, déjà présent à son arrivée. Elle ne dîne pas et se contente de prendre une boisson non alcoolisée. De l'identité de l'homme et de la discussion qu'ils ont eue, nous ne savons rien. Elizabeth ne reste pas plus de dix minutes sur les lieux. Personne ne la reverra de la soirée.

Cet épisode du restaurant, crucial dans la compréhension de la disparition de l'actrice, soulève de nombreuses questions qu'aucun ouvrage à ma connaissance n'a abordées à ce jour. Tout d'abord, le restaurant était presque complet ce soir-là. Il est étrange que malgré la présence de très nombreux témoins la police n'ait pas réussi à établir une description précise de cet homme mystérieux, pourtant le dernier à avoir parlé à l'actrice. Les rapports officiels que le LAPD a accepté de rendre publics ne contiennent aucun témoignage direct le concernant. Son existence n'y est mentionnée qu'une seule fois et son signalement (« un homme brun, de taille moyenne, sans signes distinctifs ») semble avoir été établi sans sources définies. Dans les dossiers, rien n'indique non plus que de gros moyens aient été déployés pour tenter de le retrouver.

Ce point de l'affaire me semble très important. En me fondant uniquement sur les comptes rendus de la presse du début de l'année 1959, j'ai découvert que, dans les premiers jours de l'enquête, l'individu semblait être au cœur des préoccupations des policiers. Ainsi, dans le *Los Angeles Herald Examiner*, une certaine Sady L. apporte son témoignage. Elle dînait en compagnie de son petit ami au Blue Star au moment de l'arrivée d'Elizabeth. Elle ne connaissait pas l'actrice, mais l'avait observée de longues secondes, « parce qu'elle était très jolie et que c'était le genre de filles auxquelles [elle] aurai[t] aimé ressembler ». Sady se souvient même de sa tenue : une robe grise avec des boutons en forme de perles. Cette tenue, que ses amis les plus proches lui ont vu porter à plusieurs reprises, n'a visiblement pas été retrouvée dans ses affaires. Plus intéressant encore, ce témoin donne une description beaucoup plus détaillée de l'inconnu du Blue Star que celle conservée dans les dossiers du LAPD. Sady parle d'un homme « d'une quarantaine d'années, les cheveux très noirs, le regard inquiétant, portant un costume élégant d'un certain prix ». Elle avoue même s'être demandé ce qu'une jolie fille comme elle pouvait trouver à un homme aussi austère. C'est également grâce à ce témoin que l'on sait que l'actrice a quitté le restaurant contrariée, presque en colère. Un autre témoin, demeuré anonyme, confirme la version de Sady.

Comment se fait-il dès lors que cette description ne figure pas dans les dossiers de la police que j'ai pu consulter ? Pourquoi ne trouve-t-on aucune trace de ces indications capitales sur l'âge et la tenue vestimentaire de l'inconnu ? Ni sur l'état visiblement troublé de l'actrice au moment où elle quittait le Blue Star ? Plusieurs hypothèses doivent selon moi être retenues, qui ne sont d'ailleurs pas exclusives. Première possibilité : les dossiers du LAPD sont incomplets, des pièces ont disparu, certains procès-verbaux d'interrogatoires n'ont pas été rendus

publics. Deuxième hypothèse : l'individu mystérieux a bien été identifié par la police avant d'être
mis hors de cause ; on comprend dès lors que le
LAPD n'ait pas livré le nom d'un coupable idéal en
pâture à la presse. Cette hypothèse rejoindrait
d'ailleurs la première : l'identité de l'homme se
trouverait bien quelque part dans les archives de la
police restées confidentielles. Dernière possibilité :
l'enquête aurait été menée de façon peu rigoureuse
et des indices et témoignages capitaux négligés par
les enquêteurs. Cette dernière hypothèse me semble
la moins probable. On peut facilement imaginer
que le contexte et la médiatisation de la disparition
de l'actrice aient poussé les responsables de la
police à considérer cette affaire comme prioritaire
et à mettre une lourde pression sur le dos des
enquêteurs.

Suivait un paragraphe où l'auteur battait en brèche
l'idée selon laquelle Elizabeth ait pu disparaître de son
plein gré.

Le lendemain matin, samedi 26 janvier, aux alentours de 9 heures, une voisine d'Elizabeth l'a aperçue quittant son domicile de Silver Lake, où elle
s'était installée quelques mois auparavant, à bord de
sa Chevrolet modèle Bel Air. Plus personne ne
reverra l'actrice. Son véhicule sera retrouvé par un
agent en patrouille trois jours plus tard dans une rue
perpendiculaire à Hollywood Boulevard, à moins de
300 mètres du restaurant où s'était déroulé le rendez-
vous le vendredi soir. Les analyses réalisées dans la
Chevrolet ne donneront rien. Les clés ne seront pas
retrouvées.

*

Le roman de Hawthorne était posé en évidence sur mon bureau. Même si je n'osais pas me le formuler clairement, j'espérais que Harris me recontacterait au plus vite. J'avais besoin de poursuivre notre conversation. Je me rendais compte que mes questions avaient été beaucoup trop vagues. Je regrettais de ne pas l'avoir davantage interrogé sur l'entourage d'Elizabeth, sur ses relations avec les membres de l'équipe du film, et surtout sur ses rapports avec Crawford, qui semblait en savoir plus qu'il n'avait bien voulu le dire. Allais-je vraiment recevoir le contrat dont il m'avait parlé ? Et, si cela arrivait, que pourrais-je dire à Cuthbert ? La vérité me semblait encore la meilleure solution. Il me connaissait depuis assez longtemps pour savoir que j'étais incapable de l'entourlouper.

Après quelques hésitations, essayant d'oublier *La Maison aux sept pignons* et le chapitre de *Crimes et Scandales à Hollywood*, je le rappelai pour lui demander s'il était libre pour dîner. Je savais d'avance qu'il accepterait, même s'il devait pour cela décommander le président en personne. Comme je voulais par avance me faire pardonner ma trahison, je lus en quatrième vitesse son scénario avant de le rejoindre au Daniel sur la 65e Rue.

Sans surprise, Cuthbert but et mangea comme un ogre. Nous passâmes une soirée tranquille. Me lançant dans une volubile improvisation, je lui résumai tous les aspects du script qu'il me faudrait retravailler. Au fil des verres, ma résolution première s'étiola : je n'eus pas le courage, ce soir-là, de lui parler de ma mystérieuse escapade dans les Berkshires.

*

Le lendemain, je me réveillai avec la gueule de bois et la ferme intention d'appeler Harris, même si j'ignorais ce que j'allais bien pouvoir lui dire. Comme je trouvais l'heure un peu trop matinale, je me préparai plusieurs cafés et m'allongeai sur mon canapé pour relire calmement les tribulations de mes quatre adolescents poursuivis par un psychopathe – lequel se révélait à la fin de l'histoire être un ancien camarade qu'ils avaient humilié au cours d'un voyage scolaire. Plus je relisais cette fin, plus je la trouvais inepte. Je repensais à l'une des sacro-saintes règles établies par S. S. Van Dine qui voulait que le coupable soit toujours un personnage ayant joué un rôle significatif dans l'histoire. Ce *deus ex machina* me désespérait. Je me triturai les méninges pour essayer d'introduire l'adolescent tueur dans le premier tiers du scénario, mais je finis par capituler et allumer la télé pour faire une pause.

À l'écran, je reconnus immédiatement les images en noir et blanc tirées de *La Chevauchée du désert*. Un bref instant, je crus que j'étais tombé sur une chaîne du câble qui repassait de vieux classiques à longueur de journée. Mais il ne s'agissait pas d'une rediffusion. J'étais sur une chaîne d'informations continues.

En bas de l'écran défilait un bandeau : Wallace Harris, légende du cinéma américain, venait de disparaître à l'âge de 77 ans.

7

La stupeur. Je demeurai aussi figé devant mon poste que je l'avais été deux jours plus tôt devant les rushes de *La Délaissée*. Après ces images, le visage de Harris apparut, filmé en gros plan sur un fond grisâtre. Des archives qui devaient dater des années 80. Je m'empressai de monter le son de la télé.

« "Demander à un réalisateur pourquoi il fait des films est aussi stupide que demander à Dostoïevski pourquoi il a écrit *Crime et Châtiment*." Ces mots volontiers provocateurs sont extraits d'une des rares apparitions publiques de l'un des réalisateurs les plus secrets du cinéma. Un talent inestimable, une référence qui aura marqué cette dernière moitié de siècle vient de nous quitter. Wallace Harris était tout à la fois auteur, réalisateur et producteur. Né en 1921 à Boston, il se lance d'abord dans le journalisme comme photoreporter, avant de tourner entre 24 et 28 ans des courts métrages à petit budget qu'il finance grâce à l'argent de son père, héritier d'une importante manufacture de cuir de Nouvelle-Angleterre. Il n'a pas 30 ans lorsqu'il signe *Il ne restera que poussière*, un premier film ambitieux qui divisera la critique et qu'il reniera plus tard, jugeant l'œuvre pleine d'amateurisme et de défauts. Au début des années 50, il tourne *La Chevau-*

chée du désert, qui obtient trois récompenses aux Academy Awards. Wallace Harris ne parviendra pourtant jamais à décrocher le prix du meilleur réalisateur. Par la suite, les succès critiques et publics se succèdent, comme *La Délaissée* en 1959, portrait poignant d'une femme humiliée qui sombre dans la folie, ou *Dernière Nuit au paradis* en 1976, l'un des premiers films à dénoncer l'enfer du Vietnam. Bien que ne s'étant jamais engagé politiquement, le réalisateur subira jusqu'à la fin des années 60 les foudres de la censure et sera fréquemment attaqué par les conservateurs pour ses opinions jugées subversives, voire antiaméricaines. Le cinéma de Harris fut marqué par une exigence quasi obsessionnelle de la perfection. À cause de cette exigence, il n'aura tourné que neuf longs métrages en près de cinquante ans de carrière. Son cinéma, pessimiste et désabusé, est tout autant traversé par une critique féroce de la société que par des interrogations sur la condition humaine, mises en valeur par une incroyable technique souvent imitée mais rarement égalée. Depuis sept ans, Wallace Harris vivait retiré dans sa propriété du Massachusetts. C'est là qu'il est mort hier soir, à l'âge de 77 ans. »

Je n'arrivais pas à croire la nouvelle. Je passai de chaîne en chaîne, abasourdi, avec la désagréable impression d'être la victime d'un canular sophistiqué. Mais partout la même annonce revenait. Mes mains tremblaient. Je me sentis soudain terriblement seul devant cet écran de télévision. J'aurais aimé pouvoir parler à quelqu'un, mais qui aurais-je bien pu appeler ? Abby et Cuthbert n'étaient au courant de rien – ainsi en avais-je décidé. Quant à Crawford, je n'avais même pas son numéro. Pendant un moment, je me demandai si je n'avais pas rêvé mon séjour dans les Berkshires et si je ne venais pas tout simplement de me réveiller après ma soirée d'anniversaire trop arrosée. Aucun bulletin d'information ne donnait la cause de la mort de Harris. Il était probablement trop tôt pour que les journalistes aient pu obtenir des détails, mais je me pris à envisager les hypothèses les plus folles. Quarante ans après la disparition de ma mère, Harris me parlait d'elle et me montrait des images inédites de son dernier tournage, et il mourait brutalement à peine quarante-huit heures plus tard. La coïncidence était énorme. Du moins aux yeux d'un homme qui voyait tout à travers le prisme de ses propres obsessions.

Lorsque j'eus à peu près digéré la nouvelle, je m'installai à mon ordinateur et surfai sur les pages des plus grands quotidiens du pays. « WALLACE HARRIS EST MORT », titrait sobrement le *New York Times*. Suivait une nécrologie étonnamment longue qui avait dû être pré-rédigée de longue date. « DISPARITION D'UN GÉANT DU CINÉMA », annonçait le *Washington Post*. Le *Daily News* osait un titre plus douteux, en référence à l'un de ses films : « PREMIÈRE JOURNÉE AU PARADIS ». Je n'appris aucune information sur les raisons de sa mort.

J'avais déjà survolé quatre ou cinq nécrologies lorsque le téléphone sonna. J'hésitai à répondre, craignant que ce ne soit Abby ou, pire, Cuthbert, avec lequel il me faudrait parler de Harris comme s'il s'agissait pour moi d'un parfait inconnu.

– David, c'est Crawford. Vous êtes au courant ?

Entendre la voix de Crawford, quand bien même je le connaissais à peine, me procura un vrai soulagement.

– Je suis devant la télé. Je… je n'arrive pas y croire.

– Moi non plus. Je n'ai pas dormi de la nuit. C'est un vrai cauchemar.

J'entendais dans l'appareil son souffle presque maladif.

– Dire qu'avant-hier je discutais encore avec lui dans son salon !

– Je sais… Wallace m'a appelé juste après votre départ. Il m'a tout raconté.

« Tout » ? Même ma petite projection privée et notre étrange discussion à propos de ma mère ?

– Que s'est-il passé ? Les journaux ne disent rien sur les causes de sa mort.

– La famille n'a pas voulu s'étendre sur le sujet, elle s'est contentée pour l'instant d'un bref communiqué. Gardez pour vous ce que je vais vous dire, David.

– Bien sûr.

– Wallace travaillait dans son jardin, hier en fin d'après-midi. Il a fait une attaque, c'est aussi simple que cela. Sa gouvernante l'a découvert étendu dans l'herbe, mais on ne sait pas combien de temps il est resté seul. Les secours n'ont pas pu le ranimer. J'ai été prévenu dans la soirée et, évidemment, j'ai aussitôt fait le trajet jusqu'à chez lui. Son ex-femme était arrivée peu avant moi, accompagnée par son fils. Il y avait aussi la police…

– La police ?

– Wallace n'était pas le premier venu. J'imagine qu'elle était là pour surveiller les lieux… empêcher les curieux et les journalistes de venir rôder autour de la propriété. Vous savez, beaucoup de gens dans le coin savaient parfaitement où Wallace habitait : c'était un secret de polichinelle. Mon Dieu ! J'avais beau être là… chez lui… je n'arrivais pas à réaliser que tout cela était vrai. Encore moins qu'il était mort tout seul dans ce foutu parc, sans que personne puisse l'aider !

Combien de fois lui avons-nous dit qu'il allait se tuer à la tâche en faisant ces efforts inutiles !

Il y eut un long silence.

– Je serai à New York en début d'après-midi, reprit-il. Il faut que je vous voie, David.

Son ton m'inquiéta. Qu'est-ce qui pouvait bien presser maintenant que Harris était mort ?

– De quoi s'agit-il ?

– Je ne peux rien vous expliquer par téléphone, ce serait trop compliqué. Est-ce que je peux passer chez vous ?

*

Crawford arriva à mon appartement peu avant 15 heures. Il avait une mine affreuse. L'homme charismatique avec lequel j'avais déjeuné s'était volatilisé. Il n'avait sans doute pas exagéré en disant qu'il n'avait pas dormi de la nuit. Je lui proposai un café, qu'il accepta. Aussi bien lui que moi en avions grand besoin.

– Vous êtes venu directement des Berkshires ?

– Non, je suis passé à mon appartement pour prendre une douche et me changer. C'est tout juste si j'ai pris la peine d'écouter la radio dans ma voiture. Vous m'avez dit que vous aviez lu les journaux… Que racontent-ils ?

– Pas grand-chose. Je n'ai lu que des nécrologies archi-classiques qui devaient dormir dans les tiroirs depuis des lustres. Pas un mot sur son attaque… Apparemment, rien n'a filtré sur les causes de sa mort.

Crawford s'assit sur un tabouret de la cuisine ouverte pendant que je préparais les espressos. Je le vis secouer la tête avec dépit.

– Ce communiqué laconique est une grossière erreur. Il donne l'impression que nous voulons cacher quelque chose. Carole… je ne sais pas ce qui lui est passé par la tête ! Vous pouvez parier qu'on va avoir droit à toutes les rumeurs possibles : suicide, meurtre… J'imagine déjà les théories du complot qui vont se répandre sur internet. Certains vont vous expliquer que c'est la CIA qui a fait le coup !

Je trouvais que Crawford exagérait, mais je n'osai pas le contredire. Après tout, la carrière de Harris avait été entourée de tant de rumeurs qu'il n'y avait pas de raison que sa mort y échappe.

– Vous tenez le coup ?

Crawford s'appuya sur le comptoir. Ses traits tirés faisaient de lui un vieillard.

– Pas vraiment. J'ai l'impression que cinquante années de ma vie viennent de voler en éclats. Le monde perd un immense cinéaste, mais moi, je perds un ami… mon meilleur ami. Bien sûr, cela devait arriver un jour ou l'autre, nous n'avons plus 20 ans.

Je posai la tasse de café devant lui. Il demeura un instant plongé dans ses pensées avant de relever la tête.

– Écoutez, David, je n'ai pas été très honnête avec vous…

– Vous parlez de l'état de santé de Harris ?

Il fit une moue embarrassée.

– Ça, et d'autres choses encore… Il est vrai que Wallace n'allait pas aussi bien que je vous l'ai dit l'autre jour. Il y a deux ans, il avait fait un petit AVC qui ne lui avait laissé presque aucune séquelle. Je ne sais d'ailleurs toujours pas comment nous avons réussi à garder la chose secrète. Mais il était malade du cœur et, malgré le traitement qu'il suivait, il savait qu'une attaque pouvait le frapper à tout moment. Il avait fini par vivre avec cette idée.

Un sourire apparut fugacement sur ses lèvres.

– Wallace n'avait pas peur de la mort. Il était peut-être hypocondriaque, mais il estimait qu'il avait eu une vie bien remplie et qu'il avait accompli tous ses rêves. Il n'arrêtait pas de lire les stoïciens. Les *Pensées* de Marc Aurèle… Ce qu'il a pu me bassiner avec ce livre ! Souvent, il me citait cette phrase : « Il ne faut pas en vouloir aux événements. » Malheureusement, je n'ai jamais réussi à partager son optimisme…

Crawford se tut et fit tourner sa tasse de café sur sa soucoupe. J'avais l'impression qu'il cherchait à présent à gagner du temps.

– Qu'aviez-vous à me dire exactement ?

Mon ton était volontairement abrupt : je craignais trop qu'il ne change d'avis et qu'il n'aille pas au bout de ses confessions.

– Wallace m'a dit qu'il vous avait parlé d'Elizabeth… je veux dire, de votre mère.

Nous abordions enfin la conversation que nous aurions dû avoir dès notre première rencontre.

– Il m'a montré des rushes de *La Délaissée* dans sa salle de projection.

– Vous savez, sa disparition l'avait profondément marqué. Beaucoup de gens reprochaient à Wallace d'être un sans-cœur. La plupart du temps, il s'agissait de critiques qui ne l'avaient jamais rencontré mais qui trouvaient ses films trop froids. En réalité, c'était un grand timide, un homme qui avait tendance à se méfier des autres. Au fil des ans, il avait fini par se fabriquer une carapace.

– C'est l'impression qu'il m'a donnée l'autre jour.

– Pour votre mère… je crois que Wallace s'est toujours senti un peu coupable de ce qui lui est arrivé. Quand on tourne un film, malgré les tensions et les animosités, on finit par avoir le sentiment de former une véritable équipe. Wallace avait donné sa chance à Elizabeth, il avait vraiment envie de faire d'elle une grande actrice. Personne n'imaginait que sa disparition resterait inexpliquée. Les semaines ont passé, l'enquête piétinait, les producteurs ont été contraints d'engager cette Clarence Reynolds… Les choses n'ont plus jamais été comme avant. Tant qu'il était pris dans les obligations du tournage, Wallace a réussi à faire face, mais sitôt le montage terminé il a fait une dépression.

– Une dépression ?

– Très peu de personnes sont au courant. Il détestait *La Délaissée* : ce film restait pour lui inexorablement lié à votre mère. Qu'elle n'ait pu le terminer était son plus grand regret. Il pensait qu'on lui avait volé quelque chose. Et le mystère qui entourait sa disparition a commencé à l'obséder. Il refusait presque toujours de parler d'elle. Dès que la conversation dérivait sur ce film, Wallace changeait de sujet ou se mettait dans des colères noires. Dans son entourage, tout le monde savait que c'était un sujet tabou.

Crawford trempait à peine les lèvres dans sa tasse. Évoquer ces souvenirs semblait lui coûter beaucoup.

– Vous connaissiez bien ma mère ?

Il hocha la tête lentement.

– Oui, sans doute beaucoup mieux que Wallace, d'ailleurs. Je dois vous avouer que j'ai été très troublé quand vous êtes entré dans ce restaurant. Vous lui ressemblez tellement.

– Je ne trouve pas, même si c'est ce que ma grand-mère m'a toujours dit.

– Votre grand-mère… Elizabeth m'a quelquefois parlé d'elle. Elle était de Santa Barbara, n'est-ce pas ?

– Oui, mais elle s'est installée à Los Angeles au début des années 60.

– Est-elle toujours en vie ?

– Elle réside depuis trois ans dans une maison médicalisée.

– Vous n'avez pas d'autre famille ?

– Non.

Je n'avais pas envie de laisser dériver la conversation, chose dont Crawford dut se rendre compte.

– J'ai rencontré Elizabeth à la fin de l'année 1957, dans une de ces innombrables soirées que des millionnaires donnaient dans leurs villas de Bel Air. On y croisait beaucoup de jeunes mannequins qui voulaient faire carrière. La plupart n'avaient aucun talent et s'imaginaient qu'il suffisait d'être vues dans le beau monde pour décrocher un rôle. J'ai immédiatement compris que votre mère avait quelque chose de particulier. Elle n'avait pas la superficialité de toutes ces filles qui ne comptaient que sur leur physique avantageux. Il y avait en elle… une tristesse, une mélancolie qui m'ont frappé. Nous avons échangé quelques paroles. Elle ignorait totalement qui j'étais et elle m'a simplement donné son nom. À ce moment-là, Wallace travaillait d'arrache-pied à *La Délaissée*. Il avait dû user trois ou quatre scénaristes et réfléchissait aux futurs interprètes du film. Des noms avaient circulé dans la presse : Audrey Hepburn, Janet Leigh… mais il voulait une parfaite inconnue. De temps à autre, je lui soumettais des photos d'agence ou nous faisions passer des castings. Votre mère s'est imposée dès leur première rencontre. Je crois que Wallace n'a plus envisagé personne d'autre pour le rôle de Vivian.

Crawford se retourna et désigna de la main la table basse du salon sur laquelle j'avais laissé traîner mon exemplaire de *Crimes et Scandales à Hollywood*.

– Vous l'avez lu ?

Il m'avait complètement échappé qu'il l'avait remarqué en entrant.

– Je l'ai feuilleté… Vous connaissez ce livre ?

– Je connais surtout son auteur. À l'époque – ce devait être au début des années 80 –, il a eu la naïveté de croire qu'il pourrait approcher Wallace. Il n'arrêtait pas de revenir à la charge pour l'interroger. Il a fini par se rabattre sur des gens de son entourage qui avaient connu Elizabeth et il m'a contacté. J'ai évidemment refusé de le rencontrer : je déteste ce genre de bouquins à scandale. Leurs auteurs s'imaginent pouvoir raconter la vie des gens à partir de quelques témoignages de seconde main…

– Le passage sur ma mère est plutôt honnête et documenté.

– Tant mieux.

– Est-ce que vous avez des souvenirs particuliers du tournage de *La Délaissée* ? Harris est resté très vague à ce sujet l'autre jour.

– Vous savez, je n'étais pas très présent sur les plateaux. J'aidais surtout Wallace en amont de ses films. Le peu dont je me souviens, c'est qu'Elizabeth était très discrète en dehors des prises. Elle s'isolait en général dans sa loge. Elle paraissait sur la défensive : je crois qu'elle avait l'impression que personne ne l'aimait dans l'équipe.

– Une simple impression ?

– Sans doute. Elizabeth était presque inconnue dans le milieu du cinéma. Par moments, elle devait avoir le sentiment d'avoir usurpé sa place. C'est peut-être ce qui la poussait à être aussi disciplinée et à suivre à la lettre les recommandations de Wallace. Certains acteurs ont pu la regarder de haut au début, mais c'est une chose tellement fréquente. Les tournages se réduisent souvent à une lutte d'ego.

– Et il y avait les rumeurs…

– Quelles rumeurs ?

Crawford avait haussé les sourcils, mais je n'étais pas dupe.

– On a prêté tout un tas de relations à ma mère. Certains ont même prétendu que si elle avait eu le rôle…

– Oh, ça !… On peut reprocher pas mal de choses à Wallace, mais il n'y avait pas plus fidèle et plus casanier que lui. Ce n'est pas parce que aucun de ses mariages n'a fonctionné qu'il avait pour habitude de tromper ses femmes. Wallace était un homme honnête.

– Et Dennis Morrison, son partenaire ? Et Simon H. Welles, le producteur du film ?

Crawford eut un petit rire amusé qui égaya pour la première fois son visage.

– Morrison avait un vrai talent devant la caméra pour jouer les rôles de salaud, mais ce n'était en dehors des plateaux qu'un hâbleur qui cherchait à grossir son tableau de chasse. Si Elizabeth avait fait partie de ses conquêtes, vous pouvez être sûr qu'il s'en serait vanté auprès de la ville tout entière ! Quant à Welles… un sexagénaire peu séduisant et peu reluisant. Elizabeth se méfiait de lui, elle connaissait sa réputation… comme tout le monde d'ailleurs à Hollywood. Écoutez, David : votre mère était quelqu'un de bien, elle n'aurait jamais entamé une relation dans le simple but de décrocher un rôle, vous pouvez me croire.

Ses yeux se perdirent à nouveau dans le vague.

– Vous n'avez pas connu cette époque. Les journaux étaient friands de scandales, encore plus qu'aujourd'hui. Ils auraient publié n'importe quoi pour vendre du papier. Quand l'enquête s'est enlisée, les ragots ont commencé à sortir. Sans compter que Harris n'était pas très apprécié des journalistes. Il n'acceptait quasiment personne sur ses tournages et certains n'ont pas hésité à se venger de lui par de basses manœuvres.

– Vous avez dit que ma mère avait l'impression qu'on ne l'aimait pas. Est-ce qu'il n'y avait personne dont elle se sentait proche dans l'équipe du film ?

Crawford réfléchit.

– Difficile à dire… Il y avait bien sa maquilleuse, une jeune femme qui s'appelait Laura… son nom de famille m'échappe. Elizabeth se sentait plus à l'aise avec des gens de son milieu… enfin, vous comprenez ce que je veux dire. Les acteurs avec lesquels elle travaillait avaient pour la plupart une longue carrière derrière eux. Elle ne faisait pas encore vraiment partie de leur univers.

J'avalai le reste de mon espresso. J'avais laissé Crawford parler, mais il n'avait pas abordé l'essentiel à mes yeux.

– Harris m'a avoué qu'il connaissait mon existence depuis plusieurs années déjà…

– C'est exact. C'est moi qui suis tombé sur un article qui vous était consacré.

– Celui du *New York Times* ?

– Peut-être bien. Je l'ai envoyé à Wallace, sans mot d'explication. Je savais qu'il l'avait lu, mais nous n'en avons jamais discuté ensemble, du moins jusqu'au mois dernier.

– Le mois dernier ?

Crawford croisa les mains, coudes appuyés sur le comptoir.

– Wallace m'a appelé – un de ces coups de fil étranges qui pouvaient vous réveiller en plein milieu de la nuit : il s'imaginait que tout le monde vivait au même rythme que lui. Il m'a expliqué qu'il désirait vous rencontrer.

– Vous lui avez demandé pourquoi ?

– Bien entendu. Mais quand il avait une lubie en tête, Wallace ne s'embarrassait pas de grands discours. Je savais qu'il me fallait marcher sur des œufs. Il m'a simplement dit qu'il aurait dû entrer en contact avec vous depuis longtemps déjà, qu'il avait besoin de vous entretenir de votre mère, pour que vous sachiez quelle femme elle avait été. Je vous ai tout à l'heure parlé de culpabilité. J'ai pensé à ce moment-là que Wallace voulait refermer cette page douloureuse de son passé. Mais ce qui m'a paru étrange…

Il prit un air douloureusement pensif.

– Oui ?

– C'est l'empressement qu'il a manifesté. Je n'ai pas compris pour quelle raison il se montrait aussi insistant. Il voulait absolument que je prenne rendez-vous avec vous dans les plus brefs délais. De mon côté, je ne vous cache pas que j'étais très réticent.

– C'est à ce moment-là qu'il a eu l'idée de m'engager pour cette prétendue adaptation ?

– Il faut me comprendre, David… J'étais embarrassé. Je trouvais peu correct de devoir vous mentir pour vous attirer jusqu'à lui. Mais j'ai cédé – je n'ai jamais su dire non à Wallace. Vous rencontrer était devenu pour lui une obsession. Il m'a expressément demandé de ne pas faire allusion à votre mère lors de notre déjeuner, ce qui m'arrangeait après tout.

Qu'aurais-je bien pu vous dire ? Pour l'adaptation, je crois que Wallace avait vraiment l'intention de vous engager et de vous payer pour ce travail. Il est probable qu'il n'aurait pas réalisé le film, il n'en avait plus la force ni la volonté. Mais nombre de réalisateurs se seraient battus pour adapter un scénario qu'il aurait coécrit.

Je trouvais sa manière de présenter les choses assez hypocrite, mais ce scénario n'avait plus la moindre importance pour moi, à supposer qu'il en ait eu une un jour.

– Que vous a-t-il dit la dernière fois que vous l'avez eu au téléphone ?

– Il m'a rapporté votre conversation dans les grandes lignes. Il m'a expliqué qu'il vous avait montré la dernière bobine existante de *La Délaissée*. Je sais que vous avez mal pris la chose, et je vous comprends parfaitement. Cela a dû être un tel choc pour vous ! Wallace n'a jamais su prendre de gants. Pourtant, je vous assure qu'il ne cherchait pas à vous provoquer. Il s'est montré… maladroit. Bref, nous avons fini par nous disputer : je trouvais qu'il devait mettre fin à cette histoire de scénario au plus vite ou, du moins, vous avouer qu'il ne tournerait plus jamais de film.

– Pour être franc, je m'en suis douté dès que je l'ai rencontré.

Crawford se frotta les yeux. Si la conversation l'avait quelque peu animé, il semblait à nouveau totalement abattu.

– Ce n'est pas tout ce que vous aviez à me dire, n'est-ce pas ?

– Non. À dire vrai, je n'ai pas encore abordé la véritable raison de ma présence ici. Ce matin, juste avant que je quitte Stockbridge, la gouvernante de

Wallace m'a confié une enveloppe qui devait m'être expédiée aujourd'hui à la première heure. Il y avait à l'intérieur des documents, ainsi qu'un mot qui m'était adressé.

– Que disait-il ?

– « Je voudrais que tu remettes en main propre cette enveloppe à David. Il sait où me trouver. Je t'expliquerai tout bientôt. »

– Vous avez cette enveloppe avec vous ?

– Elle est dans ma sacoche.

Crawford l'avait laissée sur le canapé en arrivant. Il se leva pour aller la chercher.

– Tenez.

L'enveloppe de papier kraft était mince et légère. J'en sortis d'abord un CD, dans un boîtier en plastique transparent sur lequel était indiqué : *Elizabeth Badina – La Délaissée*.

– Je pense que ce sont les images que Wallace vous a montrées l'autre jour. Il a dû transférer la bobine en numérique.

Je posai le CD sur le comptoir. Il restait à l'intérieur de l'enveloppe une photo en noir et blanc, au format 9 × 13, que je voyais pour la première fois. Une photo prise sur un plateau. Ma mère, excentrée sur la droite, était assise sur un énorme flight case en métal. Elle tenait à la main une cigarette dont la fumée lui cachait une partie du visage. Sa coiffure était exactement la même que sur les épreuves de tournage : cheveux plaqués en arrière et ondulés sur les longueurs. Elle portait une robe de ville assez simple – sans doute n'avait-elle pas encore été habillée pour les besoins du film. On aurait facilement pu croire que la photo avait été posée, mais ma mère y paraissait absente, comme si elle était inconsciente qu'un appareil était braqué sur elle. Sur la gauche du cliché, on distinguait un rail de travelling, une multitude de fils qui s'entremêlaient et deux hommes de dos, à l'évidence des techniciens.

– Qui a pris cette photo ?

– Je n'en sais rien. Peut-être Wallace… Il lui arrivait de faire des portraits sur le vif durant les tournages. Un livre regroupant son travail de photographe est d'ailleurs paru il y a quelques années.

L'enveloppe ne contenait rien d'autre. Sentant poindre ma déception, Crawford ajouta :

– Ce n'est pas tout. Retournez la photo.

À l'arrière figuraient deux inscriptions. En haut à gauche, une date à l'encre pâlie : *23 janvier 59*. Au centre, en petits caractères resserrés, un nom – *Sam Hathaway* – qui était suivi d'une adresse à Los Angeles, dans le quartier de Van Nuys.

– Si la date est exacte, vous avez très vraisemblablement entre les mains la dernière photo qui ait été prise de votre mère.

– Le 23 janvier… autrement dit, la veille de sa disparition.

– C'est exact.

– Et ce Sam Hathaway, vous le connaissez ?

– J'ai eu beau me triturer les méninges, son nom ne me dit absolument rien. La seule chose qui soit sûre, c'est qu'il s'agit de l'écriture de Wallace. Et je pense qu'il a écrit ce nom très récemment, peut-être juste avant de demander à sa gouvernante de m'envoyer l'enveloppe.

Quelque chose de déstabilisant se dégageait de cette photo. J'avais du mal à me dire que, moins de quarante-huit heures après qu'elle eut été prise, ma mère avait disparu à jamais.

– Je ne comprends pas ! À quoi bon tous ces mystères ? Pourquoi Harris ne m'a-t-il pas appelé ou donné cette photo en main propre pour m'expliquer qui était ce type et ce qui le reliait à ma mère ? Aidez-moi, monsieur. Vous devez bien avoir une idée…

Il me regarda, perplexe, visiblement autant dépassé par la situation que je l'étais moi-même.

– J'ignore pourquoi il m'a tenu à l'écart et pourquoi il voulait faire de moi un simple messager. Ce que je crois, c'est que…

– Parlez franchement !

– Je me demande si Wallace n'avait pas découvert quelque chose à propos de la disparition de votre mère.

– Comment cette histoire vieille de quarante ans aurait-elle pu resurgir dans sa vie ? Vous pensez que le contenu de cette enveloppe pourrait avoir un lien avec la mort de votre ami ?

– Bien sûr que non ! Qu'est-ce que vous insinuez ? Wallace était très malade, je vous l'ai dit. La police est arrivée rapidement sur les lieux et il ne fait aucun doute qu'il a succombé à une attaque. Personne n'était présent dans sa propriété, à part son personnel. J'avoue que la coïncidence peut paraître troublante, mais de là à imaginer un meurtre !

Crawford avait raison. Je ne devais pas me laisser aller à des conclusions trop faciles.

– Il faut que je parle à ce Sam Hathaway. Découvrir ce qui peut bien le relier à ma mère…

– Je vous comprends, David. Si je peux vous être d'une aide quelconque, n'hésitez pas à faire appel à moi. Je suis désolé de ne pas vous avoir dit la vérité dès le premier jour.

Je me sentais peiné de savoir qu'il avait été bien malgré lui l'exécutant de la dernière manipulation de Harris.

– Vous n'y êtes pour rien. Que disaient les stoïciens, déjà ? « Il ne faut pas en vouloir aux événements » ?

Comme Crawford, j'étais incapable de faire mienne une telle devise. D'une certaine manière, je n'avais cessé toute ma vie d'en vouloir aux événements.

*

Crawford ne s'attarda pas chez moi. Avant de me quitter, il m'expliqua qu'il me contacterait pour me tenir au courant du déroulement des funérailles. Je l'en remerciai, même si je savais au fond de moi que je n'irais pas à l'enterrement de Harris. Qu'aurais-je eu à y faire ? Dans un instant de paranoïa, je craignis même que, avec tous les journalistes qui rôderaient près du cimetière, ma présence ne suscite des questions si jamais quelqu'un me reconnaissait.

Une fois seul, je visionnai le CD. Il s'agissait bien des images que j'avais déjà vues chez Harris. Une autre scène y avait été enregistrée : Vivian, le personnage interprété par Elizabeth, se disputait cette fois ouvertement avec son mari. Celui-ci se mettait en fureur, l'insultait et la malmenait physiquement. Cette scène de violence me fut cruelle à regarder. Qui sait si ma mère n'en avait pas subi le jour de sa disparition ? Ou même avant ? Je songeai que Harris aurait mieux fait de s'abstenir d'ajouter ces images.

Installé à mon bureau, alors que la chaleur demeurait étouffante sur New York malgré la fin du jour, je tapai le nom de Sam Hathaway sur internet. Les résultats ne se firent pas attendre. Les pages jaunes indiquaient qu'Hathaway était un détective privé indépendant de Los Angeles. L'adresse laissée par Harris au verso de la photo correspondait. Un autre résultat me conduisit directement sur une page du *San Francisco Chronicle*. Il s'agissait d'un article daté de l'année précédente : « TOUT CE QUE VOUS AVEZ TOUJOURS VOULU SAVOIR SUR LES DÉTECTIVES PRIVÉS ». Il était si long que je ne fis que le survoler. Il y était question de contre-enquêtes pénales, de fraudes aux assurances, de recherches de clients disparus… De nombreuses anecdotes jalonnaient le texte. Le nom d'Hathaway apparaissait à la fin de l'article. Le journaliste expliquait que les *private investigators* étaient la plupart du temps des policiers et des militaires partis tôt à la retraite. Hathaway avait été interviewé. Il avait travaillé durant plus de vingt ans au LAPD, comme officier de police puis chef des inspecteurs. Il racontait son quotidien de privé : vérifications de témoignages, enquêtes pré-matrimoniales, relations extra-conjugales – des activités qui, de son propre aveu, pouvaient paraître terre à terre mais constituaient quatre-vingts pour cent du métier.

J'eus du mal à garder mon calme. Tout cela était trop beau pour être vrai. Les dates collaient parfaitement : si Hathaway travaillait déjà au LAPD lorsque ma mère avait disparu, il y avait de fortes chances qu'il ait participé à l'enquête. Et qu'il en sache surtout long sur son déroulement. Il n'avait que 28 ans au moment des faits. Combien d'autres enquêteurs de cette époque étaient encore en vie et susceptibles d'avoir conservé des souvenirs précis ? Mais aussitôt d'autres interrogations surgirent. D'où Harris connaissait-il ce détective ? L'avait-il rencontré en 1959 ? C'était tout à fait possible : la police avait interrogé toute l'équipe du film. Qu'est-ce qu'Hathaway savait sur ma mère qui justifiait que Harris ait griffonné son nom sur la photo ? Était-il à l'origine de l'empressement soudain qu'avait eu le cinéaste de me rencontrer ?

Je fermai le navigateur et restai de longues minutes les yeux rivés sur cette femme mélancolique à droite sur la photo. Le soir même, je réservai un vol pour Los Angeles.

DEUXIÈME PARTIE

Il y avait dans sa vie des disparus qui
découpaient d'énormes trous dans le
ciel de la nuit, et [il] savait qu'il n'y
pouvait rien.

Tim Gautreaux, *Nos disparus*

1

Je partis de La Guardia tôt le lendemain matin. Les six heures passées dans l'avion me furent pénibles. Trop de questions s'agitaient dans ma tête auxquelles je ne trouvais pas de réponses. J'avais acheté à l'aéroport plusieurs journaux qui consacraient tous des pages élogieuses à Harris. Son cinéma était qualifié de « virtuose », « brillant », « égocentrique », le personnage présenté comme « énigmatique » et « sûr de son génie ». Son attaque cardiaque était désormais évoquée – peut-être son ex-femme avait-elle publié un nouveau communiqué. Un seul quotidien indiquait qu'une « autopsie de routine » avait été pratiquée et confirmait les causes naturelles de la mort du cinéaste. J'avais pourtant encore du mal à accepter l'enchaînement fortuit des événements des derniers jours.

Je n'avais pas cherché à appeler Hathaway. Je trouvais trop compliqué de devoir expliquer une histoire comme la mienne au téléphone. Qu'avais-je même l'intention de lui dire si j'arrivais à le rencontrer ? Jusqu'où, surtout, avais-je l'intention d'aller dans mes recherches ? Dans l'avion, je ne cessai d'être tenaillé par le doute. À quoi ce retour à Los Angeles rimait-il ? Pourquoi avais-je attendu si longtemps pour chercher à en savoir plus sur ma mère ? Qu'avais-je si peur de découvrir ?

Mon vol n'eut pas de retard, ce qui m'évita de subir les embouteillages des heures de pointe, véritable plaie de cette ville qui compte presque plus de voitures que d'habitants, et il était tout juste 16 heures quand le taxi me déposa devant ma villa à Brentwood. Comparée à bien d'autres résidences de la rue, elle aurait presque pu sembler modeste – une maison en bois peint à un étage, très lumineuse, qui ouvrait à l'arrière sur une pelouse avec piscine. Elle avait pourtant été le premier signe tangible de ma réussite.

Devant le garage stationnait l'antique Ford Falcon de Marisa, qui venait faire le ménage chez moi chaque semaine, même lorsque je n'étais pas en Californie. Depuis quatre ans que je la connaissais, Marisa occupait dans ma vie une place bien plus importante que celle d'une simple employée. Elle se comportait un peu à mon égard comme une mère : elle trouvait que je travaillais trop, s'inquiétait sans raison de mon état de santé et me laissait toujours dans le congélateur des montagnes de plats à réchauffer pour que j'évite de « grignoter des cochonneries ».

La porte d'entrée était grande ouverte. La maison dégageait une forte odeur de produits ménagers. Tout était impeccablement rangé, comme à l'ordinaire.

Marisa apparut dans l'embrasure de la porte de la cuisine, les mains recouvertes de gants de latex rose, un grand sourire aux lèvres.

– *¡ Qué sorpresa !* Je ne savais pas que vous arriviez aujourd'hui !

Bien que vivant à Los Angeles depuis bientôt vingt ans, Marisa n'avait jamais réussi à se débarrasser de son fort accent mexicain.

– Bonjour, Marisa. Désolé, mais je n'ai pas eu le temps de vous prévenir. Des affaires urgentes à régler… Un nouveau scénario…

Elle secoua la tête avec désapprobation.

– Vous travaillez trop ! Pourquoi vous ne prenez jamais de vacances ?

C'était le genre de remarques qui, de sa part, me mettaient toujours mal à l'aise. Avait-elle conscience que quelques semaines de travail sur les scénarios bidon de Cuthbert me rapportaient plus d'argent que tout ce qu'elle pourrait gagner en une vie ?

– *¿ Qué hora es ?* Je suis sûre que vous n'avez rien mangé dans l'avion. Vous avez faim ? Je peux vous préparer quelque chose de rapide…

– Merci, je n'ai besoin de rien. Comment va Antonio ?

Marisa n'avait eu qu'un fils : un garçon de 17 ans, très intelligent, passionné d'informatique et de photographie, dont les résultats brillants lui avaient permis de décrocher une bourse pour intégrer l'UCLA à la rentrée prochaine. Elle avait toujours travaillé d'arrache-pied pour lui offrir ce qu'il y avait de meilleur.

– Très bien. Il parlait encore de vous hier. Cet appareil hors de prix… Oh, vous n'auriez pas dû !

Marisa se cacha des mains une partie du visage – un geste machinal qu'elle faisait lorsqu'elle était gênée. À chaque Noël j'offrais à Antonio des cadeaux en lien avec ses hobbies : un reflex, des objectifs ou des logiciels de retouches d'images. Comme l'appartement de sa mère était exigu, j'avais même mis à sa disposition une partie de mon garage, qu'il avait transformée en labo photo. Il y passait pas mal de temps, mais Marisa voyait d'un mauvais œil qu'il y vienne lorsque je résidais à Los Angeles.

– Et Mlle Abby, elle n'est pas avec vous ?

– Non, elle est en déplacement pour un bout de temps…

– J'aurais été si contente de la revoir… Vous en avez, de la chance, d'être tombé sur une fille comme elle !

J'aurais cru entendre Cuthbert. De toute façon, dès qu'il s'agissait d'Abby, tout le monde prenait soin de souligner combien elle était formidable. Peut-être même trop pour moi…

– Vous êtes de passage ou vous allez rester ?

– Je n'en sais rien. C'est l'affaire de quelques jours, peut-être un peu plus…

– Je pourrais repasser demain, vous préparer des *chiles rellenos* !

– Ne vous embêtez pas, Marisa, je me débrouillerai tout seul.

Ses piments farcis étaient une merveille, mais je n'avais pas envie qu'elle se mette à me couver tout le temps de mon séjour.

– Qui a dit que vous m'embêtiez ? Je passerai, un point c'est tout.

Je me penchai en avant pour regarder le carrelage.

– Le sol brille tellement que je peux me voir dedans.

– Oh, vous vous moquez de moi !

– Mais pas du tout ! Regardez, c'est un vrai miroir.

– Si vous n'avez rien d'autre à dire que des bêtises, je vais aller finir mon travail. Vous me faites perdre mon temps !

Tandis que Marisa disparaissait dans la cuisine, je m'isolai dans mon bureau. C'était le seul endroit de la maison où je me sentais vraiment chez moi. Les murs étaient tapissés de centaines de livres et de DVD : des œuvres qui pour la plupart m'avaient donné l'envie d'écrire à l'adolescence. Ailleurs, j'avais accroché des affiches de films de mes réalisateurs préférés – Alfred Hitchcock, Billy Wilder, Orson Welles – mais aussi celle de *La Maison des silences*, qui, chaque fois que je la regardais, me renvoyait tout autant à mes succès qu'à mes échecs. La pièce était un bazar innommable dans lequel même Marisa craignait de s'aventurer. Des papiers, des journaux et des dossiers traînaient un peu partout, essentiellement de la documentation que je n'avais jamais le temps de ranger ou dont je n'arrivais pas à me débarrasser, par pur sentimentalisme. La première fois qu'Abby était entrée dans ce bureau, elle s'était abstenue de toute remarque sur le désordre ambiant et ne s'y était pas attardée, consciente qu'elle se trouvait là dans mon jardin secret.

Sans attendre, je décrochai tous les papiers punaisés sur le grand tableau de liège au-dessus de mon bureau. Je les remplaçai par la photo de ma mère que m'avait laissée Harris et par un article du *Los Angeles Times* que j'avais emporté avec moi, sans doute l'un des premiers qui aient paru sur l'affaire : « DISPARITION INQUIÉTANTE À HOLLYWOOD ». C'est, je crois, par ce geste symbolique que mon enquête commença vraiment.

Environ un quart d'heure plus tard, j'entendis la voiture de Marisa démarrer devant la maison. Elle n'avait pas voulu me déranger. Je me rendis compte que j'étais resté tout ce temps immobile devant l'article et la photo. Je savais que, le lendemain, avant d'aller trouver Hathaway, il me faudrait entreprendre une chose que j'aurais dû faire depuis longtemps déjà.

*

La maison médicalisée où vivait désormais ma grand-mère se situait à Westwood, à seulement dix minutes de chez moi. C'était un grand immeuble rose, aux prestations luxueuses, dont les chambres donnaient sur les quartiers résidentiels environnants et, au loin, sur les buildings du centre-ville.

Tout avait commencé trois ans plus tôt par des difficultés dans les tâches quotidiennes et des petites pertes de mémoire. Virginia, ma grand-mère, venait alors d'avoir 82 ans. Marisa, qui faisait également le ménage chez elle, avait essayé plusieurs fois de m'ouvrir les yeux : « Votre grand-mère ne va pas bien. Elle ne peut plus vivre seule. » Je n'avais rien voulu voir, m'enfermant dans un déni stupide, jusqu'au jour où on l'avait retrouvée étendue dans le salon à la suite d'un malaise. Nous avions consulté les meilleurs spécialistes, elle avait passé toute une batterie d'examens psychologiques et neurologiques, mais les médecins n'avaient rien trouvé de particulier. Virginia vieillissait, tout simplement, et croire qu'elle pouvait encore rester chez elle était de la pure folie.

Pour qu'elle se sente comme à la maison, j'avais fait déménager autant d'affaires personnelles que pouvait en contenir son deux-pièces. Pourtant, chaque fois que je lui rendais visite, je ne pouvais m'empêcher d'éprouver un sentiment de culpabilité diffus. Nina – puisque c'était ainsi que je l'avais toujours appelée – était mon unique famille : je savais qu'elle finirait sa vie ici, seule, sans autres visites que celles de Marisa ou de son petit-fils.

Je savais somme toute peu de choses sur l'histoire de ma grand-mère. Virginia Cook avait vu le jour en 1913 à Santa Rosa, ce qui faisait de notre famille des

Californiens pur jus. Elle n'avait pas connu son père. Elle s'était retrouvée orpheline à l'âge de 17 ans – sa mère était morte d'une pleurésie mal soignée – et avait été recueillie par une tante tyrannique qu'elle détestait. Elle n'avait échappé à cette prison familiale qu'en suivant une formation d'infirmière. C'était à l'hôpital public de Santa Rosa qu'elle avait rencontré, un jour d'hiver 1931, un bel homme de dix ans son aîné, qui avait un temps prétendu être militaire avant qu'elle ne découvre qu'il n'était qu'un simple voyageur de commerce. Virginia était tombée amoureuse. Ils avaient très vite emménagé ensemble, mais William – tel était le prénom de son futur mari – s'était révélé dissimulateur, violent et volontiers porté sur la boisson. Elizabeth était née un an après leur rencontre. Elle n'avait que quatre ans lorsque William Badina était mort dans un accident, sur une route du Nevada, après une soirée trop arrosée. Je doute que ma grand-mère l'ait beaucoup pleuré. Échaudée par cette relation qui avait tourné au cauchemar, elle ne s'était d'ailleurs jamais remariée et avait fait une croix définitive sur sa vie de femme pour se consacrer entièrement à l'éducation de sa fille. J'étais toujours frappé par cette ressemblance évidente qui existait entre nos trois générations : Virginia, Elizabeth et moi-même... des êtres qui n'avaient pas eu de père et avaient grandi dans un environnement exclusivement féminin. Comme si, dans notre famille, l'histoire était condamnée à se répéter.

Malgré toutes les activités proposées à la résidence, ma grand-mère préférait passer le plus clair de son temps à lire ou à regarder la télé dans son petit salon. Elle n'avait jamais vraiment aimé la compagnie d'inconnus. À mon arrivée, elle était ainsi simplement assise devant la fenêtre : une vieille dame aux cheveux blancs dont l'existence semblait tout entière derrière elle. Cette image, comme toujours, me fit de la peine.

Nina paraissait dans un bon jour. J'arrivais à le savoir au premier regard que nous échangions. Elle m'embrassa longuement et m'invita à m'asseoir en face d'elle.

– Tiens, c'est pour toi.

J'avais acheté chez un fleuriste de la rue des camélias blancs, ses fleurs préférées.

– C'est magnifique ! Tu sais qu'on n'offre des fleurs blanches qu'aux jeunes filles, en général.

– Je l'ignorais. J'ai toujours trouvé cette symbolique stupide. Ce ne sont que des fleurs, après tout.

Elle sourit en humant le bouquet.

– Tu as raison… Je ne savais pas que tu étais en ville.

– Je suis arrivé hier soir.

Comme à son habitude, elle m'interrogea sur mon travail. Je lui répondis que je participais à un gros projet qui me prenait tout mon temps. En réalité, je savais que mes réponses lui importaient peu : quoi que je fasse, ma grand-mère était fière de moi.

– Qu'est-ce qui se passe, David ? Quelque chose te tracasse ?

Nina savait lire en moi à livre ouvert. J'avais pourtant essayé de ne rien laisser paraître de mes préoccupations.

– Je voudrais que tu me parles de ma mère.

Elle fronça les sourcils et me regarda durement. J'avais des scrupules à l'interroger ; peur aussi qu'elle ne s'imagine que ma visite était purement intéressée.

– De ta mère ? Je ne vois pas bien ce que je pourrais te raconter…

– Des choses que tu ne m'as jamais dites sur elle.

Cette phrase sonnait tel un reproche et je m'en voulus de ne pas être capable de faire preuve de plus de tact.

– Est-ce que tu te souviens de l'époque où elle s'est installée ici ?

Elle tourna la tête vers la fenêtre pour éviter mon regard puis soupira.

– Comment est-ce que je pourrais l'avoir oublié ?

– Tu n'étais pas enthousiasmée à l'idée qu'elle tente sa chance dans le cinéma ?

Je la vis se mettre à triturer les mailles de son lainage.

– Quelle mère l'aurait été ? Tu ne peux rien comprendre à tout ça… tu n'as pas vécu cette époque. Connais-tu Jean Harlow ?

– Oui… Enfin, de nom.

Je savais qu'elle avait tourné avec Capra et Lubitsch avant guerre, mais j'aurais été incapable de citer le moindre de ses films.

– Sais-tu à quel âge elle est morte ? 26 ans. D'une infection rénale non soignée. La pauvre fille se tordait de douleur et s'évanouissait sur les plateaux, mais personne n'a rien fait pour la sauver. On a même fini par lui arracher la moitié des dents… Voilà comment étaient traitées les actrices à Hollywood. Elles n'étaient que de pauvres marionnettes dont on se débarrassait quand elles ne servaient plus à rien !

Je sentais de la colère sourdre dans sa voix.

– Tu l'as malgré tout laissée partir…

– Qu'aurais-tu voulu que je fasse d'autre ? Lizzie était majeure et elle ne vivait que pour devenir actrice.

Rien d'autre ne l'intéressait. Elle passait sa vie dans les cinémas, s'habillait, se maquillait comme les vedettes qu'elle admirait. Je me souviens du jour où nous sommes allées voir *Un tramway nommé Désir*. En sortant de la salle, il y avait quelque chose de presque effrayant dans son regard... J'ai su à ce moment-là qu'elle partirait, quoi que je puisse dire.

– Ses débuts ont été difficiles ?

– « Difficiles », c'est peu dire... Elle a pris une location dans un immeuble sordide avec une fille aussi têtue qu'elle. Les premiers temps, elle a fait un peu de mannequinat, mais elle gagnait des clopinettes et a fini par accepter un emploi de serveuse. Elle avait beau tout minimiser, j'avais bien conscience que ce milieu était impitoyable. Chaque mois, je lui envoyais un peu d'argent, mais elle me le rapportait systématiquement lors de ses visites à Santa Barbara. Lizzie voulait réussir par elle-même... elle avait fait un choix et elle était bien décidée à s'y tenir. Pour tout te dire, je pensais qu'elle finirait par revenir. J'imaginais qu'après quelques échecs elle renoncerait à ses rêves de gamine et qu'elle trouverait un emploi... respectable.

– Quand as-tu compris qu'elle ne renoncerait pas ?

Ma grand-mère secoua la tête. Mes questions avaient beau ranimer chez elle des souvenirs pénibles, je ne pouvais plus m'arrêter à présent.

– Les choses ont changé quand elle a signé un contrat avec ce grand studio...

– La RKO ?

– Oui, c'est ça. Elle a commencé à décrocher des rôles. J'allais voir tous ses films au cinéma, mais le plus souvent elle n'apparaissait à l'écran que deux ou trois minutes. Quand elle m'appelait, elle était tout excitée, comme si elle avait tenu la vedette auprès de Cary Grant. Lizzie croyait en sa bonne étoile.

Son regard se troubla. Je craignis qu'elle n'ait une absence, mais ce n'était qu'une impression, car sa voix se fit soudain plus véhémente.

— Pourquoi me poses-tu toutes ces questions, David ? C'est à cause de ce Wallace Harris ?

— Tu es au courant ?

Elle haussa les épaules en ricanant.

— Qu'est-ce que tu imagines ? Bien sûr que je suis au courant ! J'ai la télé ici, et les journaux… On ne parlait que de sa mort aux informations ces derniers jours.

— Tu l'as rencontré à l'époque ?

— Bien sûr que non ! Je n'allais presque jamais à Los Angeles et Lizzie savait pertinemment que je n'avais aucune envie de rencontrer tout ce beau monde. De toute façon, on racontait qu'il se conduisait en tyran avec les acteurs. Dieu sait ce qu'il a fait subir à ma petite fille !

— Tout ça est un peu exagéré, fis-je, agacé.

— Qu'est-ce que tu en sais ?

— Des gens qui l'ont connu m'ont parlé de lui… Il était maniaque dans son travail, mais il ne tyrannisait personne.

— Tu n'as pas répondu à ma question. Est-ce que la mort de ce réalisateur a quelque chose à voir avec cet interrogatoire ?

— Arrête, Nina, ce n'est pas un « interrogatoire » !

— Hum… Tu te dis que je disparaîtrai bientôt et qu'il n'y aura alors plus personne pour te parler de ta mère ?

— Où vas-tu chercher des horreurs pareilles ?

– Ce ne sont pas des horreurs. C'est même tout à fait normal. J'aurais dû te parler d'elle plus souvent…

– Tu n'as rien à te reprocher.

La conversation prenait un tour qui ne me plaisait pas.

– J'ai essayé de t'élever du mieux possible, pour t'éviter de souffrir.

– Je le sais bien, et tu y as parfaitement réussi. Ne t'inquiète pas pour ça.

Je me tus une minute pour éviter de la presser. En arrière-fond nous parvenait le bruit de la circulation sur Wilshire Boulevard.

– Connais-tu un homme du nom de Samuel Crawford ?

– Ça me dit vaguement quelque chose.

– Il travaillait pour Wallace Harris, c'était un peu son bras droit. C'est lui qui a fait engager Elizabeth. Ils s'étaient rencontrés en 1957…

Je vis qu'elle essayait de se concentrer.

– Oh, Lizzie me parlait de tant de monde ! À force, je ne faisais plus que semblant de l'écouter dès qu'il était question de ces gens d'Hollywood.

– Et un certain Sam Hathaway ? Il était inspecteur à la police de Los Angeles au moment de l'enquête.

– Je n'ai jamais entendu ce nom.

J'étais déçu. Je me rappelai alors mon échange avec Crawford.

– Peut-être une femme prénommée Laura ? Elle était maquilleuse sur le film de Harris.

Le regard de ma grand-mère s'anima.

– Oui, je me souviens très bien d'elle. Laura… Laura Gray, je crois. Lizzie l'aimait beaucoup, elle m'a parlé d'elle plusieurs fois. C'était d'ailleurs la seule personne avec qui elle s'entendait sur ce maudit tournage.

Je n'étais pas étonné qu'elle puisse se souvenir de son nom de famille. Nina pouvait tout à la fois ignorer ce qu'elle avait fait la semaine précédente et se rappeler avec une parfaite précision d'épisodes de son enfance.

— Tu n'as plus eu de nouvelles d'elle par la suite ?

— Non… ou plutôt si. Un jour, quelques mois après la disparition de Lizzie, elle m'a appelée pour me dire combien elle était triste de ce qui était arrivé. Nous n'avons pas parlé très longtemps, mais j'ai trouvé ça très gentil de sa part.

Je prenais conscience du peu d'informations que je possédais pour interroger ma grand-mère. Deux ou trois noms… rien de plus. À quoi espérais-je aboutir avec ça ?

— Est-ce qu'on t'a tenue au courant de l'enquête ?

— J'en apprenais plus sur l'enquête par la presse que par la police ! Chaque jour ou presque, j'appelais ou je me rendais au commissariat pour savoir s'il y avait du nouveau. Chaque fois on me disait : « Ne vous inquiétez pas, nos meilleurs inspecteurs sont sur l'affaire, nous faisons tout ce que nous pouvons… » On a vu le résultat…

— Tu étais donc à Los Angeles quand l'enquête a commencé ?

— Je n'étais déjà plus infirmière à ce moment-là. Je travaillais comme secrétaire à l'Université de Californie. Vu les circonstances, on m'avait accordé un congé. Je m'étais installée dans la maison de Silver Lake. Je n'imaginais pas à l'époque que nous finirions par y vivre définitivement. Je t'ai d'abord laissé chez une nourrice à Santa Barbara avant de te ramener avec moi.

Ma grand-mère soupira et laissa ses yeux dériver vers la fenêtre et les façades des immeubles environnants. Je sentais que cette conversation commençait à la fatiguer, mais je ne pouvais pas y mettre un terme avant d'avoir abordé un dernier point.

– Il y a une autre chose dont je voudrais te parler…

Elle mit quelques secondes à retrouver sa concentration.

– Ton père ?

J'acquiesçai d'un petit signe de la tête.

– Je me demandais quand tu allais mettre le sujet sur la table. C'est pour cela en réalité que tu t'intéresses à cette époque ? Tu t'imagines que tu pourrais le retrouver après tout ce temps ?

À tout prendre, mieux valait qu'elle croie que j'étais à sa recherche.

– Je ne t'ai jamais menti, David : je ne sais pas qui est ton père, Lizzie ne s'est pas confiée à moi.

Elle me fixa longuement de ses beaux yeux clairs. Son regard paraissait tout à fait sincère.

– Tu dois quand même bien avoir une idée de son identité ?

– Un jour, en mai 1958, Lizzie a débarqué sans prévenir à Santa Barbara. Je ne l'avais pas vue depuis deux ou trois mois.

Je fis un rapide calcul.

– En mai… Tu veux dire qu'elle était déjà enceinte de six mois !

– Oui, et je l'ignorais complètement. Je ne me suis même pas mise en colère en la voyant. Lizzie était si désespérée ! Tu te doutes bien qu'elle ne pouvait plus rester à Los Angeles dans son état.

– Personne d'autre que toi n'était au courant ?

– Elle avait tout fait pour cacher sa grossesse le plus longtemps possible. Elle portait des corsets affreusement serrés pour dissimuler son ventre. C'était de la folie… Évidemment, les choses ont bien changé, mais en ce temps-là être mère célibataire suffisait à vous transformer du jour au lendemain en pestiférée, tu peux me croire. Si quelqu'un avait su, c'en aurait été fini de son film et de toute carrière à Hollywood.

– Je ne comprends pas. Comment a-t-elle pu quitter Los Angeles sans éveiller les soupçons ?

– Par chance pour elle, le film avait pris beaucoup de retard. D'après ce que Lizzie m'a raconté, non seulement les producteurs n'étaient pas satisfaits du scénario, mais ils étaient en plus empêtrés dans des problèmes avec la censure. Le tournage a été repoussé, ce qui lui a permis de s'éloigner un temps de la ville.

– Mais elle n'est pas restée chez toi jusqu'à son accouchement puisque je suis né à Santa Rosa.

– Qu'est-ce que tu crois ? Que nous aurions pris le risque de rester à Santa Barbara et de croiser des connaissances ? J'étais née à Santa Rosa et j'avais travaillé à l'hôpital public : partir là-bas nous est apparu comme la meilleure solution. Trois jours après son accouchement, Lizzie était debout, et prête à retourner à Los Angeles. Je trouvais imprudent qu'elle veuille se remettre au travail aussi vite, mais elle n'a rien voulu entendre.

Même si Nina n'avait aucunement l'intention de me blesser, le constat était clair : ma mère s'était désintéressée de son enfant et avait préféré repartir vers les sunlights. Ma grand-mère enfonça le clou :

– Nous avons décidé que je m'occuperais de toi le temps du tournage, avant de trouver une solution plus durable…

– Quelle solution ? Me placer dans une famille d'accueil ou trouver un couple assez charitable pour m'adopter ?

– Comment peux-tu dire une chose pareille ? Jamais Lizzie n'a voulu se débarrasser de toi ! Essaie de la comprendre… Elle avait déjà fait tant de sacrifices… Elle ne pouvait pas laisser le rôle de sa vie lui filer sous le nez. D'ailleurs, après ta naissance, son ambition est passée au second plan…

– Elle a eu une drôle de manière de le prouver !

– Elle voulait te mettre à l'abri, t'offrir le meilleur avenir possible. Nous n'avons jamais manqué de l'essentiel mais nous vivions chichement, en faisant attention au moindre dollar. C'est pour cela qu'elle a acheté la maison de Silver Lake avec son cachet. Elle voulait que tu aies un foyer.

– Et mon père dans tout ça ?

– J'ai cherché plusieurs fois à savoir qui c'était, mais je n'ai peut-être pas suffisamment insisté. Lizzie se sentait déjà assez coupable comme ça. J'étais certaine qu'elle me parlerait de lui quand elle se sentirait enfin prête. Malheureusement, elle n'en a pas eu le temps…

– Tu sais qu'on lui a prêté une relation avec Harris ?

Elle ricana.

– C'est ridicule ! Je n'ai jamais cru une seconde à cette rumeur !

– Pourquoi ?

– Est-ce qu'il y a besoin de tout expliquer dans la vie ? Une mère sent certaines choses. Lizzie parlait souvent de Harris… S'ils avaient été amants, je l'aurais

124

deviné. Elle avait une sensibilité à fleur de peau, elle ne savait pas faire semblant quand il était question de sentiments.

– Qui parle de sentiments ? C'était peut-être juste un moyen pour elle de décrocher ce rôle…

– Ne parle pas comme ça de ta mère ! Je ne l'accepterai pas !

Je soupirai, conscient que j'étais en train de passer les bornes. Après tout, je n'étais pas là pour exposer à Nina toutes les théories déplaisantes qui me traversaient l'esprit.

– Et l'homme qu'elle a vu dans ce restaurant de Hollywood Boulevard, la veille de sa disparition ?

– Tu te demandes s'il pouvait s'agir de ton père ?

– Ne me dis pas que tu ne l'as jamais envisagé.

– Si, bien sûr. Les derniers mois de sa grossesse, Lizzie passait de nombreux coups de fil. Je n'ai jamais su à qui elle parlait : elle s'assurait toujours que je n'étais pas dans les parages, comme si elle avait peur que j'entende ses conversations. En fait, je crois qu'elle était restée en contact avec ton père.

– Tu penses qu'il s'agissait d'un homme marié ?

– C'est l'explication la plus plausible. Si on ne l'a jamais retrouvé, c'est parce qu'ils avaient tenu leur relation secrète depuis le début. Et dire que j'ai passé mon temps à la mettre en garde contre les hommes ! Je savais que dès qu'elle poserait un pied dans cette ville, on se mettrait à lui tourner autour.

– Elle avait 21 ans quand elle est arrivée à Los Angeles, ce n'était plus une adolescente !

– Je le sais, je n'ai pas à juger ce qu'elle a fait.

– Est-ce que ses affaires se trouvent encore à la maison ?… Je veux dire, à part les papiers que j'ai déjà récupérés.

– Je n'ai rien jeté. Tout est rangé dans la cave. David, que cherches-tu au juste ?

– Je veux seulement en apprendre plus sur ma mère. Il n'y a rien d'extraordinaire à ça !

Je ne devais pas avoir l'air très convaincant, car elle secoua la tête avec réprobation.

– À quoi bon fouiller le passé ? Tout cela est derrière nous à présent. Ma petite fille a disparu il y a quarante ans et j'ai tout de suite su qu'elle ne reviendrait pas.

C'était la première fois que je l'entendais parler d'un ton si définitif et j'en fus déstabilisé.

– Pourtant, pendant toutes ces années, on aurait dit que tu gardais espoir !

– Quel espoir aurais-je bien pu avoir ? Je me mentais à moi-même, c'est tout. Et je le faisais pour essayer de t'épargner.

– Je n'aurais pas dû t'embêter avec toutes ces questions, je ne sais pas ce qui m'a pris.

Elle s'avança sur le bord de son fauteuil et me prit les mains. J'eus l'impression d'être redevenu un petit garçon.

– Tu as bien fait au contraire. Je suis heureuse que tu me les aies posées. Tu sais, je ne l'ai jamais dit à personne, mais…

Elle me lâcha les mains et se laissa aller contre le dossier de son fauteuil.

– Je n'ai qu'une certitude concernant Lizzie… Elle est morte. Je ne sais évidemment ni comment ni pourquoi, mais je suis sûre, tout au fond de moi, qu'elle est morte le jour même où elle a disparu.

2

Plus personne n'habitait la petite maison blanche à fronton géorgien de Silver Lake, au nord de Micheltorena Street, à deux pas de l'immense réservoir qui avait en son temps alimenté en eau le centre-ville et donné son nom au quartier. Si la façade refaite à neuf une décennie auparavant avait encore fière allure, l'intérieur était triste. Tout y était figé. Des draps recouvraient canapé et fauteuils. Les pièces sans meubles paraissaient affreusement vides et il flottait en permanence dans l'air une odeur de renfermé.

Ma mère n'avait passé que quelques mois entre ces murs. Au moment de sa disparition, Nina n'avait pu se résoudre à vendre le seul bien que sa fille se fût payé au prix de tant de sacrifices, et nous avions définitivement quitté Santa Barbara pour emménager à Los Angeles alors que je n'avais que deux ans. J'avais vécu ici une quinzaine d'années avant de partir pour l'université. Pourtant, lorsque je franchissais le seuil de cette maison, je n'étais jamais submergé par les souvenirs : ils avançaient plutôt pas à pas, de manière insidieuse, distillant en moi une amertume étrangement mêlée de douceur. Au bout de quelques minutes, il me semblait que les souvenirs importaient d'ailleurs moins que les efforts que je fournissais pour leur redonner vie et en faire autre chose que de vagues scènes désincarnées. Cette maison était le seul endroit où je pouvais me retrouver seul face à ma conscience. De temps à autre, je demandais à Marisa de passer y faire un peu de ménage, autant pour entretenir les lieux que pour me fournir un prétexte de lui donner quelques billets supplémentaires. Je savais que le jour où ma grand-mère disparaîtrait je la mettrais en vente pour me délester du dernier lien qui me rattachait à mon enfance.

Même si je n'avais pas l'intention de m'attarder, je ne pus m'empêcher de monter à l'étage pour revoir la chambre qui avait été celle de ma mère. Nina avait eu la sagesse de ne pas chercher à en faire un mausolée. Un jour – j'étais trop petit pour en avoir gardé le souvenir –, elle l'avait vidée de toutes les affaires personnelles de sa fille pour n'y laisser qu'un lit, une commode et trois vieilles affiches. La pièce, à l'abandon, était en piteux état. Personne n'y avait dormi en quatre décennies. Elle avait vieilli, lentement, comme l'aurait fait Elizabeth si son destin ne s'était brisé au cours de l'hiver 1959.

L'une des affiches au mur était une reproduction de *La Grande Vague de Kanagawa* de Hokusai. L'estampe avait jauni comme un vieux Polaroid : le bleu des vagues avait fané, le fond n'était plus qu'un aplat brunâtre uniforme. Le papier était déchiré dans le coin gauche, au niveau du cartouche rempli de logogrammes dont je ne connaissais pas la signification. Au fil des ans, j'avais souvent eu l'occasion de venir dans cette chambre vide, sans but particulier, simplement pour m'imprégner de l'atmosphère du lieu, et il m'arrivait de rester longuement devant cette reproduction pour en observer les plus infimes détails.

De même qu'à l'époque de mon enfance, la vague principale m'apparut comme une gueule de dragon prête à avaler la montagne à l'arrière-plan, et les crêtes découpées comme une multitude de doigts crochus sur le point d'agripper la barque pour la faire chavirer. Étrangement, j'avais mis du temps à déceler la présence des hommes cramponnés à leurs rames, la tête baissée dans l'attente de la catastrophe. Je les avais maintes fois comptés : vingt rameurs en tout, mais on pouvait en imaginer une bonne trentaine, certains étant dissimulés par la vague. Ce qui n'était jusque-là pour moi qu'un paysage maritime était devenu du jour au lendemain le spectacle d'une tragédie. Avec l'innocence de l'enfant qui prend tout au premier degré, je m'étais souvent demandé comment le peintre avait pu exécuter son œuvre tout en échappant à la vague prête à retomber. Je l'imaginais sur le pont d'une embarcation plus grosse et plus stable, ballottée par les flots, à tenter de fixer le drame qui se jouait sous ses yeux.

En m'approchant de l'estampe, je remarquai pour la première fois dans la bordure blanche une inscription manuscrite, presque effacée par le temps. Il s'agissait de l'écriture de ma mère, cela ne faisait aucun doute. *« Le rivage est plus sûr, mais j'ai envie de me battre avec les flots », Emily Dickinson.*

Comment avais-je pu ne jamais prêter attention à cette phrase ? Je trouvais en tout cas qu'elle allait bien à ma mère et j'imaginais aisément pourquoi elle l'avait choisie : rester à Santa Barbara pour vivre une vie réglée d'avance aurait été un rivage sûr, mais elle avait pris le risque de partir à Hollywood, la tête pleine de rêves, pour le meilleur et pour le pire.

Je décrochai l'affiche et la roulai pour l'emporter avec moi. Puisque ma mémoire ne pouvait m'être d'aucune aide, j'avais besoin de m'attacher à des éléments concrets pour tenter de comprendre qui avait été Elizabeth Badina et m'immiscer dans ses pensées. Ensuite, je descendis à la cave. Tout ce qui restait de ma mère était là, entreposé avec soin : de vieux meubles, des caisses de livres rongés par l'humidité, un amoncellement de cartons que je n'avais jamais eu la curiosité d'ouvrir même lorsque ma grand-mère était partie dans sa maison médicalisée. Voilà à quoi se résumait une vie.

Je dus passer une bonne demi-heure à mettre de côté tout ce qui pouvait m'intéresser, sans vraiment détailler le contenu des cartons. Je n'avais pas envie de déballer les restes de son existence dans sa propre maison. Il me fallait prendre de la distance, me retrouver dans un lieu dénué de charge émotionnelle.

Lorsque j'eus achevé mon tri, je quittai la maison sans traîner, chargeai les affaires dans le coffre de mon Aston Martin et rejoignis la route 101 plus au sud.

*

L'agence de Sam Hathaway occupait le rez-de-chaussée d'un petit immeuble décati, coincé entre une pharmacie discount et une auto-école, dans la partie la plus laide et la plus commerciale de Victory Boulevard, au centre de Van Nuys. Je dus me garer en face, dans le parking d'un 7-Eleven. L'intérieur de l'agence était à l'image de la rue. Un petit palmier décoratif dépérissait dans un coin de l'entrée à côté de trois chaises dépareillées, un ventilateur paresseux bourdonnait en se contentant de brasser de l'air chaud. Au mur, des photos panoramiques de Los Angeles et de belles villas des quartiers chic, bien loin de donner du lustre à l'endroit, en faisaient ressortir par contraste l'aspect miteux. À l'évidence, Hathaway ne faisait pas partie du gratin des détectives de la ville. Comment un homme tel que Harris avait pu être en contact avec lui, c'était un mystère.

Il n'y avait pas âme qui vive au comptoir de l'accueil, mais je perçus une voix animée en provenance d'une pièce dont la porte était entrebâillée. Sans manifester ma présence, j'avançai la tête dans l'embrasure. Sam Hathaway était assis derrière un bureau recouvert de paperasses, un téléphone coincé entre l'oreille et l'épaule. C'était un homme massif qui devait facilement tutoyer les cent kilos. Il portait un bouc taillé de façon approximative, et une horrible chemise hawaïenne que n'aurait pas reniée Tom Selleck à l'époque de *Magnum*. Je ne m'étais pas attendu à ce qu'il soit fringué comme Nicholson dans *Chinatown* mais tout de même... Il pianotait maladroitement d'une main sur un clavier et tentait, de l'autre, de connecter à son ordinateur un appareil photo numérique doté d'un impressionnant téléobjectif. En grande conversation, il ne me prêta pas attention.

– Tu ne vas pas te mettre à me réciter le code pénal... Je me fous complètement de savoir si c'est autorisé par la loi ou non ! Bon sang, je ne te demande quand même pas un numéro de compte en banque ! Tout ce que je veux, c'est un nom. Tu comprends ou il te faut un dictionnaire ? Ça ne doit pas être si compliqué que ça !

Son visage était rouge et son front couvert de sueur. Je me sentis soudain gêné de l'épier, mais n'osai pas bouger de peur qu'il ne me remarque.

– Comment ça, le tarif habituel ne te convient plus ! Tu te fous de moi ? Tu me prends pour l'Armée du Salut ? Est-ce que tu sais le mal de chien que je me donne pour faire tourner cette boutique ?

Hathaway s'écarta de son ordinateur et commença à s'essuyer énergiquement le front avec son poignet. C'est à ce moment qu'il leva les yeux et qu'il me vit. Il n'eut pas l'air incommodé par ma présence et me fit un geste de la main pour me faire patienter.

– Bon, écoute, Garry, je ne peux pas trop te parler pour l'instant... Rappelle-moi dès que tu auras ce que je veux. Et essaie de te magner le cul, c'est vraiment urgent ! On verra plus tard pour les questions d'argent, je vais voir ce que je peux faire... Oui, c'est ça, à plus tard...

Il raccrocha.

– Monsieur Hathaway ?

– Entrez, entrez... Je vous demande juste deux petites secondes.

Il cliqua deux fois sur sa souris puis déconnecta son appareil photo. Malgré la présence d'un ventilateur en meilleur état que celui de l'entrée, il faisait dans la pièce une chaleur suffocante.

– Désolé, ma secrétaire n'est pas là aujourd'hui, son gosse est encore malade... Ça doit bien faire la quatrième fois cette année. Vous avez des enfants ?

– Euh... non.

Il m'indiqua le fauteuil en cuir noir en face de son bureau.

– Eh bien, croyez-moi, réfléchissez avant d'en faire. J'ai un fils de 18 ans... Il m'en a fait voir de toutes les couleurs ! Le mois dernier, il est venu me voir et m'a dit : « Papa, je veux entrer dans l'armée de terre. » Sans doute une énième lubie de sa part... Je lui ai répondu :

« Fiston, grand bien te fasse ! » En réalité, je n'étais pas très chaud pour qu'il s'engage, mais je préfère encore le laisser filer chez les GI que de devoir sortir le porte-monnaie pour qu'il aille glander sur les bancs de l'université. Vous savez combien coûte une année si vous n'êtes pas un futur Shaquille O'Neal ?... De toute façon, il a besoin d'être cadré, comme tous les gosses d'aujourd'hui... Bon, revenons à nos moutons. Je ne reçois normalement que sur rendez-vous mais comme Gloria n'est pas là...

Il jeta un coup d'œil à sa montre.

– Je peux vous accorder dix minutes, il faut que je ressorte... Sachez que tout ce que vous me direz restera entre ces quatre murs. Discrétion absolue. Qu'est-ce que je peux faire pour vous ?

Le cuir abîmé du fauteuil collait déjà à mes vêtements. Heureusement, le souffle du gros ventilateur balayait ma nuque. Comme en présence de Harris ou de ma grand-mère, je ne savais pas bien par où commencer. J'avais décidé avant de venir de ne pas cacher ma véritable identité ni l'objet de ma visite.

– Je m'appelle David Badina, je suis scénariste...

– Désolé, mon vieux, mais je ne travaille pas pour le cinéma. Ces histoires de consultants... il paraît qu'on vous paye au lance-pierres. Je ne suis pas sensible aux sirènes d'Hollywood.

– Il ne s'agit pas de ça.

– Ah ? Vous n'êtes pas là à titre professionnel ?

– Rien à voir avec le boulot. Je cherche à obtenir... des informations sur une enquête que vous avez menée il y a de nombreuses années.

Hathaway me gratifia d'une grimace et garda le silence. Comme je n'étais ni un mari trompé ni une victime des assurances, je ne devais plus pour lui présenter le moindre intérêt. Je poursuivis :

– Vous avez bien été inspecteur au LAPD ?

Ce nom agit sur lui comme un sésame.

– Vingt-huit ans dans la maison… Pas un record mais déjà une belle performance. Patrouille en tenue, petite délinquance, bureau des inspecteurs, homicides… j'ai tout fait.

L'air goguenard, il leva en l'air sa main gauche : il lui manquait la moitié de l'auriculaire et de l'annulaire.

– Septembre 1978. Attaque à main armée sur Western Avenue. Je me suis pris une balle, j'y ai laissé deux doigts. Mais, comparé à certains collègues, ce n'était pas cher payé, croyez-moi. Après ça, je n'ai pas traîné. Je n'avais pas envie de me faire trouer la carcasse à quelques mois de la retraite… De quelle affaire voulez-vous me parler ?

– Janvier 1959, la disparition d'Elizabeth Badina. Vous vous souvenez d'elle ?

Hathaway fronça les sourcils. Il me sembla que j'avais ferré le poisson.

– Ça, pour m'en souvenir… Une sacrée affaire ! Voilà trois jours que je n'arrête pas d'y repenser… depuis que j'ai appris la mort de ce réalisateur, en fait. Attendez ! Badina… Vous n'allez pas me dire que vous avez un lien de parenté avec elle ?

– Je suis son fils.

– Merde alors ! Inutile de vous dire que je ne vous aurais jamais reconnu !

– Comment ça ? Vous m'avez déjà vu ?

Hathaway se détendit, comme si ce bref échange avait suffi à créer une complicité entre nous.

– Si on veut… Vous ne deviez même pas avoir un an. Je me souviens plus du landau que du bébé qui était à l'intérieur. Votre grand-mère venait deux ou trois fois par semaine dans nos bureaux pour obtenir des infos sur l'enquête. Une brave femme. Elle est toujours en vie ?

Je hochai la tête. Il me regarda soudain d'un air suspicieux.

– Dites-moi, Badina, comment avez-vous fait pour me retrouver ?

Je m'étais heureusement préparé à la question.

– Par les journaux de l'époque. Plusieurs noms de policiers figuraient dans les articles. Vous êtes le seul à être dans l'annuaire, figurez-vous.

– Ah, je ne savais pas qu'on avait cité mon nom… J'étais bien jeune, je venais d'être nommé inspecteur au quartier général de la police.

– Et vous êtes l'unique personne que je connaisse qui ait suivi cette enquête de près…

– Ça, je veux bien le croire ! La plupart de mes collègues de ce temps-là sont maintenant six pieds sous terre ou en train de se baver dessus comme des gosses dans une maison pour vieux. Bon Dieu ! Quarante ans… Je n'arrive pas à croire que le temps soit passé si vite.

Cette petite minute de nostalgie pouvait jouer en ma faveur.

– Vous aviez quel âge à l'époque ? demandai-je, même si je connaissais déjà la réponse.

– En 59 ? 28 ans. Comme je vous l'ai dit, je venais tout juste d'intégrer la division des vols et homicides. Je ne vous cache pas qu'on avait l'habitude d'en croiser, des vedettes : affaires de mœurs, de drogue, d'escroqueries… Mais là, évidemment, les choses étaient différentes. Les cas de disparitions directement traités par le quartier général étaient rares. D'ailleurs, tout le monde au bureau pensait que cette affaire serait rapidement résolue.

– Pour quelle raison ?

– Parce que le département avait interrogé un nombre dingue de témoins, d'amis, de connaissances… En général, dans ce type d'affaires, il y a toujours quelqu'un qui finit par vous refiler un tuyau permettant d'identifier un suspect. Ou au pire de trouver un mobile. Oubliez les grandes déductions des flics de cinoche ! C'est en usant ses semelles sur les trottoirs qu'on résout une enquête, pas en attendant l'inspiration le cul posé sur une chaise ! Et puis le chef de la police avait sorti l'artillerie lourde. Tout ce qui touchait au show-biz était pris au sérieux : ces affaires faisaient systématiquement la une des journaux.

– Le LAPD devait soigner son image ?

– Vous ne croyez pas si bien dire… Le département sortait de quinze ans de scandales et de corruption : destruction de pièces à conviction, subornation de témoins, certains flics ne reculaient devant rien. Oh, les choses n'ont pas changé du jour au lendemain… Le LAPD était encore plein de sales types, parfois pires que ceux qu'on arrêtait. Cette ville puait comme un bordel à marée basse. Sans compter que les journalistes n'arrêtaient pas de nous mettre la pression. C'en était fini du temps où les flics refilaient des infos confidentielles contre quelques papiers complaisants, et ces charognards nous harcelaient en permanence. Ils ne rataient pas une occasion de nous crucifier quand les enquêtes foiraient.

Hathaway se redressa sur son fauteuil et me fixa droit dans les yeux.

– Qu'est-ce que vous attendez de moi, au juste ?

J'avais pensé, avant de venir, que la conversation tournerait autour de Harris. Mais rien dans ce que m'avait dit le détective ne me donnait l'impression qu'il le connaissait personnellement.

– J'aimerais que vous me parliez de l'enquête. Je n'ai pour le moment que des infos de seconde main et je voudrais connaître le sentiment de quelqu'un qui a vécu les événements de l'intérieur.

Hathaway se mit à pianoter le bureau de sa main valide.

– Écoutez, l'artiste, je n'ai pas la journée devant moi, il faut bien que je gagne ma croûte. Si vous connaissiez le montant de ma pension ! Ça n'a pas dû être facile tous les jours pour vous... Nous aurions aimé résoudre cette affaire, mais parfois les choses ne fonctionnent pas comme on le voudrait.

– Juste quelques questions, je vous en prie... C'est très important pour moi. Je suis venu de New York simplement pour vous rencontrer.

Hathaway soupira longuement puis ouvrit un tiroir de son bureau. Il en extirpa un paquet de Philip Morris. Il n'avait visiblement plus l'intention de me mettre dehors.

– Bon, j'imagine que je peux bien faire ça... Vous en voulez une ?

– Merci, j'ai arrêté il y a pas mal de temps.

– Je ne vous demande pas si la fumée vous dérange, j'ai vraiment besoin d'une clope. Je profite que Gloria ne soit pas dans les parages... Elle me mène la vie dure avec ces foutues cigarettes. J'ai parfois l'impression d'être le dernier fumeur de Californie ! Washington et Jefferson fumaient des pétards et on voudrait maintenant nous fliquer jusque dans la rue !

Il alluma sa cigarette et tira goulûment dessus. Ses digressions m'agaçaient, mais je n'avais pas envie de le braquer.

– Je ne sais pas ce que vous avez en tête, Badina. Qu'est-ce que vous vous imaginez ? Que vous allez réussir à résoudre à vous tout seul une enquête vieille de quarante ans qui a mobilisé des dizaines de flics expérimentés ? Vous ne trouverez rien.

– Je ne mène aucune enquête.

– On dirait le contraire pourtant !

– Je veux simplement en apprendre plus ma mère, essayer de comprendre sa vie et son histoire… Je me rends compte que je ne sais quasi rien sur elle.

Hathaway ouvrit à nouveau le tiroir de son bureau pour prendre un cendrier.

– Pourquoi maintenant ?

– Je viens d'avoir 40 ans. Ceci explique peut-être cela…

– Ah, la crise de la quarantaine ! Vous faites déjà le bilan de votre vie et vous décidez de revenir aux sources… comme les saumons qui remontent les rivières. Je ferai ce que je peux pour vous aider. Allez-y, posez-moi toutes les questions qui vous turlupinent.

– Est-ce que vous pouvez confirmer que ma mère a été vue pour la dernière fois le samedi 24 janvier au matin ?

– Un samedi, oui. Pour la date, j'imagine que vous la connaissez mieux que moi… Avec un de mes collègues, on avait été chargés de l'enquête de voisinage dans le quartier de Silver Lake où elle était domiciliée. Vous connaissez la maison ?

– Elle est inhabitée mais elle nous appartient toujours.

– Plusieurs personnes l'ont vue rentrer chez elle le vendredi soir, aux alentours de 23 heures.

– À bord de sa Chevrolet noire ?

– Une Chevrolet, c'est ça. Le lendemain matin, elle a quitté son domicile peu après 9 heures. Une voisine l'a aperçue en train de sortir la voiture de son garage.

– J'ai lu quelque part que son témoignage n'avait pas été pris au sérieux au début, mais je n'ai pas découvert pourquoi.

– À cause des arbres et de la haie, la fenêtre de sa cuisine n'offrait qu'une vue très partielle sur le porche d'entrée de la maison et sur le garage. J'ai moi-même vérifié, je me suis posté derrière la vitre et mon coéquipier, Jeffrey Wilson, est allé ouvrir le garage de votre mère. Si cette voisine l'a vue, ça n'a été que l'espace de deux ou trois secondes. Dans ce genre d'affaires, beaucoup de gens seraient prêts à raconter n'importe quoi pour se faire mousser. Parfois, ils sont de bonne foi mais influencés par tout ce qu'ils ont pu lire dans la presse.

– Mais vous avez fini par la croire…

– Elle nous a donné des indications très précises sur la tenue que portait votre mère : une robe pervenche et un pill box blanc à la mode à cette époque.

– Vous arrivez à vous souvenir de ce genre de détails ?

Hathaway tapota sa cigarette et fit tomber un gros cylindre de cendres compact. La fumée, prise dans le souffle du ventilateur qui balayait la pièce, lui revenait en pleine figure, mais cela ne semblait pas le gêner.

– Je m'en souviens parce que c'était important pour l'avis de recherche. La voisine a même assuré que votre mère l'avait saluée d'un geste de la main avant d'entrer dans le garage.

– Donc vous pensez qu'elle disait la vérité ?

– Je suis sûr que votre mère est bien sortie de chez elle ce matin-là. Mais pour faire quoi ? Mystère ! Elle n'a emporté aucun bagage et a même laissé tous ses papiers chez elle.

– Ce qui exclut qu'elle ait disparu volontairement.

– C'est probable, en effet. Ensuite, Elizabeth Badina devient un fantôme. Sa voiture est localisée trois ou quatre jours plus tard par un agent en patrouille. Évidemment, les analyses de la police scientifique n'étaient pas ce qu'elles sont aujourd'hui. On n'a rien trouvé d'intéressant dans la Chevrolet : pas de traces de sang, aucune affaire personnelle. L'intérieur était nickel.

– Et les empreintes ?

– On a identifié celles de votre mère, bien sûr, mais les autres n'étaient pas exploitables. Il n'y avait pas l'IAFIS à l'époque. Et quand bien même… une paire d'empreintes dans une bagnole n'a jamais rien prouvé.

– Sauf que la Chevrolet a été retrouvée tout près du Blue Star, là où ma mère avait rencontré un homme la veille au soir.

– C'est bien le point le plus étrange de cette affaire : on a été incapables de mettre la main sur le bonhomme. Le personnel du restaurant ne l'avait jamais vu avant. Physique quelconque, passe-partout… Un vrai John Doe.

– Vous connaissez un livre intitulé *Crimes et Scandales à Hollywood* ?

– Le dernier bouquin que j'ai lu doit être… laissez-moi réfléchir… *L'Attrape-Cœurs* ?

J'étais certain qu'Hathaway était le genre de type à vouloir paraître plus bête et plus inculte qu'il ne l'était vraiment. Sans doute une vieille ficelle de flic pour que les autres le sous-estiment.

— Il y a dans ce livre un passage consacré à ma mère. L'auteur sous-entend que les dossiers du LAPD sont incomplets ou ont été caviardés. Que l'homme du Blue Star a peut-être été identifié par la police avant d'être mis hors de cause.

J'avais préféré écarter l'hypothèse de l'enquête bâclée pour ne pas le mettre en rogne.

— Pour ce que j'en sais, la police n'a jamais mis la main sur ce type. Mais je n'ai jamais eu une vision globale de l'affaire : j'étais affecté à des tâches précises, je n'étais pas au courant de tout. Quant aux dossiers… il n'y avait pas encore l'informatique, mon vieux. Vous savez combien de tonnes de dossiers doivent dormir dans les archives de Ramirez Street ? Il n'est pas rare que de la paperasse disparaisse ou soit mal classée. Ce sont des choses qui arrivent. De toute façon, le département n'a jamais rendu publique l'intégralité des dossiers dans aucune affaire.

Maintenant que sa méfiance était endormie, je trouvai judicieux de chercher à savoir comment son nom s'était retrouvé au dos de la photo.

— Avez-vous rencontré Wallace Harris à l'époque ?

— Non. Pour interroger les gars de ce niveau, on n'envoyait que des inspecteurs qui avaient de la bouteille et savaient faire preuve de diplomatie. Il est toujours délicat de questionner des huiles sans leur donner l'impression qu'on les soupçonne d'un truc.

Hathaway n'avait pas cillé. Ma question semblait l'avoir laissé de marbre. J'étais déçu : le lien qui l'unissait à Harris se délitait.

— Ma grand-mère a toujours pensé qu'Elizabeth avait une relation au moment où elle a disparu. Peut-être avec un homme marié. Peut-être s'agit-il même de mon père…

– C'est la piste qui a été privilégiée.

– Pour quelle raison ?

– Pour plein de raisons ! Les chiffres parlent d'eux-mêmes : dans quatre-vingts pour cent des meurtres, la victime et l'auteur se connaissent, et dans un quart des cas ils entretiennent une relation.

Pour la première fois, Hathaway parut gêné.

– Désolé. Je sais qu'officiellement votre mère n'est pas morte mais…

– Pas de problème. Même ma grand-mère a la certitude qu'elle a été tuée le jour de sa disparition.

– Et puis il y a cette quasi-dispute au restaurant. Pourquoi un homme et une femme s'engueulent-ils en général ?

– Amour et argent ?

Hathaway écrasa son mégot et toussa bruyamment.

– Le duo gagnant. L'histoire est simple à écrire. Votre mère est amoureuse, son amant est marié. Il est accro lui aussi, mais il n'a aucunement l'intention de quitter sa légitime et d'abandonner ses gosses. Scénario tellement classique que c'en est désespérant. Il la mène en bateau depuis plusieurs mois et lui promet monts et merveilles. Votre mère n'en peut plus d'attendre. Elle lui reproche sa lâcheté et menace de tout révéler au grand jour. Le ton monte, elle finit par quitter le restaurant, hors d'elle. Le type commence alors à paniquer. Il imagine déjà le scandale et le fric que lui coûtera son divorce…

– Et il décide alors de se débarrasser d'elle ?

– Il a dû prendre tant de précautions pour cacher leur relation qu'il est certain que personne n'est au courant. Il l'appelle le soir même, juste après leur dispute, lui annonce qu'il va finalement quitter sa femme, et lui donne un nouveau rendez-vous le lendemain à Hollywood, près du restaurant.

– Pourquoi là ? On ne les a pas revus au Blue Star, que je sache…

– Je n'en sais foutre rien ! Le type habitait peut-être dans le coin.

– Ça m'étonnerait. C'est ma mère qui a dû choisir le lieu – d'après ce que j'ai lu, elle fréquentait le Blue Star depuis l'automne 1957. En plus, ce n'était pas un de ces restaurants select où il aurait pu croiser des connaissances : beaucoup de passage et peu de risques qu'on se souvienne de lui.

– Bon Dieu ! Et vous voulez me faire croire que vous ne menez pas d'enquête ? Vous en savez plus que moi ! Peu importe qui a eu l'idée du lieu du rendez-vous.

– Continuez.

– Ensuite, évidemment, les choses se compliquent. S'il l'a tuée…

Hathaway détourna le regard et caressa son bouc.

– Arrêtez de prendre des pincettes avec moi ! Faites comme si ma mère n'était qu'une victime comme une autre. Je suis prêt à tout entendre.

– Si vous le dites… S'il l'a tuée, donc, je doute qu'il ait pris le risque de le faire en ville. Il n'y a que dans les films que les tueurs transbahutent un corps à 3 heures du matin dans un escalier pour le mettre dans le coffre d'une bagnole.

Sa remarque me rappela un sketch de George Carlin : « À L.A., tout repose sur la voiture, même les meurtres. À New York, si vous voulez tuer une personne, vous devez prendre le métro pour vous rendre chez elle. »

– Donc ?

– Donc, il lui a probablement promis une balade en amoureux en dehors de la ville.

– Vous ne croyez pas qu'elle se serait méfiée après la soirée de la veille ?

– Pas s'il lui avait annoncé entre-temps qu'il avait décidé de reconnaître et d'élever son gamin. Il la tue, se débarrasse du corps et reprend sa vie pépère.

– Ça tient la route.

– Un peu, que ça tient la route ! Le pire évidemment, c'est qu'on ne peut pas exclure qu'on ait interrogé cet homme à un moment ou à un autre. J'imagine que vous connaissez l'affaire du Zodiaque…

– Dans les grandes lignes.

– J'étais encore inspecteur quand ces meurtres ont été commis dans le nord de la Californie. Je connais pas mal de flics qui ont travaillé sur l'affaire. Deux mille cinq cents types interrogés en moins de dix ans, un record à la Criminelle. On n'a jamais su qui était le coupable, mais tous les inspecteurs étaient persuadés qu'il faisait partie de leur liste. Croyez-moi, l'homme qui a fait disparaître votre mère la connaissait. Et la connaissait même très bien. Je suis de plus en plus persuadé que c'est le temps qui nous a manqué.

– Le temps ? Mais vous m'avez dit que le LAPD avait mis d'énormes moyens sur l'affaire…

Hathaway prit une nouvelle cigarette et actionna son Zippo. Il savoura une bouffée avant de me répondre.

– Environ deux semaines après le début de l'enquête, Norman Finley, le chef de la police, nous a tous réunis pour nous expliquer que les fédéraux prenaient le relais. Tout le monde tirait la gueule au département. Voilà que le FBI se pointait pour faire comprendre au public que nous étions des tocards…

– Je croyais que le FBI et le LAPD avaient collaboré.

– « Collaborer » n'est pas le mot que j'emploierais. Disons que nous étions à leur service. Nous n'étions pas débarqués, mais tout devait désormais passer par les agents spéciaux de l'antenne de Los Angeles. Ils ont repris tous les interrogatoires à zéro. On avait déjà une certaine habitude des problèmes de juridiction. Ville ou comté ? La moitié des affaires nous valaient des passes d'armes avec le shérif. Mais avec le FBI, c'était différent. Les ordres venaient de trop haut. Évidemment, ça ne nous a pas empêchés de continuer à n'en faire qu'à notre tête, jusqu'au jour où…

Hathaway s'arrêta, comme si des souvenirs désagréables lui revenaient en mémoire.

– Je vous ai parlé de mon coéquipier, Jeffrey Wilson. C'était un inspecteur chevronné qui avait connu toutes les grandes affaires criminelles des années 40. « Protéger et servir », c'était sa raison de vivre. Il était persuadé qu'on ne résoudrait l'affaire qu'en retrouvant l'inconnu du Blue Star. Un jour, Jeffrey est sorti furibard du bureau du chef : on lui demandait ni plus ni moins d'arrêter ses recherches sur l'inconnu.

– Pourquoi ?

– Parce que c'était le FBI qui s'occupait désormais de cet aspect-là de l'enquête. Jeffrey a essayé de protester mais le chef l'a envoyé dans les cordes. Il ne décolérait pas. Cette histoire l'a miné pendant des jours et des jours. J'avoue qu'au début j'avais du mal à comprendre pourquoi il se mettait dans cet état. Et puis un soir, après le boulot, on est allés prendre un verre, mais Jeffrey a préféré éviter le bar à flics où on avait nos habitudes. « Les murs ont des oreilles », a-t-il dit. Il n'avait pas envie que les autres entendent notre conversation. C'est à ce moment-là qu'il m'a exposé sa théorie : d'après lui, si on nous mettait des bâtons dans les roues, c'était parce que les fédéraux avaient réussi à identifier l'inconnu et qu'ils ne voulaient pas qu'on mette notre nez dans leur cambouis.

– Vous rigolez ?

– Jeffrey, lui, ne rigolait pas du tout. Il pensait qu'il s'agissait d'un type très important.

Je commençai à m'agiter dans mon fauteuil.

– Attendez, je ne suis plus sûr de vous suivre. Vous êtes en train de me dire que le FBI aurait protégé un type soupçonné d'avoir fait disparaître ma mère ?

– Je n'ai jamais cru que Kennedy avait fait assassiner Marilyn. Je ne suis pas très branché « théorie du complot ». Tout ce que je sais, c'est que Jeffrey avait flairé quelque chose de pas net. Il est tout à fait possible que les G-men aient tenu secrète l'identité de cet homme pour éviter un scandale, mais rien ne prouve qu'il ait fait du mal à votre mère.

– Rien ne prouve le contraire non plus… Et vous n'avez rien fait pour en savoir plus ?

– Vous n'écoutez rien de ce que je vous dis, ma parole ! Je venais à peine de débarquer au QG, je n'étais qu'un bleu… Qu'est-ce que vous auriez voulu que je fasse ? La Terre ne s'était pas arrêtée de tourner. Les affaires continuaient de s'accumuler sur nos bureaux et nous n'avions plus la possibilité matérielle d'enquêter comme nous le voulions.

– Et votre copain, il a fini par rentrer dans le rang ?

– Pas vraiment, et ça a d'ailleurs failli lui coûter cher.

– C'est-à-dire ?

– Comme beaucoup de flics de l'époque, Jeffrey était porté sur la bouteille. Parfois, il n'arrivait pas à fermer sa gueule. Il a commencé à claironner partout que personne ne voulait retrouver le coupable. Tout ça n'a pas tardé à remonter aux oreilles des chefs. J'imagine que certains types du département n'y étaient pas pour rien.

– Vous voulez dire qu'on l'a balancé ?

– L'enquête sur la disparition de votre mère était chapeautée par deux inspecteurs principaux : Tom Norris et Jeremy Copeland – je sais, on n'invente pas un nom pareil. Norris n'était pas un mauvais gars, mais il était plutôt influençable. Quant à Copeland, c'était un vrai carriériste, un flic pourri jusqu'à la moelle : il aurait vendu père et mère pour obtenir un avancement. Tout le monde savait que c'était une balance. Je suis certain que Norris et Copeland sont responsables des problèmes qu'a eus Jeffrey. Il y a eu un rapport de la division des affaires internes le menaçant d'une retraite anticipée pour ses problèmes d'alcool. C'était un prétexte, bien entendu…

– C'est donc qu'il avait vu juste !

– Pas forcément. Je vous ai parlé de la presse de l'époque… Le LAPD pouvait simplement craindre que sa théorie ne fuite et ne se retrouve à la une des canards.

– Que s'est-il passé ensuite ?

– La disparition de votre mère l'a obsédé pendant des mois. Il arrivait encore qu'on reçoive un coup de fil en lien avec l'affaire. Il se mettait alors dans tous ses états, prêt à suivre n'importe quelle piste totalement farfelue. Tout ça a fini par lui monter à la tête. Jeffrey avait déjà de gros problèmes avec sa femme et le boulot n'a rien arrangé. L'année suivante, il a fait une vilaine chute dans un escalier alors qu'il était rond comme une barrique. Sa rééducation a duré des lustres, il en a gardé toute sa vie des séquelles. Comme il ne pouvait plus faire de terrain et qu'il était dans le collimateur des patrons, on l'a foutu au placard en lui conseillant d'attendre sagement la retraite…

– Je suppose qu'il n'est plus en vie ?

– Il est mort d'une cirrhose du foie en 72. Même après son accident, Jeffrey a continué à boire comme un trou.

– Vous avez reparlé de l'affaire avec lui pendant tout ce temps ?

– Non. J'allais parfois lui rendre visite, mais on évitait d'évoquer le boulot. On échangeait bien quelques anecdotes de temps en temps… jamais rien de sérieux.

– À part l'homme du Blue Star, est-ce qu'il y a eu d'autres personnes suspectées ?

Hathaway tira sur sa cigarette et tarda à répondre.

– Une seule. Un jeune type qui s'appelait Eddy… mais ne me demandez pas son nom de famille. Il était accessoiriste sur le tournage du film. Je me souviens qu'il a été longuement interrogé dans nos locaux.

– Pourquoi lui plutôt qu'un autre ?

– Eddy avait tendance à tourner autour de votre mère et à se montrer un peu trop… insistant avec elle. Certains avaient attiré l'attention sur lui au cours des interrogatoires. Mais on a fini par le relâcher, je crois qu'il avait un alibi en béton. C'était un gars insignifiant, incapable de faire du mal à une mouche…

– Ce n'est pas ce que dit Norman Bates à la fin de *Psychose* ?

– Quoi ?

– Laissez tomber.

J'étais étonné que ni Harris ni Crawford n'aient trouvé utile de me parler de cet Eddy. Et son nom n'apparaissait pas dans *Crimes et Scandales à Hollywood*. Peut-être une piste à garder dans un coin de ma tête… Après tout, même les alibis en béton pouvaient avoir des failles.

– Le LAPD n'a jamais classé l'affaire, n'est-ce pas ?

– Je ne pense pas. En général, ce genre de dossiers restent « ouverts », c'est la position officielle. Mais ne vous faites pas d'illusions : il n'y a évidemment depuis le début des années 60 plus un seul flic qui enquête dessus.

Hathaway rangea son paquet de cigarettes dans son tiroir et regarda sa montre.

– Dites donc, vous m'avez vraiment mis à la bourre ! Désolé, mais il faut que j'y aille. J'espère que j'ai pu vous aider. À l'occasion, si vous avez encore envie de discuter, vous pouvez toujours m'appeler…

Le détective se leva, mais je ne bougeai pas. Les informations qu'il venait de me livrer se bousculaient dans ma tête. L'inconnu du Blue Star… Pourquoi tout ce zèle de la part des fédéraux pour qu'on cesse de le rechercher ? Au fil de notre conversation, j'avais acquis la certitude que cet homme était mon père. Et que, comble de l'horreur, il était aussi sans doute l'assassin de ma mère. Les choses n'allaient pas en rester là : je ne pouvais pas croire que Harris m'ait fourni les coordonnées d'Hathaway simplement pour que nous ayons cette petite discussion. Crawford me l'avait dit : le réalisateur avait mis de l'empressement à me rencontrer. Il avait même émis l'hypothèse que son ami ait découvert quelque chose sur la disparition d'Elizabeth peu de temps avant sa mort. Hathaway n'était qu'une étape, ou plutôt le point de départ d'une enquête qui pouvait me permettre de découvrir ce qui s'était passé quarante ans plus tôt.

– Je voudrais vous engager, Hathaway.

Le détective s'immobilisa et me regarda comme si je venais de proférer une insanité.

– M'engager ? Dans quel but ?

Je me sentis soudain fébrile, un peu ridicule même.

– Pour mener une enquête sur une affaire non classée.

Il prit appui sur le coin de son bureau, puis me considéra avec une sorte de pitié qui me déplut.

– Je vous l'ai déjà dit, ces événements sont trop anciens. Vous n'êtes pas scénariste pour rien : il n'y a que dans les séries que l'on voit des privés résoudre des *cold cases* en compulsant quelques vieux dossiers.

– J'ai besoin d'en apprendre plus.

– Qu'est-ce que vous espérez, l'artiste ? La plupart des gens concernés par l'affaire ne sont plus de ce monde, et il est fort possible qu'il en soit de même pour le ou les coupables. Même si ça n'est pas le cas, vous ne trouverez aucune preuve qui vous permette de les traîner devant un tribunal.

– Je me moque que le coupable soit puni ! Je n'ai pas envie de venger ma mère. J'ai juste besoin de connaître la vérité, vous comprenez ?

Hathaway secoua la tête, reprit place dans son fauteuil à roulettes et ralluma son ordinateur.

– Venez voir.

Je restai interdit.

– Venez voir, je vous dis !

Intrigué, je fis le tour du bureau. À l'écran, une femme blonde, la quarantaine, enlaçait un homme sur le trottoir d'une rue animée. La photo avait visiblement été prise au téléobjectif.

– Je croyais que vous étiez tenu au secret professionnel… Pourquoi est-ce que vous me montrez ça ?

– Pour vous donner un aperçu de mon quotidien.

– Adultère ? Je trouve incroyable qu'on fasse encore appel à vous pour ce genre de trucs.

– On est en Californie, mon vieux. Ici, tromper son conjoint est passible d'un an de prison. Même si tout ça n'a rien de bien glorieux, c'est mon job aujourd'hui. Je fais bien dans les disparitions, mais pas quand la victime s'est volatilisée il y a près d'un demi-siècle… Et puis, je n'aime pas donner de faux espoirs aux gens.

– J'ai besoin de votre aide, Hathaway. Je ne trouverai rien tout seul. Dites-moi ce qui pourrait vous faire changer d'avis.

Le détective ferma le fichier avant de me regarder droit dans les yeux.

– Rien. Je n'ai qu'un conseil à vous donner, Badina : rentrez chez vous et essayez d'oublier cette histoire…

3

Il avait été convenu que je paierais à Hathaway la modique somme de 3 000 dollars par semaine. Même si je n'avais aucune idée des tarifs d'un privé à Los Angeles, je me doutais bien qu'il avait profité de la situation pour me manger la laine sur le dos. Je me demandais même si ses atermoiements n'avaient pas été un moyen de faire grimper la facture. Mais l'argent n'avait aucune importance : j'étais tellement excité à l'idée qu'il accepte ma proposition que j'aurais été prêt à le payer le double. Et puis j'aimais bien les manières franches et la simplicité carrée de ce type. Il m'avait donné l'impression d'être un homme auquel on pouvait faire confiance.

Comme il trouvait mon affaire « trop tordue », Hathaway n'avait pas voulu qu'on signe de contrat et avait préféré avoir recours à un forfait à la semaine plutôt qu'à son tarif horaire habituel. Évidemment, il n'était tenu par aucune obligation de résultat. En réalité, ni lui ni moi ne savions vraiment ce qu'il devait chercher. Un cas de disparition où il ne s'agissait pas de retrouver le disparu avait de quoi déconcerter même le plus chevronné des détectives. Pour le mettre à l'aise, je lui avais exposé ma façon de voir les choses :

« Imaginez que je sois venu vous trouver parce que j'écris un scénario sur l'affaire Elizabeth Badina…

– C'est ce que vous faites ?

– Bien sûr que non ! J'ai dit : "Imaginez…" Disons que vous travaillez comme consultant. Mais un consultant un peu particulier, qui doit pour ainsi dire participer à l'écriture du film en découvrant la vérité. »

Ma métaphore ne l'avait guère convaincu. Hathaway ne devait pas avoir l'habitude de se laisser dicter sa façon d'agir. Son premier objectif était d'essayer d'obtenir les dossiers stockés dans les archives du LAPD. La tâche n'était pas aisée : il avait pris sa retraite voilà plus de quinze ans et ne connaissait plus grand monde dans la maison. Mais si j'en croyais la conversation qu'il avait eue au téléphone quand j'avais débarqué dans son bureau, il pouvait se révéler plein de ressources et savait s'arranger avec la loi. De plus, le détective se chargerait de demander en mon nom, par le biais du *Freedom of Information Act*, le dossier que le FBI détenait sur la disparition de ma mère. Depuis les années 70, avec l'aide bien opportune du Watergate, tout citoyen américain pouvait prendre connaissance des informations que le gouvernement détenait à son sujet. Pour des raisons administratives, le décès présumé de ma mère avait été déclaré à la fin des années 60. Cette décision de justice me permettait d'avoir accès à ces dossiers. Il devrait enfin, grâce à sa connaissance de première main de l'enquête, dresser une liste complète des protagonistes de l'affaire et tenter d'entrer en contact avec ceux qui étaient encore en vie. Pour le reste, il préférait improviser et voir où les vents le mèneraient. De mon côté, je compulserais tous les articles des grands journaux de l'époque et jouerais au « rat de bibliothèque », pour reprendre son expression.

Après ma discussion avec Hathaway, je fis un tour en voiture sur Hollywood Boulevard. Comme il me l'avait expliqué, le Blue Star n'existait plus depuis longtemps : il avait été rasé dans les années 70 avec tout un tas d'autres boutiques et de restaurants pour faire place à un immense centre commercial à la façade tapageuse. Que restait-il dans cette artère à touristes de l'âge d'or d'Hollywood qu'avait connu ma mère ? Le Mann's Chinese Theatre ? Le Walk of Fame, alors tout récent ? C'était à peu près tout. Je me suis toujours demandé comment on pouvait être prêt à traverser la moitié de la planète rien que pour voir l'étoile de Sharon Stone ou de Tom Hanks dans cette rue sale, bondée de monde et de vendeurs à la sauvette qui ne vous lâchent pas d'un pouce. En fait, je ne connais aucun habitant qui prenne plaisir à se balader dans cet attrape-touristes géant. Les endroits clinquants de L.A. – et ils ne manquent pas – m'ont toujours déprimé : on dirait qu'ils n'ont été inventés que pour dissimuler aux yeux des gens les rêves brisés et les échecs dont se repaît cette ville.

En remontant le boulevard jusqu'à La Brea Avenue, je me mis à imaginer ma mère arrivant de Santa Barbara par le train, une simple valise à la main. Quel était le premier acte symbolique qu'elle avait accompli pour marquer le départ de sa nouvelle vie ? Était-elle allée contempler les lettres géantes du panneau « HOLLYWOOD » en haut du mont Lee ? Avait-elle arpenté cette rue de l'hôtel Drake jusqu'au théâtre chinois, où se déroulaient toutes les premières des grandes productions de l'époque ? Ou avait-elle filé tout droit vers les agences de mannequins de Wilshire Boulevard dont elle avait patiemment, depuis des mois, collecté les adresses ? Dans cette ville de 15 millions d'âmes, combiens de filles pouvaient encore lui ressembler ? Combien de gamines débarquées de leur petite bourgade, combien de reines de beauté de lycée sillonnaient les mêmes agences en quête du rôle de leur vie ? Ma seule consolation était qu'Elizabeth avait approché la gloire et senti la chaleur des sunlights, même si elle s'y était brûlé les ailes comme un papillon.

Le lendemain, je me levai encore plus tôt que d'habitude et passai la matinée à trier les affaires de ma mère. Je dois dire que, au fur et à mesure que j'en faisais l'inventaire, ma déception grandissait. Hathaway m'avait prévenu qu'on ne résolvait pas une enquête à partir de vieux cartons oubliés dans une cave ; j'étais en train d'en faire l'amère expérience.

Il y avait là des portfolios en parfait état abritant les photos du temps où Elizabeth Badina était mannequin, des cartes postales et des lettres d'amis qui me laissèrent entrevoir les déboires de ses premières années à Hollywood, des livres qu'elle avait abondamment annotés de sa main, quelques vieux contrats (l'un d'eux, daté de novembre 1955, m'apprit qu'elle avait été payée 10 dollars la séance photo, une somme qui même à l'époque devait être dérisoire), des bijoux fantaisie, des bibelots poussiéreux, des tas de factures en vrac, des trousseaux de clés... Je trouvai aussi, au fond d'un carton, un étrange petit buste en bronze, vraisemblablement la reproduction d'une statue grecque antique. Le visage du jeune homme exprimait noblesse et sérénité : ses traits étaient fermes, ses yeux en pierres de couleur incrustées étonnamment expressifs. Des boucles dépassaient du bandeau qu'il portait sur le front. Je n'avais jamais vu cette statue – Nina avait dû la remiser à la cave avant que nous n'emménagions à Silver Lake. Je la nettoyai sommairement et la plaçai sur le linteau de la cheminée avant de continuer mon inventaire.

Assis sur le tapis du salon, je commençais à désespérer lorsque je fis ma seule découverte digne d'intérêt : un carnet de toile rouge, quasi vierge, dans lequel avaient été glissées deux feuilles pliées en deux. Je reconnus l'écriture de ma mère – ses petits caractères et ses jambages mal formés –, mais elle était ici nerveuse et rapide. Certains mots avaient été raturés. Le carton dans lequel se trouvait le carnet avait pris l'eau : au bas de la feuille, l'encre avait coulé, rendant les dernières phrases totalement illisibles. Je compris tout de suite qu'il s'agissait du brouillon d'une lettre. Dès les premières lignes, je sentis mon cœur s'emballer.

Il y a sans doute une certaine lâcheté à t'écrire plutôt qu'à te parler en face. Mais, vois-tu, je crains trop de ne pas arriver à exprimer fidèlement le fond de ma pensée. Je n'ai jamais été à l'aise avec les mots. Les acteurs ne se contentent-ils pas d'ânonner ce que d'autres mettent dans leur bouche ? Tu le sais aussi bien que moi. Ou bien non, peut-être suis-je lâche, après tout. Je te dirai donc les choses le plus simplement du monde, sans artifices. Je n'oublierai jamais ce que nous avons vécu ensemble. Chaque jour, chaque heure, chaque minute passée avec toi restera gravée au plus profond de moi. Mais les choses ne peuvent plus durer ainsi. Je connais par cœur tes reproches. Je sais que depuis quelque temps je me tiens sur la défensive. Je mets entre nous des […], des « barbelés », as-tu dit un jour. Mais ce n'est pas par manque d'amour, c'est pour me protéger, pour nous protéger. Le sacrifice que tu me demandes [...] Nos rencontres, même secrètes, sont devenues trop dangereuses. Dangereuses pour nous, disais-je, mais aussi pour David. Je dois penser à lui maintenant. Ma mère ne m'a plus posé de questions, je crois qu'elle a compris [...] que je me refermais comme une huître à chacun de ses «interrogatoires». Que pourrais-je lui dire de toute façon, puisque son père ne l'a pas reconnu et ne le reconnaîtra jamais? Nous imagines-tu vivant en couple dans une maison, à élever cet enfant comme si de rien n'était? Mon propre bonheur m'est devenu une petite chose dérisoire. Même le tournage ne me semble plus aussi important qu'avant. Pourtant, il y a encore un an, j'aurais été prête à vendre mon âme au diable pour décrocher un tel rôle. Chaque matin, je me rends au studio la peur au ventre, à cause de tout ce que tu sais. Les erreurs que j'ai commises me poursuivront toute ma vie. Pauvre fille stupide que j'étais! Tu sais bien que jamais on ne me laissera tranquille, et que notre relation ne fera qu'ajouter un peu plus [...]

Je relus deux fois cette lettre incomplète, totalement pantois. Étais-je le premier à poser les yeux dessus depuis quarante ans? Ma grand-mère l'avait-elle trouvée en rangeant les affaires de sa fille? C'était peu probable : elle ne l'aurait pas laissée dans ce carnet et l'aurait remise aux autorités, étant donné son contenu.

Il n'y avait aucune date mais les allusions au tournage ne laissaient pas de place au doute : ces mots n'avaient pu être écrits qu'en janvier 1959, quelques semaines ou quelques jours avant la disparition de ma mère. J'avais entre les mains sa dernière lettre, ou du moins son brouillon, ce qui pouvait se révéler encore plus précieux pour moi puisqu'elle y avait laissé libre cours à ses pensées.

Ma première impression fut que tout, dans cette trentaine de lignes, collait avec les hypothèses qu'Hathaway et moi avions échafaudées. Elizabeth avait bien une relation au moment de sa disparition. Elle ne supportait plus d'être contrainte de voir en cachette son amant, qui avait toutes les chances d'être mon père. Aucune vie commune n'était possible entre eux : l'image du couple élevant son enfant n'était évoquée que pour être mieux rejetée. Ce qui voulait dire que cet homme était marié et qu'un divorce n'était pas envisageable, peut-être parce qu'il jouissait d'une importante réputation. La mort dans l'âme, toujours amoureuse, elle avait donc décidé de rompre pour protéger son enfant et sa carrière. Sur ce dernier point, nous avions fait fausse route : la rupture avait été décidée par ma mère, non par l'inconnu qui aurait craint qu'elle ne révèle leur relation au grand jour. Mais sur le fond, cela ne changeait rien à l'affaire. Seul le mobile du meurtre – puisqu'il ne faisait plus aucun doute pour moi qu'il y avait bien eu *meurtre* – différait : la jalousie, le dépit amoureux, la colère et l'humiliation d'être quitté… Des motivations somme toute bien plus puissantes que celles que nous avions envisagées.

Mon esprit se mit à gamberger. Qu'elle lui ait envoyé sa lettre ou non, ma mère rencontrait son amant au Blue Star et lui annonçait qu'elle le quittait définitivement. Leur échange tournait court. Le lendemain, il cherchait à la revoir et lui donnait rendez-vous à Hollywood. Pourquoi Elizabeth avait-elle accepté de s'y rendre ? Ne s'était-elle pas montrée assez claire ? Voulait-elle mettre les points sur les « i » une bonne fois pour toutes ? S'était-elle laissé attendrir ? Peu importait... Elle retrouvait cet homme qui la faisait disparaître, soit que le meurtre ait été prémédité, soit qu'une dispute ait dégénéré.

Encore sous le choc de ma découverte, j'appelai Hathaway mais tombai sur son répondeur. Je lui laissai un message puis lui expédiai la lettre par fax. Au moment où je la scannais, Marisa entra dans la maison. Je la vis jeter des coups d'œil effarés aux cartons et aux affaires répandues sur le sol.

– *¡ Santa María !* Qu'est-ce qui se passe ici ?

– Ne vous inquiétez pas, je fais juste un peu de rangement.

– Vous appelez ça du « rangement » ? Où est-ce que vous êtes allé chercher toutes ces saletés ?

– C'est de la documentation... pour mon prochain film.

– Oh !

Je savais que le simple fait de prononcer les mots « film », « cinéma » ou « scénario » suffisait à impressionner Marisa. Elle voulait toujours que nous devisions des stars que j'avais rencontrées, des soirées où je me rendais, des potins qui couraient sur le Tout-Hollywood. La moindre remarque anodine qui touchait le monde du 7e art – « Vous savez que Spielberg vient d'acheter une maison dans le quartier ? » – la mettait en émoi.

Alors que je refermais deux ou trois cartons à la va-vite pour en dissimuler le contenu, je vis qu'elle tenait à la main un énorme cabas.

– Je vous avais dit qu'il était inutile de venir, Marisa ! Je suis un grand garçon.

– Pour ce qui est de bien manger, les hommes ne sont jamais assez grands !

Elle jeta un dernier regard courroucé sur les cartons en secouant la tête, puis disparut dans la cuisine.

Dans mon bureau, j'ajoutai sur le tableau en liège, à côté de la dernière photo d'Elizabeth, le brouillon de la lettre. Je punaisai aussi sur une portion de mur restée vierge la reproduction de la grande vague que j'avais rapportée de la maison de Silver Lake. J'étais rempli d'excitation. Les choses commençaient à prendre forme. Et j'avais bon espoir que l'aide d'Hathaway me permette très vite d'en apprendre plus.

Mon portable sonna. Je crus que c'était justement le détective qui me rappelait, mais l'écran affichait le nom d'Abby.

– Où est-ce que tu étais ? Je n'ai pas arrêté de te laisser des messages.

Elle semblait vraiment inquiète, contrariée même. Je m'en voulus de ne pas lui avoir donné signe de vie depuis mon départ de New York.

– Désolé, je ne savais plus où était mon portable, je viens à peine de remettre la main dessus.

– Je t'ai aussi appelé plusieurs fois sur ton fixe.

– Je ne suis plus à New York, Abby… je suis à L.A.

Sa voix se fit plus grave :

– Depuis quand ?

– Depuis hier. J'ai dû revenir en catastrophe… des problèmes avec mon contrat.

– Quel contrat ?

– Tu sais bien : le *slasher* sur lequel je bosse.

– Tu ne m'avais pas dit que tu avais signé !

– Mais si, je t'en ai parlé l'autre soir.

– Je suis certaine que non, répliqua-t-elle, irritée. Tu avais dit que tu en avais marre de « rafistoler » les scénarios des autres, que tu allais te remettre à ton « histoire ».

– Je vais me remettre à mon histoire ! C'est juste un job en attendant, pour ne pas perdre la main, comme un pianiste qui fait ses gammes…

Quand je commençais à faire preuve de mauvaise foi ou à mentir, j'étais incapable de faire marche arrière.

– Bon, comment tu vas, toi ?

J'espérais qu'Abby se radoucirait et préférerait comme moi ne pas s'attarder sur le sujet.

– Bien, même si je suis crevée. On devait faire des extérieurs, mais il y avait trop de vent. Puis Steve s'est engueulé avec le photographe qui a disparu toute une journée… Un vrai mélodrame. (Je n'avais pas la moindre foutue idée de qui était Steve.) Du coup on a déjà pris beaucoup de retard. On ne fait que poireauter, j'ai l'impression d'être un pot de fleurs posé sur une table.

– Un très joli pot de fleurs alors.

Elle ne releva pas la piteuse manière dont j'essayais de me racheter.

– En plus de ça, je dois revenir à New York vendredi prochain. Un enregistrement avec Conan O'Brien… Tu sais, cette émission que tu trouves débile.

– Je n'ai jamais dit qu'O'Brien était « débile » ! Il est très drôle au contraire.

Je n'étais pas certain d'avoir déjà regardé une seule de ses émissions en entier.

– Tu sais combien ça me file le trac… Je n'en dors plus de la nuit, je crois même que je suis en train de faire un orgelet à cause du stress.

– Mais non, tu t'en sortiras très bien…

C'était le genre de répliques faciles qui m'horripilaient quand elles m'étaient adressées.

– Est-ce que tu vas bien, David ?

– Pourquoi ça n'irait pas ?

– Pourquoi est-ce que tu réponds toujours à mes questions par d'autres questions ?

– C'est aussi ce que tu viens de faire à l'instant, je te signale.

– Arrête de tout tourner en dérision ! Je vois bien que quelque chose te tracasse depuis plusieurs jours. Depuis ton anniversaire, en fait…

– Qu'est-ce que tu vas imaginer ?

– Ce n'est pas parce que je ne dis rien que je suis aveugle. C'est à cause de tes scénarios ? J'ai parfois l'impression que tu vis ce boulot de consultant comme… une humiliation.

Elle avait touché si juste que je ne pus m'empêcher de hausser le ton :

– Une « humiliation » ! Tu ne crois pas que tu y vas un peu fort ? Beaucoup de gens sur cette planète aimeraient vivre des humiliations à six chiffres.

– Mais je ne te parle pas d'argent et tu le sais très bien ! Je te parle de passion, d'accomplissement personnel dans le travail. Tu ne vas pas me dire que tu réécris ces niaiseries juste pour encaisser un chèque à la fin du mois ?

– Le dernier scénario de Cuthbert n'est pas si mauvais que ça.

– Tu es quelqu'un de brillant, David. Tu es encore capable d'écrire de merveilleuses histoires. Mais quelque chose s'est bloqué en toi et… tu as fini par t'installer dans une sorte de routine par pure facilité.

– Rien ne s'est bloqué en moi ! La seule chose, c'est qu'écrire ne se limite pas à s'asseoir le matin devant un ordinateur et à ouvrir le robinet. On a tous des moments plus créatifs que d'autres. Capra disait que l'écriture du scénario est la partie la plus difficile, la moins comprise et la moins remarquée dans un film. Je vis ce que vivent tous les scénaristes…

– Tu vois… Je te parle de ta vie et ton premier réflexe est de te réfugier derrière une citation. Depuis quand tu n'as plus écrit quelque chose dont tu étais fier ?

– Je fais de mon mieux, Abby… et j'ai souvent l'impression que personne ne s'en rend compte.

– Et Harris ?

À ce seul nom, je basculai en mode panique. Qu'est-ce qu'Abby avait bien pu découvrir de ma rencontre avec Crawford, de mon voyage dans les Berkshires, de mon enquête ?

– Quoi, « Harris » ?

– Je ne sais pas… Il est mort il y a trois jours. Tout le monde ne parle que de ça, et toi tu ne dis rien. Silence radio. Ça a dû remuer pas mal de choses en toi. Tu as peut-être envie d'en parler ?

– Harris était un immense réalisateur et…

– C'est tout ce que tu trouves à dire ?

– Que voudrais-tu que je dise au juste ? Que je n'ai pas arrêté de penser à ma mère ces derniers jours ? Voilà, c'est fait. Mais qu'est-ce que ça pourrait bien changer de parler d'elle ? Je ne l'ai jamais connue, Abby. Elizabeth Badina est pour moi comme une étrangère.

– Tu ne peux pas dire une chose pareille. Elle sera toujours ta mère, quoi qu'il ait pu se passer.

– Je ne suis pas sûr qu'on puisse souffrir de l'absence de quelqu'un qu'on n'a jamais connu…

– Bien sûr que si, tu en as souffert.

Un silence s'installa. Ce dialogue commençait à me peser, moins parce qu'il me forçait à dévoiler mes sentiments que parce qu'il était fondé sur des mensonges. Pourquoi m'étais-je enferré dans mes silences ? Il aurait été si simple de dire dès le début la vérité à Abby.

– J'ai vu ma grand-mère, elle t'embrasse.

– Comment va-t-elle ?

– Plutôt bien, je la trouve même en forme. Chaque fois que je vais lui rendre visite, je regrette de l'avoir mise dans cette prison cinq étoiles. Je ne crois pas qu'elle soit heureuse.

– Tu sais bien qu'elle n'était plus capable de vivre seule.

– J'aurais pu engager quelqu'un à temps plein pour qu'elle puisse rester chez elle !

– Ce qui lui aurait rappelé à chaque seconde son état… et qui n'aurait pas empêché qu'elle tombe dans l'escalier ou s'ébouillante avec une casserole d'eau dans la cuisine.

– Peut-être, mais la vie est un risque.

– À son âge, on ne peut plus prendre de risque, David. Bon, je vais devoir te laisser. Les autres m'attendent pour déjeuner, on doit commencer tôt cet après-midi. Tu m'appelles, d'accord ? Et ne perds pas ton téléphone cette fois. Un portable est censé t'accompagner partout où tu vas.

– J'essaierai de ne pas l'oublier.

Marisa partie, je déjeunai seul dans ma grande cuisine où, en quatre ans, je n'avais quasiment jamais préparé le moindre repas. Les piments farcis étaient divins mais je n'avais pas faim. Mon assiette à peine entamée finit par atterrir dans le frigo. Une tasse de café à la main, je déambulai dans le salon en repensant à la dernière lettre écrite par ma mère. J'étais agacé qu'Hathaway ne me rappelle pas. Je me demandais vraiment s'il prenait mon affaire au sérieux. Allait-il se contenter d'empocher mon fric et de me refiler deux ou trois infos sans importance qu'il avait gardées sous le coude ?

En début d'après-midi, le fils de Marisa passa à la maison pour récupérer des affaires. À son visage contrit, je compris que sa mère avait dû lui faire la leçon pour qu'il évite de travailler dans le garage à présent que j'étais de retour à Los Angeles. Après lui avoir offert un verre, j'essayai de le mettre à l'aise :

– Antonio, je t'ai déjà dit cent fois que tu ne me dérangeais pas. Laisse tes affaires où elles sont, tu veux bien ?

– C'est sympa de votre part.

J'avalai une gorgée de Coca et désignai du doigt le logo des Lakers sur son T-shirt.

– Pas près de les revoir jouer, ceux-là… Tu as vu le bordel à la NBA ?

Il grimaça.

– Je vous parie que ce *lock-out* va bousiller la saison. De toute façon, on n'est bons à rien depuis quelque temps. Je me demande si ça ne vaut pas mieux pour nous.

– Avec une équipe pareille, c'est à désespérer.

– Vous l'avez dit.

– Tu sais d'où vient le nom des Lakers ?

– Non, dit-il en secouant la tête. En fait, je ne me suis jamais posé la question.

– Avant de s'installer à Los Angeles, l'équipe évo-
luait dans le Minnesota, la terre aux dix mille lacs.
« Laker » désigne les habitants de ces régions.

– Eh bien, si ça continue comme ça, ils feraient bien
d'y retourner dans le Minnesota. Et rapidos !

– Et la photo, ça marche ?

– Oh, le Canon que vous m'avez offert est vraiment
génial ! Je pourrais vous montrer mes derniers tirages,
si vous voulez.

– Avec plaisir. Tu es très doué, Antonio.

La conversation me donna une idée.

– Tu pourrais me rendre un service ?

– Tout ce que vous voudrez.

J'allai récupérer dans mon bureau la photo que
m'avait remise Crawford.

– C'est votre mère, n'est-ce pas ?

– Oui.

– Elle était vraiment très belle…

Antonio, lui, n'avait pratiquement pas connu son
père. Sans trop s'étendre sur le sujet, Marisa m'avait
confié qu'il avait déserté le foyer conjugal alors que
son fils n'avait que trois ans. Elle n'avait depuis plus
jamais eu de ses nouvelles.

– En fait, je l'avais déjà vue, ajouta-t-il sans quitter
le cliché des yeux.

– C'est vrai ?

– Je n'aurais pas dû mais… j'ai cherché des photos
d'elle un jour sur le net. Vous ne m'en voulez pas,
j'espère ?

– Pourquoi est-ce que je t'en voudrais ? Ça me fait
plaisir au contraire.

– Vous voulez que je vous dise : celle-là est la plus
réussie, et de loin.

– Je trouve aussi.

J'étais à présent persuadé que Harris était bien l'auteur de cette photo. Non seulement le photographe avait du talent, mais il fallait qu'il ait très bien connu ma mère pour avoir pu la saisir dans ce fugace instant de relâchement.

– Tu pourrais te charger de m'en faire un agrandissement ? J'aimerais l'afficher dans mon bureau.

– Pas de problème, j'ai un copain qui bosse dans un labo en ville. Par contre, vu la taille de l'original, vous allez sacrément perdre en qualité.

– Fais au mieux. Tu as toute ma confiance.

Antonio secoua la tête.

– C'est vraiment moche ce qui lui est arrivé… Elle était sur le point de devenir une star, d'après ce que j'ai lu.

– Qui sait ?

– Je suis désolé pour vous.

Je compris que, en disant cela, Antonio pensait sans doute moins à ma mère qu'à son propre père qui l'avait abandonné.

J'avais si peu dormi la nuit précédente que je m'affalai comme une masse devant la télé juste après son départ. Je zappai jusqu'à tomber sur un reportage sur les récentes attaques américaines contre des camps terroristes en Afghanistan et une usine pharmaceutique au Soudan. Je délaissai la télécommande, trop heureux d'entendre une chaîne s'intéresser à autre chose qu'aux frasques de Clinton. C'était compter sans l'intervention d'un pseudo-expert qui expliqua d'un ton virulent que ces attaques n'étaient qu'un moyen pour le président de faire oublier l'affaire Lewinsky. J'éteignis le poste et dormis quatre heures durant d'un sommeil agité.

Après un bref coup de fil, Hathaway débarqua chez moi aux alentours de 19 heures. Il portait une chemise hawaïenne encore plus hideuse que celle de la veille. Il remarqua mon regard insistant sur sa tenue.

– Ma femme détestait ces chemises. Depuis qu'on est séparés, je mets un point d'honneur à en faire la base de ma garde-robe.

– Vous voulez un verre ?

– Ce n'est pas de refus. Si vous avez un petit scotch, je suis preneur.

– Je dois avoir ça.

Il déambula dans le salon, s'attarda devant un dessin original de Basquiat en faisant une grimace, examina le buste grec sur la cheminée, puis s'assit sans délicatesse sur le canapé.

– C'est classe chez vous ! Je vois qu'Hollywood paie toujours aussi bien… à part les détectives consultants, évidemment. J'ai aussi vu l'Aston Martin devant la maison. Un sacré modèle de collection ! Peut-être qu'on pourrait revoir mes tarifs à la hausse.

– Hathaway !

– Ne prenez pas la mouche. Vous savez que j'ai fait quelques recherches sur vous ?

– Ah bon ? Vous avez du temps à perdre ?

– J'ignorais que vous aviez autant cassé la baraque avec ce film… comment s'appelle-t-il déjà ?

Je lui tendis son verre.

– *La Maison des silences*.

– C'est ça. Le résumé est plutôt alléchant. Désolé, mais je ne vais presque plus au cinéma… Je crois que je me suis arrêté aux « Dirty Harry ».

Je m'assis sur l'accoudoir d'un fauteuil face à lui, sans toucher au verre que je m'étais servi.

– Pas grave.

– Je peux cloper ?

– Allez-y ! La fumée ne me gêne pas. J'aime bien m'adonner à mes vices par procuration.

– Ça ferait une bonne réplique de film. Vous devriez la caser dans un scénario…

– Vous avez lu la lettre ?

– Oui.

– Et… ?

Il posa son verre après avoir bu une large rasade et tira de sa poche la feuille que je lui avais faxée.

– À l'évidence, même si votre mère était amoureuse, c'est elle qui a décidé de rompre. Notre théorie s'effondre donc.

J'avalai finalement une gorgée de scotch et lui livrai les remarques que je m'étais faites après la lecture de la lettre. Il m'écouta poliment, non sans faire à plusieurs reprises une moue dubitative.

– Dans ce cas-là, si ce type a tué votre mère, c'est qu'il s'agit d'un véritable psychopathe. Pourquoi est-ce qu'un homme marié, avec une bonne situation, prendrait le risque de liquider une maîtresse qui a décidé de sortir de sa vie et ne présente plus aucune menace pour lui ?

– Parce qu'il l'aimait et qu'il ne supportait pas qu'elle lui échappe ? Il pensait peut-être qu'elle voyait un autre homme. *Othello*, vous connaissez ? Pour moi, il est évident que c'est un crime passionnel. Vous avez dû en croiser pas mal, des cas semblables, quand vous étiez flic…

– L'arroseur arrosé ? Un amant trompé par un autre amant ? Votre version semble un peu trop romanesque.

– Le meurtre n'était pas forcément prémédité. On peut imaginer une dispute qui aurait dégénéré.

N'oubliez quand même pas que ce type avait fait un gosse à ma mère !

– C'est possible. Mais je ne suis pas sûr que le destinataire de cette lettre soit votre père.

– Relisez-la, bon sang ! « Que pourrais-je lui dire de toute façon, puisque son père ne l'a pas reconnu et ne le reconnaîtra jamais ? » C'est un reproche à peine déguisé.

Je me rendis compte que j'en connaissais pratiquement le contenu par cœur à force de l'avoir lue et relue.

– Pourquoi parler de cet homme à la troisième personne si elle est en train de s'adresser à lui ?

– Ironie, effet de style… choisissez le mot que vous voudrez. Jules César et Napoléon parlaient bien d'eux à la troisième personne ! Et puis il y a cette phrase juste après : « Nous imagines-tu vivant en couple dans une maison, à élever cet enfant comme si de rien n'était ? »

– Ça ne prouve rien. Il aurait pu promettre à un moment donné d'élever cet enfant comme si c'était le sien.

Je commençais à trépigner.

– Où voulez-vous en venir, au juste ?

– J'essaie de prendre un peu de distance, Badina. C'est ce qui vous manque : vous êtes le nez dans le guidon. Vous n'arrivez pas à considérer Elizabeth comme une simple victime. Elle reste avant tout à vos yeux une mère. Conflit d'intérêts : vous ne voyez que ce que vous avez envie de voir. Vous voulez connaître l'identité de votre père et vous embrayez au quart de tour dès qu'il est question de votre petite personne. Vous n'arriverez à rien comme ça… Sherlock Holmes n'a connu qu'un seul échec dans sa vie : son enquête sur Irene Adler.

– Je croyais que vous ne lisiez pas ?

– J'ai vu tous les films avec Basil Rathbone. Pourquoi un être tel que Sherlock, une intelligence supérieure, un esprit brillantissime, a-t-il échoué ?

– Parce qu'il était amoureux ?

– Les sentiments, Badina. Un enquêteur ne peut pas mener une bonne enquête s'il éprouve des sentiments pour la victime. Il doit rester objectif, éviter de s'impliquer émotionnellement. Quand un flic arrive sur une scène de crime, il ne commence pas par s'apitoyer sur le sort du macchabée qu'il a devant lui.

– Vous avez peut-être raison, mais dans ce cas précis je ne vois pas trop ce que je peux y faire.

Hathaway sortit une paire de lunettes demi-lune et les chaussa au bout de son nez.

– Bon. Selon moi, cette lettre nous apprend deux choses nouvelles. Primo, l'amant de votre mère était proche du monde du cinéma. Je cite : « Les acteurs ne se contentent-ils pas d'ânonner ce que d'autres mettent dans leur bouche ? Tu le sais aussi bien que moi. » L'allusion me semble assez claire. Il le sait aussi bien qu'elle parce qu'il connaît le fonctionnement d'Hollywood, la manière dont les majors traitaient les acteurs à l'époque.

– Sur ce point, je suis d'accord.

– Secundo, Elizabeth était morte de trouille : « la peur au ventre », « le danger qui me guette »… C'est plutôt violent comme vocabulaire, non ? Sauf qu'elle n'avait pas peur de son amant comme nous le pensions. Cette peur semble trouver sa source dans des erreurs qu'elle aurait commises plus jeune : « à cause de tout ce que tu sais ». Mais de quelles erreurs s'agit-il ? Malheureusement, elle reste vague sur ce sujet, comme si elle craignait que cette lettre ne tombe entre de mauvaises mains.

Je lui fis signe de me passer la feuille.

– Et regardez cette phrase à la fin : « On ne me laissera jamais tranquille… » Qui est ce « on » ? On dirait qu'elle parle de plusieurs personnes, remarquai-je.

– Ça m'a aussi étonné quand je l'ai lue. À moins qu'il ne s'agisse encore d'un de vos « effets de style ».

– Très drôle. Je vous ressers ?

– Passez-moi plutôt la bouteille, je préfère être aux commandes.

Il se versa une ration autrement plus généreuse que celle que je lui avais servie.

– Bon, et de votre côté, vous en êtes où ?

– Je n'ai pas chômé aujourd'hui, mais les nouvelles ne sont pas bonnes. J'ai utilisé tout ce que j'avais de contacts au LAPD. Autant être franc avec vous, je n'arriverai pas à avoir accès au dossier. Personne n'a envie qu'on mette le nez dans les *cold cases* du département. Les gars risquent trop gros à me transmettre des documents confidentiels, même vieux de quarante ans. Riordan vient d'être réélu et le chef de la police a changé l'an dernier : je doute qu'il veuille se retrouver avec un scandale sur les bras. Avec la mort de Harris et votre job de scénariste, vous feriez immédiatement la une des journaux. Les médias se régaleraient de cette histoire.

– Pour les dossiers… je peux payer, ça n'est pas un problème.

Hathaway faillit s'étouffer avec son scotch.

– Merde ! Vous entendez ce que vous dites ? Vous avez envie de vous retrouver en taule ou quoi ? Vous savez ce que ça peut vous coûter ?

– Je vous en prie, ne jouez pas la vierge effarouchée avec moi ! Je vous ai entendu hier au téléphone… Je ne pense pas que ça me coûterait beaucoup plus qu'à vous.

Le détective se mit vraiment en rogne :

– Dans quelle putain de galaxie est-ce que vous vivez ? Ce n'était pas à un flic que je parlais ! Juste un type qui me rancarde à l'occasion. Avec le temps, tous les privés apprennent à jouer avec les failles juridiques du système. Je ne risquais absolument rien, c'était de l'esbroufe, rien de plus.

– Calmez-vous, j'ai compris la leçon. Conclusion : on laisse tomber ?

– Je n'avais pas fini... Je suis passé cet après-midi au bureau du district attorney. Juste avant l'été 1959, un membre du service a été chargé de mener un complément d'enquête sur la disparition d'Elizabeth. Certains inspecteurs du LAPD – j'ignore lesquels – ont dû l'informer de leurs propres conclusions. Les dossiers du district doivent évidemment être plus succincts que ceux des poulets, mais il y a peut-être des choses intéressantes dedans.

– Dans la mesure où vous avez fait chou blanc avec le LAPD, comment comptez-vous vous les procurer ?

– Ce ne sont pas les mêmes juridictions. Le procureur du district représente le gouvernement. Ses services ont la réputation de s'être assouplis ces dernières années et d'être moins regardants pour transmettre les dossiers d'affaires anciennes. J'ai obtenu un rendez-vous mardi, on verra bien.

Hathaway rangea la copie de la lettre et ses lunettes dans sa poche.

– Sinon, ma secrétaire est revenue travailler ce matin...

– Son gosse va mieux ?

– Ça va. Elle s'est occupée de votre requête auprès du département de la Justice. On a demandé la totale. *A priori*, depuis le *Freedom of Information Act* ils sont obligés de vous communiquer tous les dossiers qu'ils possèdent sur votre mère. Les délais peuvent être longs, mais ça vaut vraiment la peine de tenter le coup.

– Et en ce qui concerne les témoins de l'époque ?

– C'est un gros morceau, ça ne va pas se faire d'un coup de baguette magique. Le point négatif, c'est que la plupart de ceux qui ont bossé sur ce tournage ont disparu.

– Dennis Morrison, le partenaire de ma mère, est mort il y a deux ans.

– C'est ce que j'ai vu sur internet.

– Et le producteur, Simon H. Welles, au début des années 80. Autrement dit, deux figures qui ont côtoyé Elizabeth de près.

Hathaway termina son verre et se leva.

– On ne va pas se décourager aussi vite, pas vrai ? Bon, j'ai des trucs à régler demain, une affaire en cours…

– Votre adultère ?

Il acquiesça.

– Ça ne devrait pas m'occuper bien longtemps. Ensuite, je me consacrerai corps et âme à votre histoire. De votre côté, suivez mon conseil, allez fureter dans les vieux journaux. Ça vous permettra sans doute d'avoir une vision plus complète de l'affaire.

Hathaway hésita un moment puis me regarda droit dans les yeux.

– Une dernière chose, Badina…

– Oui ?

– Faites-moi plaisir : ne placez pas trop d'espoirs dans cette enquête.

– Vous me l'avez déjà dit hier.

– Je sais, mais gardez-le à l'esprit.

Le détective enfila sa veste. Je me sentis soudain déprimé à l'idée de passer la soirée seul dans cette grande maison et de ressasser mes problèmes. Sans réfléchir, je lui demandai :

– Dites, Hathaway, vous avez un truc de prévu ce soir ? Vous aimez les piments farcis ?

Il me sourit et, sans se le faire dire deux fois, retira sa veste.

– Si je les aime ? Je les adore…

4

Le lendemain, grâce à une autorisation des autorités locales, Wallace Harris fut enterré dans sa propriété des Berkshires comme il en avait exprimé le souhait par testament. À en croire les reportages télévisés, la cérémonie se déroula en comité très restreint : son ex-femme, son fils, quelques fidèles employés, une poignée de proches et de personnalités du monde du cinéma qui avaient fait le déplacement jusqu'à sa retraite isolée. J'imaginais que Crawford faisait lui aussi partie de l'assistance. Je n'avais plus eu de ses nouvelles depuis que j'avais quitté New York et j'en éprouvais un certain dépit. Après tout, sans lui, j'aurais paisiblement continué ma petite existence et, en bon soldat, aurais passé mes journées derrière mon ordinateur à retaper le scénario pour lequel j'avais signé ce satané contrat. Or il n'était plus question que je m'enferme dans mon bureau avec quatre adolescents têtes à claques nés avec une cuillère en argent dans la bouche. Je n'éprouvais même plus l'angoisse du prochain coup de fil de Cuthbert, celui où, d'une voix doucereuse, après avoir parlé de la pluie et du beau temps, il me demanderait : « Alors, tu en es où ? »

Je n'avais pas mis les pieds à la Central Library de la 5ᵉ Rue depuis au moins dix ans. La collection de microfilms, l'une des plus importantes du pays, était conservée au département d'histoire et de généalogie. Les journaux de Los Angeles y étaient classés par décennies. Je choisis, pour la période 1950-1959, les rouleaux d'une demi-douzaine des quotidiens les plus importants de la ville : le *Los Angeles Times*, le *Daily News*, le *Herald-Examiner*, le *Herald-Express*, le *Mirror*, ainsi que deux ou trois publications plus marginales qui pourraient me livrer une version moins policée de l'affaire. Je passai la matinée et le début de l'après-midi assis devant le lecteur de microfilms à dérouler des kilomètres de pellicule et à prendre des notes. À dire vrai, je n'avais guère l'espoir de faire une découverte sensationnelle.

Sans surprise, jamais le nom d'Hathaway n'était cité. J'avais peut-être pris des risques en prétendant avoir découvert son existence dans la presse. Je m'étonnais même qu'il ne se soit pas montré plus suspicieux. En revanche, les noms des deux inspecteurs qu'il avait mentionnés, Tom Norris et Jeremy Copeland, revenaient à plusieurs reprises dans les articles. Et le moins qu'on puisse dire, c'est qu'ils ne s'étaient pas montrés avares de confidences au début de l'enquête – sans doute une stratégie, qui devait avoir l'aval de leurs supérieurs, pour essayer d'obtenir en retour des informations de la part du public.

Comme j'avais pu le lire dans *Crimes et Scandales à Hollywood*, l'inconnu du Blue Star semblait être au cœur des préoccupations des policiers dans les premiers jours. Je retrouvai sans mal le témoignage de Sady L. dans une édition du *Los Angeles Times* du 2 février. Le témoin, après avoir décrit l'inconnu, notait qu'Elizabeth avait quitté le restaurant « très contrariée » et que « quelque chose semblait la tourmenter ». Un second témoin confirmait cette version sans apporter d'informations nouvelles. Pourtant, à partir du 9 février, soit à peine une quinzaine de jours après sa disparition, il n'était quasiment plus question de l'homme mystérieux. Les mêmes interrogations demeuraient. La police avait-elle retrouvé cet individu puis choisi de l'écarter de la liste des suspects ? L'enquête s'était-elle orientée vers une autre piste ?

Ma découverte la plus intéressante concernait Eddy, le jeune accessoiriste. Si les journalistes taisaient son nom, il me fut aisé de le reconnaître en la personne d'un « technicien du tournage en cours d'interrogatoire par la police ». Durant la première semaine de février, deux quotidiens le présentaient comme un suspect sérieux. D'après eux, surpris à fureter sans raison dans la loge d'Elizabeth, il avait été à deux doigts d'être licencié. Les journalistes affirmaient qu'il n'avait pu fournir d'alibi convaincant pour le week-end où ma mère avait disparu. Une information qui ne cadrait pas avec ce que m'avait raconté Hathaway. Le rôle joué par Eddy n'avait peut-être pas été aussi marginal que je l'avais pensé. Qui avait rapporté l'incident de la loge aux journalistes ? Des membres de l'équipe qui s'étaient confiés à la presse ? Norris et Copeland ? Étrange revirement de situation, le mardi 10 février, on annonçait sans entrer dans les détails que, après plusieurs jours d'interrogatoire serré, Eddy avait été blanchi de tout soupçon. On ne parlait plus du tout de lui par la suite.

D'une manière générale, je constatai qu'il était relativement peu question du tournage de *La Délaissée* dans la presse. La plupart du temps, les noms de Harris et de son producteur Simon H. Welles n'apparaissaient que pour donner du piment à l'affaire et la distinguer des multiples faits divers que connaissait chaque jour la Cité des Anges. Autrement dit, si les journalistes avaient docilement suivi les théories du LAPD, ils avaient pris soin de ne pas établir de lien direct entre la disparition de ma mère et le tournage du film.

Le traitement de l'affaire prenait un tour nouveau la deuxième semaine de février 1959, au moment où le FBI entrait en scène. Comme je l'avais appris par Hathaway, les fuites s'étaient alors raréfiées, et les journalistes avaient tendance à faire du remplissage et à recycler leurs précédents articles. Faute de nouveaux éléments, ils s'intéressaient enfin aux vicissitudes du tournage de *La Délaissée*. « ELIZABETH BADINA SERA REMPLACÉE SUR LE TOURNAGE DU NOUVEAU FILM DE WALLACE HARRIS », titrait le *Mirror* du 16 février. Aucun nom n'était pourtant donné au public et l'on sentait, à certaines remarques ironiques, que personne ne semblait pressé de reprendre le rôle d'une actrice peut-être morte, dans un film sulfureux qui allait s'attirer les foudres de la censure.

C'était aussi à partir de ce moment que les articles se faisaient plus pernicieux à l'endroit de ma mère. Un journal local désormais disparu prétendait avoir enquêté sur son passé et donnait la parole à de proches amies, qui toutes, bien sûr, désiraient demeurer anonymes. Elles confiaient qu'Elizabeth aimait beaucoup sortir, faire la fête, et qu'elle était une grande habituée des soirées du Tout-Hollywood. On lui prêtait également des liaisons sans lendemain. Les expressions de l'article avaient été savamment choisies pour ne jamais franchir la ligne jaune, mais l'effet produit était désastreux : le lecteur ne pouvait sortir de cette lecture qu'en ayant l'impression que ma mère était une fille facile, prête à tout pour percer dans le milieu du cinéma. Crawford m'avait assuré qu'il était banal que des jeunes actrices cherchent à se faire repérer dans ces soirées par de gros bonnets des studios. À moins, évidemment, qu'il n'ait édulcoré la réalité pour ne pas me blesser.

À la mi-février, deux quotidiens annonçaient que la célèbre Clarence Reynolds était pressentie pour remplacer Elizabeth Badina. La nouvelle était confirmée quelques jours plus tard dans un papier retraçant la carrière de l'actrice.

À partir du mois d'avril, les articles s'espaçaient de plus en plus et n'apportaient guère de nouvelle information sur l'enquête du LAPD ou celle du FBI. L'affaire Elizabeth Badina devait, comme tant d'autres affaires non résolues de Los Angeles, demeurer un mystère.

Au bout de trois bonnes heures de lecture et après plusieurs cafés, je relus mes notes pour essayer d'y voir plus clair et établis une chronologie. Dans un premier temps, l'inconnu du Blue Star occupait tous les esprits. La rencontre mystérieuse et animée dans le restaurant, la Chevrolet abandonnée tout près de Hollywood Boulevard : tout orientait les enquêteurs vers cet homme. Puis soudain, sans raisons objectives, cette piste était abandonnée et Eddy se retrouvait sur la sellette. Il semblait fasciné par ma mère, se montrait insistant, traînait dans sa loge. Mais les soupçons faisaient long feu et Eddy n'intéressait plus personne. Hathaway m'avait même expliqué qu'il le pensait incapable d'avoir fait le moindre mal à Elizabeth. Les soupçons qui avaient pesé sur le jeune accessoiriste me laissaient une étrange impression. Sans exagérer, on aurait dit que son nom n'avait surgi dans l'enquête que pour faire diversion. Temporairement, il avait pu faire figure de coupable idéal pour éviter que l'inconnu du Blue Star n'occupe une place centrale dans l'enquête. Avait-on cherché à protéger ce dernier ? Et si c'était le cas, qui était ce « on » ? Je repensai à mes conversations avec Hathaway. Même si à la fin des années 50 le LAPD avait commencé à faire le ménage dans ses rangs, on ne pouvait pas exclure que des flics aient voulu mettre à l'abri l'homme influent qui avait été l'amant d'Elizabeth. Les paroles du détective résonnaient encore dans ma tête : « Cette ville puait comme un bordel à marée basse. » Les journaux, auxquels on avait refilé des informations confidentielles durant la première semaine de l'enquête, avaient peut-être docilement suivi le scénario concocté par la police.

Je décidai de profiter de ma présence à la bibliothèque pour effectuer quelques recherches sur Simon H. Welles, « sexagénaire peu séduisant et peu reluisant », à en croire Crawford. S'il était totalement exclu que Welles puisse être l'homme du Blue Star, je ne pouvais chasser de mon esprit les rumeurs qui avaient fait de lui l'amant de ma mère. La documentation ne manquait pas au sujet de celui qu'on classait parmi les plus importants producteurs indépendants du cinéma de l'après-guerre. Né à New York à la fin du XIXe siècle, Welles était arrivé tardivement à Los Angeles, au milieu des années 20. Grâce à ses relations familiales, il avait travaillé comme assistant à la Paramount avant de devenir directeur de productions à la MGM. C'était à la veille de la Seconde Guerre mondiale qu'il était devenu producteur indépendant en créant la Welles International Pictures. Il avait obtenu plusieurs gros succès, décroché quelques Oscars, mais avait fini par connaître de sérieuses difficultés financières à la fin des années 40. Visiblement, sa maison de production n'avait dû sa survie qu'au succès de *La Chevauchée du désert*. Welles était réputé pour être un homme au nez creux et il avait fait preuve d'une remarquable intuition en finançant *Il ne restera que poussière*, le premier long métrage d'un inconnu nommé Wallace Harris, qui devait lui rester fidèle par la suite. Les relations entre les deux hommes n'avaient pourtant pas été de tout repos : différends artistiques, dépassements de budget et querelles de casting leur avaient valu de multiples brouilles. Une édition de *Film Quarterly* rapportait plusieurs phrases attribuées à Welles : « Wallace est le plus grand emmerdeur que j'aie jamais connu, mais c'est un emmerdeur qui a du génie », ou : « S'il n'avait pas été réalisateur, Harris aurait fait un merveilleux dictateur. »

Grand fumeur de cigares qu'il faisait venir de Cuba, gros buveur de whisky, connu pour son sexisme légendaire, Welles draguait tout ce qui portait jupe à Hollywood. Plusieurs sources laissaient entendre qu'il avait fréquemment harcelé des actrices dans des suites de luxueux hôtels et qu'il était presque toujours parvenu à ses fins. Il était de ces grands manitous capables de faire ou de défaire une carrière à Hollywood d'un simple claquement de doigts. Vu la terreur qu'il inspirait, je comprenais parfaitement que de jeunes actrices en quête de gloire n'aient pas eu le cran de le repousser malgré l'aversion qu'elles devaient ressentir. Tout ce que je lisais sur ce producteur venait confirmer ce que Crawford m'avait dit à son sujet. Et les mêmes questions revenaient sans cesse. Avait-il cherché à mettre Elizabeth dans son lit ? Avait-elle obtenu son rôle dans *La Délaissée* uniquement parce que Harris l'avait décidé ? La seule idée que ce salopard ait pu coucher avec ma mère et puisse être mon père me donnait la nausée…

Dans la seconde moitié des années 50, Welles avait tiré profit de la révolution du CinémaScope et s'était spécialisé dans la production de comédies populaires et de films à grand spectacle. Par la noirceur de son sujet et son manquement aux bienséances de l'époque, *La Délaissée* faisait évidemment figure d'exception. Welles avait pris de gros risques en produisant ce film. J'appris que la MPAA, qui s'appuyait sur le très rigide code Hays en cours en Amérique jusqu'au milieu des années 60, avait émis de nombreuses critiques sur la première mouture du scénario. En dehors même de la scène de meurtre ou de dialogues trop explicites, le principal problème du film résidait dans le fait que le spectateur ne pouvait que ressentir de la sympathie pour la criminelle et « être tenté de l'imiter ». Le scénario avait connu des dizaines de versions : Harris s'était démené durant près de cinq mois pour boucler un montage qui satisfasse à la fois la Production Code Administration et la Ligue de décence. Ce qui n'avait pas empêché quelques comités citoyens de surveillance de manifester leur opposition à la sortie du film en barrant aux spectateurs l'entrée des salles.

Au terme de mes recherches, je pouvais donc brosser de Welles un portrait somme toute assez simple : celui d'un sale bonhomme qui maltraitait les femmes, mais un sale bonhomme sans lequel Harris ne serait peut-être pas devenu une légende du 7e art.

À cause de travaux à l'embranchement de Harbor Freeway, la 5e Rue était complètement bouchée et un concert de klaxons m'accueillit quand je sortis de la bibliothèque, vers 15 heures. J'avais un affreux mal de crâne. Comme je n'avais pas envie de rentrer chez moi, je m'arrêtai dans un café en face de Pershing Square, où j'avais l'habitude de jouer enfant. Depuis longtemps les arbres avaient fait place au béton et aux froides statues : plus encore que la Library Tower ou le Wells Fargo Center, ce parc impersonnel était pour moi l'exemple le plus frappant des transformations malheureuses qu'avait subies le centre de L.A. ces vingt dernières années. En fait, je n'étais plus vraiment certain d'aimer cette ville ni de la comprendre.

Je commandai un sandwich au saumon et m'installai à une table près de l'entrée. J'avais à peine commencé à relire mes notes que la « Chevauchée des Walkyries » retentit sur mon portable. Cuthbert... Comme je le savais prêt à revenir inlassablement à la charge pour connaître l'avancement du scénario, j'avais trouvé drôle d'associer le chœur des vierges guerrières à son numéro.

– Salut, mon grand ! Je ne te dérange pas ?

– J'étais en train de travailler.

D'une certaine manière, je ne mentais pas.

– Il paraît que tu es à L.A.

Je me sentis pris de court.

– Comment tu es au courant ?

– Mon petit doigt me l'a dit.

– Sérieusement.

– Écoute, je ne devrais peut-être pas t'en parler, mais Abby m'a appelé.

– Abby ? Pourquoi ça ?

J'avais perçu de l'embarras dans sa voix.

– Tu sais comment sont les femmes, toujours à gamberger... Je crois qu'elle s'inquiète pour toi.

J'étais stupéfait, en colère aussi. Bien sûr, Abby était loin d'imaginer dans quel merdier je m'étais fourré en signant ce contrat, mais je n'aurais jamais cru qu'elle puisse raconter quoi que ce soit sur mon compte à Cuthbert.

– Elle s'inquiète ? Je me demande bien pourquoi. C'est parce que j'ai quitté New York précipitamment ? J'avais juste envie de changer d'air et de voir ma grand-mère.

– Elle va bien ?

– Ça va… Qu'est-ce qu'elle t'a dit exactement ?

– Rien de bien précis, c'est pour ça que j'ai préféré t'appeler. Pour te la faire courte, elle pense que j'ai une mauvaise influence sur toi.

– Tu plaisantes ? Elle n'a pas osé te sortir un truc pareil ?

J'avais crié dans le téléphone. Dans la salle, les clients tournèrent le regard dans ma direction. En définitive, j'étais exactement semblable à tous ces gens qui, pendus à leur portable, m'horripilaient naguère en imposant leurs problèmes personnels et leur babillage à la terre entière.

– Calme-toi. Ce n'est pas ce qu'elle a dit… textuellement. C'est pourtant ce que j'ai cru comprendre. David, je ne suis pas naïf : je sais bien que retaper les scénarios des autres, ce n'est pas le nirvana, mais je pensais vraiment que c'était ce dont tu avais besoin, du moins en attendant…

C'était bien la première fois qu'il me parlait de manière aussi franche de mon activité de *script doctor*.

– En attendant quoi, au juste ? Que je sois à nouveau capable de pondre une histoire qui tienne la route ?

– Je n'aurais pas employé ces mots, mais oui, si ça te fait plaisir.

J'eus un petit rire nerveux.

– J'ai dit à Abby que j'avais commencé à écrire un scénario… je veux dire, un vrai scénario, pas du rafistolage.

– C'est quoi cette histoire ?

– J'ai baratiné ! Je n'ai pas écrit la moindre ligne depuis des années. *Niente… Nada…* C'est pour ça qu'elle t'a appelé : elle s'imagine que tu m'empêches de me consacrer à mon futur chef-d'œuvre.

– Arrête de prendre les choses au tragique ! Tu as fait un carton avec un film et, d'accord, le suivant a été un bide. Tu n'es ni le premier ni le dernier à qui ça arrive. Est-ce que c'est une raison suffisante pour croire que tu n'écriras plus rien ? Tu as tout juste 40 ans, tu as encore le temps.

– Ça fait des années que je me dis que j'ai le temps.

– Ce n'est pas la quantité qui compte ! Après tout, Harper Lee n'a écrit qu'un seul bouquin dans sa vie.

Son exemple, quoique prestigieux, n'était pas de nature à me rassurer, mais je préférai passer outre. Ma traversée du désert était pour l'heure le dernier de mes soucis : je ne songeais qu'aux articles que j'avais exhumés à la bibliothèque et ne désirais que mettre un terme à cette conversation.

– Pour le scénario, je veux dire *notre* scénario, tu n'as pas à t'inquiéter. Tout va comme sur des roulettes.

– Tu es sûr que… ?

– Ne t'inquiète pas, je te dis. Tu auras ma copie en temps et en heure. Et ne te prends pas la tête avec Abby, je lui parlerai.

– Tu veux un conseil ?

– Non merci.

– Rien à foutre, je te le donne quand même. Je crois qu'il est grand temps que tu lui fasses un peu confiance et que tu la traites autrement que comme une copine de lycée. Tu ne penses pas que le moment est venu de construire quelque chose de solide avec elle ?

Je ne sus quoi lui répondre. Cuthbert avait raison, mais pour construire quelque chose de solide, encore eût-il fallu que je me sente solide moi-même. Or – et je me demandai comment il m'avait fallu tant d'années pour m'en rendre compte – j'étais resté un gosse effrayé et malheureux qui attend que sa mère rentre le soir à la maison.

*

Dès que je me fus installé au volant de ma voiture, j'allumai la radio. Une station locale relatait l'incroyable histoire d'un officier chargé d'enquêter sur les gangs de la ville qui venait d'être traduit en justice pour avoir dérobé trois kilos de cocaïne dans une salle des preuves du département de police. L'homme, un agent bien noté et en apparence irréprochable, encourait huit ans de prison. Le journaliste rappelait que le département avait eu à faire face à de nombreux problèmes ces dernières années, notamment des accusations de mauvais traitements envers les groupes minoritaires, d'espionnage politique et d'utilisation excessive de la force, dont l'exemple le plus frappant avait été le passage à tabac de Rodney King qui avait indirectement déclenché les terribles émeutes de 1992. Je me promis de toucher un mot de cette histoire à Hathaway. Peut-être que ce flic corrompu n'était en fin de compte qu'un digne héritier de Norris et de Copeland.

Mon portable se remit à sonner alors que je quittais la Santa Monica Freeway pour prendre l'Interstate 405 vers Brentwood. Comme je m'étais déjà engagé sur l'autoroute, il me fut impossible de me garer sur le bas-côté. Le téléphone m'échappa des mains et tomba du siège passager. En voulant le récupérer, je fis une embardée qui me valut une belle frayeur et des coups de klaxon des autres conducteurs. Je reconnus immédiatement la voix de Crawford.

– Je ne vous dérange pas ?

– Pas du tout, je suis heureux de vous entendre.

– Je suis désolé, j'aurais aimé vous appeler avant.

– J'imagine que ces derniers jours n'ont pas dû être faciles.

– L'enterrement a eu lieu ce matin.

– Je sais, je l'ai appris par les infos. Comment s'est passée la cérémonie ?

Je l'entendis souffler dans le combiné.

– C'était étrange. Ces stars et ces patrons de studio... j'avais l'impression qu'ils venaient parader. Je n'ai pas pris la parole, je ne m'en sentais pas capable. Je me suis contenté d'écouter tous ces gens... En réalité, j'avais le sentiment d'être le seul à avoir vraiment connu Wallace. J'ai vécu tant de choses à ses côtés... Ses échecs, ses succès, ses mariages, ses divorces, ses moments de doute...

– Je comprends.

– Il aurait détesté cet enterrement, vous pouvez me croire. Les hommages le rendaient fou ! Ma seule satisfaction, c'est qu'il ait pu être enterré chez lui... Il ne se sentait heureux que dans sa propriété, avec ses livres, ses arbres, son chien.

Je me souvins du pauvre labrador sans nom. Stupide comme je l'avais été, je n'avais rien saisi de la relation qu'il avait nouée avec cette bête : elle devait être le seul et dernier compagnon d'un artiste enfermé dans sa légende, qui n'arrivait plus à trouver de réconfort auprès de ses semblables.

– Vous êtes toujours à Los Angeles ?

– Oui. J'ai retrouvé Hathaway.

Il y eut un moment de flottement.

– Vous voulez dire que vous l'avez rencontré ? Qui est-ce ?

Visiblement, il n'avait pas eu comme moi la curiosité de faire des recherches sur internet.

– C'est un privé de Van Nuys qui fait surtout dans les adultères. Il a été inspecteur au LAPD pendant plus de vingt-cinq ans.

– Il était dans la police au moment de la disparition de votre mère ?

– C'était un tout jeune inspecteur à l'époque, mais il a bien participé à l'enquête. J'ai longuement parlé avec lui, il m'a raconté à peu près tout ce qu'il savait.

N'ayant aucune envie de résumer les heures de conversation que j'avais eues avec le détective, je me contentai de lui indiquer le rôle mineur qu'il avait joué, sans évoquer nos théories. Crawford n'insista pas, mais demanda simplement :

– Comment Wallace le connaissait-il ?

– Je vais vous décevoir, mais je n'en ai aucune idée. Ce n'est pas lui qui l'avait interrogé et il m'a assuré qu'il ne l'avait jamais croisé.

– Vous l'avez cru ?

J'eus un bref instant d'hésitation. J'avais fait une confiance totale au détective sans chercher à creuser le lien qui le reliait au réalisateur. Tout était pourtant parti de son nom griffonné au verso d'une photo. Troublé, je faillis manquer la sortie vers Brentwood.

– Très franchement, je ne vois pas pourquoi il me mentirait. Harris avait peut-être fait des recherches sur les derniers flics de l'époque encore en vie. Il n'a peut-être trouvé qu'Hathaway.

– Ça n'explique pas l'empressement qu'il avait à vous rencontrer… Ni la raison pour laquelle il voulait vous mettre en relation avec ce détective, s'il n'a pas d'informations particulières à vous donner.

Je savais que les réponses à ces questions pouvaient être capitales pour mes recherches.

– En réalité, Hathaway pense que beaucoup de choses clochent dans cette affaire.

– Que voulez-vous dire ?

– Je ne peux pas entrer dans les détails, mais il croit que certains policiers n'ont pas mené l'enquête comme ils l'auraient dû… et pas forcément par incompétence.

– C'est une manière de dire « volontairement » ?

J'en avais déjà trop dit.

– Je n'ai pas l'ombre du début d'une preuve pour le moment, mais oui : on aurait pu chercher à protéger un suspect. Les choses ne sont pas encore claires…

Je quittai San Vincente Boulevard pour rejoindre mon quartier, longeant de magnifiques demeures où quelques stars de cinéma habitaient peut-être.

– Que comptez-vous faire ?

– J'ai déjà fait quelque chose : j'ai engagé Hathaway.

– « Engagé » ?

– Ça peut paraître ridicule, je sais… Je le paie à la semaine pour qu'il creuse l'enquête. Il pense que ça ne sert à rien, mais j'ai réussi à le convaincre. En réalité, il a sans doute raison : je n'aurais pas dû quitter New York et me lancer tête baissée dans cette histoire.

– Mais vous l'avez fait. Et vous n'avez pas l'intention de revenir dans l'immédiat, n'est-ce pas ?

Avais-je seulement la réponse à cette question ?

– Je ne sais pas où tout ça me mènera…

– À la vérité ?

– Peut-être.

– David, est-ce que vous avez peur d'apprendre ce qui est arrivé à votre mère ?

– Pourquoi devrais-je avoir peur ?

– Je me suis posé beaucoup de questions depuis notre dernière rencontre. J'ai des remords… C'est peut-être une erreur de vous avoir montré cette photo et donné de faux espoirs. Nul ne peut savoir ce que Wallace avait en tête. On vit parfois plus heureux quand on reste dans l'ignorance de certaines choses.

– Mon bonheur m'importe peu pour le moment, monsieur.

– Faites-moi plaisir, appelez-moi « Samuel ». Vous me tiendrez au courant ? Quoi que vous puissiez découvrir…

– Je vous le promets, Samuel.

De retour chez moi, je punaisai sur mon panneau en liège les notes prises à la bibliothèque, ainsi que quelques articles marquants, dont un qui prêtait une vie dissolue à ma mère. J'avais collecté sur elle en quelques jours plus d'éléments que durant toute une vie. Pourtant, il restait trop de maillons manquants. L'appel de Crawford n'avait fait que remettre au centre du jeu la question du lien entre Hathaway et Harris que je n'avais pas creusé. Plus je repensais aux protagonistes de l'affaire, moins j'avais de certitudes. L'homme du Blue Star était-il vraiment la clé de l'énigme ? Quel rôle Harris et Welles avaient-ils joué dans l'histoire ? Copeland et Norris n'étaient-ils que des flics carriéristes ou avaient-ils participé à un véritable complot ? Je restai presque toute la soirée dans mon bureau à gamberger et à me perdre dans des tâches futiles. Je n'avais pas sommeil.

C'est vers 23 heures que j'entendis dans la rue le bruit d'une voiture qui sembla s'arrêter à hauteur de la maison. J'aurais très bien pu ne pas y prêter attention, mais j'eus la curiosité de venir me poster à la fenêtre. La nuit était profonde, le ciel sans lune. La légère brume qui s'était levée accrochait la lumière du porche d'entrée. Je ne vis d'abord rien de précis, puis, dès que mes yeux se furent habitués à la quasi-obscurité, je distinguai assez nettement une silhouette derrière la palissade en bois qui bordait une partie du terrain.

C'était un homme, de cela j'étais presque certain. Je ne pouvais ni voir son visage ni juger de son âge. Il se tenait parfaitement immobile et regardait dans la direction de la fenêtre de mon bureau. Il était en train de m'épier. Durant quelques secondes, je fus incapable de faire le moindre mouvement. J'aperçus brièvement le rougeoiement d'une cigarette, puis une volute de fumée qui s'élevait au-dessus de lui. L'homme ne pouvait pas ignorer que j'avais remarqué sa présence. À aucun moment pourtant, il ne chercha à se dissimuler ou à prendre la fuite. Je compris alors que le verbe « épier » n'était pas celui qui convenait. Il me fixait avec assurance. Comme par défi. Il voulait que je le voie.

Le temps parut se suspendre. Il m'adressa un léger signe de la tête – un de ces signes ambigus qui, suivant la situation, peuvent relever aussi bien du geste amical que de la menace. Je ne le pris que comme une menace. Ensuite, il se tourna et commença à s'éloigner lentement. Je mis plusieurs secondes à réagir – quelques secondes que je devais amèrement regretter. Enfin, je me précipitai hors de la pièce et traversai la maison à toute vitesse. Je perdis un temps précieux à déverrouiller la porte et courus jusqu'à la rue, sans m'arrêter. Frustré et en colère, je tournai le regard dans toutes les directions, mais il était trop tard.

J'étais seul.

L'homme et la voiture avaient disparu.

Jeudi 22 janvier 1959

Elle n'avait jamais aimé se regarder dans les miroirs. Même si sa mère prétendait pour la rassurer que les défauts physiques se trouvaient avant tout dans la tête, elle avait développé depuis longtemps un complexe à cause de son nez trop court et légèrement en trompette – heureusement, Wallace Harris n'avait pas de penchant particulier pour les profils –, sans compter ce menton qui lui donnait un air affreusement buté. On lui avait bien parlé d'un chirurgien sur Franklin Street capable de faire de vrais miracles, mais l'idée de se retrouver sur une table d'opération l'effrayait trop. La simple vue d'une seringue ou l'odeur de l'éther lui donnaient des haut-le-cœur. Les gens s'imaginaient toujours que les actrices passaient leur temps à se pâmer d'admiration devant leur glace, alors que pour la plupart d'entre elles se regarder était une épreuve. Lorsqu'elle était contrainte à ce pénible face-à-face avec son image durant les séances de maquillage, elle avait l'habitude de se répéter son nom à l'infini, pour se convaincre que cette image était bien la sienne, comme on vérifie l'authenticité de l'or à la pierre de touche : « Elizabeth Badina, Elizabeth Badina, Elizabeth... »

Ces sept syllabes finissaient à la longue par être réduites à leur plus élémentaire arbitraire et par provoquer l'inverse de l'effet attendu. Au fur et à mesure que le maquillage recouvrait son visage et que le moment de paraître sous les projecteurs approchait, Elizabeth cédait lentement la place à l'*autre personne*. C'était un sentiment que peu de monde aurait été capable de comprendre. L'*autre*, c'était cette étrangère qu'elle avait vue maintes fois sur les stupides publicités des magazines ou sur l'écran perlé des salles de studio où avaient lieu les projections des rushes à l'intention des producteurs : une fille qu'elle trouvait somme tout quelconque, au visage aussi froid que celui de Hedy Lamarr. Pour les gens, bien sûr, Elizabeth et l'étrangère ne formaient qu'une seule et même personne. Elle ne pouvait pas leur en vouloir : comment auraient-ils pu faire la différence ?

Elizabeth sortit de sa rêverie en croisant le regard de Laura dans le grand miroir de la loge. Les couches de maquillage lui donnaient l'impression d'avoir une seconde peau sur le visage.

– Tu ne crois pas que ça suffit ?

La maquilleuse continua d'appliquer le pinceau poudre sur ses pommettes.

– C'est presque fini... Tu connais le premier des commandements de Dieu : « Pour qu'une femme paraisse naturelle à l'écran, il faut qu'elle ait l'air d'un épouvantail dans la vie. »

Elles rirent de concert.

Le premier jour de tournage, Elizabeth n'avait pas compris pourquoi le nom de « Dieu » revenait sans cesse dans les conversations. Un technicien charitable lui avait expliqué qu'il s'agissait de Harris en personne. Le réalisateur connaissait parfaitement le surnom dont on l'avait affublé, mais, loin d'en être chagriné, il semblait en tirer une certaine vanité.

Alors que tant d'acteurs le haïssaient secrètement, Elizabeth admirait Wallace Harris. Elle aimait son incroyable vivacité d'esprit et sa culture, que rien ne laissait présager chez ce petit bonhomme renfrogné toujours habillé à la six-quatre-deux. Les choses relevaient tellement des apparences dans ce temple du cinéma que cette anomalie la rassurait. Elle ne se sentait jamais obligée de se cacher derrière des faux-semblants en sa présence. Elle avait l'impression qu'il était le seul à pouvoir lire en elle. Et que c'était pour cette raison qu'il l'avait choisie parmi tant d'autres postulantes.

Elle avait encore parfaitement en mémoire le bout d'essai que Harris lui avait fait passer plus d'un an auparavant. L'arrivée sur le plateau à 6 heures du matin… L'équipe réduite au minimum pour fixer sur pellicule le *screen test* muet… Le faux noir devenant lumière du jour…

« Je veux que vous marchiez sur la scène de long en large, lentement, puis que vous vous asseyiez. Allumez ensuite une cigarette.

— Mais… je ne fume pas, avait-elle répondu.

— Vivian fume, elle. Il ne peut en être autrement. Si vous voulez le rôle, il faudra vous y mettre. Qu'on apporte à Mlle Badina une cigarette. »

La seule fois où elle avait porté une cigarette à sa bouche, sans toutefois l'allumer, c'était pour imiter Bacall qui, adossée au chambranle d'une porte dans un ravissant tailleur à carreaux, lançait à Bogart : « Quelqu'un a une allumette ? » Elle adorait cette scène du

Port de l'angoisse. Voilà ce qu'était pour elle l'actrice idéale : une femme capable, d'un simple regard de biais, sans longs discours, d'embraser le cœur des hommes.

Elle s'était exécutée, avait entamé son dialogue silencieux avec la caméra. Elle avait arpenté le plateau, sans d'abord penser à rien. La lumière vive braquée sur elle l'empêchait de voir Harris. Peu importait. Ce n'était déjà plus le regard du réalisateur qu'elle sentait posé sur elle. Seule comptait la caméra. Cet œil cyclopéen, immobile, incarnait des millions d'autres yeux qui la verraient bientôt sur tous les écrans du pays – elle en était sûre maintenant. Elle n'avait plus peur. Elle avait porté la cigarette à sa bouche. La fumée s'était répandue dans ses poumons, lui donnant une vive sensation de chaleur et de vertige. Elle n'avait ni crapoté ni toussé. Cette cigarette semblait avoir été précédée par des milliers d'autres. Si Vivian fumait, elle fumerait elle aussi. C'était aussi simple que cela.

Elle avait écrasé sa cigarette dans le cendrier à ses pieds. Harris était demeuré silencieux. Elle redoutait qu'il ne lui assène l'une de ces phrases toutes faites qu'elle avait déjà trop entendues : « Merci, mademoiselle, on vous recontactera. » Au lieu de quoi il s'était levé, s'était lentement approché du plateau et avait dit :

« Je ne peux pas vous assurer que vous deviendrez une star, mais je peux vous jurer que je vais faire de vous une actrice, une vraie… Peut-être la meilleure de toutes. »

On frappa à la porte de la loge. Puis elle s'ouvrit et dans l'entrebâillement apparut le visage de l'assistant réalisateur qu'on disait être le « souffre-douleur » de Harris tout autant que « ses yeux et ses oreilles » sur les plateaux.

– Mademoiselle, désolé de vous déranger. On sera prêt à tourner dans un petit quart d'heure.

Elizabeth hocha imperceptiblement la tête.

– Merci.

Elle ferma les yeux. Du plus profond d'elle-même montait une lame qui lui bloquait la respiration. L'angoisse… Celle qui lui faisait perdre le contrôle. Celle qui la conduirait dans quelques minutes aux toilettes et lui ferait rendre le peu qu'elle avait dans l'estomac.

Laura posa une main amicale sur son épaule. Elle rouvrit les paupières.

– Ne t'en fais pas, Elizabeth. Tu es une grande actrice. Tout va bien se passer…

*

Le cercle des puissants projecteurs au-dessus du plateau dégageait une chaleur difficilement supportable dont les acteurs ne cessaient de se plaindre. Tous, à l'exception d'Elizabeth… Rien ne la gênait. Elle ne s'arrêtait pas à ce genre de vétilles. Pour la simple et bonne raison qu'elle n'était jamais présente sur le plateau aux côtés de ses partenaires. Non, Elizabeth devait être cachée dans l'ombre, quelque part dans un coin du studio, attendant fébrilement la fin des prises comme un gosse qui redoute qu'on le remarque. Depuis qu'avait retenti le mot « Action ! », l'*autre* était entrée en scène et avait pris sa place.

Ses lèvres remuèrent. Elle l'entendit dire :

– Tu rentres tard.

– Quelle heure est-il ?

– Plus de 2 heures.

Il y eut un silence. Ce silence que Harris trouvait toujours trop court ou trop long, imperceptible ou démonstratif. « On la refait… » Mais, cette fois, il n'interrompit pas la prise.

— J'étais au club avec Ted.

— Ta soirée s'est bien passée ?

— Oh, la routine… On a bu quelques verres, discuté de tout et de rien. Je n'ai pas vu l'heure tourner. Tu connais Ted…

Dans le script, il était indiqué que Vivian devait se retourner vers son mari à la fin de cette réplique. Pourtant, à la quatrième prise, Elizabeth avait jugé bon de garder le regard fixé droit devant elle. Le temps du face-à-face n'était pas encore venu. Vivian le voulait ainsi. Contre toute attente, Harris n'avait fait aucun commentaire.

— Je pensais que tu serais déjà couchée.

— Je n'arrivais pas à dormir.

— Encore tes insomnies ?

Vivian n'était pas la seule à ne plus arriver à dormir. Elizabeth aussi vivait des nuits infernales. Le sommeil la fuyait depuis des semaines et même les somnifères n'y faisaient plus rien.

— J'ai un peu lu en t'attendant.

— Une de tes histoires d'amour ?

Une histoire d'amour qui ne pouvait que mal finir. Elle pensait à la lettre qui reposait encore sur son bureau. Elle ne l'avait pas envoyée et ne l'enverrait sans doute jamais. « Reculer pour mieux sauter », disait-on. N'était-ce pas exactement ce qu'elle était en train de faire ? Écrire n'était pas la solution… Elle devait trouver le courage de l'affronter. De lui dire de vive voix ce qu'elle avait sur le cœur. La menace était devenue trop grande. Si son secret était révélé,

qu'adviendrait-il d'elle, de sa carrière ? Mon Dieu…
Égoïste qu'elle était ! Comment pouvait-elle encore
songer à cette carrière insignifiante quand elle n'aurait
dû penser qu'à protéger son fils ? « David, oh, David…
Mon chéri… Mon petit être sans défense… » Quel
genre de mère était-elle donc ? En définitive, elle ne
valait pas mieux que ces filles de petite vertu qu'on
voyait traîner au bout de Hollywood Boulevard.

S'il n'y avait pas eu ce maudit contrat… Elle ne
pouvait plus quitter le navire, à présent. Le studio serait
impitoyable avec elle. Elle imaginait déjà une armada
d'avocats la mettant sur la paille : les salaires à rem-
bourser, les dommages et intérêts, le scandale qui
l'éclabousserait… De toute façon, elle avait besoin de
cet argent. Revendre la maison de Silver Lake maintenant serait une perte sèche. Mais d'ici quelques
semaines elle aurait assez d'argent pour reconstruire sa
vie loin de Los Angeles, loin de ce monde artificiel,
loin de tous ces gens qui n'avaient pour elle qu'une
considération de façade. David et elle formeraient
enfin une vraie famille. Peut-être finirait-elle par tomber sur un homme doux et bon, oh oui, un homme qui
la ferait rire, qui s'occuperait d'elle comme personne
n'avait su le faire. Et qui, avec un peu de chance, tiendrait lieu de père à David…

– Coupez !

Elizabeth sursauta. Elle était de retour sur le plateau.
Elle craignait d'avoir sauté une réplique ou de s'être
trompée dans son texte, mais elle comprit vite qu'elle
n'était pas la cause du courroux du réalisateur.

– Eddy ! Trouvez-moi Eddy, nom de Dieu ! gronda-
t-il en se levant.

– Je suis là, monsieur.

Le jeune homme se trouvait juste derrière lui, fidèle comme une ombre, près de l'imposante caméra.

– Où est mon Ming ?

Hésitation.

– Oh… vous voulez dire la réplique du vase chinois ?

– Bien sûr, « la réplique du vase chinois » ! De quoi d'autre pourrais-je bien parler ?

– Vous aviez dit… vous aviez dit qu'il attirait trop le regard. On a préféré l'enlever…

– Je n'ai jamais dit que je voulais qu'on l'enlève ! Je veux mon vase.

– Mais…

– Débrouille-toi pour qu'il soit presque invisible dans le champ de la caméra. Il ne doit être perceptible que par l'inconscient du spectateur.

– Je… je ne comprends pas, monsieur.

– Tu ne comprends pas ?… Je ne veux pas de dorures clinquantes ni d'objets pompeux. Je veux simplement que l'on sente que cet homme est puissant, qu'il a assez d'argent pour s'acheter un vase de la dynastie Ming et se payer le luxe de le laisser traîner sur le coin d'une console. C'est pourtant clair, non ?

Harris avait haussé la voix, si bien que plus personne n'osait piper mot. Il délaissa Eddy en secouant la tête, s'avança vers le plateau et toisa avec froideur les insignifiants insectes qui avaient l'audace de passer sous son regard. Tout le monde savait comment Wallace Harris fonctionnait. Cette histoire de vase n'était qu'un prétexte pour passer un savon à l'équipe et rendre nulles et non avenues les dix prises qui avaient précédé. De quoi justifier qu'on retourne la scène encore vingt ou trente fois. Un petit manège destiné à épuiser acteurs et techniciens, et à affirmer, si c'était encore nécessaire, son contrôle total sur le film.

– Est-ce qu'il y a quelqu'un ici qui comprend quoi que ce soit à l'histoire que nous sommes en train de tourner ? Je ne sais pas ce que vous avez aujourd'hui, mais j'ai l'impression que tout le monde s'est ligué contre moi… Il paraît que Wyler tourne à Rome un futur succès pour la MGM : si certains d'entre vous sont tentés par l'aventure, je ne les retiens pas ! Serais-je donc le seul à avoir lu le scénario et à posséder assez de jugeote pour me mettre dans la tête des personnages ? Vivian n'est pas plus importante aux yeux de son mari qu'une de ces babioles superfétatoires qui encombrent ce salon. Elle lui sert de faire-valoir ! Il l'exhibe en public comme on exhiberait un trophée. Il ne l'a jamais aimée, n'a jamais eu la moindre attention pour elle. Bon sang ! Le spectateur doit comprendre dès les premières minutes du film que ce type est un abominable salaud !

Resté dans l'embrasure de la porte, Dennis Morrison leva fièrement la tête. Il venait d'être piqué au vif, comme si la remarque ne concernait pas son seul personnage.

– Allons, Wallace, ne sois pas si manichéen ! Je ne crois pas qu'on puisse réduire Warren à un « abominable salaud ». Il est beaucoup plus complexe et ambigu !

– Ah, tu trouves ? Qu'y a-t-il de complexe et d'ambigu à tromper sa femme et à l'humilier à la moindre occasion ? Je ne veux pas la moindre nuance dans ton personnage, Dennis. Tu as tout de même conscience qu'Elizabeth va te faire la peau. Je n'ai aucune envie que le public rêve à ce moment-là de la voir griller sur une chaise électrique…

Elizabeth sourit intérieurement. Elle jubilait toujours quand Harris osait rabrouer publiquement Morrison, de dix ans plus âgé que lui. Elle avait détesté l'acteur dès leur première rencontre. On disait qu'il considérait chacune de ses partenaires comme une future conquête. L'homme à femmes le plus célèbre d'Hollywood… Elizabeth avait suivi le récit de ses exploits dans les colonnes à potins de Dorothy Kilgallen. Quand elle était arrivée sur le plateau, le premier jour, il avait jeté sur elle un détestable regard de propriétaire en s'exclamant : « Quelle adorable petite chose ! » Elle en était restée bouche bée. Au moins, le personnage de Warren ne devait pas lui demander de grands efforts de composition. Depuis lors, elle évitait de se retrouver seule avec lui et abrégeait les conversations, qu'il entamait par des silences froids et des regards de pierre. Malgré tout, il avait bien fallu deux semaines à Morrison pour comprendre qu'elle ne lui céderait pas. Elle s'inventait parfois d'amusants titres de la presse à scandale : « Coup de tonnerre à Hollywood : Elizabeth Badina insensible au charme de Dennis Morrison ! » Elle attendait impatiemment le jour où Vivian l'enverrait *ad patres* et où elle ne serait plus obligée de partager la vedette avec lui.

Harris n'avait pas terminé son laïus. Elizabeth se sentait des fourmis dans les jambes. Elle était lasse de rester sur ce canapé aussi luxueux qu'inconfortable. Elle observa Eddy tandis qu'il s'affairait sur le plateau. Le pauvre garçon lançait des coups d'œil apeurés autour de lui, cherchant l'endroit adéquat où poser sa porcelaine. Il finit par choisir un guéridon en acajou dans un coin du décor. Comme souvent, il regarda dans sa direction en essayant de capter son attention. Elle lui sourit puis hocha la tête pour le rassurer. Ses manières gauches l'amusaient. Elle avait toujours un mot gentil à son intention, même si Laura lui trouvait « un air louche » et se méfiait de lui.

– Elizabeth !

Elle pivota. Harris semblait prêt à recommencer la prise.

– Tu as eu raison tout à l'heure.

Elle lui lança un regard interrogateur. Le réalisateur désigna alors Dennis Morrison de façon méprisante.

– Évite de te retourner quand ton mari te parle. Il ne le mérite pas…

*

Elizabeth était épuisée. Elle sentait une lourde barre peser au-dessus de ses yeux, comme chaque fois que le tournage s'éternisait et qu'elle était obligée de répéter inlassablement les mêmes répliques. Depuis combien de temps était-elle debout ? Elle n'avait plus le courage de compter. S'il y avait une chose que Harris ne supportait pas, c'étaient bien les retards. Pour être sur place vers 6 h 30, il lui fallait se lever chaque matin à 5 heures. Pas une fois elle n'avait logé dans les bungalows réservés aux acteurs non loin du studio. La Lincoln noire avec chauffeur ne prenait même plus la peine de l'attendre en fin d'après-midi. Elle arrivait et repartait chaque jour à bord de son véhicule personnel.

– À demain, mademoiselle… Si je peux me permettre, vous étiez vraiment extraordinaire aujourd'hui.

Elle fit l'effort de sourire à l'assistant réalisateur et d'échanger avec lui quelques banalités avant de se diriger vers la loge. Elle n'avait qu'une envie : rentrer chez elle, être enfin seule. Elle se ferait couler un bain et resterait une bonne heure dans l'eau en buvant quelques verres de vin pour oublier ses problèmes.

Depuis le début du tournage, seul l'alcool arrivait à l'apaiser. Elle y trouvait un réconfort nouveau. Tout comme avec la cigarette. Elle avait d'ailleurs toujours un paquet dans son sac : Vivian la suivait, longtemps après que les sunlights s'étaient éteints. Peut-être relirait-elle sa lettre… À moins qu'elle ne trouve la force et la volonté de décrocher son téléphone pour l'appeler et mettre un terme à cette histoire. Et éloigner par la même occasion l'épée de Damoclès suspendue au-dessus de sa tête.

Dans la loge, quelques membres de l'équipe buvaient un verre et tenaient compagnie aux maquilleuses. Il y eut des toussotements. Ils se levèrent comme un seul homme pour quitter la pièce.

– Non, ne vous dérangez pas, je ne reste pas.

Laura était occupée à ranger du matériel. Elle porta la main à son propre visage pour désigner le maquillage.

– Mais… tu ne vas pas sortir comme ça !

Elizabeth croisa son reflet dans le miroir. Un magnifique épouvantail… Lui revint en mémoire cette époque pas si lointaine où, émerveillée devant le grand écran d'un cinéma de quartier à Santa Barbara, elle croyait sottement que les actrices qu'elle admirait n'avaient recours à aucun artifice. Le cinéma n'était que mensonges. Toute sa vie, en fait, n'était qu'un vaste mensonge…

– J'ai besoin de rentrer. Je me débrouillerai toute seule.

– Tu es sûre que… ?

Elle récupéra ses affaires, puis se figea en remarquant le bouquet de fleurs posé à l'extrémité de la table de maquillage. Elle sentit un frisson lui parcourir le corps. Des œillets blancs. Comme la fois précédente.

– Ces fleurs…, murmura-t-elle.

Quelqu'un dans la pièce dit :

– Oh, un livreur les a apportées pour vous tout à l'heure. Sans doute un admirateur.

Elle aurait aimé croire à un mauvais rêve. Elle s'approcha des fleurs, fébrile, et lut la carte qui les accompagnait. *Un bouquet pour la future star d'Hollywood. J'ai besoin de vous voir. Contactez-moi le plus vite possible, vous savez où me joindre. N'attendez pas, vous auriez bien trop à perdre.*

Quoiqu'elle sentît ses jambes vaciller, Elizabeth demeura impassible. Après tout, elle était actrice : adopter des émotions qu'elle ne ressentait pas faisait partie du métier. Encore quelques petites minutes – le temps de quitter le studio et de s'effondrer sur le siège de sa Chevrolet –, et elle pourrait donner libre cours à toutes les larmes de son corps.

Elle sourit et agita la carte en respirant l'odeur légèrement poivrée des œillets.

– Vous aviez raison. Un simple admirateur…

6

– Badina, j'ai du nouveau, il faudrait qu'on se voie.

– Vous voulez passer chez moi ?

– Je préférerais que vous veniez à Van Nuys, si ça ne vous dérange pas.

– D'accord.

– On pourrait déjeuner ensemble… dans une heure ? Il y a un resto chinois sur Victory Street, juste en face de mon bureau.

L'appel d'Hathaway m'avait cueilli au pied du lit. Il était déjà près de 11 heures. Incapable de trouver le sommeil, je n'avais fini par sombrer dans les limbes que vers 4 heures du matin. La mort de Harris, la conversation avec ma grand-mère, ma visite à la maison de Silver Lake, mes recherches à la bibliothèque… les événements de cette dernière semaine planaient au-dessus de ma tête comme des rapaces en quête d'une proie, sans me laisser de repos. Je ne pouvais pas non plus oublier la mystérieuse silhouette que j'avais aperçue devant chez moi et qui, j'en étais convaincu plus j'y repensais, n'avait aucune chance d'être due au hasard. Quelqu'un m'observait, me surveillait. Était-ce la première fois que je croisais la route de cet homme ? Que me voulait-il ? Pourquoi n'avait-il rien fait pour cacher sa présence ? À part Crawford et Hathaway, personne n'était au courant de mon enquête. Du moins était-ce ce que je croyais avant de me souvenir que le détective avait contacté, en vain, quelques flics du LAPD pour obtenir le dossier de ma mère. Sa tentative s'était-elle ébruitée ? L'hypothèse n'expliquait pourtant pas comment l'on aurait pu établir un quelconque lien entre nous. Combien de personnes savaient réellement que nous fouillions dans cette vieille affaire ? Et qui avait encore aujourd'hui intérêt à ce qu'on ne la relance pas ?

Je n'avais rien fait de la journée de la veille, si ce n'est inspecter pour la seconde fois les affaires de ma mère et relire mon paquet de notes. Je pris une douche, avalai un café et me mis en route. Afin de m'assurer que personne ne me suivait, je quittai rapidement l'Interstate 405 pour rejoindre Van Nuys par Mulholand Drive et Beverly Glen Boulevard. Cédant à la paranoïa, je fis presque tout le trajet le regard collé au rétroviseur. Durant quelques minutes, j'eus l'impression qu'une Ford grise restait dans mon sillage mais elle finit par bifurquer à hauteur de Ventura Boulevard. À cause de mon détour et de la circulation qui avançait par à-coups aux alentours de Sherman Oaks, j'arrivai en retard au rendez-vous.

Le restaurant, qu'on ne pouvait pas louper, ne payait vraiment pas de mine. C'était un bâtiment tout en longueur, aux allures de préfabriqué, devant lequel trônaient deux prétentieux lions de Fo censés faire couleur locale. Hathaway était déjà installé. À ma grande déception, il avait troqué ses traditionnelles chemises multicolores contre un polo étonnamment sobre. Il y avait sur la table une pochette verte qu'il referma précipitamment au moment où j'entrais, ce qui attisa mon excitation. Je remarquai qu'il avait déjà sifflé une bière en m'attendant.

– Vous avez une sale tête, me fit-il aimablement remarquer.

– J'ai mal dormi.

– J'ai connu ça moi aussi. Les seuls flics qui ne finissent pas alcoolos ou en dépression sont ceux qui arrivent à laisser leur boulot derrière eux quand ils rentrent au bercail. Ne l'oubliez pas.

– Pourquoi vous me dites ça ? Je ne suis pas flic, que je sache, et je ne bois quasiment pas.

– Un vrai enfant de chœur ! Vous ne fumez pas, vous ne buvez pas… J'espère au moins que vous n'avez pas fait vœu de chasteté ! Vous menez une enquête à présent, ne vous laissez pas bouffer par ce que vous pourrez découvrir.

Le détective posa une main autoritaire sur la carte pour que j'évite de l'ouvrir.

– Je vous conseille fortement le poulet sauté à l'ail, c'est le seul truc mangeable ici. De toute façon, j'ai commandé pour vous.

– Pourquoi vous venez dans ce restaurant, alors ?

– C'est en face du bureau et c'est bon marché. C'est ça ou le fast-food vingt mètres plus loin. Vu mes kilos en trop, c'est un moindre mal. Gloria me prépare parfois des sandwichs, mais elle met dedans plein de choses répugnantes : des concombres, des tomates…

– Vous voulez dire des trucs qui poussent dans la terre ?

– Ce n'est pas avec ça qu'on nourrit son homme.

Je commençais à me poser des questions sur la nature exacte des relations entre le détective et sa secrétaire. Était-elle simplement inquiète pour sa santé ou y avait-il quelque chose entre eux ?

Hathaway héla le serveur, leva sa bouteille vide et lui demanda d'apporter deux nouvelles bières.

– Alors… de quoi vouliez-vous me parler ?

– Vous d'abord, le rat de bibliothèque. Vous avez déniché quelque chose dans tous ces vieux articles ?

– Si on veut…

J'essayai de lui exposer le plus clairement possible mes conclusions. Comme je connaissais les notes et les dates de mon carnet sur le bout des doigts, l'exercice ne fut pas très difficile. Ma théorie du bouc émissaire concernant Eddy éveilla fugacement sa curiosité, mais, tandis que je la formulais pour la première fois à voix haute, il me sembla qu'elle était un peu trop simpliste, voire tirée par les cheveux.

– Bon, tout ça est intéressant.

Le moins qu'on puisse dire, c'est qu'il ne débordait pas d'enthousiasme. Au lieu de me faire part de ses impressions, il se contenta de siroter sa deuxième bière en silence. Je me sentais vexé par son manque d'égard et j'adoptai un ton hautain :

– Et vous, Sherlock, qu'est-ce que vous avez découvert de si extraordinaire ?

– Absolument rien !

Il afficha un large sourire, attitude qui me fit sortir de mes gonds.

– Vous vous foutez de moi ou quoi ? Vous m'avez dit au téléphone que vous aviez du nouveau !

– Du calme, l'ami, ne montez pas sur vos grands chevaux.

– Vous avez vraiment intérêt à vous expliquer !

Il lissa son bouc du bout des doigts. Son petit sourire ironique disparut presque aussitôt de ses lèvres.

– Je me souviendrai toute ma vie des premiers interrogatoires que j'ai menés quand je suis entré comme inspecteur aux Homicides, au quartier général de la police. Les choses étaient sacrément différentes de ce que j'avais connu quand je travaillais dans les commissariats de quartier. Nous avions à traiter de grosses affaires, et vous n'aviez pas intérêt à merder quand vous vous retrouviez face à un suspect. Mon mentor, Jeffrey Wilson, m'a expliqué un truc qui m'est resté gravé dans la caboche : quand vous interrogez un type, il y a plus important que tout ce qu'il vous dit…

– Et c'est ?

– Tout ce qu'il ne vous dit pas… mais que vous le soupçonnez de savoir.

– Où est-ce que vous voulez en venir, à la fin ?

– Vous allez comprendre… J'ai passé la moitié de la journée d'hier au bureau du district attorney à compulser ces foutus dossiers. On ne m'a pas autorisé à les photocopier, mais j'ai pris pas mal de notes.

Il me montra du doigt la chemise verte posée sur la table.

– Je peux les voir ?

– J'écris comme un cochon, je préfère vous faire d'abord un résumé.

– Allez-y, je vous écoute.

– Le complément d'enquête a été mené par un lieutenant du nom de Trevor Fadden.

– Vous le connaissiez ?

– Jamais entendu parler… Ce type s'est basé sur les conclusions de deux flics du LAPD qui avaient reçu l'ordre du chef Finley de lui prêter main-forte. Je vous laisse deviner le nom de ces deux inspecteurs…

– Norris et Copeland, j'imagine.

– Bingo !

211

– Je ne vois pas ce qu'il y a de surprenant : vous m'avez dit que c'étaient les deux inspecteurs principaux de l'enquête.

– Ce n'est pas ça qui est bizarre… D'après ce que j'ai appris, les compléments dans ce genre d'affaires pouvaient durer plusieurs mois. En général, les inspecteurs du district attorney passaient des semaines à se familiariser avec le travail mené par le LAPD. Ensuite, ils essayaient d'éclaircir les zones d'ombre et de creuser les pistes les plus intéressantes, quitte à repartir de zéro.

Hathaway ouvrit sa pochette et en sortit un paquet de feuilles recouvertes d'une écriture hachée, aux mots presque collés les uns aux autres. C'était à se demander comment il arrivait à se relire.

– Or, tenez-vous bien, le bureau du district attorney a ouvert l'enquête le 7 juillet 1959… pour la clore le 28 juillet de la même année.

Hathaway tapota ses feuilles comme pour donner plus de force à sa démonstration.

– L'actrice principale d'une grosse production hollywoodienne se volatilise. L'enquête donne du fil à retordre au LAPD, on est incapable d'élaborer le moindre scénario plausible sur sa disparition, et ce, malgré des moyens considérables ; le FBI s'en mêle et n'arrive à rien de plus probant ; le district attorney, comme à son habitude dans les enquêtes non résolues, décide d'approfondir le dossier et réussit l'exploit de le boucler en seulement trois semaines ! Désolé, mais pour moi il y a quelque chose qui cloche. Ajoutez à ça une autre bizarrerie : d'après les dossiers, Fadden a aussi reçu l'aide d'un officier des Affaires internes qu'on avait mis sur le coup.

– Quel rapport avec cette affaire ?

– *A priori*, aucun. Je n'arrive pas à comprendre cette intervention. La seule explication, c'est que les responsables du LAPD aient voulu être tenus au courant de l'enquête du district. J'ai oublié de vous le dire, mais Finley avait dirigé les Affaires internes au début des années 50. Cet officier leur servait peut-être de taupe… Mais pour être honnête je n'ai aucune certitude à ce sujet.

Je désignai du menton la pochette du détective.

– Qu'y a-t-il dans ces dossiers exactement ?

– Du vent – et je suis gentil en disant ça. Ce complément d'enquête est une vraie fumisterie, même un gosse de 10 ans aurait fait mieux. Souvenez-vous : il y a plus important que tout ce qu'on vous dit…

– C'est ce qu'on ne vous dit pas.

– Ce Trevor Fadden reprend mot pour mot les conclusions de Norris et de Copeland, sans s'en cacher d'ailleurs. Aucune investigation sérieuse n'a été menée, ce n'est qu'un ramassis de phrases creuses…

– C'est impossible ! Il y a bien des informations concernant l'homme du Blue Star !

Hathaway fit défiler quelques pages entre ses doigts.

– Tout dépend de ce que vous entendez par « informations » ! Vous voulez un aperçu ? Écoutez : « Le portrait-robot établi par un dessinateur du LAPD, sur la base de témoignages de clients du restaurant, a été soumis à deux reprises à l'entourage de la victime. Malgré tous les efforts entrepris par les inspecteurs Copeland et Norris, l'individu de type caucasien, d'une quarantaine d'années, n'a pu être identifié. Il est à noter que les portraits-robots, élaborés à partir de signalements éminemment subjectifs et souvent de type générique, doivent être considérés avec une extrême prudence. »

Il fit un geste si véhément de la main qu'il faillit renverser sa bière.

– Expliquez-moi l'intérêt de cette dernière phrase ! On dirait que le rapport cherche à discréditer la pertinence du portrait-robot. Il s'agissait pourtant du seul élément concret dont on disposait. Le portrait-robot ne donne rien, et ça semble une raison suffisante à Fadden pour ne pas creuser plus sérieusement cette piste… Un peu plus loin, au sujet de la voiture de votre mère, on peut lire : « Le mardi 27 janvier, la Chevrolet modèle Bel Air 1957, immatriculée 3W4938, a été localisée par l'agent Hunt du commissariat d'Hollywood, lors d'une ronde sur Wilcox Avenue, à quelques dizaines de mètres de l'angle que forme la rue avec Hollywood Boulevard. Les analyses menées par le laboratoire du LAPD ont permis de mettre en évidence la présence de nombreuses empreintes dans le véhicule, en particulier sur le volant, appartenant à Elizabeth Susan Badina. Trois autres séries d'empreintes partielles ont été relevées et confiées à la section Empreintes digitales de Washington D.C. à des fins de comparaison. Les résultats ont tous été négatifs. » Ensuite, pour vous la faire brève, Fadden émet deux hypothèses : soit la Chevrolet n'avait pas bougé depuis le vendredi soir et, dans ce cas, il a bien fallu que quelqu'un raccompagne Elizabeth chez elle à sa sortie du Blue Star ; soit elle avait décidé de retourner à Hollywood le samedi matin.

– Ça ne tient pas debout. Pourquoi aurait-elle laissé sa voiture là-bas ? Et puis il y a le témoignage de cette voisine qui assure l'avoir vue quitter son domicile en auto vers 9 heures du matin !

– Justement, Fadden tend à le remettre en question. À dire vrai, je me sens une part de responsabilité sur ce coup-là. Vous vous souvenez que c'est Jeffrey Wilson et moi qui avons interrogé cette femme… une certaine Vera Anderson ? Dans le rapport que j'ai rédigé par la suite, j'ai commis l'erreur de mentionner les doutes que ses déclarations nous avaient inspirés au début. Fadden fait une interprétation très tendancieuse de mon rapport. Écoutez ce qu'il écrit : « La localisation du véhicule sur Wilcox Avenue ne permet donc pas d'établir de lien irréfutable entre la disparition de l'actrice et sa rencontre avec l'individu non identifié. »

– Donc, selon vous, ce lieutenant aurait tout fait pour qu'on ne rattache pas la disparition de ma mère à cet homme ?

– Ça en a toutes les apparences. Je n'ai même pas trouvé une ligne qui fasse allusion au fait qu'Elizabeth avait eu un enfant quelques mois avant de disparaître. Dans cette enquête, c'est comme si vous n'existiez pas. Ce qui veut dire que si l'on n'a pas cherché l'homme du Blue Star, on n'a pas non plus cherché à découvrir qui était votre père.

Tandis qu'il me fixait avec circonspection, le serveur déposa nos assiettes sur la table. Hathaway enfourna trois cuillérées de poulet sauté à l'ail.

– Goûtez… Ça se laisse manger.

Je humai le plat, qui dégageait une odeur de poisson tout à fait incongrue. J'avalai une bouchée pour lui faire plaisir alors qu'il écartait son assiette pour continuer à lire ses notes.

– Au terme d'une cinquantaine de pages de résumés, de copies de procès-verbaux et d'interrogatoires sans intérêt, Fadden conclut : « À ce jour, en l'absence de corps, de preuves et d'aveux dans un dossier où l'existence même d'un crime n'est pas avérée, l'hypothèse d'une disparition volontaire ne peut être totalement écartée. »

Cette phrase me fit bondir.

– Ma mère n'a pas disparu volontairement, je serais prêt à parier ma vie là-dessus !

– N'essayez pas de prêcher un convaincu, Badina. Si vous croyez qu'avec tout ça je vais lâcher le morceau, c'est que vous me connaissez mal.

Le détective avait commencé à étaler sa paperasse sur la table sans s'arrêter de manger.

– Où est-ce que je l'ai mis ?…

– Vous avez trouvé autre chose ?

Il hocha la tête.

– Ah, voilà… Figurez-vous que le district attorney de Californie, entre 56 et 61, était un certain Cameron Brown. Je me souvenais vaguement de son nom. J'ai trouvé utile de faire quelques recherches à son sujet et je crois bien que j'ai eu raison. Brown est né dans l'Illinois en 1916. Après des études de droit, à l'âge de 24 ans il est devenu agent spécial du BOI…

– Le BOI ?

– Le Bureau d'investigation, le premier nom du FBI. Même s'il n'était encore qu'un gamin, il faisait partie des meilleurs agents de ce fils de pute de Hoover. Il est resté à son service durant quatre ans avant d'être recruté au Bureau des services stratégiques, une agence de renseignements créée après notre entrée en guerre en 1942. Cette agence a été dissoute à la fin de la guerre pour être remplacée par la CIA, au grand dam du FBI qui a ainsi perdu une part importante de ses prérogatives. Je vous dis ça parce que Brown, contrairement à pas mal de ses collègues, n'a pas intégré la CIA. Il est retourné au FBI durant un ou deux ans. Mais même après son départ, en 1948, il est visiblement resté très proche de Hoover. Ensuite, on le retrouve procureur puis juge de la Cour supérieure de Californie, avant qu'il soit nommé district attorney du comté de L.A.

Hathaway vida le reste de sa bouteille dans son verre en me coulant un regard de biais.

– Vous en concluez quoi exactement ?

– Je n'ai aucune certitude, Badina, je vous livre simplement ce que j'ai trouvé. Mais plus j'en apprends sur cette affaire, plus se dessine un scénario qui ne me plaît pas du tout.

– OK, reprenons depuis le début, vous voulez bien ? Ma mère disparaît et il est évident que l'homme du Blue Star fait figure de suspect numéro un.

Je me tus pour le laisser reprendre la balle au bond.

– Norris et Copeland, ou peut-être des personnes plus haut placées au LAPD, arrivent assez rapidement à l'identifier.

– Comment ?

– Laissez tomber le « comment » pour l'instant, ce n'est pas ce qui nous intéresse. La police veut protéger cet homme.

– Parce que c'est quelqu'un d'important, dont la mise en accusation créerait un scandale retentissant.

– Peut-être, concéda-t-il. Ou dont l'arrestation mettrait en difficulté des huiles de la ville dont il est proche.

– Le FBI vient se greffer à l'enquête du LAPD et ne découvre rien de nouveau…

Hathaway secoua la tête.

– Mais les agents du FBI ne découvrent rien de nouveau parce qu'ils savent pertinemment depuis le début qui est cet homme.

– Vous qui n'aimez pas les théories du complot, il me semble qu'on patauge en plein dedans.

– Imaginons le pire un moment, vous voulez bien, quitte à forcer un peu le trait. À partir de là, on commence à écarter de l'enquête tous ceux qui se montrent trop curieux et remettent en question la version officielle…

– Votre ami Jeffrey Wilson, par exemple.

– Qui est mis au placard par crainte que la presse ne s'intéresse à sa version. En juillet, le district attorney ouvre un complément d'enquête. Cameron Brown est un ancien du FBI resté proche des fédéraux : il accepte d'étouffer l'affaire, pour on ne sait quelle raison.

– Ses liens avec Hoover lui ont certainement permis de donner un coup d'accélérateur à sa carrière ; peut-être était-il temps pour lui de payer ses dettes…

– C'est possible. Il nomme un lieutenant docile qui tend à minimiser le rôle de l'inconnu et à écarter des témoignages de première importance. L'enquête, bouclée en trois semaines, reprend les conclusions de Norris et de Copeland, mouillés depuis le début.

– Sans oublier la participation de ce type des Affaires internes que le chef du LAPD a dirigées quelques années auparavant…

– Le LAPD, le FBI, le bureau du district attorney : trois enquêtes qui n'en forment en réalité qu'une et qui ne pouvaient déboucher sur rien si tout le monde était de mèche. Du coup, votre théorie sur l'accessoiriste s'inscrit parfaitement dans cette logique. Au mieux, certaines personnes n'avaient pas envie de savoir ce qui était arrivé à votre mère ; au pire, elles savaient très bien ce qui lui était arrivé et ont tout fait pour étouffer la vérité.

– Sauf que notre scénario ne repose que sur des conjectures. Nous n'avons aucune preuve !

Hathaway soupira en rassemblant ses feuilles.

– Je le sais bien, et c'est là tout le problème.

– Qu'est-ce que nous allons faire ?

– Continuer à remuer toute cette merde, ne rien lâcher, jusqu'à ce qu'on découvre la vérité. Ou essayer du moins de nous en approcher le plus possible.

– Concrètement ?

– Il faut que j'essaie de savoir ce que sont devenus Norris et Copeland. Copeland n'était déjà plus tout jeune à l'époque et je doute qu'il soit encore en vie, mais j'ai meilleur espoir concernant Norris. Je vais tenter ma chance auprès du service du personnel du LAPD.

– Je vois mal comment ils pourraient être encore en activité…

Hathaway se mit à rire.

– C'est sûr ! Mais s'ils sont encore de ce monde, ils doivent bien toucher leur chèque de pension.

J'aurais aimé lui parler de la mystérieuse silhouette que j'avais vue devant chez moi. Pourtant, même s'il croyait comme moi que l'enquête avait été bâclée, je n'avais pas envie de lui apparaître comme un trouillard et un type un peu parano.

– Et Eddy ? Même si je suis presque sûr qu'il a joué le rôle de bouc émissaire, on ne peut pas totalement le rayer de la liste des suspects !

– Je n'ai pas encore réussi à mettre la main sur lui, mais ce n'est qu'une question de temps. Par contre, Gloria a fait quelques recherches de son côté. Manque de pot, la plupart des acteurs du film mangent les pissenlits par la racine ; elle a tout de même réussi à entrer en contact avec un dénommé Franz Brody, un comédien de second rang qui jouait le rôle d'un flic dans *La Délaissée*.

Son nom ne me disait rien.

– Et… ?

– D'après Gloria, il n'a pas arrêté de bavasser sur Wallace Harris : un homme autoritaire, lunatique, prétentieux… un vrai sans-cœur qui ne pensait qu'à rabaisser les acteurs. Le tournage de ce film l'a traumatisé. Selon lui, la seule personne qui trouvait grâce à ses yeux sur le plateau était votre mère.

– Vous pensez que… ?

Je n'eus pas besoin de terminer ma phrase pour qu'Hathaway comprenne où je voulais en venir.

– Brody n'est pas allé jusqu'à prétendre qu'il y avait quelque chose entre eux, mais Elizabeth était clairement sa protégée. Il prenait toujours son parti, notamment contre Dennis Morrison… entre parenthèses, un sacré coureur de jupons, celui-là. Gloria a aussi retrouvé la trace du premier assistant réalisateur du film.

– Fred Roberts, c'est ça ? Son nom revenait dans plusieurs articles que j'ai lus sur la mort de Harris.

– Ça ne m'étonne pas : voilà une semaine qu'il enchaîne les interviews… Bien qu'il ait collaboré trois fois avec Harris, il n'a pas vraiment eu la carrière qu'il pouvait espérer. Il vit aujourd'hui dans le Nevada, près de Reno. Gloria a réussi à dénicher son numéro *via* un journaliste qui l'a interviewé.

– Vous lui avez parlé ?

– J'ai même eu une longue discussion avec lui – il était intarissable. La mort de Harris a au moins eu l'avantage de le remettre brièvement sous le feu des projecteurs. Il m'a peint un tableau très folklorique du tournage.

– C'est-à-dire ?

– Jalousies, mesquineries, accrochages entre Dennis Morrison et ses partenaires, prises de bec incessantes entre Harris et son producteur… Une véritable partie de plaisir ! Pour vous résumer la chose, d'une part il était évident que Morrison n'arrêtait pas de draguer lourdement votre mère, au point que c'en devenait gênant pour toute l'équipe, d'autre part ce Simon H. Welles n'avait pas digéré qu'elle ait été choisie pour le rôle.

– J'ai appris qu'il lui préférait Clarence Reynolds depuis le début.

– C'est ce qu'il m'a dit lui aussi. Mais il y a autre chose : Welles avait peur que le film ne puisse pas sortir à cause de la censure et Harris, de son côté, ne voulait pas mettre d'eau dans son vin. Au fil des semaines, il avait même plutôt tendance à accentuer le côté sordide de l'histoire et la noirceur des personnages. D'après Roberts, on aurait dit que Harris cherchait presque à saboter son propre film. C'est étrange, non ?

– Que vous a-t-il dit précisément au sujet de ma mère ?

– Il l'a décrite comme une femme attentionnée et discrète, mais qui paraissait toujours anxieuse en dehors des prises.

– Anxieuse ?

– Selon lui, elle n'allait pas bien du tout les derniers jours. Elle était moins impliquée dans son rôle et donnait l'impression de vouloir fuir le plateau. Évidemment, j'ai tout de suite pensé à notre lettre. Vous vous souvenez ? « Chaque matin, je me rends au studio la peur au ventre, à cause de tout ce que tu sais. » Je vous parie dix billets qu'elle l'a écrite juste avant sa disparition.

– Ce qui veut dire qu'il s'est produit quelque chose à ce moment-là. Un événement grave qui a soudain fait paniquer ma mère ! Mais lequel ?

– Heureusement, j'ai une dernière surprise dans mon sac. Gloria a également retrouvé cette Laura Gray – vous savez, l'amie de votre mère.

– La maquilleuse ? Comment avez-vous fait ? Je n'ai trouvé aucune trace d'elle sur internet.

– Internet… Vous vous imaginez que mon boulot se résume à taper des noms sur un moteur de recherche ? Elle habite Laurel Canyon. Gray était son nom de jeune fille, elle s'appelle Hamilton aujourd'hui. Je vais aller lui rendre visite, je pense qu'elle peut nous être fort utile.

– Je préférerais y aller moi.

Le détective fit une mine boudeuse.

– Quel coup foireux vous me faites, là ? Vous n'allez pas me piquer mon témoin !

– Écoutez, Hathaway, cette femme était une amie de ma mère, peut-être la seule qu'elle ait eue sur le tournage. Vous ne croyez pas qu'elle se sentira plus en confiance avec moi qu'avec un détective à chemise bariolée venu fouiner dans son passé ?

Il baissa les yeux sur son polo.

– Quelle chemise bariolée ? Allons, soyez réaliste : vous ne savez pas interroger un témoin. Tout ce que vous allez réussir à faire, c'est la braquer !

– Le client est roi, non ?

– Vous êtes bassement matérialiste, Badina ! Vous croyez vraiment tout pouvoir acheter avec votre fric ? Faites comme vous voulez après tout, mais il ne faudra pas venir pleurnicher si vous n'obtenez rien…

*

Laurel Canyon a toujours été l'un de mes quartiers préférés. Loin du tumulte du *downtown*, ses collines offrent une totale tranquillité. Ceux qui l'ont connu dans les années 60, à l'époque des musiciens qui y écrivirent l'une des pages les plus glorieuses du folk rock, disent que le temps l'a presque totalement épargné. J'imagine que la menace du Big One a suffi à tenir à l'écart les promoteurs et leurs horribles immeubles à étages qui ont défiguré une partie de la ville.

Quand j'avais décidé d'acheter une maison, j'avais visité plusieurs biens dans le quartier avant de me rabattre sur Brentwood, plus à l'est de la ville. Je venais assez souvent dans le coin. L'un de mes rares amis à Los Angeles, un brillant guitariste néo-hippie sur les bords et admirateur inconditionnel de Frank Zappa et de Joni Mitchell, avait tenté de ressusciter l'esprit des *sixties* en rassemblant des musiciens locaux dans sa villa et en y ouvrant un studio artisanal où il enregistrait ses albums. C'était chez lui que j'avais rencontré Abby, au cours d'une fête au début de l'été 1997. Tout avait commencé entre nous par un malentendu : elle n'avait jamais entendu parler de *La Maison des silences* et, de mon côté, son visage qui s'affichait dans tous les magazines du pays m'était aussi inconnu que son nom. Elle avait dû me prendre pour un producteur de disques ou un critique musical, moi pour une sorte d'oisive héritière de la côte Ouest qui aimait passer du bon temps dans les soirées branchouilles.

Laura Hamilton habitait une rue perpendiculaire à Mulholand Drive, sur les hauteurs des collines. Je me garai le long du trottoir et vérifiai l'adresse que m'avait donnée Hathaway. Le numéro correspondait à une grande maison de briques rouges ornée d'étranges balcons à balustrade de style romain. L'ensemble, cossu et assez prétentieux, détonnait dans l'architecture des résidences voisines. Je me demandai comment cette

Laura avait pu s'offrir une maison pareille dans un quartier aussi prisé.

En approchant, je vis dans le jardin une femme de dos occupée à ôter les fleurs fanées d'un massif de lilas de Californie. Je restai immobile sur le trottoir à l'observer. Au bout d'une minute, elle se retourna et m'aperçut. Elle laissa le panier qu'elle avait en main et se dirigea lentement vers moi. S'il s'agissait bien de Laura Hamilton, elle ne faisait vraiment pas son âge : c'était encore une belle femme aux cheveux argentés coupés court. Son visage exprimait de la contrariété. Sans doute s'imaginait-elle que je n'étais qu'un importun ; je préférai donc éviter tout malentendu.

– Bonjour. Madame Hamilton ?

Lorsqu'elle fut à deux ou trois mètres de moi, elle plissa les yeux et s'arrêta net. Son expression se figea.

– Excusez-moi de vous déranger. Je m'appelle…

– David ?

La surprise me cloua sur place.

– Vous… vous me connaissez ?

Elle me rejoignit sur le trottoir, tandis qu'un sourire se dessinait sur ses lèvres.

– Je n'arrive pas à y croire. Je n'aurais jamais cru te rencontrer un jour…

7

Laura Hamilton versait lentement de l'eau chaude sur le filtre en bambou de la théière. Assis à la table de la cuisine, je la regardais faire, comme un gosse qui attend son quatre-heures après l'école. Je n'avais vraiment rien de l'enquêteur que j'étais censé incarner.

– Je t'aurais bien proposé une tasse de café, mais je ne bois que du thé vert.

– Ça ira très bien.

– Tu sais, j'ai encore cet article dont nous avons parlé – il doit être quelque part dans une armoire. J'ai l'habitude de tout garder… une manie qui devient envahissante à mon âge. Tu es exactement comme sur la photo.

– Non, j'ai vieilli… comme tout le monde.

– Qu'est-ce que tu racontes ? Si tu te préoccupes déjà de ton âge ! Cet article dans le *New York Times*… c'était quelque chose. Ta mère aurait été fière de toi. C'est à elle que j'ai pensé quand j'ai appris que tu étais devenu scénariste. En réalité, je n'ai jamais cessé de penser à elle.

Elle apporta la théière sur la table et je vis que son visage était devenu triste.

– Tu es marié ? Tu as des enfants ?

– Je vis plus ou moins avec quelqu'un.

– « Plus ou moins » ?

Je souris, gêné par l'expression que j'avais employée.

– Elle s'appelle Abby. C'est une fille merveilleuse. Elle est mannequin… et beaucoup plus célèbre que moi.

– Tu en souffres ?

– Oh, ça non ! Être reconnu dans la rue n'a vraiment jamais fait partie de mes rêves. Je n'écris pas pour ça.

– Je te comprends. Tu vois, j'ai maquillé des actrices toute ma vie et pour rien au monde je n'aurais aimé être à leur place. La célébrité a quelque chose d'effrayant : tu ne peux pas rester toi-même quand tu sais que des millions de personnes te regarderont sur un grand écran. Je crois que je n'ai jamais croisé de stars vraiment heureuses.

– Ce n'est donc pas un cliché ?

Elle secoua la tête.

– Tu sais ce que faisait Marilyn Monroe à la fin de sa vie ? Elle sortait dans la rue, sans maquillage, mal coiffée, et elle prenait des taxis…

– Pour quoi faire ?

– Elle s'asseyait à l'arrière et demandait aux chauffeurs : « Avec quelle femme rêveriez-vous de passer le nuit ? »

– J'imagine qu'ils répondaient tous : « Marilyn Monroe. »

– Presque tous.

– Et personne ne la reconnaissait ?

– Elle n'était pas Marilyn dans ces moments-là, juste Norma Jean.

Ma mère avait-elle eu le temps de connaître ce vertige de la célébrité ? Était-elle toujours la jeune fille effacée de Santa Barbara lorsqu'elle entrait sur un plateau ou simplement une poupée entre les mains des réalisateurs ? Laura Hamilton dut lire dans mes pensées.

– D'une certaine manière, ta mère a échappé à tout ça…

Elle plaça la théière sur un plateau.

– Est-ce que tu veux que nous passions au salon ?

– On peut rester ici ? J'aime bien cette cuisine.

– Tu es comme moi. Je crois que je passe le plus clair de mon temps dans cette pièce. Cette maison est de toute façon devenue trop grande pour moi.

– Elle est très belle en tout cas.

Elle sourit et dévoila des dents parfaitement blanches et alignées.

– Je suis certaine que tu te demandes comment une simple maquilleuse a pu se payer une telle maison.

Je n'avais pas envie de lui mentir.

– C'est vrai que j'y ai pensé en arrivant.

– Dans les années 60, les prix dans le quartier n'étaient pas aussi prohibitifs qu'aujourd'hui. Tout a changé dans les années 80… Et puis j'ai épousé un homme qui avait une bonne situation : il était cadre à la MGM, chargé de superviser la production des films. Steven est mort il y a plus de dix ans, je vis seule depuis.

Elle regarda sa montre.

– Ah, trois minutes… Il ne faut jamais laisser infuser plus longtemps.

Elle retira le filtre et nous servit.

– Comment m'as-tu retrouvée, au fait ?

– C'est ma grand-mère qui m'a parlé de vous.

Je préférais ne pas en dire davantage. Il n'était évidemment pas question que j'évoque les rôles de Harris et de Crawford dans cette histoire.

– Pourquoi n'es-tu pas venu me voir plus tôt ?

– J'ai appris votre existence il y a quelques jours seulement.

– Tu as interrogé ta grand-mère après la mort de Wallace Harris, c'est ça ?

– Oui. Je crois que j'ai passé trop d'années à vouloir nier le passé de ma famille.

Pouvait-elle imaginer que j'avais en réalité l'ambition de résoudre le mystère de la disparition d'Elizabeth ?

– J'ai été peinée par la mort de Wallace. C'était quelqu'un de bien, dans le fond. On a écrit tant d'horreurs à son sujet : un monstre, un mégalomane, si l'on se fie aux journalistes… Il était exigeant, certes, mais à partir du moment où l'on donnait le meilleur de soi-même, c'était quelqu'un de très doux.

– Vous aviez déjà travaillé avec lui avant *La Délaissée* ?

– Oui, sur *La Chevauchée du désert*. Je suppose qu'il avait été satisfait de mon travail… Harris était avare de compliments, mais le simple fait de vous engager à nouveau pour un film en était déjà un.

Je bus une gorgée de thé vert, qui me rappela les préparations de Nina.

– Quand avez-vous connu ma mère ?

– Ce devait être trois ou quatre mois avant le début du tournage, en septembre ou octobre 1958, pour des essais de maquillage. Nous nous sommes beaucoup vues à ce moment-là, plus que cela ne se faisait à l'époque.

– Pour quelle raison ?

– Harris ne voulait tourner qu'en noir et blanc, pour coller à l'ambiance de son histoire. Il n'arrêtait pas de répéter : « Vous imaginez *Assurance sur la mort* ou *Le Faucon maltais* en couleurs ? » Pour les maquillages, le noir et blanc demande beaucoup de rigueur et de technique, il faut des produits très couvrants, difficiles à manier. Les premières tentatives ne le satisfaisaient pas. Elizabeth et moi avons immédiatement sympathisé, ce qui ne m'était jamais arrivé avec aucune actrice. Tu comprends, la plupart des têtes d'affiche ne prêtaient aucune attention aux maquilleuses, pas plus qu'à l'équipe technique d'ailleurs. Les acteurs étaient de vrais enfants gâtés. Je pense que les choses doivent être encore pires aujourd'hui… avec tout cet argent. Elizabeth était restée simple. Elle avait encore des airs de provinciale qui vient tout juste de débarquer dans la grande ville.

– Elle vivait pourtant à Los Angeles depuis plusieurs années déjà.

– C'est vrai, mais elle n'en revenait toujours pas d'avoir été choisie pour ce rôle. Quand nous nous sommes retrouvées sur le tournage au mois de janvier, elle paraissait terrifiée à l'idée d'être la vedette principale d'un film. La réputation de Harris n'arrangeait sans doute pas les choses. Je crois qu'elle était heureuse d'avoir au moins une amie à qui se confier…

– Vous saviez à ce moment-là qu'elle avait eu un enfant ?

Sans le vouloir, je m'étais tenu à distance dans la question. Peut-être avais-je retenu les leçons d'Hathaway.

– Même si ça peut sembler étrange, oui, je le savais.

Laura Hamilton se rembrunit et marqua une pause. Quoique étonné, je préférai la laisser poursuivre à son rythme.

– Elizabeth m'avait révélé ton existence en décembre. Je ne sais toujours pas comment elle a pu confier un tel secret à quelqu'un qu'elle connaissait à peine... En fait, ça n'a été qu'un concours de circonstances. Un jour, à ma grande surprise, elle m'a appelée. J'ai senti que quelque chose n'allait pas. Elle était invitée dans une villa de Malibu. Elle n'avait aucune envie d'y aller, mais la production du film ne lui avait pas vraiment laissé le choix. Il y avait des tas de gens importants, cette réception devait être l'occasion de la faire connaître et d'attirer sur elle l'attention de la presse. Elle souhaitait que je l'accompagne pour ne pas se retrouver seule au milieu de tous ces inconnus. Évidemment, j'ai accepté. Je n'ai jamais oublié cette soirée. Je n'avais pas l'habitude de côtoyer ce milieu en dehors de mon travail. L'alcool coulait à flots, les gens parlaient et riaient trop fort, certains étaient déjà bien éméchés quand nous sommes arrivées. Elizabeth a parfaitement joué son rôle. Je peux t'assurer que tous les regards se tournaient vers elle lorsqu'elle entrait dans une pièce. Ta mère avait quelque chose de magnétique : les hommes étaient fascinés, et les femmes n'arrivaient pas à cacher leur jalousie en la voyant.

Laura s'arrêta à nouveau et serra des deux mains sa tasse de thé.

– Que s'est-il passé ?

– La soirée traînait en longueur. Il était déjà tard quand nous sommes allées sur la plage pour prendre l'air. L'océan était magnifique ce soir-là : sombre et inquiétant. Le contraste avec cette fête futile était saisissant. Je me souviens de la scène comme si c'était hier. Elizabeth avait beaucoup bu – je crois qu'elle tenait mal l'alcool. Alors qu'elle avait l'air enjouée et heureuse quelques minutes plus tôt, elle m'a soudain paru absente. Nous nous sommes rapidement éloignées des quelques invités qui étaient comme nous descendus sur la plage. Nous sommes restées silencieuses un moment, puis Elizabeth s'est tournée vers les lumières de la villa et a dit : « Voilà donc ma vie à présent. » Elle venait de comprendre.

– Comprendre quoi exactement ?

– Qu'elle ne serait plus libre… que la gloire allait faire d'elle une autre femme, dont l'image appartiendrait désormais aux autres. Souviens-toi de Norma Jean et de Marilyn…

Laura se mit à boire lentement son thé. Plus je l'écoutais, plus l'émotion me gagnait. Je n'aurais jamais imaginé qu'elle me parlerait de ma mère de façon aussi intime.

– Nous avons commencé à discuter. Elizabeth avait quelquefois évoqué son passé et ses premières années à Los Angeles, mais cette nuit-là c'était différent. L'alcool, l'heure tardive, la tristesse qui était la sienne… j'imagine que tout l'incitait à se confier à quelqu'un. Et il se trouve que j'étais là. Elle m'a avoué qu'elle avait un enfant et qu'il vivait à Santa Barbara. Même si je ne voyais presque pas son visage dans l'obscurité, j'étais sûre qu'elle pleurait. Je ne dis pas cela pour te faire plaisir, David, mais elle était rongée par le remords… parce qu'elle n'était pas à tes côtés pour s'occuper de toi. Elle pensait être une « mère indigne » : c'est l'expression précise qu'elle a employée. Elle ne savait plus où elle en était. Je crois qu'elle n'était plus sûre de vouloir s'engager dans ce tournage.

– Elle craignait qu'on ne découvre sa situation ?

– Oui. Je ne comprenais pas qu'elle prenne le risque de me parler à cœur ouvert – après tout, elle ne me connaissait pas assez pour être sûre que je tiendrais ma langue.

La voix de Laura était devenue tremblante.

– Je suis heureux qu'elle vous ait fait confiance.

– J'ai essayé de la rassurer comme je pouvais, mais je n'arrivais pas à trouver les mots justes. Que connaissais-je de la vie à l'époque ? Je n'étais pour ainsi dire qu'une gamine.

Le moment était venu de poser la question qui me brûlait les lèvres.

– Vous a-t-elle parlé de mon père ce soir-là ?

– Elle est restée très vague à ce sujet. Elle m'a simplement dit qu'elle avait eu une relation qui n'avait pas duré.

– Savez-vous quand elle l'avait rencontré ?

– Je l'ignore complètement.

– Pensez-vous qu'elle le voyait encore ?

Elle secoua la tête.

– Il m'a semblé qu'elle parlait de lui au passé… Oui, je pense que pour elle la page était définitivement tournée.

– Et pour lui ? Pensez-vous qu'elle avait peur de cet homme ?

Son regard se fit plus pénétrant.

– Tu cherches à retrouver ton père ? C'est pour ça que tu es ici ?

– Peut-être…

– Je ne crois pas qu'Elizabeth avait peur de lui. Ce soir-là, du moins, ce n'était pas ce qui la préoccupait. Tu crois qu'il pourrait être impliqué dans sa disparition ?

– Qui sait ? Avez-vous reparlé de lui par la suite ?

– Plus jamais. À la fin de la soirée, Elizabeth m'a raccompagnée chez moi. On ne s'est plus revues jusqu'en janvier. Quand le tournage a commencé, ta mère a continué à être très gentille avec moi. Il nous arrivait de bavarder et de plaisanter pendant que je la maquillais ou qu'elle attendait dans sa loge, mais le temps des confidences était révolu. Tout le monde était sur les nerfs. Tu sais peut-être que le tournage avait pris beaucoup de retard et que Harris avait maille à partir avec les ligues de décence…

– J'en ai entendu parler.

Je remarquai que la censure revenait dans toutes les conversations qu'Hathaway et moi avions avec les témoins de l'époque.

– Nous n'avons plus abordé le sujet. Un lien tacite nous unissait depuis cette soirée. Elizabeth a compris qu'elle n'avait pas besoin de me demander de rester discrète. Une ou deux fois, profitant des rares moments où nous étions seules, je lui ai demandé de tes nouvelles. Son visage s'est alors illuminé. Elle n'avait qu'une hâte : que le tournage se termine au plus vite pour te rejoindre à Santa Barbara.

– Je suppose que la police vous a interrogée.

– Deux inspecteurs sont venus sur le plateau trois ou quatre jours après sa disparition. Ils m'ont posé quelques questions, mais ça n'a pas duré plus de cinq minutes.

– Leur avez-vous parlé de votre conversation sur la plage ?

– Non, pour rien au monde je n'aurais trahi son secret ! Si j'avais été la seule à être au courant, j'en aurais peut-être parlé, mais j'ai préféré laisser ta grand-mère s'en charger. Très honnêtement, j'étais certaine qu'Elizabeth finirait par revenir.

– Je sais que ma question est difficile mais… que pensez-vous qu'il lui soit arrivé ?

– Vu l'état qui était le sien lors de cette soirée, j'ai d'abord cru qu'elle n'avait pas surmonté ses craintes, que la pression avait été trop forte et qu'elle était allée te chercher à Santa Barbara. Mais très vite nous avons su que ce n'était pas le cas.

Je repensai à ce que Fred Roberts, l'assistant réalisateur, avait confié à Hathaway au téléphone.

– Est-ce que vous avez senti un changement dans son comportement au cours des trois semaines de tournage ?

– J'aurais du mal à te le dire. Quand elle arrivait le matin au studio, elle était en général très tendue. Ce n'est que durant les longues séances de maquillage qu'elle s'apaisait un peu ; il nous arrivait même d'avoir des fous rires. Harris envoyait toujours des subalternes pour nous espionner. Elizabeth trouvait ça très drôle – je crois que tout ce qui chez lui horripilait la plupart des gens l'amusait. Mais ce genre de moments étaient rares. Quand venait l'heure d'entrer sur le plateau, l'angoisse la regagnait. Du moins jusqu'à ce que Harris prononce le mot magique, « Action ! » : à cet instant, quelque chose se métamorphosait en elle. Elle était époustouflante : ce n'était plus Elizabeth que nous avions sous les yeux, c'était le personnage qui prenait vie. Si seulement tu avais pu la voir…

J'aurais tant aimé lui avouer que je l'avais vue à l'œuvre sur les rushes que m'avait laissés Harris, que je savais quelle merveilleuse actrice elle pouvait être.

– Et le dernier vendredi avant sa disparition ? Vous n'avez rien noté d'anormal dans son attitude ?

Laura hésita, comme si ma question l'embarrassait.

– Je ne suis sûre de rien. Il est tellement facile de refaire l'histoire après coup… Mais j'ai repensé plus tard à un détail.

– Oui ?

– Ce n'est pas le vendredi que quelque chose de bizarre s'est produit, mais la veille. Elizabeth devait

tourner une scène capitale, celle du premier affronte-
ment au sein du couple. Harris a tant multiplié les
prises qu'on ne les comptait même plus. La journée
avait été très éprouvante, l'équipe était à bout. Dans
l'après-midi, un livreur est arrivé avec un énorme bouquet de fleurs destiné à Elizabeth – j'ignore pourquoi
et comment on l'avait laissé pénétrer dans le studio.
Un assistant l'a fait déposer dans la loge de maquillage
pour être sûr qu'elle le voie – je le sais parce que je
m'y trouvais à ce moment-là. C'étaient des œillets
blancs, magnifiques, accompagnés d'une carte. Quand
Elizabeth a rejoint la loge pour récupérer ses affaires
et qu'elle a lu la carte, son visage est soudain devenu
blême, comme si elle venait de voir... un fantôme. Je
n'ai pas oublié son expression. Dès qu'elle a senti que
je l'observais, elle a souri pour me faire comprendre
que ce mot n'avait pas d'importance. Malheureusement, nous n'étions pas seules dans la loge et je n'ai
pas pu lui poser la moindre question.

– Vous n'avez aucune idée de l'identité de l'expéditeur ?

– Aucune.

– Vous avez dit qu'elle semblait avoir vu un « fantôme ». Vous pensez donc qu'il s'agissait d'une personne qui resurgissait dans sa vie ?

– Ce n'était qu'une façon de parler. Cependant, oui,
je pense qu'il ne s'agissait pas d'un simple admirateur, comme elle l'a prétendu, mais qu'elle connaissait
très bien l'homme qui avait envoyé ce bouquet. Ce
n'est évidemment qu'après sa disparition que la scène
m'est revenue à l'esprit et que je lui ai donné une
signification.

– Et vous n'en avez pas parlé à ces inspecteurs ?

Laura fronça les sourcils.

– Qu'aurais-je pu leur dire ? Qu'elle avait reçu un simple bouquet de fleurs et qu'après dix heures de tournage elle avait l'air contrariée ? L'interrogatoire a de toute façon été très bref et je n'ai pas eu l'impression qu'on s'intéressait beaucoup à ce que j'avais à dire.

– Pardonnez-moi, je n'ai pas voulu vous faire de reproches…

– Je le sais bien. Tu n'as pas à t'excuser.

Je m'étais peut-être montré trop brusque, mais Laura Hamilton avait eu tort de garder l'incident pour elle : la police n'aurait eu aucun mal à retrouver l'expéditeur du bouquet – à supposer bien sûr que le LAPD ait jamais eu le désir de mettre la main sur cet homme.

– Avez-vous revu ma mère le vendredi ?

Elle fit un signe affirmatif de la tête.

– Ce jour-là, Elizabeth a peu tourné. Elle ne devait apparaître que dans un plan où elle errait dans la maison vide en attendant son mari… enfin, le mari de Vivian dans le film. Comme Harris n'avait prévu que des plans larges, la séance de maquillage a été rapide. Il était de très mauvaise humeur, sans inspiration, tout le contraire de la veille. Il n'avait aucune idée de la manière dont il devait s'y prendre. Il passait son temps à enguirlander l'équipe, à prétendre que nous l'empêchions de se concentrer. Les gens s'imaginent que Harris avait tout en tête en entrant dans le studio, mais il était intuitif et préférait le plus souvent improviser. Il pouvait s'écouler des heures sans qu'il ne se passe rien. Étant donné la tension qui régnait, je n'ai presque pas parlé à Elizabeth. Je l'ai regretté toute ma vie… parce que je n'ai pas pu élucider la scène étrange qui s'était déroulée dans la loge. Je suis partie de la San Fernando Valley au milieu de l'après-midi, vers 15 heures :

puisque Harris ne paraissait pas décidé à tourner le moindre plan, on n'avait plus besoin de moi pour les raccords maquillage. Ta mère était assise sur le canapé au milieu du décor, tout un tas de techniciens s'agitaient autour d'elle... Je n'ai pas oublié cette image. C'est la dernière fois que je l'ai vue.

Un assez long silence s'installa. J'imaginais facilement la scène : ma mère patientant au milieu de l'agitation du plateau, avec le même air absent que sur la photo.

— Viens avec moi, finit par dire Laura en se levant, je voudrais te montrer quelque chose.

Nous passâmes au salon, coquettement décoré mais surchargé de vieux objets, dont certains devaient avoir de la valeur. Je regardai les cadres posés sur le linteau de la cheminée. Une photographie en noir et blanc, assez ancienne, représentait un jeune homme sur un vélo.

— C'est votre mari ?

— Non, c'est mon frère, Warren. Il est mort... comme tous ceux qui m'étaient chers.

Son constat m'attrista. De quel droit venais-je remuer les souvenirs de cette femme ? Je m'assis sur le canapé pendant qu'elle fouillait dans une grande armoire ornée de sculptures ajourées.

— Ah, le voilà !

Elle me rejoignit avec un volumineux album qu'elle se mit à feuilleter.

— Regarde, c'est la seule photo que nous ayons faite ensemble.

Il s'agissait d'une toute petite photographie dentelée. Laura et ma mère posaient en extérieur, en pied, devant ce qui ressemblait à un hangar. Leurs visages manquaient de netteté, comme si la mise au point n'avait pas été correctement faite. Sur ce cliché, on aurait facilement pu les prendre pour des sœurs.

– Quand a-t-elle été prise ?

– Ce devait être la première semaine du tournage. Nous étions sorties devant le studio pour fumer une cigarette. Elle a été prise avec mon Leica, un appareil que je m'étais offert avec mon premier salaire. Un technicien passait par là... je lui ai demandé de nous « immortaliser ».

Elle accompagna ce dernier mot d'un sourire nostalgique.

Nous continuâmes à discuter, assis côte à côte dans ce salon tout à la fois démodé et chaleureux. Comme Laura ne s'était pas montrée réticente à évoquer le passé, je l'interrogeai sur Eddy, l'accessoiriste. Elle se souvenait parfaitement de lui et me confia qu'elle ne l'avait jamais aimé. Elle le qualifia même de « garçon sournois et inquiétant ». Eddy Cowan – elle se rappelait son nom de famille – était pour elle un caméléon : le genre d'individus effacés dont on ne remarque pas la présence, mais qui ne perdent pas une miette de ce qui se dit sur un plateau.

– Aviez-vous l'impression qu'il tournait autour de ma mère ?

Elle hésita, pesant les mots qu'elle allait employer.

– Elle ne le laissait pas indifférent, ça, c'est une évidence. Les hommes regardaient tout le temps Elizabeth, mais lui avait... quelque chose de malsain dans le regard.

– Est-il vrai qu'on l'a surpris un jour dans sa loge ?

– Je n'étais pas là quand c'est arrivé, on m'a simplement rapporté l'incident. J'ai toujours pensé qu'Eddy était une espèce de voyeur ou quelque chose dans ce genre. Personne n'a jamais su ce qu'il était venu faire dans cette loge. L'incident a vite été clos.

– Pour quelle raison ? On aurait pu le virer pour moins que ça !

– Harris ne se serait jamais débarrassé de lui, il appréciait trop son travail. Il réclamait toujours des babioles saugrenues pour le décor, et Eddy avait le don de lui dénicher tout ce dont il rêvait.

– Et ma mère, que pensait-elle de lui ?

– Ta mère était trop gentille avec les gens. Elle ne savait pas fixer de limites. Elle ne voyait Eddy que comme un garçon un peu bizarre mais inoffensif.

– Vous savez que la police l'a gardé au poste pendant plusieurs jours ?

– Je m'en souviens. On ne parlait que de ça au studio.

– Qu'est-il devenu ?

– Eddy n'a plus réapparu. Je ne sais pas s'il a été écarté du tournage ou s'il a décidé de partir de son propre chef. Et je dois te dire que je n'ai jamais cherché à le savoir.

Avant de quitter Laura, je lui laissai mon numéro, sans être pour autant sûr que nous nous reparlerions. Depuis son jardin, elle me regarda regagner mon véhicule en m'adressant un signe de la main, comme si nous nous connaissions depuis toujours. Elle avait réussi à me faire voyager dans le temps. Peut-être parce qu'elle était la seule personne, lors de ce tournage, à avoir véritablement compris qui était ma mère.

8

Trois jours passèrent. Je restai tout ce temps chez moi, sans voir personne à l'exception de Marisa, qui m'apporta un matin quelques plats qu'elle mit à congeler, ainsi qu'un tube à poster qui contenait l'agrandissement que j'avais demandé à Antonio. Si la photo avait perdu en netteté, je mesurai pour la première fois combien ma mère avait l'air triste dessus. Tandis que Marisa s'affairait à ranger un salon déjà parfaitement ordonné, je demeurai dans mon bureau et accrochai l'agrandissement à même la porte. J'avais plus que jamais envie d'être seul. Mais pouvais-je l'être vraiment ? Les fantômes du passé hantaient désormais ma vie et ni eux ni moi n'étions encore prêts à prendre congé.

J'étais incapable de travailler au scénario de Cuthbert. Sitôt que je l'ouvrais, j'étais pris d'une effrayante lassitude. Par moments, j'avais envie de lui faire part de ma décision d'abandonner le projet, avant de prendre conscience que ce qui semblait être une solution pouvait être pire que le mal : j'étais en effet lié par un contrat que je ne pouvais rompre sans m'attirer une tripotée d'emmerdements.

J'eus une longue conversation au téléphone avec Hathaway, qui fut surpris de la facilité avec laquelle j'avais fait parler Laura Hamilton. La scène sur la plage et l'incident du bouquet de fleurs parurent le captiver, beaucoup plus en tout cas que mes recherches à la bibliothèque. Pour lui, il ne faisait plus aucun doute qu'Elizabeth avait peur de quelqu'un dans les jours précédant sa disparition – Laura n'avait fait que confirmer les dires de Fred Roberts. En revanche, il fut étonnamment évasif sur ses propres progrès et me promit simplement de me rappeler très vite.

Durant ces trois jours, je traînai beaucoup devant la télévision et mon ordinateur. C'est au cours de cette semaine que Kenneth Starr livra son rapport au Congrès : plus de quatre cents pages qui n'omettaient aucun détail sordide des déboires sexuels du président. Dans la foulée, la Chambre vota à une large majorité la publication dudit rapport, dans lequel le mot « sexe » revenait près de six cents fois. J'imaginai sans peine les millions d'Américains qui avaient dû se ruer sur internet pour s'en délecter. Pour plusieurs éditorialistes que j'écoutais en boucle, jamais la fonction présidentielle n'avait été à ce point désacralisée. L'affaire qui secouait l'Amérique me renvoyait à mes propres investigations. En somme, ce pays n'avait pas tellement changé en quarante ans : le même puritanisme y sévissait toujours, faisant son lot de victimes expiatoires. Ma mère avait dû cacher l'existence de son enfant pour ne pas ruiner sa carrière. Harris s'était débattu comme un diable avec la censure et le code Hays. En plus de ses innombrables conquêtes, Kennedy n'avait-il pas lui aussi entretenu une liaison avec une stagiaire de la Maison-Blanche ? Non, rien n'avait changé, même au plus haut niveau du pouvoir.

*

Le samedi 12 septembre, vers 11 heures, Hathaway vint me prendre chez moi. Il m'avait appelé aux aurores pour savoir si j'étais libre pour la journée. Ce n'est qu'une fois à bord de son monstrueux 4 × 4 Dodge à phares grande portée que j'appris qu'il avait retrouvé la trace d'Eddy.

– Où est-ce qu'on va exactement ?

– San Diego, l'artiste. Figurez-vous que Cowan habite là-bas…

J'eus du mal à garder mon calme.

– Qu'est-ce qu'il est devenu ?

– Notre lascar a plutôt réussi dans la vie. À la fin des années 60, il a ouvert une société de location d'accessoires *vintage*. Il a longtemps possédé un entrepôt de dix mille mètres carrés à North Hollywood.

– Il travaillait pour les studios ?

– Exactement. Dans le milieu, on le surnommait le Magicien. Ne rigolez pas : son entrepôt était une vraie caverne d'Ali Baba. Les décorateurs de films se pressaient chez lui dès qu'il était question de reconstitutions historiques. Il a revendu sa boîte pour une petite fortune il y a un peu plus de dix ans, puis il a quitté la ville. Ça n'a pas été une mince affaire de le retrouver. Je ne vous raconte pas le nombre de bobards que j'ai dû raconter pour obtenir son adresse…

– Qu'est-ce qui vous laisse penser qu'il acceptera de nous parler ?

– Je ne suis pas du genre à aller à la pêche sans hameçon. Je lui ai passé un petit coup de fil…

– Et… ?

– Quand il a su qui j'étais et pourquoi je m'intéressais à lui, il m'a gentiment envoyé me faire foutre.

Je n'aimais pas beaucoup la manière qu'avait le détective de me donner de faux espoirs.

– À quoi bon aller à San Diego alors ?

– J'avais prévu sa réaction. Je l'ai laissé mijoter quelques heures et je l'ai rappelé : je lui ai précisé que je bossais pour un auteur qui allait sortir un livre sur l'affaire Elizabeth Badina.

– Quoi !

– Je lui ai promis que s'il nous accordait quelques minutes de son temps vous éviteriez de citer son nom. Et que, dans le cas contraire, vous n'hésiteriez pas à faire de lui le suspect principal de votre enquête.

– Je rêve ! Vous l'avez fait chanter ?

– Tout de suite les grands mots ! Disons que j'ai habilement usé de mon pouvoir de persuasion. Cette histoire de bouquin lui a foutu les jetons. Il n'a pas envie qu'on fouille dans ses poubelles, mais il a encore moins envie de se retrouver à la une des journaux télévisés…

– En tout cas, Laura Hamilton ne l'aimait pas : « sournois et inquiétant », ce sont les mots qu'elle a employés l'autre jour pour le qualifier. Selon elle, ce type n'était pas vraiment net… Il ne vous est pas venu à l'idée qu'on faisait peut-être fausse route ?

Il fronça les sourcils.

– Qu'est-ce que vous voulez dire ?

– Eh bien, les solutions les plus simples sont parfois les meilleures. Peut-être que Cowan ne s'est pas retrouvé suspect numéro un par hasard. Peut-être que toute notre théorie du bouc émissaire est complètement foireuse.

– C'est une possibilité, mais, personnellement, j'ai toujours préféré envisager les solutions les plus tordues.

– Vous parlez d'expérience ?

– Vous savez pourquoi quatre-vingt-dix pour cent des homicides sont résolus ?

– L'efficacité de nos forces de police, j'imagine ?

Mon ironie le fit sourire.

– Parce que, d'une façon générale, les meurtriers ne sont pas bien malins, préparent mal leur crime, et laissent de grossiers indices derrière eux. Quant à ceux qui ne se font pas prendre, la plupart ont une chance de cocus…

– Et pour les autres ?

– Il arrive parfois que vous tombiez sur plus fort que vous. Des êtres froids et supérieurs qui réussissent à vous berner.

– En faisant par exemple totalement disparaître un corps ?

Hathaway se renfrogna et prit son temps pour me répondre.

– Si on avait retrouvé celui de votre mère, on aurait certainement fini par mettre la main sur le coupable. Mais sans corps, sans scène de crime… vous ne pouvez compter que sur des aveux. Et le type qui lui a fait du mal était trop calculateur pour avouer quoi que ce soit.

Arrivé sur l'Interstate 405, Hathaway appuya dangereusement sur la pédale d'accélération. Il était tendu. Visiblement, cette enquête le perturbait autant que moi.

– Dites, c'est avec cette caisse que vous faites vos filatures ? Vous ne devez pas être très discret…

– J'ai une autre bagnole pour le boulot, une vieille Toyota…

– « Pour le boulot » ? Vous n'avez pas l'impression de bosser en ce moment ?

– Vous m'êtes d'une si charmante compagnie, Badina ! Primo, on ne va filer personne. Deuzio, cette enquête est particulière pour moi et vous le savez très bien. Elle me renvoie à une partie de ma vie et, à mon âge, on préfère éviter de regarder dans le rétroviseur. C'est pour ça que je ne voulais pas accepter votre proposition.

– Ah bon ? Je pensais plutôt que c'était une manœuvre pour me soutirer un maximum de fric.

– Ne plaisantez pas avec ça.

– Allez, Hathaway ! J'ai bien compris que vous n'étiez pas en mesure de résoudre cette affaire à l'époque. Je n'aurais pas fait mieux que vous.

– Peut-être… Il n'empêche que j'ai une revanche à prendre sur le passé.

Par un accord tacite, nous décidâmes de ne plus parler de l'affaire durant le voyage. Il faisait une telle chaleur qu'Hathaway avait cru bon de pousser à fond la climatisation de la voiture. Tandis que nous longions l'océan et la voie ferrée par la San Diego Freeway, il me raconta quelques amusantes anecdotes du temps où il était flic. Le bagou et les expressions fleuries du détective permirent de détendre l'atmosphère.

Il nous fallut un peu moins de deux heures pour rejoindre San Diego. Eddy Cowan nous avait donné rendez-vous sur le front de mer, au Seaport Village, sorte de centre commercial à ciel ouvert où des boutiques jumelles rivalisent de souvenirs kitsch et sans intérêt. Bien que l'endroit offre des balades pour les touristes et les familles, ni Hathaway ni moi n'avions l'esprit à admirer le paysage. Il faisait de plus en plus chaud et il y avait beaucoup trop de monde à mon goût. Après trois jours de solitude totale, le retour à la réalité était pour le moins brutal.

– Il aurait pu trouver un endroit plus pratique, et surtout plus calme, vous ne croyez pas ?

– Il a surtout choisi un lieu impersonnel et éloigné de son domicile. C'est bon signe : notre type doit être en train de paniquer.

Nous nous mîmes à la recherche d'un antique carrousel (le plus vieux du pays, à en croire une pancarte qui nous guida), devant lequel Cowan était censé nous attendre. Hathaway avait un œil affûté et un flair incroyable : après quelques secondes d'observation et malgré l'affluence de gens devant le manège, il se dirigea droit vers notre homme. Durant tout le trajet, j'avais craint qu'il ne vienne pas, soit qu'il ait compris que cette histoire de livre était bidon, soit qu'il ait pris conseil auprès d'un avocat pour nous attaquer le moment venu.

Grand et sec, le visage effilé, l'air à l'affût, Cowan avait une allure des plus gauches. On aurait dit qu'il ne savait que faire de ses bras ballants. Il portait une tenue légère et décontractée, ainsi qu'une vieille casquette des Chargers de San Diego. Son visage s'alarma quand il nous vit.

– Cowan ? demanda Hathaway.

Il ne nous serra la main qu'à contrecœur et ne s'embarrassa pas de formalités :

– Je peux vous consacrer dix minutes, pas plus. Ensuite, je veux que vous sortiez de ma vie et que vous ne cherchiez plus jamais à me contacter.

Son ton mal assuré, en complet décalage avec ses paroles, me fit l'effet d'un pétard mouillé. Hathaway dut avoir la même impression, car il ne cacha pas un petit sourire satisfait.

– Je n'aime pas faire de promesses tant que je n'ai pas obtenu ce que je voulais en contrepartie.

– Je ne suis pas obligé de vous parler !

– Qu'est-ce qui vous arrive ? Vous étiez plus conciliant au téléphone. On vient de se taper deux heures de route, alors évitez de nous mettre en rogne.

– C'est lui l'écrivain ?

– Vous êtes perspicace ! Où est-ce qu'on peut discuter ?

– Il y a des bancs sur la promenade.

Le soleil cuisant m'éblouissait. Je regrettai de ne pas avoir emporté mes lunettes. Hathaway prit place entre Cowan et moi.

– Cette histoire m'a suffisamment pourri la vie… Je vous accorde dix minutes.

– Vous l'avez déjà dit, on n'est pas sourds !

– Je veux bien répondre à vos questions à condition que vous ne m'enregistriez pas et que vous ne preniez pas de notes.

Hathaway fit mine de me consulter d'un geste de la tête.

– Moi, ça me va.

– D'accord. Qu'est-ce que vous voulez savoir ?

Je laissai au détective le soin de mener l'interrogatoire. Je n'avais aucune expérience en la matière et Cowan était certainement un témoin plus coriace que Laura Hamilton.

– Allons droit au but : plusieurs personnes ont assuré que vous tourniez autour d'Elizabeth Badina et que vous vous étiez introduit sans raison dans sa loge.

Cowan bondit sur son banc dans un geste digne du cinéma muet.

– Holà ! Les choses ne se sont pas du tout passées comme ça ! Je ne tournais pas autour d'Elizabeth.

247

– « Elizabeth » ? Vous l'appeliez par son prénom ? Étrange pour un simple accessoiriste…

– C'est elle qui demandait qu'on l'appelle comme ça. Elle n'aimait pas qu'on lui donne du « mademoiselle ».

– Revenons à nos moutons…

Cowan soupira.

– Vous ne pouvez rien comprendre de ce qu'était un tournage à l'époque. Les techniciens faisaient souvent preuve de cynisme : dès qu'il y avait une star dans les parages, ils se montraient indifférents pour prouver leur professionnalisme. Les gars connaissaient leur pouvoir et ils n'aimaient pas s'en laisser conter : il y avait eu des grèves terribles dans les années 50 qui avaient stoppé net de grosses productions. Mais avec Mlle Badina les choses étaient différentes : tout le monde l'appréciait à cause de sa simplicité. Elle avait toujours un mot gentil pour nous. Alors, oui, j'étais captivé par cette femme, sauf que j'étais très jeune et que j'arrivais peut-être mal à le dissimuler.

– Soit. Et pour l'histoire de la loge ?

– Là, j'avoue que je ne suis pas fier de moi… Ne croyez pas que j'étais une espèce de tordu qui prenait son pied en se branlant dans les loges des actrices ! J'y suis allé pour des raisons bassement matérielles…

– C'est-à-dire ?

– C'est-à-dire que je piquais des petits trucs sans importance pour ensuite les refourguer : des prospectus de studio, des photos, des accessoires devenus inutilisables… Je connaissais un gars dans le centre qui tenait une boutique et vendait des « souvenirs de tournage », comme il disait. Ça mettait du beurre dans les épinards.

– Vous n'étiez pas suffisamment payé ?

– Oh, je n'avais pas à me plaindre… Je ne faisais pas ça pour moi. J'avais une sœur qui s'appelait Laureen. Elle vivait à San Diego et venait d'accoucher d'un petit garçon. Le père s'était barré et n'avait pas reconnu l'enfant. Laureen n'avait pas de boulot… Il fallait bien que je l'aide ! Je lui envoyais chaque mois la moitié de ce que je gagnais. C'est pour ça que ces « extras » étaient si importants pour moi.

– Arrêtez, Cowan, vous allez me faire pleurer ! La vérité, c'est que vous étiez un resquilleur et rien d'autre.

– Je ne faisais de tort à personne !

– Est-ce que vous avez pris à Elizabeth Badina des affaires personnelles ?

– Jamais de la vie ! Je vous ai dit que je ne piquais que des babioles. Si ça n'avait pas été moi, quelqu'un d'autre les aurait embarquées à la fin du tournage.

– Vous avez failli être viré à ce moment-là, n'est-ce pas ?

– N'exagérons rien. C'est la coiffeuse de Mlle Badina qui m'a surpris. Elle a dû en parler au troisième assistant réalisateur, mais il ne s'est rien passé.

– Vous étiez le chouchou de Harris ?

– Le « chouchou » ? Putain, on n'était pas à l'école… Harris ne fonctionnait pas comme ça de toute façon. Il aimait diviser pour mieux régner. Il pouvait vous couvrir d'éloges un jour et ne pas avoir un regard pour vous le lendemain. Rien n'était jamais acquis avec lui. Du coup, vous vous sentiez toujours sous pression. Mais je travaillais bien, il n'avait aucune envie de s'emmerder avec cette histoire.

– Parlez-moi un peu des jours qui ont suivi la disparition d'Elizabeth Badina.

– Comme tout le monde, j'ai été interrogé par des flics qui sont arrivés au studio le mardi ou le mercredi, je ne sais plus très bien… Deux types sympathiques comme des portes de prison qui se prenaient pour le nombril du monde. Ils m'ont cuisiné plus longuement que les autres. Certains avaient dû m'enfoncer en leur parlant de l'épisode de la loge… Je peux vous dire que j'étais dans mes petits souliers. Je leur ai raconté la vérité et ils ont finalement eu l'air de s'en contenter. Les choses en sont restées là, pour un temps du moins.

– Jusqu'à ce que vous soyez arrêté pour de bon…

– Un matin, aux aurores, on est venu me chercher chez moi pour me conduire au quartier général de la police. Je paniquais complètement. On m'a fait poireauter pendant des heures dans une salle. C'était comme si j'étais en train de vivre un cauchemar.

– Qui vous a interrogé ?

– Les deux flics qui étaient venus au studio…

Je ne pus m'empêcher d'intervenir :

– Norris et Copeland ?

– Oui. Il y a peu de chance que j'oublie leurs noms, à ces fumiers !

– Que vous ont-ils demandé exactement ?

– Ils m'ont posé beaucoup de questions qui semblaient sans lien avec leur enquête. Est-ce que j'avais une copine ? Qu'est-ce que je faisais de mon temps libre ? Où est-ce que je passais mes vacances ? J'avais l'impression qu'ils voulaient simplement m'épuiser pour me faire craquer. Ils ont mis une plombe à me demander ce que j'avais fait le dernier week-end où on avait vu Mlle Badina.

– Vous aviez un alibi ?

– J'avais passé le samedi et le dimanche chez Laureen à San Diego. Je ne l'avais pas quittée d'une semelle. Mais cet alibi n'a pas eu l'air de les convaincre. Ils disaient que ma sœur aurait pu mentir pour me protéger et je n'avais pas d'autre témoin.

– Combien de temps vous ont-ils gardé ?

– Deux jours entiers ! Ils avaient pourtant que dalle contre moi. Je leur ai demandé de me faire passer au détecteur de mensonges, mais ils ne l'ont jamais fait… Croyez-moi, ils m'avaient juste fait venir là pour me garder au chaud un moment. Ce n'est que plus tard que j'ai compris qu'ils voulaient faire de moi le parfait coupable parce que leur enquête piétinait.

Hathaway, qui jubilait, se tourna brusquement vers moi.

– Et ensuite ?

– Ensuite, rien. Juste après ma sortie du commissariat, j'ai reçu un appel de la maison de production. On a été très poli avec moi et on m'a expliqué qu'il valait mieux que je ne remette pas les pieds au studio après ce qui s'était passé.

– Ça a dû vous mettre en pétard ?

– Pas tant que ça. On m'a assuré que je percevrais mon salaire jusqu'à la fin du tournage et on m'a signé en prime un joli chèque de 2 000 dollars. C'était une sacrée somme à l'époque et, comme je vous l'ai dit, j'avais besoin d'argent. J'ai accepté. Mais, après cet épisode, il est devenu très difficile pour moi de travailler. Même si j'avais été totalement innocenté, tout le monde continuait de penser que j'avais quelque chose à voir avec la disparition de Mlle Badina. J'ai encore bossé sur deux ou trois films, puis j'ai décidé de me mettre à mon compte.

– Soyez franc avec nous : est-ce que vous avez la moindre idée de ce qui a pu lui arriver ?

Il nous regarda avec des yeux éteints.

– Non, je la connaissais à peine. Nous avons dû échanger une vingtaine de mots en tout et pour tout…

Il consulta ostensiblement sa montre.

– Dites, les gars, les dix minutes sont largement écoulées… Je vous ai dit tout ce que je savais. La seule chose que je veuille à présent, c'est tourner la page et ne plus repenser à cette période de ma vie.

Comme Hathaway ne faisait rien pour le retenir, il se leva.

– Vous allez tenir parole ? Vous ne mentionnerez pas mon nom dans votre bouquin ?

– Une promesse est une promesse.

Il demeura un instant debout devant nous, l'air hésitant.

– Une dernière chose : si j'ai un conseil à vous donner, c'est de retrouver ces deux salopards de flics. Ils se sont bien servis de moi. Je suis sûr que personne n'en connaît plus sur l'affaire qu'eux.

N'ayant pas envie de reprendre immédiatement le volant, Hathaway me proposa un verre à la terrasse d'un restaurant sur pilotis, non loin du parc de l'Embarcadero.

– Alors, lui demandai-je, vous pensez qu'il nous a dit la vérité ?

– Cowan m'a conforté dans mes certitudes : pour cette affaire plus que pour toute autre, je ne vais envisager que les solutions les plus tordues. Ce type n'a rien fait à votre mère, ou alors c'est le plus incroyable comédien que j'aie jamais rencontré.

– Je pense comme vous. Vous avez entendu ce qu'il nous a dit : il faut absolument qu'on retrouve Norris et Copeland.

– C'est fait.

– Comment ça, « c'est fait » ?

– Copeland est mort en 1983 d'une crise cardiaque, mais Norris est toujours de ce monde.

– Pourquoi vous ne m'avez rien dit, bon sang ? On a passé deux heures à jacasser dans votre bagnole !

– Je ne voulais pas griller les étapes, il fallait que vous restiez concentré sur Cowan. Inutile de courir plusieurs lièvres à la fois...

Son attitude me froissa : il persistait à l'évidence à me sous- estimer.

– Quand allons-nous le voir ?

– Désolé, Badina, mais cette fois c'est moi qui vais la jouer en solo. Chacun son tour... Norris est toujours de ce monde, mais plus pour bien longtemps : il est atteint d'un cancer et, d'après ce que j'ai compris, il ne lui reste plus que quelques mois à vivre. On ne peut pas se permettre de merdouiller.

– Vous êtes en train de me dire qu'il a accepté de vous rencontrer ?

– Pas encore, mais ça ne saurait tarder.

– Comment pouvez-vous être si sûr de vous ?

– L'heure du bilan a sonné pour lui. J'espère qu'il voudra alléger sa conscience – pour peu évidemment qu'il ait quelque chose à se reprocher...

9

Hathaway me laissa devant chez moi peu après 17 heures. Notre voyage à San Diego n'avait pas été inutile : nous avions définitivement écarté la piste Eddy Cowan et avions acquis la certitude que son arrestation n'avait été qu'un leurre. Restait à savoir ce que ce leurre était censé cacher.

En remontant l'allée jusqu'à la maison, je fus surpris de voir devant le garage un SUV Lexus que je ne connaissais pas. Je n'eus pas à utiliser ma clé. Je m'attendais à tout sauf à voir Abby installée sur le canapé du salon, son ordinateur portable sur les genoux.

– Abby ! Qu'est-ce que tu fais là ?

Le ton de ma question donnait l'impression que je n'envisageais sa présence que comme un désagrément. Ce qui ne lui échappa pas.

– Bonjour, David. Je voulais te faire une surprise. Une bonne surprise… mais on dirait que c'est loupé.

Je changeai d'expression du tout au tout en m'avançant vers elle.

– Qu'est-ce que tu racontes ? C'est formidable que tu sois là !

Elle se leva. Nous nous embrassâmes, mais le cœur n'y était pas, ni de son côté ni du mien.

– Le shooting a duré moins longtemps que prévu. J'ai pensé que ça pouvait être sympa de venir passer quelques jours à L.A.

– Tu avais les clés ?

– Non. Marisa est passée tout à l'heure, c'est elle qui m'a ouvert.

– Tu attends depuis longtemps ?

Elle jeta un coup d'œil à sa montre.

– Un peu moins de deux heures. Je t'ai appelé sur ton portable.

– Je ne l'avais pas sur moi.

– Je sais, il a sonné. Il était dans ton bureau…

Je tournai brusquement la tête en direction de la pièce et songeai à tout ce que j'avais accroché sur le panneau de liège, sans compter ce qui traînait sur ma table de travail.

– Qu'est-ce qui se passe, David ? J'ai vu les photos, les articles et toutes ces notes que tu as prises…

– Tu as fouillé mon bureau ?

– Je n'ai rien fouillé du tout ! Je viens de te dire que ton portable avait sonné. Est-ce que tu es en train d'écrire un scénario sur ta mère ? C'est ça qui te perturbe depuis des jours ? Est-ce qu'il s'agit de l'histoire à laquelle tu travailles ?

Je tombai des nues. Un scénario ! Abby m'offrait sur un plateau le prétexte parfait. Pourtant, je n'avais plus envie de lui mentir. Non seulement je n'avais pas à avoir honte de ce que je faisais, mais j'étais également allé trop loin dans mes dissimulations.

– Je n'écris pas de scénario et je ne travaille pas sur une nouvelle histoire – à part bien sûr ce stupide script que m'a refilé Cuthbert.

J'avais du mal à poursuivre tant je me sentais paralysé.

– Tu veux connaître la vérité ?… Très bien. Je suis en train de mener une enquête.

– Je ne suis pas sûre de comprendre… Une enquête sur quoi ?

– C'est simple : je vais résoudre l'affaire Elizabeth Badina. Je vais découvrir ce qui est arrivé à ma mère il y a quarante ans et démasquer son assassin.

Ma soudaine assurance me parut risible. Abby fut si déstabilisée qu'elle dut se rasseoir sur le canapé. À en croire la tête qu'elle faisait, elle n'avait jamais envisagé une telle possibilité.

– Qui était cet homme à bord du 4 × 4… celui qui vient de te raccompagner ? Je vous ai vus par la fenêtre.

– Il s'appelle Sam Hathaway. Il est détective privé, mais il a été pendant près de trente ans flic au LAPD. Je l'ai engagé pour qu'il m'aide dans mes recherches.

La surprise demeurait intacte sur son visage.

– Depuis quand enquêtes-tu sur ta mère ?

– Depuis environ dix jours.

– Et ça t'a pris comme ça, un beau matin ?

– Les choses sont compliquées. Je ne sais pas trop par où commencer… Deux jours après ton départ de New York, je suis parti dans le Massachusetts pour rencontrer Wallace Harris.

Elle ouvrit des yeux ronds comme des billes.

– Tu me fais marcher, là ?

– Je sais, ça peut paraître fou. J'ai rencontré celui qui a engagé ma mère pour son dernier rôle.

– Tu es en train de me dire que tu as rencontré Wallace Harris quelques jours avant sa mort ?

– Pour être tout à fait exact, je l'ai vu la veille de sa mort. Mais il s'agit d'une simple coïncidence ! Sa disparition n'a évidemment rien à voir avec mon enquête… même si je dois bien avouer que j'ai eu quelques doutes au début.

— Tu me fais peur, David !

— Écoute, peu de gens sont au courant, mais Wallace Harris était très malade. Il avait déjà fait un AVC il y a quelques années.

Je m'assis en face d'elle sur un coin de la table basse et me lançai dans des explications tarabiscotées pour expliquer comment j'avais atterri chez le réalisateur. Je pris soin de minimiser le rôle de Crawford, mais mon récit devenait bancal et confus à force de raccourcis.

— Je suis certain qu'Hathaway et moi sommes tombés sur quelque chose d'énorme. L'enquête sur la disparition de ma mère a été bâclée du début à la fin. On a tout fait pour dissimuler la vérité. Je crois qu'on voulait protéger un homme, sans doute l'amant de ma mère, qui pourrait bien par la même occasion être mon père. Beaucoup de personnes étaient mouillées : des flics, le chef du LAPD de l'époque, des membres du Bureau fédéral, peut-être le district attorney qui avait travaillé pour Hoover… On a même mis au placard un copain d'Hathaway parce qu'il ne croyait pas à la version officielle. Tout ce qui pouvait faire avancer l'enquête a été sciemment mis de côté : on a par exemple fait d'un technicien inoffensif un coupable idéal pour détourner les soupçons. Et la presse a tout gobé !

Abby était atterrée. Mes explications n'avaient pas du tout l'effet escompté. Je devais lui paraître aussi parano que Kevin Costner dans *JFK*.

— Mon Dieu, je ne comprends rien de ce que tu me racontes. Pour toi, donc, la moitié de cette ville a essayé d'étouffer l'affaire ! Tu vas bientôt m'expliquer que ce sont des petits hommes verts qui ont fait le coup !

– Je ne plaisante pas, Abby. Je t'accorde que, présentée comme ça, mon histoire peut paraître loufoque, mais Hathaway et moi avons des témoignages, des preuves irréfutables. On a presque de quoi monter un nouveau dossier et faire rouvrir l'enquête.

J'exagérais quelque peu, mais je ne voyais pas d'autre moyen d'être crédible à ses yeux.

– Je ne te reconnais plus, David… Qu'est-ce que tu sais au sujet de ce Sam Hathaway ? Est-ce qu'il t'est venu à l'idée qu'il essayait peut-être de profiter de ton argent en te berçant d'illusions ? Combien est-ce que tu le paies ?

Un petit mensonge me parut nécessaire pour arrondir les angles :

– Rien de plus que le tarif habituel. Hathaway est un type bien. C'est moi qui l'ai harcelé pour qu'il accepte de prendre l'affaire et il veut la résoudre autant que moi. On a déjà bien avancé : plusieurs témoins confirment nos hypothèses, j'ai même interrogé ma grand-mère pour…

Abby ne tenait plus en place sur le canapé.

– Quoi ? Tu es allé embêter ta grand-mère pour lui parler de la mort de sa fille ? Mais tu as perdu l'esprit ! Elle a 85 ans, elle est malade. Qu'est-ce qui t'a pris de faire une chose pareille ?

Je sentis le rouge me monter au front.

– Je ne suis pas fou, j'ai pris des pincettes. Et, contrairement à ce que tu crois, elle semblait soulagée de me parler de ma mère. Elle a gardé toute cette histoire au plus profond d'elle pendant trop d'années. Ça lui a fait du bien d'avoir cette conversation avec moi.

– Je n'aurais pas dû venir, c'était une mauvaise idée. Après tout, on sait bien que tu n'aimes pas les surprises !

Elle ferma son ordinateur portable, prit sa veste en jean posée sur le canapé et se leva.

– Je n'arrive pas à croire que tu m'aies raconté toutes ces sornettes chaque fois que je t'appelais.

– Je ne l'ai pas fait pour te blesser, mais parce que je n'étais pas encore prêt à tout te dire.

– Il n'y a pas que ça, David. Tu n'es pas prêt non plus à t'engager dans une relation sérieuse avec quel-qu'un.

– Quel est le rapport ? Tu ne crois pas que tu passes un peu les bornes ?

– Oh, je t'en prie, ne fais pas de moi une sorte de bonne femme hystérique ! Tu me tiens à distance de tout. Nous n'avons jamais de vraies conversations et tu ne sembles même pas t'en rendre compte. Que faisons-nous lorsque nous sommes ensemble ? Rien ou presque. Le plaisir normal de faire des choses en couple t'est complètement étranger. Tu as toujours des tâches plus importantes à accomplir.

– Abby !

– J'ai longtemps pris sur moi parce que je pensais que tu étais plongé dans un travail qui te tenait à cœur, et j'apprends que tu ne me racontais que des fariboles ! Qu'il n'y avait rien d'autre que ces scénarios stupides contre lesquels tu passes ton temps à pester !

J'étais effondré. J'avais cru naïvement qu'avouer la vérité permettrait d'arranger les choses entre nous. Le fiasco était total. Comme elle faisait un mouvement vers la porte, je me mis en travers de son chemin.

– Qu'est-ce que tu fais ?

– Je ne reste pas. Je vais passer quelques jours chez Meryl à Venice, le temps d'y voir plus clair.

– Qu'est-ce que tu racontes ? Tu restes avec moi !

– Non, je ne changerai pas d'avis.

Je l'attrapai par le bras.

– Je ne te laisserai pas quitter cette maison. On n'a pas fini cette foutue conversation ! Je sais que j'ai été maladroit. Je ne t'ai pas tout raconté parce que je ne savais pas où cette histoire allait me conduire. Je n'étais pas dans mon assiette, tant de choses sont remontées à la surface ces derniers jours…

– Tu me fais mal, David.

Je me rendis compte que je la serrais de plus en plus fort. J'étais vraiment en train de perdre le contrôle de mes nerfs.

– Excuse-moi, murmurai-je en lui lâchant le bras.

– Si tu penses que cette enquête peut t'aider à être en paix avec toi-même et à faire le deuil de ta mère, fais ce que tu as à faire, je ne t'en empêcherai pas. Mais, pour le moment, j'ai besoin d'être seule et de réfléchir.

Je savais que tout ce que je pourrais dire ne ferait qu'aggraver les choses. Elle posa une main sur ma joue mais ce geste était froid.

– C'est moi qui t'appellerai, d'accord ? Laisse-moi du temps et nous reparlerons calmement, je te le promets.

Je ne lui répondis pas. Abby sortit de la maison sans se retourner et je ne fis rien d'autre que la regarder partir.

*

– Vous ne pouvez plus vous passer de moi ! On s'est quittés il y a moins d'une heure… On va finir par jaser !

J'étais assis dans mon bureau. À force de fixer la reproduction de l'estampe de Hokusai accrochée au mur, j'avais l'impression que les bateaux se mettaient à tanguer sur la vague. Je me sentais déprimé, seul et pitoyable. Je n'avais trouvé personne d'autre à appeler qu'un type que je connaissais depuis moins de dix jours.

– Bon, qu'est-ce qui vous arrive ?

– Je commence à avoir des doutes.

– Des doutes sur quoi ?

– Sur la pertinence de notre enquête. Je me demande si on ne s'est pas emballés.

– De quoi est-ce que vous parlez ? Vous étiez remonté comme un ressort tout à l'heure. On ne va pas se dégonfler maintenant !

– Ne vous inquiétez pas, je vous paierai tout ce que je vous dois, avec un supplément même, pour vous avoir fait perdre votre temps.

– Vous ne plaisantiez pas, alors, cet après-midi ? Vous croyez vraiment que je fais ça pour le fric ?

– Ce n'est pas ce que j'ai dit.

– Il s'est passé quelque chose ?

Silence embarrassé de ma part.

– Je me suis disputé avec ma copine…

– Votre quoi ? Vous avez 40 berges ! On n'a plus de « copine » à votre âge !

– Mon amie, ma compagne, ma fiancée… utilisez le mot que vous voudrez. J'ai été obligé de lui parler de notre enquête et, en lui lâchant le morceau, j'ai eu le sentiment que ce qu'on avait élaboré ne tenait pas la route.

– Un petit moment de déprime, c'est le lot de tout bon enquêteur. Si vous saviez le nombre de fois que ça m'est arrivé…

– Ça n'est pas un moment de déprime. Je n'ai pas envie de foutre en l'air ma relation avec Abby ! On ne connaît vraiment la valeur des choses que lorsqu'on risque de les perdre.

– Mon Dieu, c'est plus grave que ce que je pensais. Je n'ai jamais rien entendu d'aussi sirupeux !

– Vous pouvez vous moquer, Hathaway… Je suis prêt à tout sacrifier pour cette enquête, sauf Abby.

– Vous ne m'aviez pas donné l'impression d'être amoureux à ce point-là. C'est à peine si vous m'avez parlé d'elle.

– C'est bien le problème : je ne suis qu'un affreux imbécile. Je dois revoir l'ordre des priorités dans ma vie.

Il mit quelques secondes pour me répondre.

– Bon, écoutez, Badina, c'est normal, vous êtes sous pression. Je me doutais bien que les choses ne seraient pas toutes roses ; après tout, il s'agit de votre mère. Commencez par prendre un peu de distance… Je m'occupe de Norris. Laissez-moi lui parler et on refera le point ensemble plus tard. Ça vous va ?

– Ça me va.

– Vous ne m'aviez pas dit que vous aviez un scénario à boucler ?

– Si.

– Alors abrutissez-vous de travail. Il n'y a rien de tel pour se vider la tête de tous ses problèmes…

Ce soir-là, je mis sur la platine de mon salon un vieux vinyle de John Coltrane, *Giant Steps*, sorti l'année de la disparition de ma mère. Je l'avais acheté alors que j'étais étudiant et j'en connaissais par cœur chaque note. Je l'écoutais en général lorsque je me sentais démoralisé. Je ne quittai pas mon portable de la soirée, caressant l'espoir qu'Abby m'appellerait. Je composai à plusieurs reprises son numéro, sans avoir le cran d'aller au bout. Il était trop tôt : lui parler ne ferait qu'envenimer les choses et je ne voulais pas revenir sur ma promesse. Hathaway ayant oublié son paquet de cigarettes chez moi, je cédai à la tentation d'en allumer une en regardant la rue à travers la vitre du salon. L'ombre mystérieuse finirait-elle par réapparaître ? Étais-je toujours sous surveillance ? Je n'avais pas vraiment peur. Il me semblait même que tout ce qui pouvait m'arriver n'avait plus autant d'importance qu'avant.

J'avais lamentablement foiré avec Abby. Ses reproches revenaient de façon lancinante à mes oreilles. Elle avait fait de notre relation un résumé cruel et néanmoins juste. Peut-être étais-je en train de la perdre pour de bon. La reconquérir devait être ma priorité. Pourtant, cette priorité demeurait pour l'instant à l'état de vœu pieux. Je pensais à Abby, mais je continuais à penser tout autant à mon enquête. Je mis sur mon ordinateur le CD que m'avait donné Crawford et me passai en boucle les deux scènes de *La Délaissée*.

On avait tout volé à ma mère, y compris son premier et unique vrai rôle. Immobile devant les images en noir et blanc, je pris conscience que quelque chose avait changé dans le regard que je portais sur elle : ce n'était plus ma mère que je voyais, mais, à l'aune de ce que nous avions découvert, une femme terrifiée qui ne savait plus comment échapper à son propre destin.

*

Le lendemain matin, suivant les conseils d'Hathaway, j'exhumai le scénario de Cuthbert de mon tiroir. J'y travaillai six heures d'affilée, taillai dans le vif les scènes superflues, tentai d'étoffer comme je le pouvais les personnages anémiques et écrivis quelques répliques mémorables de cette veine : « J'ai l'impression qu'il se passe des trucs bizarres... Il faut qu'on reste groupés », ou : « Et si Ben n'était que le premier de la liste ? »

L'après-midi, je roulai jusqu'à Malibu et marchai une bonne heure sur la plage de sable blanc de Zuma Beach en songeant à cette soirée où, non loin de là, ma mère s'était confiée à Laura. Ni la chaleur ni le monde ne m'empêchèrent d'imaginer la scène. Je me figurai son désarroi, son impression de perdre pied, de voir sa vie lui échapper...

Il faisait presque nuit lorsque je rentrai à Brentwood. Les lumières du rez-de-chaussée étaient toutes allumées. « Abby est revenue », telle fut ma première pensée. Mais cet espoir fut de courte durée, car je ne vis pas sa voiture et la porte était toujours fermée à clé. J'entrai avec appréhension.

Le salon était tel que je l'avais laissé, mais je remarquai immédiatement que l'une des fenêtres avait été ouverte. Ou plutôt fracturée, comme je devais plus tard m'en rendre compte. L'idée qu'il puisse s'agir d'un cambrioleur ne m'effleura même pas l'esprit – ou celui-ci n'avait vraiment aucun goût, parce que le Basquiat était toujours à sa place sur le mur. On n'avait pas non plus touché au buste en bronze de ma mère sur la cheminée. Quelqu'un était venu en mon absence, et ce quelqu'un n'avait pas cherché à s'emparer d'objets de valeur. L'image de l'ombre mystérieuse s'imposa aussitôt à moi. Je me précipitai jusqu'à mon bureau et demeurai perclus sur le seuil.

Tout y était sens dessus dessous. Les tiroirs avaient été inspectés et renversés, les bibliothèques vidées de tous leurs livres et DVD. Le sol était entièrement jonché de papiers et de dossiers. On avait violé mon espace le plus intime.

Je pénétrai dans la pièce, lentement, le corps tremblant. Le tableau de liège était nu. Plus d'articles, plus de notes… Tout avait été arraché, comme pour mieux m'atteindre. Sur mon bureau était posé bien en évidence l'original de la dernière photo d'Elizabeth. On avait écrit dessus, en lettres rouges qui semblaient avoir été tracées avec du sang :

ÊTES-VOUS CERTAIN DE VOULOIR CONTINUER ?

10

Vendredi 23 janvier 1959

La Chevrolet se gara le long de Wilcox Avenue. Elizabeth éteignit le moteur, demeura quelques secondes figée comme une statue, puis jeta un coup d'œil dans le rétroviseur. Le maquillage qui recouvrait son visage ne parvenait pas à cacher sa fatigue. Comme la veille au soir, elle avait pleuré, seule chez elle. La journée de tournage avait été atroce. Elle avait passé son temps à faire le pied de grue sur le plateau pour tourner une séquence qu'il faudrait reprendre à zéro le lundi suivant. Désœuvrée, elle n'avait cessé de remâcher les mêmes questions. Mais elle pouvait bien retourner le problème dans tous les sens, elle était prise au piège. Quel choix avait-elle à présent ? Aucun… si ce n'est celui d'accomplir sagement ce qu'on attendait elle.

Elle joua du poignet pour accrocher l'éclairage de la rue à sa montre – une Longines en or rose que sa mère lui avait offerte lorsqu'elle avait signé son contrat. 21 h 50… Mieux valait ne pas arriver en retard. Elle savait qu'elle n'était pas en position de le faire attendre.

– Sois forte ! murmura-t-elle en fixant son propre regard dans la glace.

Elle sortit de la voiture. Il ne faisait pas froid. Elle sentit pourtant un frisson lui parcourir le corps. La peur, tout simplement… Elle descendit l'avenue au ralenti, pour retarder le moment fatidique. C'était elle qui avait choisi le lieu de rendez-vous – la seule chose qu'elle fût encore en mesure d'imposer. Un restaurant sur Hollywood Boulevard où elle était allée… Elle portait une tenue passe-partout pour ne pas attirer l'attention : une robe grise démodée qui datait du temps où elle habitait Santa Barbara. Il était de toute façon rare qu'on la reconnaisse dans les lieux publics. Ceux qui l'abordaient n'avaient en général vu son visage que dans des publicités de magazines, jamais, à son grand regret, dans une salle de cinéma.

Elle bifurqua sur Hollywood Boulevard. Les lumières aveuglantes, les passants, l'agitation de la rue… Cet endroit naguère si magique à ses yeux ne suscitait plus aucun désir en elle. Quelque chose dans la fabuleuse mécanique de son ambition et de sa soif de gloire s'était cassé, presque sans qu'elle s'en rende compte. Chaque fois qu'elle arpentait le boulevard, elle se souvenait de ses premiers mois passés à Los Angeles. De l'affreuse solitude qui était la sienne…

Elle louait alors en colocation, sur Nebraska Avenue, un appartement minuscule dont elle avait toutes les peines du monde à régler le loyer. Par fierté, par manque de courage aussi, elle évitait de revenir trop souvent chez sa mère. Leurs tête-à-tête étaient devenus pénibles et ne lui apparaissaient plus que comme des entraves sur le chemin de sa réussite. « Ma pauvre fille, tu n'as pas les pieds sur terre… » Elle n'avait pas les pieds sur terre, non, mais les yeux dans les étoiles…

À chacune de ses visites, elle s'appliquait à lui mentir avec un soin religieux : elle inventait des rencontres avec des célébrités, des amitiés improbables, des films dont elle devait tenir la vedette… Lorsqu'elle était à Santa Barbara pour quelques jours, les amies de sa mère passaient la saluer, admiratives, intimidées, un peu envieuses aussi, parce qu'elle était la fille à qui tout allait réussir, celle qui avait osé quitter le foyer familial pour s'installer dans une ville captivante. Mentir finissait pourtant par la lasser et lui laissait un goût amer qui la renvoyait cruellement à ses propres échecs. Du coup, elle ne s'attardait jamais très longtemps. Un immense soulagement, voilà ce qu'elle éprouvait au moment de remonter dans le train.

Sa vie était désormais ici, à Los Angeles, même si le sentiment de solitude redoublait en elle à chacun de ses retours, toujours plus incisif, toujours plus douloureux. Alors, pour se donner l'illusion de pouvoir le rompre brièvement, elle avait pris l'habitude de se rendre le dimanche après-midi dans le *downtown*, à Union Station, terminus des trains venant des quatre coins du pays. Elle se contentait de s'asseoir sur un banc et regardait les voyageurs pressés, portant valises et enfants. Elle observait leurs gestes, leurs visages, épiaient leurs conversations – et elle ne pouvait s'empêcher d'imaginer l'histoire de tous ces inconnus qui défilaient sous yeux. Un couple d'amants se retrouvant en cachette le temps d'un week-end… Un mari qui ne regardait plus sa femme et ses gosses qu'avec exaspération… De pauvres hères aux habits élimés qui déambulaient dans la gare pour éviter peut-être, comme elle, de se sentir trop seuls… Chacun de ces êtres auxquels personne ne semblait prêter attention aurait pu être le personnage d'un film dont l'histoire ne demandait qu'à être racontée. La sienne, d'histoire, était encore à écrire, mais elle n'aurait jamais pensé à ce moment-là que sa vie lui réserverait autant de surprises.

Le Blue Star était presque complet. Une odeur de nourriture trop grasse flottait dans l'air. Le juke-box diffusait une chanson à succès de Chuck Berry à propos d'un garçon de La Nouvelle-Orléans qui ne savait ni lire ni écrire. Elizabeth promena son regard sur la salle de restaurant. Une serveuse qu'elle connaissait vaguement la salua de loin, affichant un air admiratif et surpris. Cette fille était sans doute la seule ici à savoir qui elle était. Peut-être avait-elle eu vent du tournage et se demandait-elle ce qu'une actrice en pleine ascension venait faire dans un endroit aussi quelconque un vendredi soir. Elizabeth espéra qu'elle ne l'aborderait pas. Heureusement, la serveuse était occupée à débarrasser des tables tout juste libérées.

Elle ne fut pas longue à apercevoir, au fond de la salle, près d'un pan de mur en briques rouges, l'homme qui lui avait donné rendez-vous. Elle respira profondément et se dirigea vers lui d'un air décidé.

Il portait un costume austère, de ceux qui rendent transparent, et paraissait aussi serein qu'elle était anxieuse. Bien qu'il eût déjà passé commande, il n'avait pas encore touché à son assiette.

– Bonsoir, Elizabeth, je suis heureux de vous revoir.

Elle s'assit en face de lui sans attendre, posant son sac à main sur ses genoux.

– Ne m'appelez pas par mon prénom, nous ne sommes pas amis !

La jeune femme blonde à la table d'à côté les dévisagea.

– Vous devriez être plus discrète, chuchota-t-il. J'imagine que vous ne voulez pas que nos petits secrets s'ébruitent.

– J'ai failli ne pas venir. Je n'aurais pas dû venir…

L'homme voulut sourire mais sa petite bouche pincée n'afficha qu'une grimace.

– Je suis certain que vous n'avez pas hésité une seconde.

Une serveuse s'approcha de leur table. Par chance, elle ne la reconnut pas, et sa collègue devait être encore trop occupée pour avoir signalé sa présence dans le restaurant. Elizabeth commanda un jus de fruits. L'homme tourna le regard vers le reste de la salle.

– Drôle d'endroit pour une rencontre… Ça change de la dernière fois.

– Je préférais qu'il y ait du monde.

– « Du monde » ? Vous pensez que je veux vous faire du mal ?

– Je ne pense rien de particulier à votre sujet.

Sa voix tremblait. Les efforts qu'elle déployait pour rester calme étaient vains.

– Je ne suis pas votre ennemi, Elizabeth. D'une certaine manière, même si vous ne le comprenez pas encore, je suis de votre côté.

– Vous avez une bien étrange façon de le montrer.

– Je n'ai pas envie que vous ayez peur de moi… Vous disiez en arrivant que nous n'étions pas amis. Mais l'amitié est un concept volatil et relatif, vous ne croyez pas ? Vous savez ce que Churchill disait pendant la guerre ?

– Je vous en prie, épargnez-moi vos citations !

– Quelque chose comme : « Si Hitler décidait d'envahir l'enfer, je pourrais bien devenir ami avec le diable. »

Ses doigts se crispèrent sur son sac à main.

– J'imagine qu'en l'occurrence c'est vous le diable…

Il piqua sa fourchette dans ses pommes de terre, qu'il trempa dans du Ketchup.

– Détrompez-vous. Vous êtes votre propre diable, Elizabeth. Vous ne pouvez vous en prendre qu'à vous-même. Lorsque l'on commet des erreurs, il faut un jour ou l'autre accepter d'en payer le prix. Il y a des moments dans la vie où l'on doit faire des concessions…

L'homme se mit à manger en prenant tout son temps. La serveuse ne fut pas longue à apporter son verre à Elizabeth.

– Comment va David, au fait ?

– Qu'est-ce que ça peut bien vous faire ?

– Tout ce qui vous concerne me tient à cœur. Je veux que vous soyez heureuse, Elizabeth. Je veux que ce tournage se déroule dans les meilleures conditions possibles, et ce, dans votre intérêt comme dans le mien.

– Pourquoi ne me laissez-vous pas tranquille ? J'ai fait tout ce que vous me demandiez !

Un nouveau rictus apparut sur les lèvres de l'homme.

– La situation a beaucoup changé. Vous vous êtes vraiment mise dans un sacré pétrin…

Il sortit de dessous la table une grande enveloppe qu'il posa bien en évidence sous son nez.

– Qu'est-ce que c'est ? demanda-t-elle avec anxiété.

– Je crois que vous savez parfaitement ce que c'est. Vous êtes intelligente, très intelligente… Je l'ai su dès la première fois que je vous ai rencontrée. Vous n'avez rien à voir avec toutes ces écervelées qu'on croise d'habitude à Hollywood… Allez, ouvrez cette enveloppe – discrètement, s'il vous plaît.

Elizabeth ne bougea pas et ferma les yeux un bref instant. Le brouhaha du restaurant lui semblait lointain, comme atténué par un mur de coton. Elle voulait être forte, mais elle n'arrivait plus à faire semblant. Elle savait très exactement ce qui allait suivre. Le scénario était écrit d'avance. Elle ouvrirait cette enveloppe, y trouverait ce qu'elle redoutait tant, puis elle accepterait ce qu'on attendrait d'elle.

Tout, sans exception.

11

– C'est vrai que ça ressemble à une menace…

– « Ressemble » ? Vous rigolez ! On dirait une réplique du *Parrain*. Quand je vous écoute relire cette phrase, j'ai l'impression d'être face à don Corleone.

Hathaway se servit de la photo comme d'un éventail. Nous étions dans son bureau de Van Nuys, accablé par la même chaleur que la première fois que j'y étais venu. N'ayant pas voulu m'asseoir, j'arpentais la pièce en prenant soin de ne pas trop m'écarter du ventilateur.

– Bon, vous dites qu'on ne vous a rien volé ?

– Rien du tout. Ils n'ont même pas pris le Basquiat.

– Le quoi ?

– Le tableau accroché au mur du salon.

– La croûte qui ressemble à un dessin de gosse ?

– Au moins, il ne vous a pas laissé indifférent ! Pour votre gouverne, cette « croûte » vaut une petite fortune.

– Et vous n'avez même pas d'alarme dans votre baraque ?

– Vous voyez, je suis moins « matérialiste » que vous ne le pensiez… Non, le ou les types qui sont venus chez moi voulaient me faire peur, rien d'autre. Tout comme cette silhouette l'autre soir…

Le détective se redressa sur son fauteuil. Je n'en menais pas large.

– Quelle silhouette ?

– J'aurais sans doute dû vous en parler avant... Il y a trois jours, j'ai vu quelqu'un qui traînait dans la rue devant chez moi. Il semblait m'observer. Quand je suis sorti, il avait disparu. Je suis presque sûr qu'il me surveillait.

– Bordel ! À quoi vous jouez, Badina ? Je croyais qu'on formait une équipe...

– On forme une équipe.

– Et vous me dissimulez un truc pareil ! Moi, je suis réglo avec vous depuis le début.

– Qu'est-ce que ça aurait changé que je vous en parle ? Je n'avais pas envie de vous inquiéter avec ça.

– Vous me prenez pour une lopette ? Vous n'étiez pas encore né que je risquais ma peau à faire le bitume dans cette foutue ville !

Il leva en l'air sa main mutilée.

– Vous vous êtes déjà retrouvé face à un type qui vous menaçait d'une arme ?

– Bien sûr que non ! Évitez-moi vos sermons, je sais que j'aurais dû vous en parler.

Hathaway prit sur lui et se mit à réfléchir.

– Donc, quelqu'un vous observait... Vous avez pu voir son visage ?

– Non. Je sais simplement qu'il s'agissait d'un homme.

– Jeune ? Vieux ?

– Je n'en sais rien. Plutôt jeune, je dirais.

– Est-ce que vous avez l'impression d'être suivi quand vous prenez votre bagnole ?

– Vous pensez bien que je suis sur mes gardes depuis l'autre jour... Non, je n'ai rien remarqué de particulier.

– Mais vous ne pouvez pas exclure la possibilité que vous soyez… que *nous* soyons encore sous surveillance ?

– Non.

Nous fûmes interrompus par Gloria, sa secrétaire, qui venait d'entrer dans la pièce. En arrivant à l'agence, j'avais été surpris par son âge : elle était plus jeune que moi et j'avais trouvé ridicule d'avoir envisagé qu'ils puissent entretenir une relation. Elle apportait deux verres d'eau gazeuse qu'elle posa sur le bureau.

– Ces messieurs sont servis !

– Tu n'as rien de plus corsé ? demanda Hathaway en lui décochant un clin d'œil.

Elle haussa les épaules sans répondre, puis se tourna vers moi.

– Cette pièce sent encore le tabac froid. Est-ce qu'il fume lorsqu'il est avec vous ?

– Vous fumez, Hathaway ? Je l'ignorais.

Elle prit un air atterré et tourna les talons.

– Vous, les hommes, vous êtes tous faits sur le même moule ! On ne peut jamais vous faire confiance. Ne crois pas que je jouerai les infirmières le jour où tu auras chopé un cancer des poumons.

J'attendis qu'elle soit sortie pour asticoter le détective.

– Gloria est une très belle femme.

– Ça oui !

– Elle a du courage de vous supporter toute la journée. Dites, c'est simplement votre secrétaire ou vous avez noué des liens plus intimes avec elle ?

– De quoi est-ce que vous vous mêlez, Badina ? Vous ne croyez pas qu'on a plus urgent sur le feu en ce moment ?

Il secoua la tête, comme pour chasser une pensée désagréable, avant de tapoter la photo restée sur son bureau.

– C'est peut-être bon signe, en définitive…

– Comment ça, « bon signe » ?

– Réfléchissez deux secondes… Cette silhouette, cette intrusion chez vous, c'est la preuve que nous allons dans la bonne direction. Certaines personnes n'ont vraiment pas envie qu'on rouvre ce dossier. Si elles veulent nous chercher des noises, elles vont être contentes du voyage. On ne va s'arrêter au milieu du gué, pas vrai ?

– Bien parlé !

– Et vous n'avez pas l'intention de prévenir les flics ?

– À quoi bon ? On ne m'a rien volé, et vous m'imaginez leur raconter par le menu notre histoire de complot ? Merci, j'en ai déjà fait les frais avec Abby.

– Ils auraient quand même pu faire un relevé d'empreintes.

– Vous croyez que les types qui sont venus chez moi sont assez cons pour nous offrir leurs empreintes sur un plateau ? De toute façon, je ne fais plus confiance à vos copains.

– Mes « copains » ? Je vous rappelle que je ne suis plus flic depuis un quart de siècle !

– Flic un jour, flic toujours… En essayant d'obtenir le dossier de ma mère, vous avez dû déclencher une alerte.

– Sauf que cette affaire est vieille de quarante ans et qu'il n'y a plus personne de cette époque encore en activité au LAPD.

– Non, mais l'esprit de corps subsiste. Vous n'allez pas me dire qu'il n'existe pas une liste des dossiers sensibles qu'il vaut mieux laisser enterrés ?

– Je me faisais l'avocat du diable, c'est tout.

– De toute façon, il n'y a pas que les flics qui savent que nous nous intéressons à ma mère. Gloria a appelé cet acteur et vous avez interrogé Fred Roberts, le premier assistant réalisateur… Rappelez-vous : il n'a pas arrêté de se répandre dans la presse depuis la mort de Harris.

– Vous croyez qu'il a pu chercher à se faire mousser en parlant de mon coup de fil autour de lui ?

– Ça n'est pas à exclure. Il doit connaître pas mal de monde dans le *milieu*.

J'avais prononcé ce dernier mot comme s'il désignait la Mafia.

Le détective fit basculer son fauteuil en arrière et passa une main dans ses cheveux.

– Arrêtez de gigoter comme ça, Badina, vous me donnez le tournis !

– J'ai trop chaud. Il ne vous est jamais venu à l'idée d'installer la clim ici ?

– Je ne suis pas un scénariste multimillionnaire, moi ! Allez, venez vous asseoir. J'aimerais que vous répondiez à la question.

– Quelle question ?

– Celle qu'on a écrite sur la photo de votre mère : « Êtes-vous certain de vouloir continuer ? »

Je m'avançai vers son bureau. Hathaway voulait connaître le degré de ma détermination, mais il voulait aussi savoir si cette menace m'avait foutu la trouille.

– Bien sûr que je veux continuer !

– Et Abby dans tout ça ?

– C'est mon problème, ne vous en faites pas. Je me sens capable de tout gérer.

Il planta son regard dans le mien pour juger de ma sincérité.

– Très bien. Alors je dois vous faire écouter l'enregistrement de mon entretien avec Norris.

– Vous êtes allé le voir ?

– Hier après-midi, à Fresno. J'ai dû me taper six heures de route dans la journée.

– Il est vraiment mourant ?

– Franchement, je ne l'aurais jamais reconnu. Il n'est plus que l'ombre de lui-même. Quand je pense comme ce type pouvait être arrogant… Le temps finit vraiment par nous rendre tous égaux.

– Qu'est-ce qu'il vous a dit ?

– Je préfère vous le laisser découvrir par vous-même.

Hathaway alluma son ordinateur et ouvrit un fichier audio. Je m'installai en face de lui.

« Merci d'avoir accepté de me parler, Tom.

– Épargne-moi les politesses, Hathaway. Si tu es ici, c'est parce que je ne veux pas que tu me harcèles pendant le peu de temps qu'il me reste. De toute façon, je n'ai plus rien à perdre… et je ne leur dois plus rien aujourd'hui.

– Tu parles de la "maison" ?

– À ton avis ?

– Tu ne t'en es pourtant pas si mal sorti : tu as fini inspecteur de catégorie 3. D'autres ont eu moins de chance que toi.

– Inutile de refaire mon *curriculum vitae*, tu n'es pas là pour ça. Qu'est-ce que tu veux savoir ?

– Tu dois bien t'en douter vu ce que je t'ai dit au téléphone. J'ai besoin d'apprendre tout ce que tu sais sur l'affaire Elizabeth Badina. Pas ce que les puceaux comme moi savaient, ni ce qu'on a raconté dans les papelards.

– …

– Tu te souviens de Jeffrey Wilson, j'imagine ?

– J'ai un cancer, pas Alzheimer.

– J'avais oublié ton légendaire sens de l'humour.

– Bien sûr que je me souviens de lui.

– Je n'ai donc pas besoin de te rafraîchir la mémoire. Jeffrey a été mis sur la touche parce qu'il s'intéressait de trop près à la disparition de Badina. Il avait quelques théories très intéressantes à ce sujet…

– Wilson était une grande gueule et un pochard !

– Ça, je le sais déjà. Mais c'était aussi un flic intègre qui essayait de faire au mieux son travail.

– "Un flic intègre". Autrement dit, tout ce que je n'étais pas pour toi… Tu ne m'as jamais aimé, pas vrai ?

– Tu te trompes. J'ai toujours pensé que Copeland était un salopard de première et que tu avais trop subi son influence. Mais je n'avais rien contre toi.

– Copeland était ce qu'il était. C'était un flic à l'ancienne, pas le pire de la maison… Il avait souvent des pratiques douteuses, mais il fallait bien en passer par là pour obtenir des résultats.

– En l'occurrence, les résultats de l'enquête ont été maigres.

– Nous l'avons menée de façon rigoureuse…

– Tu parles ! Figure-toi qu'on ne m'a pas laissé voir les dossiers de Ramirez Street que le LAPD garde jalousement, mais j'ai eu l'occasion d'étudier en détail ceux du bureau du district attorney. L'enquête a été salopée de bout en bout, tout comme le complément d'enquête. Vous étiez de mèche avec Trevor Fadden. Vous n'avez rien fait pour découvrir la vérité !

– Tu ne m'as pas laissé finir. Nous l'avons menée de façon rigoureuse… jusqu'à un certain point.

– Qu'est-ce que ça veut dire au juste ?

– Je t'ai déjà expliqué que j'étais prêt à te dire tout ce que je savais, pas la peine de jouer au méchant flic ! L'enquête était partie sur de bonnes bases. Copeland et moi avions réussi à établir une chronologie précise des dernières heures de l'actrice : le moment où elle avait quitté le studio, sa rencontre avec un homme dans ce resto de Hollywood Boulevard, la dernière fois qu'on l'avait vue sortir de chez elle…

– Wilson et moi avions interrogé une de ses voisines…

– Je sais, je me souviens de votre rapport. Copeland voulait orienter toutes nos recherches sur l'homme du Blue Star. Plusieurs personnes l'avaient aperçu et on avait obtenu un portrait-robot de bonne facture.

– "De bonne facture" ? Ce n'est pas vraiment ce que dit le rapport du bureau de l'attorney.

– Le portrait était utilisable, je peux te l'assurer ; il était même d'une précision supérieure à ce qu'on obtenait en général.

– Pourquoi ne pas l'avoir diffusé dans les journaux, alors ? Je n'y ai même pas eu accès à l'époque, ni moi ni la plupart des gars du QG.

– Environ dix jours après la disparition de cette fille, Copeland a été convoqué dans le bureau de Finley. Il était bizarre quand il en est sorti, je ne l'avais jamais vu comme ça. Il m'a simplement expliqué qu'il fallait revoir l'ordre de nos priorités.

– Et l'homme que vous recherchiez n'en était plus une…

– Les choses étaient claires : il n'était pas impliqué dans la disparition de Badina. Tu imagines bien que j'étais sur le cul et que j'ai demandé des explications. Copeland est monté dans les tours et m'a envoyé balader : "Écoute, si tu veux avoir le moindre avenir dans la maison, mets-toi un truc dans la caboche : notre boulot consiste à obéir, pas à réfléchir."

– J'ai l'impression de l'entendre…

– J'étais jeune, ambitieux, et j'ai donc obéi. On a laissé tomber notre meilleure piste. J'ai été assez intelligent pour ne plus jamais relancer Jerry sur le sujet.

– Merde ! Quelle salade Finley a bien pu lui sortir pour lui faire lâcher cette piste ?

– Il n'a rien eu à lui sortir de particulier. Tu as dû entendre plein de rumeurs sur Copeland, mais tu ne sais pas tout à son sujet.

– De quoi est-ce que tu parles ?

– En 55, Finley n'aurait jamais dû devenir chef de la police. La municipalité avait un autre poulain, qui pesait beaucoup plus lourd. Les jeux semblaient faits d'avance, mais Finley avait une ambition dévorante. Comme la loi l'imposait, une commission de nomination a été désignée. Le hasard a voulu qu'un lieutenant proche de Finley y soit nommé enquêteur – personne n'était au courant des liens qui existaient entre eux. Et au lieu d'enquêter *pour* la commission, ce lieutenant s'est mis à enquêter *sur* la commission.

– J'ai du mal à te suivre.

– Oh, tu vas comprendre… Il a flairé une histoire de coucherie entre un membre de la commission et la femme d'un ponte de la ville issue du gratin californien. Ce lieutenant a mis notre queutard sur écoute et a pris des photos compromettantes au cours d'interminables filatures. Comme il ne pouvait pas agir seul, il s'est fait aider par un inspecteur pas très regardant et surtout aux dents longues…

– Jeremy Copeland ?

– Tout juste. Les preuves qu'ils avaient amassées étaient largement suffisantes pour faire pencher la balance. La municipalité a baissé son froc. Personne n'avait envie d'un scandale et les membres ont été convaincus de voter à l'unanimité pour Finley.

– Lequel a ensuite renvoyé l'ascenseur à Copeland…

– En lui assurant une jolie carrière pour prix de sa discrétion. Jerry aurait été capable d'aller se jeter du haut d'un pont si Finley lui en avait donné l'ordre.

– Tu penses donc que le chef de la police savait qui était l'homme du Blue Star ?

– J'en suis certain. J'ai passé des nuits à cogiter et j'en suis arrivé à la seule conclusion possible : l'homme du portrait-robot avait des liens avec la direction de la police ou certains politiciens de la ville. Il s'envoyait probablement en l'air avec l'actrice, mais je n'en mettrais pas pour autant ma main à couper qu'il l'a tuée. Ce qui s'est passé par la suite avec l'enquête de l'attorney a confirmé mes hypothèses. Ce type devait vraiment être un gros bonnet…

– C'est à ce moment-là que vous avez embarqué Eddy Cowan ?

– Cowan… Ah oui, Copeland n'aimait pas ce gars. Il voulait absolument qu'on le mette sur le gril, mais j'ai tout de suite compris qu'on perdait notre temps avec lui. Il fallait juste donner un os à ronger aux journaleux… un suspect qui fasse oublier celui que nous aurions dû rechercher.

– Cowan avait un alibi. Comment est-ce que vous avez pu le garder au chaud pendant deux jours ?

– Si je me souviens bien, son alibi était bancal : il n'y avait que sa sœur pour affirmer qu'il était resté tout le week-end à San Diego. Et Cowan se défendait mal : le genre d'innocent tellement stressé qu'il paraissait coupable de tous les crimes de la terre. Plusieurs membres de l'équipe du film l'avaient chargé. Ah, la grande famille du cinéma !

– Vous avez pourtant fini par lui lâcher les basques.

– On savait qu'il ne fallait pas aller trop loin avec lui. Finley ne voulait pas qu'on monte un dossier foireux qui n'aurait pas tenu une seconde devant un juge. Nous n'avions rien contre lui.

– Qu'est-ce que tu sais du rôle du FBI dans cette affaire ?

– Pas grand-chose, excepté que les ordres se sont mis à venir de très haut. Finley lui-même ne semblait plus être qu'un rouage dans une mécanique qui le dépassait. Tu te souviens qu'au moment où les fédéraux s'en sont mêlés on a dû leur passer tous nos dossiers sans broncher… Je crois en fait que Copeland était soulagé de leur refiler le bâton merdeux.

– Ils étaient au courant pour l'homme du Blue Star ?

– Évidemment qu'ils l'étaient ! Tout le monde a cru que les G-men reprenaient l'enquête parce que la fille était une actrice en vogue, mais ils voulaient en réalité étouffer l'affaire. Pour quelle raison ? À part protéger cet homme, je n'en vois pas.

– Une femme est morte, Norris. Tu as passé toutes ces années sans éprouver le moindre remords ?… Tu as conscience que parler de ce que tu viens de me dire aurait sans doute permis de changer le cours de cette enquête ?

– Ne viens pas me chier dans les bottes, Hathaway ! Tu n'as rien fait toi non plus quand on a foutu Wilson au placard ! Pendant tout ce temps, tu as bien réussi à dormir sans savoir ce qui était arrivé à cette actrice… Est-ce que tu te souviens du nombre de putes ou de filles paumées qui ont pu crever dans cette ville sans que ça n'arrache de larmes à personne ? Pourquoi est-ce qu'on aurait dû en faire plus sous prétexte qu'il s'agissait d'une vedette de cinéma ? »

Hathaway arrêta l'enregistrement.

– Hum… désolé, j'aurais peut-être dû couper avant. La suite n'est pas très intéressante.

J'étais resté immobile, les yeux baissés, suspendu aux paroles de Norris et à sa voix rauque, comme sortie d'outre-tombe.

– Je n'arrive pas à croire qu'il vous ait tout lâché aussi facilement. Cet enregistrement pourrait faire l'effet d'une bombe !

Hathaway tempéra mon enthousiasme d'un signe de la main.

– Personne d'autre que nous ne l'écoutera, il n'a aucune valeur juridique. Ce pauvre Norris ne savait pas que je l'enregistrais, et le temps que nous fassions rouvrir le dossier il ne sera probablement plus là.

– Il a en tout cas confirmé tout ce qu'on soupçonnait ! Ce sont sans doute des dizaines de personnes haut placées qui connaissaient l'identité de l'assassin de ma mère… Si ça ce n'est pas un complot !

– Ne vous emballez pas, l'artiste ! Vous avez entendu Norris : cet homme couchait peut-être avec votre mère, mais de là à prétendre avoir résolu l'enquête, vous allez vite en besogne.

– Je n'aime pas la tête que vous faites, Hathaway.

– Quelle tête ?

– Une tête qui dit : « Malgré tout ce qu'on a pu découvrir, on est au point mort. »

– Vous êtes devin maintenant ?

– Dites-moi la vérité.

– Vous faites de la course à pied ?

– Non.

– Moi non plus, mais il paraît que pour arriver au bout d'une course il faut trouver son second souffle. Disons qu'on a déjà bien couru, mais que ce second souffle, on ne l'a pas encore trouvé…

– On peut dire que vous savez vous montrer rassurant quand il le faut.

Mon portable vibra dans ma poche. Et si Abby… ?

– Vous m'excusez un moment ?

– Si c'est votre dulcinée, vous êtes tout excusé. Vous voyez, moi aussi je sais lire sur les visages !

Je sortis du bureau plein d'espoir, mais le numéro sur l'écran n'était pas celui d'Abby. Je décrochai malgré tout.

– David, c'est Laura Hamilton à l'appareil.

– Laura ! Comment allez-vous ?

– Bien, si l'on veut… Tu m'avais laissé ton numéro, alors…

– Que se passe-t-il ?

– J'ai besoin de te parler.

– Je vous écoute.

– Pas au téléphone, non, pas comme ça… Je préférerais que l'on se parle en tête à tête. Est-ce que tu connais le jardin botanique de l'UCLA ?

Voilà des années que je n'avais plus mis les pieds sur le campus de l'université.

– Celui qui se trouve près du Royce Quadrangle ?

– C'est ça, oui. Est-ce qu'on pourrait s'y retrouver ?

Je lui expliquai que je ne pourrais pas y être avant au moins trois quarts d'heure. Elle raccrocha sans m'en avoir dit davantage.

J'avais certes promis à Hathaway de ne plus rien lui cacher, mais Laura était *mon* témoin et j'avais noué une relation privilégiée avec elle. Je préférais attendre d'en savoir plus pour le mettre au courant. Je revins dans son bureau, mal à l'aise.

– Dites, ça vous dérange si je vous laisse ?

– Ça y est, les tourtereaux se sont réconciliés ?

Je fis un sourire crispé.

– Ils sont sur la bonne voie.

– Filez, Badina ! Ne restez pas comme un ballot devant moi ! Allez réparer les pots cassés. Cette affaire nous a bien attendus quarante ans… L'amour, lui, n'attend pas.

*

Laura Hamilton était déjà devant l'entrée du Mildred E. Mathias Botanical Garden lorsque j'arrivai. À voir son visage défait, je compris qu'elle m'avait fait venir pour quelque chose de grave. Je n'avais fait que gamberger dans ma voiture depuis Van Nuys. J'étais anxieux, plus que je ne l'avais été depuis le début de mes investigations.

Elle s'adressa à moi d'un ton posé :

– Bonjour, David. Marchons un peu, tu veux bien ?

Nous entrâmes dans le jardin et nous promenâmes en silence au milieu d'arbustes et de massifs de fleurs méditerranéens. Très vite nous fûmes entièrement entourés par la végétation. Il était difficile de croire qu'une telle oasis puisse exister en plein cœur de la ville la plus polluée du pays.

– J'ai toujours aimé me promener ici. C'est tellement calme.

Laura n'avait pas voulu que je vienne à son domicile : elle devait avoir besoin de cette tranquillité pour se confier à moi. Je n'avais pas envie de la presser. C'était à elle de trouver le bon moment.

Au détour d'un chemin, elle s'arrêta devant un sous-bois de bambous dont les chaumes avaient été couverts de cœurs et de prénoms gravés au couteau – des traces durables d'amours peut-être éphémères…

– Regarde, les gens ne respectent plus rien ! Pourquoi ne vont-ils pas faire leurs graffitis ailleurs ? Lorsque mon mari est mort, j'ai trouvé un grand réconfort dans les plantes et les fleurs. Ça peut sembler idiot mais, tu sais, s'occuper d'un jardin, c'est un peu comme s'occuper d'une personne. Les plantes grandissent, s'épanouissent, et tu ne peux t'empêcher de penser que tu y es pour quelque chose. Parfois, elles dépérissent avant l'heure, mais ce n'est jamais sans raison. C'est simplement parce que tu t'es mal occupé d'elles, que tu n'as pas su leur donner le temps qu'elles te réclamaient. La nature ne nous déçoit jamais… Elle ne fait que rendre ce qu'on lui a donné.

J'avais la conviction que ses propos n'avaient pas pour seul but de retarder le moment de me parler. Laura, elle aussi, avait dû être déçue par la vie. Peut-être avait-elle été trahie par des hommes ; à moins qu'elle n'eût en tête le destin d'Elizabeth.

– Tiens, arrêtons-nous là un moment.

Nous nous assîmes sur un banc en bois devant une petite mare d'où émergeaient de temps en temps des têtes de tortue. Laura parut soudain fatiguée, elle enfouit son visage dans ses mains.

– Vous êtes sûre que ça va ? Vous ne voulez pas que je vous raccompagne chez vous ?

Elle releva le visage, les yeux mi-clos.

– Non, je vais bien. David, je ne t'ai pas dit toute la vérité l'autre jour…

– Vous m'avez dit ce que vous jugiez bon de me dire.

— Et ce n'était pas suffisant. J'étais… tellement surprise de te voir ! Ta visite m'a déstabilisée, plus que tu ne pourrais l'imaginer.

— J'aurais dû vous prévenir, mais je n'ai pas pensé une seconde que vous pouviez me connaître. Vous pouvez me faire confiance, Laura. Tout ce que vous me raconterez restera entre nous.

Je ne parlais pas à la légère. J'étais prêt, s'il le fallait, à taire certaines choses à Hathaway.

— Je te fais confiance, ce n'est pas le problème.

— Quel est le problème alors ?

— Il y a des choses que je n'ai jamais confiées à personne, pas même à Steven, mon mari. J'ai beaucoup réfléchi depuis que tu es venu me voir : il m'a fallu du temps pour comprendre que j'avais eu tort de garder le silence.

— C'est au sujet de mon père, n'est-ce pas ? Vous savez qui Elizabeth a rencontré dans ce restaurant la veille de sa disparition ?

Je vis une larme couler le long de sa joue. Elle ne l'essuya pas.

— Il ne s'agissait pas de ton père, David. C'était un homme du gouvernement… un agent du FBI.

TROISIÈME PARTIE

> Une actrice ne s'appartient plus. Elle appartient à tous ceux qui la contemplent.
>
> Ava Gardner

1

FBI. Extrait du dossier d'Elizabeth Badina.

MINISTÈRE DE LA JUSTICE

BUREAU FÉDÉRAL D'INVESTIGATION
Los Angeles 17, Californie
8 juin 1958

ELIZABETH SUSAN BADINA
<u>SÉCURITÉ NATIONALE – C</u>

Les informateurs sur lesquels s'appuie le rapport de l'agent spécial John H. Seymour de Los Angeles, Californie, ont fourni des données fiables par le passé.

Ce document ne contient ni recommandation ni conclusion d'aucune sorte. Son contenu est la propriété du FBI et ne doit en aucun cas être transmis à un membre extérieur au Ministère de la Justice.

Bureau d'origine – Los Angeles
Date – 10/5/58
Période d'investigation – du 4/3 au 10/5/1958

Rapport établi par John H. Seymour
Dossier – Sécurité nationale – C

RÉFÉRENCE
Lettre du Bureau à la division de Los Angeles,
datée du 12/2/58 et sous-titrée « Infiltration
communiste de l'industrie du cinéma – C »

–

La lettre mentionnée en référence a indiqué que
les dossiers du Bureau étaient négatifs concernant
ELIZABETH BADINA. Le présent rapport établit son
histoire personnelle, ses antécédents, ainsi que des
informations subversives en possession de la division de Los Angeles.

Pour l'heure, aucune preuve n'indique qu'ELIZA-
BETH BADINA ait été membre du PC. Son nom n'appa-
raît pas dans le *Security Index* ni dans le *Revisited
Communist Index*, division de Los Angeles. Aucune
recommandation n'est faite pour y inclure son nom
étant donné l'absence d'information concluante.

Résumé

Le sujet s'est installé à Los Angeles au cours de l'année 1953 avec l'ambition d'entamer une carrière d'actrice. Il a occupé différents petits emplois et a travaillé comme mannequin, décrochant au fil du temps des contrats publicitaires d'une certaine importance (voir annexes).

En février 1954, alors qu'elle connaissait de sérieuses difficultés financières, Elizabeth Badina a posé pour des photos suggestives et contrevenant aux bonnes mœurs dans un studio de North Seward à Hollywood. Ces photos, en notre possession, ont fait l'objet d'une commercialisation clandestine. Elles pourraient constituer, si elles étaient rendues publiques, un lourd handicap pour sa carrière.

À la fin de la même année, Badina a signé un contrat avec la RKO Pictures, société indépendante de production de films. Le contrat a été renouvelé pour une durée de six mois en 1955. Libérée de ses obligations, elle a ensuite collaboré avec différentes sociétés de production.

Le sujet a été en contact récurrent avec des sympathisants communistes durant les deux dernières années. Nos informateurs ont indiqué que, de l'automne 1956 à l'été 1957, Badina a entretenu une relation intime avec un dénommé Paul Varden, journaliste et auteur fiché par le Bureau. Ils ont emménagé ensemble dans un appartement du Sawtelle à Los Angeles. Varden a été formellement identifié comme étant un élément pro-communiste de la Writers Guild of America, West. Il est notamment établi que, durant des réunions de la Screen

Writers' Guild (SWG), à présent connu sous l'acronyme WGAW, Varden aurait tenu des propos anti-américains et insulté les « traîtres et les maccarthystes ». Nos informateurs indiquent que Badina aurait pu assister à certaines réunions officieuses dans une villa de Franklin Street, sans y jouer néanmoins de rôle notable. Varden a déménagé à New York en octobre 1957. Ses récits d'anticipation y rencontrent un certain succès. (Il est à noter que nombre d'auteurs suspectés d'avoir un passé communiste ont investi le domaine de l'anticipation et de la science-fiction, propice au développement d'idées anti-capitalistes. L'objectif général de ces auteurs est de susciter la peur auprès du grand public et de le plonger dans un état de léthargie psychologique.) Selon nos informations, Badina et Varden se seraient quittés en bons termes mais ne seraient pas restés en contact.

Alors qu'il n'avait obtenu jusque-là que des rôles mineurs, le sujet a été récemment engagé par la Welles International Pictures pour tenir le rôle principal du prochain film de Wallace Harris, connu pour ses positions critiques à l'égard du gouvernement et de la Commission des activités anti-américaines (HCUA). Nos informateurs ont indiqué que le film (titre provisoire : « La délaissée ») constituait une attaque virulente de la famille américaine et contrevenait aux règles de la censure en présentant sous un jour favorable des comportements criminels. Elizabeth Badina y interprète le rôle d'une épouse trompée qui ourdit un meurtre sordide contre son mari. Les premiers éléments du scénario en possession de la Production Code Administration laissent penser que ce personnage féminin, loin de provoquer le dégoût ou la condamnation, pourrait susciter la sympathie du public. Le rôle de l'époux, interprété par le célèbre acteur DENNIS MORRISON, apparaîtrait comme la caricature d'un homme cupide ayant réussi en affaires. Derrière une intrigue policière somme toute banale se dissimulerait une dénonciation des valeurs capitalistes et patriarcales. La renommée grandissante de WALLACE HARRIS, dont le film « La chevauchée du désert » a été récompensé aux Academy Awards, ainsi que l'audience dont bénéficiera le film laissent penser que le sujet pourrait, dans les prochaines années, devenir une actrice de tout premier plan.

Elizabeth Susan Badina
<u>Sécurité Nationale – C</u>

Aucune demande n'est formulée pour interroger Elizabeth Badina. Néanmoins, compte tenu de ses antécédents et des informations qu'elle détiendrait ou pourrait détenir à l'avenir, une surveillance du sujet paraît nécessaire. Tout nouvel élément significatif doit être transmis au Bureau dans les meilleurs délais.

FBI. Extrait du dossier de Wallace Harris.

GOUVERNEMENT DES ÉTATS-UNIS
MÉMORANDUM
Date : 10/06/58
À : directeur du FBI
De : Légat, Mexico
Objet : WALLACE HARRIS

Les informations suivantes ne doivent en aucun cas être transmises en dehors de l'Agence, pour éviter la divulgation des sources ayant été en contact avec le sujet.

Nos informateurs ont indiqué que WALLACE HARRIS, célèbre réalisateur hollywoodien, a récemment séjourné à Mexico et qu'il a été en relation avec des membres de l'American Communist Group in Mexico (ACGM). L'ACGM est une association informelle de membres passés et/ou présents du Parti Communiste, USA, et de personnes partageant des sympathies pour l'Union soviétique.

Bien que HARRIS n'ait jamais été identifié comme un membre du Parti Communiste ni interrogé par aucune commission, plusieurs de ses collaborateurs ou assistants ont été identifiés comme tels.

–

Le sujet est arrivé à Mexico le 19/05/58, accompagné par un « ami et associé ». Ce dernier a été identifié comme étant SAMUEL CRAWFORD, citoyen américain, ancien journaliste travaillant depuis le début des années 50 dans l'industrie du cinéma en qualité d'agent, de porte-parole et de directeur commercial.

Le 20/05/58, ainsi que les quatre jours suivants, HARRIS a reçu dans sa suite de l'hôtel Continental Hilton plusieurs visites prolongées de PETER SPARKS, scénariste américain résidant à Mexico. SPARKS a comparu en mars 1951 devant la Commission des activités anti-américaines (HCUA), présidée par John S. Wood. Après avoir dans un premier temps invoqué le Premier Amendement, il a avoué avoir milité au Parti Communiste entre 1941 et 1947, mais a refusé de coopérer en livrant des noms de sympathisants communistes. Suite à son audition, SPARKS a été condamné à 1 000 dollars d'amende. Inscrit sur la « liste noire d'Hollywood » établie par les membres de l'Association des producteurs de cinéma (MPAA), il s'est exilé avec sa femme au Mexique durant l'été 1951. Officiellement retiré de l'industrie du cinéma, il aurait cependant continué à travailler en qualité de scénariste sur de nombreux films, recourant tantôt à un prête-nom, tantôt à un pseudonyme. Nos sources indiquent que SPARKS est depuis plusieurs années en relation étroite avec DALTON TRUMBO, scénariste américain de la liste des « Dix d'Hollywood » condamné à un an de prison en 1948 pour avoir refusé de témoigner devant la HCUA.

WALLACE HARRIS travaille actuellement sur un drame policier intitulé « La délaissée ». Le tournage du film est prévu pour l'automne, bien que son scénario n'ait pas été approuvé par la Production Code Administration (PCA). Nos sources indiquent que, selon toute vraisemblance, SPARKS serait le véritable scénariste du film. La Welles International Pictures, qui produit le long métrage, serait parfaitement au courant de l'utilisation frauduleuse d'un prête-nom. Le voyage de HARRIS à Mexico serait donc de nature professionnelle. Lors de leurs rencontres, les deux hommes auraient remanié le scénario dans le but de déjouer la censure, en tenant compte des premières remarques émises par la PCA.

Des copies de ce rapport sont envoyées aux divisions de Los Angeles et de New York qui pourraient être intéressées par ces informations.

2

Malibu, décembre 1958

La lune, en son troisième quartier, ne versait qu'une lumière anémique sur l'océan. Elizabeth avait ôté ses chaussures et marchait lentement sur le sable. Une petite vague à bouts de forces vint caresser ses pieds nus. L'eau froide ne la fit pas frissonner. Elle entendait au loin, en provenance de la villa, des conversations sur la terrasse et un air de piano. Elle crut reconnaître un standard de Duke Ellington dont le titre lui échappait. Son esprit flottait à cause de l'alcool. Elle était lasse, pareille à ces vagues mourantes qui finissaient par refluer à ses pieds.

Laura l'avait écoutée en silence. Elle marchait à côté d'elle, légèrement en retrait, une coupe de champagne vide à la main. Elizabeth ne savait même plus où elle avait laissé la sienne.

– Est-ce que quelqu'un est au courant… pour ton fils ?

La jeune femme s'arrêta et scruta l'océan, obscur et énigmatique. Un minuscule point jaune brillait à l'horizon, peut-être un cargo faisant route vers le sud.

– Tu es la première à qui j'en parle, mais certaines personnes savent tout.

Laura posa son verre dans le sable et s'approcha d'elle.

– Tu veux dire au studio ?

– Oh, non…

Il y eut un silence.

– Qui alors ?

– Tu veux entendre l'histoire d'une fille stupide qui rêvait de voir son visage sur les murs de la ville ? Je t'ai déjà dit combien ma vie avait été difficile quand je suis arrivée à Los Angeles…

– Oui, je m'en souviens.

– J'ai travaillé dur, j'ai accepté tout ce qu'on voulait bien me proposer. La petite Lizzie… toujours disponible, toujours ponctuelle. Prête à tout pour réussir.

Elizabeth sentait sa griserie se dissiper – l'air frais de l'océan, tout comme le passé qui revenait intact à sa mémoire pour mieux la faire souffrir.

– Il y a quatre ans, je vivais dans un minuscule appartement que je partageais avec une colocataire… une fille que j'avais rencontrée dans une agence et qui courait comme moi les studios pour décrocher des rôles. On s'entendait bien. Je gagnais mal ma vie à l'époque et j'avais beaucoup de frais : les vêtements, les coiffures, le maquillage… Les agences ne prenaient jamais tout à leur charge. J'avais la plus grande peine à payer mon loyer. Un jour, cette fille m'a parlé d'un photographe qui avait un studio sur North Seward. Elle y était déjà allée deux fois. Elle m'a dit qu'il pouvait payer jusqu'à 50 dollars la séance, tout en restant évasive sur le reste. Je m'y suis rendue, même si je savais très bien au fond de moi qu'une pareille somme cachait quelque chose de louche.

Elizabeth s'écarta des vagues pour s'asseoir sur le sable. Laura fit de même. Durant quelques secondes, elles se contentèrent d'écouter le bruit lancinant de la mer.

– Le photographe était avenant et il savait choisir ses mots. Dieu sait combien de filles aux abois il avait dû recevoir dans ce studio !

– Que s'est-il passé ?

– Il n'a pas arrêté de parler pour me mettre en confiance. Il me répétait qu'il avait rarement vu une femme aussi belle que moi, que j'avais un corps magnifique… le genre de mots que j'avais si souvent entendus ! J'étais mal à l'aise, inquiète aussi… et pourtant je suis restée. Au bout d'une heure, alors que la fatigue commençait à se faire sentir, il m'a demandé de me déshabiller moyennant les fameux 50 dollars. J'ai refusé. Il m'en a proposé 75, et j'ai fini par le faire. En réalité, je ne me souviens même pas d'avoir beaucoup résisté. Je n'avais rien d'autre en tête que l'argent que j'allais toucher.

Elizabeth plongea la main dans le sable et laissa s'écouler les grains entre ses doigts. Elle regarda ses chaussures. Elle ne les avait pas ôtées à temps : à cause du sable mouillé, elles seraient bonnes à mettre à la poubelle… Vu la situation, cette pensée lui parut dérisoire, mais elle n'arrivait toujours pas à se détacher de ces petites choses matérielles. Elle connaissait trop la valeur de l'argent. Au fond d'elle, elle resterait à jamais la gamine pauvre de Santa Barbara qui n'avait que deux ou trois tenues dans sa garde-robe et récupérait les vêtements de ses voisines plus âgées… Des larmes roulèrent dans ses yeux.

– Il a pris de très nombreuses photos. J'imagine que certaines pourraient passer pour des nus artistiques, mais d'autres… J'ai honte, Laura, tellement honte de ce que j'ai fait ! Cette histoire a plus de quatre ans, et je continue d'y penser presque chaque jour.

– Cet homme t'a trompée ! Il a profité de ta situation !

– Non, personne ne m'a obligée à faire ce que j'ai fait. Je suis la seule responsable.

– Que sont devenues ces photos ?

– Je n'en sais rien. Il y a des tas de marchés parallèles dans cette ville. Ces 75 dollars n'étaient pas cher payés vu ce qu'elles ont dû rapporter…

Elizabeth s'essuya les yeux d'un revers de la main.

– Tu n'aurais pas un mouchoir ?

– Si, bien sûr.

Laura farfouilla dans son sac, en sortit un petit carré de tissu blanc. Elizabeth renifla puis se moucha bruyamment.

– Pas très *glamour* ! dit-elle dans un rire amer.

« In a Sentimental Mood »… Le titre du morceau de Duke Ellington lui était revenu à l'esprit. Elle devait avoir le disque, quelque part chez elle.

– Pourquoi me racontes-tu tout ça ? Quel rapport ces photos ont-elles avec David ?

– Il y a trois mois, un soir, un homme est venu chez moi. Dès que j'ai ouvert la porte, j'ai compris qu'il ne m'attirerait que des ennuis. Il m'a dit s'appeler John Seymour, mais je ne suis même pas sûre que ce soit son vrai nom.

– Qui était-ce ?

– Un agent fédéral.

Le visage de Laura n'affichait plus que de la stupéfaction.

– Quoi ! Tu veux dire… le FBI ?

Elizabeth acquiesça lentement de la tête.

– D'une certaine manière, j'avais l'impression de connaître cet homme…

– Comment ça ?

– Il était le mauvais génie que j'attendais depuis des années, celui qui viendrait me faire payer mes erreurs. J'étais sûre que ces photos finiraient par ressortir un jour ou l'autre.

– Je ne comprends pas. Pourquoi le FBI s'intéresserait à ces vieilles photos ?

– Ils n'en ont rien à fiche, Laura ! Ces photos ne sont qu'un moyen pour faire pression sur moi ! Ils veulent les monnayer, tout comme leur silence au sujet de David…

– Faire pression sur toi ? Mais de quoi est-ce que tu parles ? Que veulent-ils en échange ?

Elizabeth soupira, puis regarda Laura droit dans les yeux.

– Voici deux ans, j'ai fréquenté un homme qui s'appelle Paul Varden. C'est un écrivain qui travaillait occasionnellement pour les studios. Il n'y a jamais eu de folle passion entre nous, mais on était complices et on a vécu quelques mois ensemble. Paul était gentil… et je me sentais terriblement seule à l'époque. Je n'ai pas mis longtemps à comprendre qu'il était proche de certains milieux très politisés. Il était membre de la Writers Guild et comptait parmi les plus radicalisés. À deux reprises je l'ai accompagné à des réunions dans une magnifique villa de Franklin Street. Je n'ai jamais su à qui elle appartenait… Ce qui m'a surprise, c'est que personne ne s'appelait par son vrai nom dans ces soirées. Je suis pourtant sûre que la plupart des gens présents se connaissaient parfaitement.

– Quel genre de réunions ?

– Je me moquais de la politique comme d'une gui-
gne, tout comme aujourd'hui d'ailleurs, mais j'en ai
assez entendu pour comprendre que Paul et tous ces
gens étaient des militants communistes. Je n'ai plus
voulu y retourner : ces rencontres secrètes me faisaient
peur. Je n'arrêtais pas de dire à Paul que des scénaristes avaient été arrêtés et condamnés à de la prison
pour moins que ça, mais il s'en fichait éperdument.
On aurait même dit que tout cela l'excitait. Il disait
que les temps étaient en train de changer et qu'il pourrait bientôt afficher publiquement ses opinions…

– C'est à cause de ça que vous vous êtes séparés ?

Elizabeth hésita.

– Je n'en sais trop rien… Quelque temps plus tard,
Paul a voulu partir pour New York. Il en avait marre
de son travail de scénariste et ne supportait plus la
côte Ouest. Il voulait se consacrer à ses livres et à sa
carrière d'écrivain. Nous n'étions pas assez amoureux
pour que je le suive… et surtout je ne voulais pas
renoncer à ma carrière.

Une légère brise se leva. Laura frémit. Elle sortit de
son sac un paquet de Old Gold et proposa une cigarette à Elizabeth.

– Est-ce qu'ils te soupçonnent d'être communiste ?

– Non, ils savent que je ne m'intéresse pas à la politique. Mais pour mon malheur j'ai été en contact avec
ces gens-là… et je vais bientôt travailler avec Harris.

Laura se figea.

– Harris… Qu'est-ce qu'il a à voir avec tout ça ?

Elizabeth alluma sa cigarette au briquet qui lui était
tendu.

– J'imagine que tu connais le scénariste de
La Délaissée ?

– Pas personnellement, mais je sais qui c'est. Je te rappelle que je suis censée travailler sur ce film !

– Mais ce que tu ignores, c'est qu'il n'a pas écrit la moindre ligne de ce scénario.

– Comment ça ?

Elizabeth tira sur sa cigarette et recracha une volute de fumée que la brise dissipa aussitôt.

– Il sert simplement de prête-nom à Peter Sparks, un auteur communiste qui a été condamné du temps de McCarthy et qui vit aujourd'hui à Mexico.

– Comment est-ce que tu le sais ?

– C'est cet agent, ce John Seymour, qui me l'a appris. Oh, il n'a pas été avare de détails. Harris est évidemment au courant, tout comme Welles…

– Je ne comprends pas, Elizabeth. Est-ce qu'ils veulent t'arrêter ?

– M'arrêter ? Bien sûr que non !

– Qu'attendent-ils de toi alors ?

Elizabeth croisa les mains sur sa robe en soie blanche.

– Ils veulent faire de moi une alliée… ou plutôt un mouchard. Ils veulent que je leur rapporte tout ce que je pourrai apprendre au cours du tournage : sur Harris, sur Welles, sur les membres de l'équipe… Il m'a dit : « Vous allez rendre service à votre pays, Elizabeth, et démasquer les derniers rouges qui ont échappé aux commissions anticommunistes. » Ils savent que ce film peut faire de moi quelqu'un de célèbre, de très célèbre… Je pourrais leur être utile dans les années à venir.

– Tu ne vas pas te laisser faire ! Ils ne peuvent rien contre toi. Les citoyens ont des droits, tu n'as rien fait d'illégal !

– Ces hommes ne se préoccupent pas de ce qui est légal ou non. Que se passerait-il à ton avis si l'on apprenait que j'ai un fils et si ces photos étaient rendues publiques ?

– Ils n'oseraient pas faire une chose pareille !

– Penses-tu ! Ma carrière s'arrêterait du jour au lendemain et ma mère en mourrait…

– Ne dis pas ça !

– Ce ne sont pas des paroles en l'air : elle ne supporterait pas un tel déshonneur. Quant à David… je n'ose même pas imaginer ce que serait sa vie. Ils me tiennent, Laura. Ils me surveillent depuis des mois, ils n'auraient jamais pris le risque d'entrer en contact avec moi s'ils pensaient que je peux les dénoncer… Je ne suis pas la seule dans ce cas. Cet agent m'a expliqué que de nombreuses personnalités d'Hollywood coopéraient avec le gouvernement. Ils compromettent des amis, des collègues, des collaborateurs… tout ça dans le plus grand secret. Par peur d'être fichés communistes… Personne n'a oublié ce qui s'est passé il y a quelques années.

– Je me souviens de toutes ces commissions et de ces condamnations… Mais c'est du passé, on ne pourchasse plus personne !

– Je croirais entendre Paul ! Ceux qui ont été pris dans le tourbillon du maccarthysme n'ont jamais retrouvé de travail : ils sont tous à l'étranger, en Europe, au Mexique… et rien ne dit qu'ils reviendront un jour. Tu ne comprends pas, Laura ! Les choses sont bien pires aujourd'hui, parce que cette chasse ne se fait plus ouvertement. Le FBI monte des dossiers sur tout le monde. On scrute nos vies, on accumule des preuves compromettantes… comme ces photos… Nul ne sait dans quelle direction le vent tournera. Ces gens-là attendent dans l'ombre, et le jour viendra où ils détruiront nos existences en un clin d'œil.

Elizabeth écrasa sa cigarette dans le sable en expirant sa dernière bouffée. Elle se leva et scruta à nouveau l'horizon. Le minuscule point jaune avait disparu dans l'ébène de la nuit. Comme ce navire, elle aurait aimé être en partance pour quelque pays lointain où ses problèmes ne la poursuivraient pas. Partir avec David et refaire sa vie… Qu'importaient le succès et la gloire, à présent.

Elle se retourna, soudain inquiète.

— Ce que je viens de te dire… tu ne dois en parler à personne. Tu m'entends, Laura, à *personne* !

La jeune femme se redressa.

— Mais… je voudrais t'aider, Elizabeth.

— Tu ne peux malheureusement rien faire pour moi… à part garder mon secret. Je suis folle de t'avoir raconté tout ça ! Folle et égoïste ! Je pourrais t'attirer des tas d'ennuis… Des ennuis que tu es à peine capable d'imaginer.

Du bout du pied, Elizabeth creusa un sillon dans le sable. Les éclats de rire des derniers invités se firent entendre au loin. Ils résonnaient cruellement dans la tristesse de cette nuit.

— Retournons à la villa, veux-tu ? J'aimerais que l'on s'en aille. Je ne supporte plus tous ces gens…

Elizabeth ramassa sa paire de chaussures. Laura épousseta les grains de sable sur sa robe et la regarda rebrousser chemin vers la fête – frêle silhouette qui semblait vaciller dans la nuit comme la flamme d'une bougie.

3

Laura Hamilton se tut. Abasourdi par son récit, je restai les yeux fixés sur son visage fatigué. Elle m'avait donné tant de détails que j'avais l'impression d'avoir vécu cette scène sur la plage, peut-être dans une autre vie. Une boule s'était formée au fond de ma gorge. J'eus le plus grand mal à reprendre la parole.

– Vous n'avez jamais parlé de cette soirée à personne ?

Elle posa une main sur mon genou.

– Non, et surtout pas à ces policiers qui sont venus m'interroger après la disparition d'Elizabeth. Je lui avais fait une promesse ce soir-là et... j'avais peur. Je ne vais pas te mentir, David. J'étais morte de peur. Je n'avais aucune confiance en ces inspecteurs et je n'étais même pas certaine qu'ils me croiraient. Mais, par-dessus tout, je craignais les conséquences que ces révélations pourraient avoir sur ma vie. Elizabeth m'avait mise en garde. Je savais qu'elle s'en voulait de s'être confiée à moi. J'étais naïve à l'époque, mais pas sotte au point de ne pas comprendre que je détenais des informations compromettantes. J'ai gardé le silence, ce que j'ai regretté durant ces quarante dernières années. Quand je t'ai vu arriver chez moi l'autre jour, j'ai été prise de panique, même si je ne l'ai pas montré.

Pourtant, j'ai aussi éprouvé une forme de soulagement : je savais que le moment était venu de parler…

– Mais vous n'en avez pas eu la force à ce moment-là ?

– Je n'en ai pas eu le courage, plutôt. Je ne dors plus depuis une semaine… Je n'ai pas cessé de songer à cette soirée. Quoi que tu puisses penser de moi à présent, je suis heureuse de t'avoir dit la vérité.

Nous regardâmes une tortue quitter son plan d'eau et venir s'immobiliser à moins de deux mètres de nous. Elle nous fixa longuement, comme si elle voulait s'inviter dans notre étrange duo.

– Quels reproches pourrais-je bien vous faire, Laura ? Je sais combien cette histoire a dû être dure à vivre pour vous. De toute façon, je ne suis pas sûr que l'enquête aurait pris une autre direction même si vous aviez tout raconté…

Elle fronça les sourcils.

– Comment peux-tu l'affirmer ?

– Moi aussi je vous ai caché des choses. Je ne suis pas seulement à la recherche de mon père… ou disons plutôt que mes recherches m'ont conduit à m'intéresser de près à la manière dont l'enquête a été menée à l'époque.

– C'est vrai ?

– J'ai appris que la police de Los Angeles s'était montrée négligente, voire peut-être pire… Soit les policiers connaissaient l'existence de l'homme du Blue Star, enfin, de cet agent du FBI, soit ils ont reçu l'ordre de ne pas essayer de le retrouver – ce qui, en définitive, revient à peu près au même. Le LAPD et le FBI partageaient des informations : ils ont tout fait pour que l'enquête ne s'oriente pas vers cet homme. Je comprends mieux pourquoi maintenant. Et dire que j'étais persuadé depuis le début qu'il s'agissait de l'amant de ma mère…

Un détail soudain me chiffonna.

– Comment êtes-vous sûre que c'est bien ce John Seymour que ma mère a rencontré au Blue Star le vendredi soir ?

– En réalité, je n'avais pas tout à fait terminé mon récit… Quand le tournage a débuté en janvier, ma relation avec Elizabeth a changé. Nous n'avions plus la même complicité. Elle ne faisait jamais allusion à cette soirée sur la plage : j'avais l'impression qu'elle voulait que j'oublie ses confessions… ou que je fasse du moins semblant de les oublier. Parfois, j'essayais d'orienter la conversation dans cette direction, mais elle se refermait aussitôt. J'ai trouvé sage de ne plus insister – je ne voulais pas être un souci de plus dans sa vie. Puis il y a eu ce bouquet d'œillets qu'elle a reçu. Je t'ai dit que nous n'étions pas seules dans la loge, mais, juste avant qu'elle ne s'en aille, nous avons pu échanger quelques mots. « C'est lui, n'est-ce pas ? » lui ai-je murmuré en désignant les fleurs.

– Que vous a-t-elle répondu ?

– Elle m'a dit : « Ne t'inquiète pas, je réglerai le problème. Je ne sais pas encore comment, mais je vais trouver un moyen de me débarrasser de cet homme. » Quand j'ai su plus tard qu'elle s'était rendue à un rendez-vous avec un inconnu, j'ai évidemment fait le rapprochement. Je suis certaine aujourd'hui qu'il s'agissait de cet agent.

– Vous pensez qu'elle voulait refuser son chantage ?

– Je n'en sais rien, David. Je ne vois pas trop ce qu'elle aurait pu faire. Il y avait bien pire pour elle que de collaborer avec le FBI.

– Que soient rendues publiques ces photos… et qu'on divulgue mon existence ?

Elle acquiesça.

– Aujourd'hui, de telles photos ne choqueraient plus personne, mais à l'époque… Aucune actrice n'aurait pu se remettre d'un tel scandale, en particulier Elizabeth, dont la carrière commençait à peine à décoller.

Imaginer la honte qu'avait pu éprouver ma mère m'était douloureux. Pourtant, si égoïste que cela paraisse, savoir que je n'avais pas été l'unique responsable de ses ennuis atténuait un peu le sentiment de culpabilité qui m'habitait.

– Et le lendemain, vous n'en avez pas reparlé ?

– Non. La séance de maquillage a été sommaire et Elizabeth était fatiguée. Le week-end venu, j'ai appelé à plusieurs reprises chez elle pour savoir comment elle allait et en apprendre plus sur le rendez-vous, mais personne n'a répondu. J'étais inquiète. Je serais certainement allée la voir si j'avais été à Los Angeles.

– Où étiez-vous ?

– À Palmdale, au mariage d'une de mes cousines. J'ai passé le week-end là-bas. Le dimanche soir, j'ai à nouveau essayé de l'appeler… évidemment sans succès. Dieu sait où et avec qui Elizabeth était à ce moment-là…

Je me souvins à cet instant des paroles de ma grand-mère : « Je suis sûre que Lizzie est morte le jour où elle a disparu. » J'en étais à présent aussi persuadé qu'elle.

– Les semaines suivantes ont été terribles, reprit Laura. Je vivais dans la peur. Je n'avais personne à qui me confier, je n'arrêtais pas de ressasser la conversation que nous avions eue sur la plage… Le tournage a été interrompu pendant plus d'une semaine. Rester seule chez moi à attendre a été un vrai cauchemar. Quand nous sommes tous retournés au studio, plus personne n'osait parler d'Elizabeth. C'était comme si le simple fait de prononcer son nom pouvait porter malheur. C'était idiot, mais les gens sont très superstitieux dans le monde du cinéma… Un jour, peut-être un ou deux mois après sa disparition, j'ai passé un coup de fil à ta grand-mère à Santa Barbara.

– Elle m'en a parlé.

– Je ne sais pas trop ce que j'avais en tête quand je l'ai fait. Je voulais lui parler de cette soirée à Malibu, des confessions d'Elizabeth, mais lorsque j'ai entendu sa voix je me suis ravisée. Je n'avais pas le droit de la tourmenter avec ces histoires. Ta grand-mère souffrait assez comme ça.

– Vous pensez que ma mère lui avait parlé de cet agent ?

– Je suis presque certaine qu'elle n'était au courant de rien. Pour ce que j'en sais, Elizabeth entretenait des relations plutôt distantes avec ta grand-mère.

– Parce qu'elle voyait sa carrière d'un mauvais œil ?

– Je crois surtout qu'Elizabeth n'aimait pas lui parler de ses problèmes. Elle avait tendance à enjoliver les choses, pour ne pas la décevoir et pour lui laisser croire que sa carrière se déroulait exactement comme elle l'avait prévu.

Nous gardâmes un moment le silence. Se désintéressant de nous, la tortue rejoignit son plan d'eau.

– Il faut que je marche un peu, dit Laura en se levant, ça me fera du bien. Tu veux bien rester encore un peu avec moi ?

– Volontiers.

Tandis que nous poursuivions notre promenade dans le jardin botanique, je réfléchis. Hathaway m'avait

313

prévenu que nos hypothèses reposaient par trop sur des conjectures et que nous manquions cruellement de preuves. J'avais plus que jamais besoin de concret.

– J'ai une chose à vous demander, Laura. Est-ce que vous pourriez me rendre un service ?

– Je ferai tout ce que tu voudras…

– Accepteriez-vous, le moment venu, de mettre votre témoignage par écrit ? Je crois que ce que vous m'avez révélé et ce que j'ai découvert de mon côté pourraient nous permettre de faire rouvrir le dossier.

Elle s'arrêta net.

– Rouvrir le dossier… après tant d'années ? Comment est-ce possible ?

– L'enquête n'a jamais été classée. D'après ce que j'ai compris, même si le ou les responsables de la disparition de ma mère sont morts aujourd'hui, le crime doit être déclaré « résolu autrement » pour qu'il y ait clôture du dossier. En attendant, tout reste possible. Ça ne sera pas une chose aisée, mais je n'ai pas envie de perdre tout espoir maintenant.

– Quand tu me le demanderas, j'écrirai tout ce que je t'ai dit. C'est le moins que je puisse faire pour toi.

Elle se remit lentement en marche et sourit à une petite fille qui passait à nos côtés, une poupée à la main.

– Est-ce que tu voudrais avoir un jour des enfants ?

Sa question me surprit. Je mis un moment à y répondre.

– C'est une chose à laquelle je n'ai jamais vraiment pensé. À dire vrai, je crois que je ne me sens pas encore prêt…

– C'est ce que disent la plupart des hommes.

– Ah bon ?

– Je crois qu'ils ont peur de perdre leur précieuse liberté… Je n'ai jamais pu avoir d'enfants.

Son visage s'était assombri.

– C'est un regret pour vous ?

– Ça l'a été, et ça l'est sans doute encore, même si le temps apaise ce genre de regrets. Steven et moi avions fini par accepter la chose. Mais quand je vois une petite fille comme celle-là, je ne peux m'empêcher de penser aux petits-enfants que je pourrais avoir aujourd'hui. Le peu de famille qu'il me reste vit loin d'ici.

– Vous vous sentez seule ?

– Ce n'est pas qu'un sentiment de solitude. C'est difficile à expliquer… J'ai des amis… mais les amis ne remplaceront jamais la famille. Tu dois le savoir mieux que quiconque.

L'image de ma grand-mère s'imposa à mon esprit. J'étais la seule famille qui restait à Nina ; du moins avais-je toujours vu les choses sous cet angle, sans songer que, le jour où elle partirait, c'était moi qui n'aurais plus de famille. Et que rien ni personne ne pourrait la remplacer.

*

Je revins chez moi complètement déstabilisé, ne pensant plus qu'à cette nuit de décembre 1958 sur la plage de Malibu. Je me trouvais un peu dans le même état d'esprit que lorsque j'écrivais un scénario : j'avais à ma disposition des morceaux d'histoire, des scènes éparses, mais j'étais encore incapable de les relier entre eux de manière logique.

Je m'installai sans tarder à mon ordinateur pour faire quelques recherches sur internet. Sans surprise,

« John Seymour FBI » ne donna rien. Il était de toute façon probable que l'homme ait donné un faux nom. Je croisai naïvement le nom de ma mère à celui de l'agent, comme si l'ordinateur avait pu sous l'effet d'un simple clic de souris résoudre cette affaire à ma place. Je tentai alors ma chance avec « Paul Varden », l'écrivain avec qui Elizabeth avait vécu en 1956 ou 1957. Il était vaguement question de lui dans quelques pages qui me permirent de retracer une biographie fort succincte. Né en 1920, Varden avait travaillé pour la télévision au début des années 50 – il avait notamment participé à la première saison de la série « Alfred Hitchcock présente » –, avant de collaborer à quelques scénarios pour la Paramount. Parallèlement à cette activité de scénariste, il avait publié chez Ballantine Books des recueils d'anticipation qui avaient rencontré un certain public. Un site le présentait comme « l'un des écrivains de science-fiction les plus prometteurs des années 50 ». Je ne trouvai aucune allusion au fait qu'il ait été proche des milieux communistes ni qu'il ait eu maille à partir avec le FBI. Ses livres n'avaient pas été réédités et n'étaient nulle part disponibles. Varden mourait au milieu des années 60, sans que je puisse trouver de détails sur les circonstances de sa mort. C'était à peu près tout.

Frustré, je ne pus m'empêcher d'éprouver de la rancœur à l'égard de cet homme. Par égoïsme, il avait entraîné Elizabeth dans ses combats politiques et avait été la source de tous ses problèmes. Je n'arrivais toujours pas à croire qu'elle ait pu faire l'objet d'une surveillance de la part des fédéraux. Ni que ces maudites photos et mon existence aient pu leur servir de moyens de pression. Non seulement je n'avais pas connu ma mère, mais j'avais en plus représenté pour elle un fardeau.

Une seule question importait désormais : le FBI avait-il quelque chose à voir avec sa disparition ? Que cet homme fût l'une des dernières personnes qu'elle avait rencontrées ne pouvait pas relever de la simple coïncidence. Que s'était-il dit ce fameux vendredi soir au Blue Star ? Ma mère s'était-elle opposée au chantage de ce Seymour ? L'avait-elle défié ? Et, si c'était le cas, qu'était-il arrivé ensuite ? Pouvait-on imaginer que le Bureau fédéral ait eu peur de ce qu'elle pourrait révéler ? Il était franchement difficile de croire, même en pleine guerre froide, que des agents aient reçu l'ordre de se débarrasser d'une actrice à la renommée grandissante parce qu'elle en savait trop.

En dépit des apparences, les hypothèses qu'Hathaway et moi avions élaborées ne s'effondraient pas totalement. J'avais désormais la certitude que le LAPD et le bureau du district attorney étaient de mèche et qu'ils étaient parfaitement au courant de l'existence de ce John Seymour. Si le chef de la police et l'attorney connaissaient tous les détails de l'histoire, on pouvait imaginer que Jeremy Copeland et le lieutenant Trevor Fadden n'avaient fait qu'obéir aux ordres sans avoir de vision exhaustive de l'affaire. Quel qu'ait été le rôle du FBI, il fallait absolument que le chantage qu'il exerçait sur ma mère demeure en dehors du champ des investigations. À en croire Laura, de nombreuses personnalités d'Hollywood avaient trouvé dans leur intérêt de prêter main-forte au FBI dans la chasse aux communistes. Si un tel système de surveillance avait éclaté au grand jour, il est probable que l'opinion publique aurait fini par s'insurger, comme elle l'avait fait quelques années plus tôt contre les excès du maccarthysme.

J'essayai d'envisager un scénario plausible. Elizabeth quittait précipitamment le restaurant après avoir envoyé balader Seymour. Elle revenait pourtant aux abords du Blue Star le lendemain matin. Seymour avait-il voulu la revoir pour tenter de la faire changer d'avis ? Mais pourquoi aurait-elle accepté si elle s'était montrée claire avec lui la veille ? Et où s'étaient-ils rencontrés puisque nous savions que ce n'était pas au restaurant ? Ces questions mises à part, on pouvait imaginer que Seymour tentait de la raisonner une dernière fois en lui montrant ce qu'elle s'apprêtait à perdre. Ma mère s'obstinait. L'agent fédéral, qui ne devait pas être un tendre, la menaçait physiquement pour l'effrayer. La dispute tournait mal, ma mère était tuée accidentellement. On faisait disparaître son corps, puis tout était fait pour orienter l'enquête vers de fausses pistes, dont la plus grossière avait été la mise en cause d'Eddy Cowan…

Si Hathaway avait été en face de moi, il aurait probablement trouvé mon hypothèse digne d'un mauvais roman de gare, mais je n'arrivais pas à trouver mieux pour le moment. Une chose en revanche était certaine : même si je savais à présent que ce n'était pas avec l'homme du Blue Star, ma mère avait bien une relation au moment de sa disparition – le brouillon de lettre que j'avais retrouvé tout comme les soupçons de Nina en étaient la preuve. Malheureusement, elle n'avait jamais abordé le sujet avec Laura.

Après mes recherches peu fructueuses sur internet, je relus la lettre plusieurs fois d'un œil neuf. Certaines expressions prenaient sens désormais. Le passage sur les « erreurs » qui la poursuivraient toute sa vie faisait forcément allusion aux photos qu'elle avait faites dans ce studio de North Seward, à moins que ce ne soit à la relation qu'elle avait eue avec Paul Varden. Si elle se rendait chaque matin sur le plateau « la peur au ventre », c'était moins à cause de la pression du tournage qu'en raison de la menace que représentait pour elle l'agent du FBI. « Jamais on ne me laissera tranquille », avait-elle écrit. Si la lettre avait été rédigée quelques jours avant qu'elle ne reçoive le bouquet d'œillets, elle avait néanmoins parfaitement conscience que les fédéraux reviendraient prochainement à la charge pour la faire craquer.

Après un bon moment de réflexion, je me décidai à appeler Abby, persuadé que, si je lui exposais mes récentes découvertes, elle comprendrait que mon « enquête » n'avait rien d'une lubie. Bien sûr, elle ne décrocha pas. Je ne laissai de message qu'à ma seconde tentative et me perdis dans des explications plutôt alambiquées. Ce n'est qu'en raccrochant que je réalisai que je ne m'étais même pas excusé pour mon attitude et que j'avais parlé de tout sauf de notre relation et de ma réticence à m'engager avec elle. Dépité, je préférai ne pas m'enfoncer davantage et restai le regard posé sur mon téléphone à attendre bêtement qu'elle me rappelle. Ce qu'elle ne fit pas.

Sans trop savoir pourquoi, je n'avais pas envie de contacter Hathaway. Les révélations de Laura m'avaient trop ébranlé et j'avais le sentiment que, pour l'heure, je devais poursuivre seul mes investigations pour tenter de comprendre comment ma mère avait pu tomber dans un tel guêpier.

Dans un tiroir de mon bureau que je n'avais pas encore fini de remettre en ordre, je cherchai mon répertoire téléphonique pour appeler la seule personne susceptible de m'aider.

4

Julian Lydecker avait été durant deux ans mon professeur d'histoire à l'UCLA. En ce temps-là déjà, sa renommée dépassait celle du campus. Il avait publié des ouvrages de référence sur le monde ouvrier et la désobéissance civique, et faisait partie de ces historiens dont les médias raffolent : un peu austères et vieux jeu en apparence (de quoi vous donner ce qu'il faut de légitimité et d'autorité), mais capables de s'adapter aux aléas d'un direct et de vous expliquer en deux minutes le fonctionnement des caucus ou des conventions, tout en se payant le luxe de glisser un trait d'humour ou une anecdote amusante. Il faisait des merveilles sur CNN et sur Fox News. Professeur émérite, il était aujourd'hui en semi-retraite et ne participait plus qu'à quelques séminaires ou à l'encadrement de doctorats. Lydecker était un homme d'une intelligence et d'une érudition remarquables. C'était surtout un merveilleux orateur : lorsque j'étais son étudiant, il pouvait parler des heures sans aucune note, ouvrant seulement devant lui un ouvrage qu'il se proposait de commenter : d'un débit de voix régulier mais jamais monotone, il déroulait d'amples périodes qui captivaient tout l'amphithéâtre, posé, sûr de lui, parlant comme d'autres auraient écrit.

Lydecker connaissait l'histoire de ma mère. À l'époque où j'avais failli me faire virer du campus, il avait pris mon parti et s'était même fendu d'une lettre de soutien auprès du doyen et du recteur, assurant, non sans exagérer quelque peu, que j'étais son plus brillant étudiant. Je lui étais toujours resté reconnaissant pour ce geste dont les autres enseignants, soucieux de ne pas faire de vagues, s'étaient bien dispensés. Nous étions demeurés en contact. Après la sortie de *La Maison des silences* et mon succès tonitruant au box-office, nous nous étions même vus fréquemment. J'avais alors l'impression de pouvoir converser d'égal à égal avec lui, rempli de l'assurance et de l'orgueil que confère l'exaltation de la réussite. Puis, ma traversée du désert s'éternisant, mes coups de fil à Lydecker et nos rencontres avaient commencé à me mettre mal à l'aise : j'avais le sentiment de le décevoir, de ne plus être à la hauteur des espoirs qu'il avait placés en moi.

S'il ne fut guère surpris que je l'appelle, il le fut beaucoup plus quand je lui racontai ce que j'avais découvert sur ma mère. Je n'avais nullement envie de lui mentir et d'inventer un scénario à dormir debout pour justifier mon soudain intérêt pour les années 50. Je lui racontai tout, de ma rencontre avec Hathaway au récit de Laura Hamilton. Au fur et à mesure que je lui parlais, j'entendais l'excitation grandir dans sa voix.

J'arrivai chez Lydecker le lendemain matin vers 10 heures. Sa ravissante maison biscornue devait compter parmi les plus vieilles du nord de Sherman Oaks. Certes, mon ancien professeur n'habitait pas la partie la plus folichonne du quartier, mais il lui était resté fidèle pendant plus de trente ans et il n'était pas du genre à aller planter ses pénates dans une résidence haut de gamme de Park La Brea parce que l'heure de la retraite avait sonné.

Comme à son habitude, il était impeccablement mis, arborant son traditionnel nœud papillon qui lui donnait un air suranné.

– C'est un plaisir de vous revoir, David, fit-il en me serrant la main chaleureusement. Depuis combien de temps ne m'aviez-vous pas rendu visite ?

Sa question dissimulait à peine un reproche.

– Trop longtemps, sans doute.

– Venez, je crois que nous avons pas mal de choses à nous dire.

Nous nous installâmes dans son bureau, une grande pièce pleine de charme aux murs tapissés de livres précieux. Lydecker était un bibliophile averti et comptait dans sa collection quelques merveilles, dont un ensemble de cinq lettres originales du général La Fayette, du temps de la guerre d'Indépendance, qui devaient valoir à elles seules presque autant que sa maison. Il s'affaira auprès d'une antique machine à café en laiton qui, autant que je m'en souvienne, n'avait jamais quitté le grand bahut près de l'entrée. Une délicieuse odeur commença à emplir la pièce.

– J'ai beaucoup réfléchi depuis hier soir. Je ne vous cache pas que votre appel m'a intrigué et que j'ai passé toute la soirée plongé dans mes archives. L'histoire est une belle science, mais on lui reproche souvent de n'être qu'une science du passé. Ce que vous m'avez raconté nous prouve que le passé n'est jamais vraiment mort.

– Le mien ne l'est pas, en tout cas, malgré ce que j'ai longtemps cru…

Il toussota, visiblement un peu gêné.

– Nous n'avons presque jamais eu l'occasion d'en parler, mais j'ai toujours été triste de ce qui était arrivé à votre mère. Aucun enfant ne devrait vivre ce genre de choses.

– Merci, Julian. Je sais ce que vous avez fait pour moi autrefois.

Il haussa les sourcils.

– De quoi parlez-vous ?

– Vous le savez très bien. Votre lettre de soutien… quand l'université a voulu me jeter dehors comme un malpropre à cause de cette histoire ridicule. Votre discrétion vous honore, mais le doyen m'avait mis dans la confidence.

Lydecker n'était pas homme à faire étalage des services rendus. Il balaya l'air d'un geste de la main.

– Oh, c'était bien la moindre des choses… Je ne m'étais pas trompé vous concernant, votre carrière me l'a prouvé.

– Ma « carrière » ! répétai-je dans un rire désabusé. Elle n'est pas aussi reluisante que ce que vous croyez. Voilà des années que je n'ai plus rien écrit de valable. Je me suis endormi sur mes lauriers…

– Cette tentation nous guette tous.

– Vous vous souvenez de ce que vous me disiez lorsque vous me rendiez mes dissertations ?

Il sourit en hochant la tête.

– « Soyez ambitieux ! » C'est ce que je disais à tous les étudiants en qui je croyais.

– Je n'ai plus d'ambition, Julian. Je ressens un grand vide en moi, et je crois que je n'en ai réellement pris conscience que ces derniers jours, au fur et à mesure que l'enquête sur ma mère progressait. Je ne sais pas comment j'ai fait pour vivre toutes ces années en me désintéressant d'elle. Ce vide, je ne pourrai le combler qu'en apprenant ce qui s'est passé. Je ne suis plus capable d'avancer sans cela... Et en même temps je suis mort de peur à l'idée de connaître la vérité.

Lydecker me servit une tasse de café et vint prendre place derrière son bureau en acajou couvert de livres et de papiers en désordre.

– Vous connaissez cette phrase de Nietzsche : « Parfois les gens ne veulent pas entendre la vérité parce qu'ils ne veulent pas que leurs illusions les détruisent » ? Vous aviez une image idéale de votre mère. Tout ce que vous pourrez découvrir fera d'elle une femme, un simple être humain...

– Mais je n'ai pas envie de faire d'elle une icône ! Je veux retrouver une mère, tout simplement.

Je n'aurais jamais cru prononcer une telle phrase un jour.

– Que désirez-vous savoir exactement, David ?

– Si je le savais... J'ai besoin de toute l'aide que vous pourrez m'apporter. J'ai besoin de comprendre comment ma mère a pu être surveillée par le FBI et subir ce chantage. Je suis persuadé à présent que c'est là que réside la clé de toute l'énigme.

Lydecker but une gorgée de café fumant.

– J'ai relu hier soir un passage des mémoires de Lester Cole, un scénariste qui fut victime de la chasse aux sorcières. Il y écrit qu'après la guerre « Hollywood était comme une île à l'abri du tourbillon dans lequel était entraîné le reste du monde ». Cette phrase reflète bien les mentalités de l'époque, même si les événements ont eu tôt fait d'en montrer l'absurdité. Je ne vous apprendrai rien en vous disant qu'à la fin des années 40 l'anticommunisme est devenu l'alpha et l'oméga de la politique américaine. La traque des communistes n'a évidemment pas épargné l'industrie du cinéma, qui était vue comme le plus grand foyer d'activités subversives du pays. 75 millions d'Américains allaient au cinéma chaque semaine et la plupart d'entre eux croyaient ce qu'ils voyaient sur les écrans. J'imagine que vous connaissez la Commission des activités anti-américaines ?

– J'ai eu la chance d'avoir un excellent professeur d'histoire autrefois…

– Ne soyez pas obséquieux, David, cela vous sied mal.

Du ton doctoral que je lui avais toujours connu, Lydecker m'expliqua que, après leur victoire aux élections en 1946, les républicains avaient débarqué à Los Angeles et fait la tournée des studios pour exhorter les producteurs à se débarrasser eux-mêmes des employés communistes, avant que le Congrès fédéral ne leur en intime l'ordre. Moins de six mois après commençait une série d'auditions publiques à Washington menées par des représentants démocrates et républicains, dont le plus jeune se nommait Richard Nixon. Parmi les témoins, des scénaristes et des réalisateurs avaient été désignés comme « inamicaux » : soudés, solidaires, parlant d'une seule voix, ils avaient décidé d'invoquer devant la Commission le Premier Amendement. Les célèbres « Dix d'Hollywood » avaient refusé de témoigner et d'avouer leur appartenance au parti communiste, et ils avaient été inculpés pour outrage. À la suite des auditions, les renvois s'étaient multipliés : le plus connu, Dalton Trumbo, le scénariste le mieux payé d'Hollywood, avait notamment été congédié par la MGM. La concomitance de ces renvois n'était pas innocente : les grands studios ne faisaient qu'appliquer une décision prise par leurs dirigeants et qui marquait le ralliement des maîtres d'Hollywood à la chasse aux sorcières.

Les soutiens des accusés s'étaient raréfiés. Bogart et Bacall, qui les avaient un temps aidés, avaient fait volte-face et déclaré honnir le communisme « comme tout Américain respectable ». Les autres avaient suivi. Les Dix avaient été condamnés à des amendes et à de la prison ferme. Après leur séjour en prison, certains avaient quitté les États-Unis pour le Mexique ou l'Europe. Blacklistés, ostracisés, ils avaient été obligés de recourir à des pseudonymes ou à des prête-noms pour continuer à travailler.

Je repensai à la conversation de la plage que m'avait rapportée Laura. Comme l'agent fédéral l'avait appris à ma mère, le véritable scénariste de *La Délaissée* vivait à Mexico en 1958, sans doute contraint à l'exil. Je voyais mal comment Harris aurait pu ignorer l'identité réelle du scénariste de son propre film. Ce qui voulait dire que le FBI l'avait peut-être lui aussi tenu à l'œil.

– Et McCarthy dans tout ça ? C'est bien son nom qui est resté lié à cette lutte anticommuniste…

Lydecker s'appuya sur son bureau et se mit à tripoter son élégant stylo-plume.

– McCarthy n'était qu'un obscur sénateur du Wisconsin. En 1950, il a pris la tête de la croisade anticommuniste en brandissant une fausse liste de deux cents suspects travaillant au Département d'État. C'est ainsi qu'il est devenu la coqueluche des médias. Les listes noires se sont multipliées dans tous les secteurs à risque, des centaines d'assignations à comparaître ont été lancées, faisant basculer le pays dans une véritable paranoïa. Les auditions ont rapidement repris : à Hollywood, la plupart des témoins ont accepté de donner des noms pour ne pas perdre leur emploi. Certains l'ont payé tout le reste de leur carrière en traînant l'étiquette de traîtres.

– Comme Elia Kazan ?

Je me souvenais que, l'année précédente, le réalisateur s'était vu refuser un prix-hommage par l'American Film Institute et l'Association des critiques de Los Angeles parce qu'on ne lui pardonnait pas d'avoir témoigné devant la Commission.

– Kazan est devenu l'exemple même du délateur. Mais, étrangement, il n'a lâché que huit noms devant la Commission, ce qui fait de lui l'un des témoins les moins bavards. L'erreur de Kazan a été de n'avoir jamais exprimé de regrets, contrairement à bien d'autres… Bref, après s'être attaqué aux communistes nichés au sein du Département d'État et d'Hollywood, McCarthy a voulu dénoncer l'infiltration communiste dans l'armée. Beaucoup dans ses propres rangs trouvaient qu'il allait trop loin, y compris au FBI.

– Je croyais que McCarthy et Hoover étaient de vieux amis…

– « Amis » est un bien grand mot. Même s'il l'a aidé dans un premier temps, Hoover n'aimait pas McCarthy, en partie parce qu'il l'avait supplanté dans la croisade anticommuniste. Quand le sénateur a tenté d'impliquer trop ouvertement le FBI, Hoover a mis les points sur les « i » et l'a lâché. En 1954, le Sénat a voté la censure à l'encontre de McCarthy. Il est vite tombé dans l'oubli et a succombé à une hépatite deux ans et demi plus tard.

Même si je n'en montrais rien, je commençais à trépigner.

– Mais ma mère a été surveillée par le FBI en 1958, soit des années après ce que vous me racontez !

Pourquoi les choses n'ont-elles pas pris fin après le renvoi de McCarthy ?

Lydecker sourit.

– Ne soyez pas crédule, David. McCarthy n'était qu'un pion, une caricature qui à terme ne pouvait que nuire au gouvernement. Son éviction arrangeait bien du monde. Une fois le sénateur débarqué, une autre croisade a commencé, beaucoup plus insidieuse. Certes, la marge de manœuvre des chasseurs de sorcières a été dès lors restreinte, le rituel de la confession-délation a perdu de son efficacité, mais ces changements ne constituaient qu'une façade.

– C'est à ce moment que le FBI s'est mis à ficher des stars hollywoodiennes ?

– Oh, le fichage avait commencé bien avant… Pour être exact, c'est en 1917 que Hoover a commencé à collecter des renseignements personnels sur toute personne importante ou susceptible de le devenir. Mais les choses ont changé en 1956, quand le FBI a mis en place l'opération la plus secrète du Bureau : « Cointelpro », un programme stratégique visant à neutraliser par tous les moyens les mouvements politiques d'opposition, sous couvert de la défense de la démocratie. Le FBI pouvait ainsi noyauter les groupes protestataires…

– En particulier le parti communiste ?

– Oui, mais on pourrait aussi citer les contestataires des libertés civiques ou les opposants à la guerre du Vietnam. Étrangement, les critiques les plus virulentes contre « Cointelpro » ont émané de hauts responsables du Bureau qui refusaient que leurs agents prennent part à cette opération opaque. Chaque année, le FBI rend publics des milliers de documents internes, mais trop peu d'archives ont été déclassifiées pour que l'on connaisse véritablement l'ampleur du phénomène. Ce que l'on sait, c'est que le Bureau fédéral a mis en place deux types d'action : surveillance et infiltration. Quantité de stars hollywoodiennes ont ainsi été fichées et espionnées. Les plus connues s'appellent Marilyn Monroe ou Frank Sinatra, mais ce ne sont que quelques noms célèbres parmi des centaines d'autres. Aucune profession à Hollywood n'a échappé au fichage. La plupart des « suspects » n'étaient pas communistes, mais ils pouvaient, selon les propres termes du Bureau, « discréditer le mode de vie américain et vanter directement ou indirectement le système soviétique ».

Cette expression me fit penser à ce que j'avais découvert dans les articles à la bibliothèque. *La Délaissée*, par son sujet et son manquement aux bienséances de l'époque, avait fait figure de film subversif contrevenant aux valeurs américaines, ce qui lui avait valu de subir les foudres de la censure.

– Et ma mère dans tout ça ? Elle se serait retrouvée dans la ligne de mire du FBI à cause de ce Paul Varden dont je vous ai parlé ?

– Sans aucun doute… J'ai d'ailleurs trouvé quelque chose sur lui.

– C'est vrai ?

– Rien évidemment qui le relie directement au FBI, mais j'ai appris que Varden avait été membre de la Screen Writers' Guild et qu'il était considéré comme un activiste. Toutes les corporations d'auteurs, de scénaristes et de dramaturges étaient surveillées par le FBI. Officiellement, le gouvernement a déclaré que ces surveillances avaient pris fin en janvier 1956… autrement dit, au moment même où « Cointelpro » était mis en place.

– Mais ma mère n'a pas seulement été surveillée, elle a été approchée par un agent en chair et en os !

– C'est ce dont je parlais tout à l'heure en utilisant le mot « infiltration ». Après avoir dans un premier temps surveillé des personnalités hollywoodiennes, le FBI en a approché certaines et les a poussées à collaborer.

– Parce que le Bureau détenait sur elles des informations personnelles et compromettantes ?

– Un moyen de pression comme un autre qui fonctionnait presque chaque fois. Les scandales étaient si nombreux dans le monde du cinéma que le FBI ne devait pas avoir grand mal à convaincre les indécis… Ces photos dont vous m'avez parlé constituaient le talon d'Achille de votre mère. Et elle n'est pas la seule à avoir subi ce genre de chantage.

– Mais pourquoi elle ? Personne ne la connaissait à l'époque !

– Promise à une belle carrière, elle commençait à fréquenter des personnalités éminentes. Avec ce film, elle était désormais au cœur de la citadelle et pouvait se révéler beaucoup plus efficace que n'importe quel Fed. Grâce à cette monnaie d'échange, le FBI ne prenait aucun risque à faire d'elle une informatrice. Votre mère a joué de malchance, David. À un ou deux ans près, rien de tout cela ne serait sans doute arrivé…

– Que voulez-vous dire ?

– Le climat a changé à Hollywood vers les années 1959-1960. Peu de temps après la disparition de votre mère, on a autorisé ceux qui avaient refusé de répondre aux questions de la HCUA à concourir pour les Oscars. Cette décision mettait fin de manière tacite à l'existence même des listes noires. En 1960, Otto Preminger a publiquement déclaré avoir demandé à

Dalton Trumbo d'adapter *Exodus*. À partir de là, les langues se sont déliées à Hollywood et des communistes notoires ont osé sortir du bois. Le FBI a commencé à se montrer beaucoup plus prudent avec ces célébrités subversives. Je doute que dans ce contexte le Bureau aurait pris le risque d'approcher votre mère.

Elizabeth s'était donc trouvée au mauvais endroit au mauvais moment... Loin de me consoler, la remarque de Lydecker ne faisait qu'ajouter à mes regrets.

— Et maintenant, que vais-je faire, Julian ?

— Vous m'avez dit que vous aviez demandé à obtenir les dossiers que le FBI détient sur votre mère...

— Le détective avec lequel je travaille s'en est occupé.

— En invoquant le *Freedom of Information Act*, je doute qu'on puisse vous les refuser. Peut-être y trouverez-vous des réponses aux questions que nous nous posons. Sachez néanmoins que ces dossiers sont la plupart du temps censurés ou fortement caviardés. Si secrets il y a, ils ne vous seront pas offerts sur un plateau...

— Je m'en doute bien.

Lydecker me regarda plus gravement.

— Si le FBI a une quelconque responsabilité dans la disparition de votre mère, c'est que quelque chose a dérapé. Je ne crois pas du tout à une atteinte volontaire à sa personne.

— Vous croyez à... une bavure ?

— Je ne sais pas si le gouvernement a l'habitude d'employer ce genre de mot, mais l'idée y est. Je donnerais cher pour savoir ce qui s'est passé voici quarante ans.

— La curiosité de l'historien ?

Il leva les sourcils et secoua lentement la tête.

– Non, David, ce n'est pas l'historien mais l'ami qui vous parle en ce moment…

*

Revoir Lydecker m'avait fait du bien, même si je le quittai avec l'amère culpabilité de m'être éloigné trop longtemps de ceux qui m'étaient chers. Mes amis, ma grand-mère, Abby… Comment avais-je pu laisser ma vie m'échapper à ce point ? Et comment, dans le même temps, avais-je pu croire que je ferais taire les échos du passé qui m'entouraient ?

Ces questions n'occupèrent pas longtemps mon esprit. En reprenant mon Aston Martin garée devant le domicile de mon ancien professeur, je vis clairement, une cinquantaine de mètres en arrière, un gros 4 × 4 noir démarrer au même instant que moi. Si la rue n'avait pas été déserte, je n'y aurais probablement pas prêté attention.

La tête encore pleine de récits de surveillance, je décidai de rouler le plus lentement possible, sans quitter le véhicule des yeux dans le rétroviseur, en espérant secrètement qu'il se rapprocherait. Mais le conducteur, dont je ne distinguais que la silhouette, adopta le même rythme que le mien. Mon cœur se serra. Je repensai à l'ombre aperçue dans ma rue, à l'inconnu qui s'était introduit dans ma maison, à la menace à peine voilée inscrite sur la photo de ma mère…

Je choisis de prendre un itinéraire différent de celui que j'avais emprunté à l'aller, privilégiant les rues étroites et les détours inutiles. Le 4 × 4 – un Subaru, à ce qu'il me sembla – demeura dans mon sillage, se calant sur mon allure. Il n'y avait plus aucun doute :

j'étais suivi. Le manège dura plusieurs minutes qui me parurent une éternité. Deux ou trois voitures vinrent bien s'intercaler entre nous, mais j'arrivais toujours à distinguer un bout de la carrosserie noire dans mon rétroviseur.

À la sortie de Sherman Oaks, non loin de l'autoroute, j'accélérai brutalement pour être fixé, si besoin était. Quelques secondes plus tard, je vis le 4 × 4 tenter de doubler la voiture devant lui avant de se rabattre brusquement à cause d'un pick-up qui venait en sens inverse. Ensuite, je le perdis de vue. Prudent, l'homme au volant avait dû préférer abandonner sa filature…

À aucun moment je n'avais eu l'occasion de relever sa plaque d'immatriculation.

5

Une petite voix intérieure avait beau me murmurer que j'étais en train de commettre une erreur, je sonnai malgré tout à la maison de Meryl, située à deux rues de l'Ocean Front Walk. J'avais traîné dans Venice pendant près d'une heure avant de sauter le pas, me mêlant aux artistes de rue et aux jeunes en rollers sur la plage. Je savais que rappeler Abby ne servirait à rien. Elle n'avait pas daigné répondre à mon message et j'avais le sentiment qu'elle s'en tiendrait à ce qu'elle avait décidé lors de notre dernière dispute. Je ne voyais donc pas d'autre solution que de lui parler en tête à tête.

Depuis ma visite chez Lydecker, j'avais décidé de mettre de côté mon enquête et de ne plus penser qu'à Abby – mais ne m'étais-je pas déjà fait cette promesse quelques jours plus tôt ? La chose était d'autant plus difficile qu'on m'avait suivi jusqu'à Sherman Oaks. Je n'étais plus du tout d'humeur à croire à une énième coïncidence. On voulait savoir où j'allais et à qui je rendais visite, sans doute pour mieux mesurer les progrès de mon enquête. Pourtant, dès que je prenais un peu de recul, je trouvais fou que quarante ans après les faits on puisse vouloir me mettre des bâtons dans les roues pour m'empêcher de découvrir la vérité. Se pouvait-il que le FBI me surveille ? L'idée m'aurait paru grotesque quelques semaines auparavant, mais j'étais désormais prêt à envisager toutes les hypothèses, même les plus folles.

Je dus sonner à deux reprises et fus accueilli par des lèvres pincées et un regard brillant d'animosité. Comme à son habitude, Meryl était excessivement apprêtée. C'était le genre de femme à ne jamais traîner chez elle en robe en chambre, même quand elle était seule.

– Ah... David. Qu'est-ce que tu veux ?

J'avais toujours été persuadé que Meryl passait son temps à déblatérer contre moi lorsqu'elle était avec Abby. Lors de notre première rencontre, elle n'avait cessé de m'interroger d'une voix mielleuse sur ma carrière déclinante, non par curiosité ou intérêt, mais pour mieux me faire sentir qu'elle ne voyait en moi qu'un minable loser. Quand on se croisait – chose fort rare heureusement –, nous nous limitions à quelques platitudes. J'avais espéré qu'elle ne serait pas chez elle. Je trouvais horriblement déplaisant de la voir s'immiscer dans notre relation, mais j'avais décidé de rester courtois, coûte que coûte.

– Bonjour, Meryl. J'aimerais voir Abby, si ça ne te dérange pas.

Elle se retourna brièvement vers le couloir de la maison.

– Elle n'est pas là, elle est sortie.

– Écoute, je ne suis pas venu pour faire un esclandre. Je sais très bien qu'Abby est chez toi. Je voudrais juste lui parler, ça ne durera pas longtemps. Dis-lui que je suis là, s'il te plaît.

Meryl se planta brusquement dans l'embrasure de la porte. Je ne goûtais guère ses airs de dragon.

– Je viens de te dire qu'elle n'était pas là ! Et je crois savoir qu'elle ne veut pas te voir pour l'instant. Elle t'a dit qu'elle t'appellerait…

Elle avait accompagné sa réponse d'un petit rictus de satisfaction qui m'horripila.

– De quoi est-ce que tu te mêles ?

– Tu es chez moi, je te signale !

– Je sais que tu ne m'as jamais porté dans ton cœur, et, pour tout te dire, je n'en ai absolument rien à foutre… mais ce n'est pas toi qui vas m'empêcher de parler à la femme que j'aime !

– Mon Dieu ! « La femme que tu aimes » ! Qu'est-ce que tu peux être grandiloquent parfois ! Tu n'es qu'un imbécile, David. Si tu avais su un peu mieux montrer à Abby combien tu l'aimes, elle ne serait pas venue trouver refuge chez moi. Je ne sais pas ce que tu lui as dit ou fait, mais tu l'as humiliée…

Je me mis à bouillir.

– Je t'interdis de dire une chose pareille ! Tu ne sais rien de nous. Bon sang ! Qu'est-ce qui cloche chez toi ? On dirait que tu ne supportes pas qu'Abby puisse construire une relation avec quelqu'un.

– Je t'en prie, évite-moi tes analyses à deux balles ! Ne viens pas me rendre responsable de tes erreurs. Tu devrais partir, maintenant.

Elle n'alla pas jusqu'à me fermer la porte au nez, consciente que je ne lâcherais pas l'affaire aussi facilement.

– Abby, je suis là !

J'avais crié si fort par-dessus son épaule que Meryl eut un mouvement de recul.

– Je croyais que tu ne voulais pas faire d'esclandre ! Au revoir, David, je lui dirai que tu es passé.

Cette fois, elle voulut claquer la porte, mais j'eus le temps de glisser mon pied dans l'ouverture.

– Mais… qu'est-ce que tu fais ?

– Désolé, mais je dois entrer.

Meryl n'offrit aucune résistance. Elle recula en se protégeant de ses deux mains comme si j'avais l'intention de l'agresser. « Une excellente comédienne », pensai-je. Je l'imaginais déjà courir chez les flics pour déposer plainte contre moi. Peu importait. Je ne fis plus attention à elle et entrai dans la maison.

– Tu n'as pas le droit, David !

– Abby ! Où est-ce que tu es ?

Je fis un tour rapide dans le salon et la cuisine, puis montai à l'étage en continuant à l'appeler. La maison comptait deux salles de bains et trois chambres. Je reconnus ses affaires dans l'une d'elles – son sac de voyage, son ordinateur –, mais elle n'était nulle part.

– J'appelle la police ! me menaçait Meryl du rez-de-chaussée.

Persuadé qu'elle m'avait menti, j'inspectai une seconde fois les pièces de l'étage, comme si Abby était susceptible de se cacher dans un placard pour esquiver une discussion. J'étais en colère et dépité. En redescendant, je renversai sans le vouloir une petite console dans le tournant de l'escalier. Un vase tomba. Il y eut un bruit de verre brisé. Je ne pris même pas la peine de ramasser les morceaux.

Meryl était toujours debout dans le couloir, me fixant d'un regard noir. Ses lèvres tremblaient, mais peut-être était-ce encore un effet théâtral.

– Alors, les flics arrivent ?

Quand je vis qu'elle avait son portable à la main, je perdis d'un seul coup mon assurance.

– Ne remets plus jamais les pieds ici, tu as compris ?
Si je te vois rôder devant chez moi, je te jure que je les
appellerai pour de bon !

– Dis-moi où est Abby…

Elle leva son téléphone en l'air, le doigt posé sur le
clavier, prête à composer un numéro.

– Va-t'en !

Je pris une profonde inspiration pour me calmer,
puis quittai la maison sans me retourner. J'entendis
seulement Meryl grommeler « Pauvre mec ! » en cla-
quant la porte.

Deux heures plus tard, je m'installai à mon ordinateur pour écrire un mail à Abby – chose que je n'avais
quasiment jamais faite. Après l'épisode houleux chez
Meryl, je trouvais plus sage de ne pas chercher à
l'appeler, mais j'avais envie de prendre les devants. Je
mis un temps fou pour écrire mon message : je me
rendais compte qu'il était bien plus facile de se mettre
dans la peau de personnages imaginaires que d'exprimer ses propres émotions à des êtres de chair et de
sang.

Abby,
J'imagine que, quand tu liras ces lignes, Meryl
t'aura déjà raconté ce qui s'est passé chez elle.
Même si je ne doute pas qu'elle en aura profité pour
forcer le trait, je t'accorde que mon comportement
était inacceptable, et je ne lui trouve d'autre excuse
que la frustration et la colère. Oui, j'étais en colère
que tu ne répondes pas à mes messages et que tu
cherches à me mettre à l'épreuve.
Je sais aujourd'hui que j'aurais dû me confier à toi
et ne rien te cacher des recherches que j'avais

entreprises sur ma mère. Sache que ce n'était pas par manque de confiance, mais parce qu'il m'a toujours été très difficile de parler de mon passé et de mon enfance avec qui que ce soit... même avec ceux que j'aime. Mais je ne t'apprends rien là de vraiment nouveau. J'ai longtemps voulu occulter cette période de ma vie pour aller de l'avant, pour me donner l'illusion que mon existence n'était pas prisonnière du drame qui avait détruit ma famille. J'ai grandi auprès d'une femme formidable. Tu le sais, Nina s'est toujours parfaitement occupée de moi. Élever un enfant qui n'était pas le sien, après avoir perdu sa fille, a dû être une véritable épreuve pour elle et je ne peux m'empêcher de penser que j'ai gâché une partie de sa vie. Comment lui ai-je rendu cet amour ? En la plaçant dans une résidence où elle est malheureuse. Les événements de ces derniers jours n'auront fait qu'attiser mes remords.

Je te disais l'autre jour qu'on ne pouvait pas souffrir de l'absence d'une personne qu'on n'a jamais connue. J'ai menti. Il m'a manqué l'amour d'une mère, et peut-être aussi celui d'un père. Cet amour, je sais qu'il est de ceux qui ne se rattrapent pas, mais j'ai la naïveté de croire qu'en essayant de résoudre le mystère de la disparition d'Elizabeth j'arriverai à combler ce grand vide qui est en moi – et que j'accomplirai aussi pour elle le seul geste d'amour qui soit encore à ma portée. Je ne pense pas que le passé puisse resurgir dans nos vies. Je crois qu'en réalité il ne nous quitte jamais.

Je t'aime, Abby. C'est une phrase que je n'ai pas souvent prononcée, ou, lorsque je l'ai fait, j'ai dû te donner l'impression que je n'y croyais pas vraiment. C'est mon drame, celui des handicapés des sentiments : ils ont beau se faire violence, personne ne se rend compte de leurs efforts.

Appelle-moi quand tu jugeras le moment venu. Je ne chercherai plus à te contacter d'ici là. J'attendrai le temps qu'il faudra. Longtemps s'il le faut.
Je t'aime,
David

*

– Je me doutais que cette affaire nous réserverait encore des surprises, mais ce que vous me racontez là m'en bouche un coin !

Nous étions dans mon salon. Hathaway ne m'avait jamais écouté aussi longuement sans m'interrompre par un de ses sarcasmes. Je lui avais tout rapporté de ma conversation avec Laura et de ma visite chez Lydecker. Visiblement, il ne me tenait pas rigueur d'avoir poursuivi mes investigations en solo.

– Vous me passez une cigarette ?

Il écrasa la sienne dans le cendrier sur la table basse et ricana.

– Ça y est, vous avez replongé ? Vous remontez dans mon estime.

– Vous pouvez rigoler… C'est à cause de vous : j'ai vidé le paquet que vous aviez oublié l'autre jour.

– Tenez, je me sentirai moins seul… Il y a une chose que je n'arrive pas à comprendre : vu ce qu'elle savait, comment Laura Hamilton a-t-elle pu garder le silence aussi longtemps ?

J'allumai ma cigarette.

– C'est pourtant simple : elle était morte de frousse ! Imaginez un peu la situation : une de vos amis disparaît et vous savez que le FBI est peut-être dans le coup… Et ce, en pleine paranoïa anticommuniste… Vous avez connu cette époque, Hathaway.

– Je me souviens évidemment de cette ordure de McCarthy. Je n'étais pas communiste pour un sou…

– Tiens, je m'en serais douté.

– … mais je trouvais que les choses allaient beaucoup trop loin. Tous ces gens surveillés ou arrêtés sur de simples soupçons, c'était du délire.

– Je crois que Laura était dans une situation intenable : lorsqu'on commence à mentir ou à se taire, il est difficile de faire machine arrière. Plus le temps passe, et plus les regrets vous rongent.

Hathaway secoua la tête.

– Je me sens dépassé, Badina. On ne cesse d'ouvrir de nouvelles pistes, les choses ne peuvent pas fonctionner ainsi ! Le travail de tout bon enquêteur est d'éliminer au fur et à mesure des hypothèses… Or nous n'avons plus aucune certitude sur rien. L'amant de votre mère à qui était destiné cette lettre, votre père dont on ne connaîtra sans doute jamais l'identité, et maintenant cet agent du FBI… Combien de suspects allons-nous ajouter à notre liste ?

– On a tout de même déjà écarté Eddy Cowan !

– Et on a peut-être commis une erreur. Après tout, qu'est-ce qui vous dit qu'il ne nous a pas baratinés ?

– Il n'avait aucun mobile sérieux pour tuer ma mère, vous le savez bien !

– Est-ce qu'il y a besoin d'un mobile crédible pour commettre un meurtre ? Cette terre est pleine de tarés qui tueraient pour un regard de travers ou pour assouvir des fantasmes que ni vous ni moi ne pourrions concevoir. Le faux coupable qui se révèle à la fin être le vrai coupable : ça a dû faire l'objet de pas mal de bouquins ou de films, non ? Je suis déçu. On pensait qu'en identifiant l'inconnu du Blue Star on résoudrait aussitôt l'affaire, malheureusement, ce n'est pas celui qu'on espérait.

– Puisqu'on parle de mobile… En écoutant Lydecker hier, j'ai élaboré une autre hypothèse.

Hathaway grimaça.

– Une de plus… Allons-y gaiement !

– Il est acquis que ma mère a été « recrutée » par le FBI pour servir de mouchard et dénoncer ceux qui pouvaient discréditer le mode de vie américain ou avoir des liens avec le communisme. Imaginons que, durant le tournage, elle ait percé à jour un membre de l'équipe.

– Vous supposez donc qu'elle aurait accepté de collaborer avec ce type ?

– Vous voyez, je ne verse plus dans les sentiments, j'arrive à me montrer objectif. Ma mère découvre les secrets d'une personne qui risquerait très gros s'ils étaient transmis aux fédéraux…

– Quelqu'un l'aurait fait taire à cause de ce qu'elle savait ?

– Le gouvernement ne serait en rien responsable de sa disparition, c'est en fouillant dans la vie de cette personne qu'Elizabeth se serait mise en danger.

– Et on ne peut pas exclure… qu'il s'agisse de son amant de l'époque, l'homme à qui cette lettre était adressée.

– J'y ai pensé, mais ça cadre mal avec le contenu de la lettre.

Hathaway s'insurgea :

– Ça cadre parfaitement, au contraire ! Votre mère déniche un cadavre dans le placard et elle décide de quitter cet homme. Si plus rien ne les lie, celui-ci panique à l'idée qu'elle dévoile son secret.

– C'est possible, en effet.

Un ange passa.

– Écoutez, Hathaway, il y a une autre chose dont je dois vous parler…

Le détective me regarda d'un œil fâché.

– Ne me dites pas que ça a un rapport avec le mec qui surveillait votre maison ?

– Si. Je crois bien que quelqu'un me suivait quand j'ai quitté le domicile de Lydecker…

– Merde ! Vous avez vu son visage cette fois ?

– Non, il était à bord d'un gros 4 × 4 noir. Il est resté à bonne distance, mais vu le chemin que j'ai emprunté il ne peut pas s'agir d'un hasard. Il a fini par lâcher sa filature quand j'ai donné un coup d'accélérateur. Et pour anticiper votre prochaine question, non, je n'ai pas relevé la plaque.

Hathaway me donna l'impression qu'il réfléchissait intensément.

– Vous n'avez rien noté d'autre ? Le modèle de la bagnole, par exemple ?

– Je dirais un Subaru, mais je n'en suis pas sûr.

– Cette histoire prend un tour qui ne me plaît pas du tout. J'ai été négligent… Vous êtes en danger, Badina. Quand j'ai accepté votre affaire, il n'était pas écrit dans le contrat que j'allais faire prendre des risques à mon client.

– Je vous rappelle que nous n'avons pas signé de contrat.

– Ne faites pas le malin !

– Réfléchissez : si ce type avait voulu s'en prendre à moi, il l'aurait fait depuis longtemps. On ne m'a rien volé. Tout juste s'est-on contenté de venir mettre le bazar chez moi. Ce n'était que de l'intimidation.

– Oui, mais si on vous a menacé, c'est pour que vous cessiez vos recherches illico, or ce n'est pas vraiment ce que vous avez fait. Je me demande si le moment n'est pas venu de mettre les flics au courant.

– On a déjà parlé de ça… Je suis sûr qu'on nous rirait au nez : nous n'avons rien qui prouve que ma mère ait été surveillée par le FBI.

– Que proposez-vous alors ?

– Je n'ai rien à proposer. C'est vous le professionnel ! Que vous dit votre intuition ?

– L'intuition est une blague ! Laissez-la à l'inspecteur Columbo ! Croyez-moi, un flic qui sent un danger imminent ou qui a le sentiment qu'un suspect est coupable ne s'appuie en réalité que sur son expérience. Et, dans cette affaire, rien de ce que j'ai connu au cours de ma carrière n'est susceptible de m'aider. Que vous le vouliez ou non, la seule chose que nous puissions faire est de monter un dossier assez béton pour faire rouvrir l'enquête. Nous avons suffisamment d'éléments pour faire bouger les choses. Laissez-moi au moins établir un rapport complet de tout ce que nous avons découvert. Vous me direz ensuite quand vous jugerez bon de le remettre aux autorités compétentes. Ça vous va comme deal ?

J'éteignis ma cigarette. Je savais qu'Hathaway faisait preuve de bon sens. Après tout, qu'avais-je à proposer d'autre ?

– D'accord. Mais je ne veux pas que vous fassiez quoi que ce soit derrière mon dos. Vous ne parlez de tout ça à personne et vous ne courez pas voir vos copains quand vous sortirez d'ici.

– Promis. En attendant, ça ne nous empêchera pas de continuer à fouiller le passé et à essayer d'en apprendre plus sur ce John Seymour… Vous êtes bien sûr que Laura Hamilton acceptera de livrer son témoignage ? Je ne voudrais pas qu'on se retrouve le bec dans l'eau !

— Elle m'en a fait le serment.

— Parce que, sans elle, il nous sera impossible de prouver une quelconque implication du FBI.

— Elle le fera, ne vous en faites pas pour ça. J'ai bien senti qu'elle avait besoin de se racheter. Hathaway, dites-moi la vérité : vous pensez qu'il existe la moindre chance que le LAPD rouvre un jour ce dossier ?

Il tapota une nouvelle cigarette sur son paquet, puis la fit tourner entre ses doigts.

— Les chances sont minimes, mais elles existent. De toute façon, quoi qu'il arrive, vous aurez la satisfaction d'avoir fait de votre mieux.

— Désolé, mais je crains que ce ne soit pas suffisant pour moi. Je commence à croire que, dans la vie, les intentions sont de peu d'importance. Il n'y a que les actes qui comptent…

6

Une photo a ses mystères. Et ces mystères ne se révèlent à nous que progressivement, comme si notre cerveau, trop occupé à vouloir faire revivre la scène représentée, n'arrivait pas à faire abstraction de l'ensemble pour en débusquer les plus infimes anomalies. Combien de temps avais-je passé à observer celle qui était désormais accrochée sur la porte de mon bureau ? Je croyais la connaître par cœur : ma mère assise sur un flight case, l'air songeur ; les volutes de sa cigarette ; le matériel de tournage ; les techniciens s'affairant autour d'elle... Je ne savais toujours pas ce qu'elle était censée représenter pour Harris ni dans quel but il me l'avait fait parvenir, mais ces questions m'avaient empêché de voir l'essentiel.

J'ignore pourquoi, ce matin-là, assis dans mon fauteuil, je me mis à la regarder différemment. Sans doute parce que je laissais pour la première fois mon esprit divaguer, sans songer à rien de précis, sans chercher à résoudre cette énigme qui s'offrait à moi. J'oubliai le plateau de tournage. J'oubliai le fait que cette photo fût la dernière trace de ma mère en ce bas-monde. J'oubliai tout et ne fus bientôt plus obnubilé que par ses mains.

Contrairement à son visage, en partie caché par la fumée, elles étaient parfaitement visibles : l'une tenant la cigarette, l'autre posée sur la robe claire. Il me fallut un bon moment pour comprendre quel détail me chiffonnait, comme un mot sur le bout de la langue se refuse à nous. Un détail indiscernable puisque absent : ce qui me perturbait, c'était qu'il manquait quelque chose sur ce cliché.

Je voulus en avoir le cœur net. J'entrepris d'étaler sur la table du salon toutes les photos de ma mère en ma possession : celles de la boîte à chaussures que j'avais rapportée de New York, ainsi que celles que j'avais retrouvées dans les affaires de notre maison de Silver Lake. Elles formèrent bientôt une immense mosaïque devant moi. Je les examinai attentivement une à une. Ensuite, je lançai sur mon ordinateur les rushes de *La Délaissée*, en me concentrant uniquement sur la main gauche de ma mère.

La bague… J'avais vu juste.

Sur tous les clichés, même sur ceux datant de l'époque du lycée, Elizabeth portait à l'index de la main gauche un anneau doré. Cet anneau, on le retrouvait dans les deux scènes conservées sur le CD, sauf qu'Elizabeth le portait alors à l'annulaire, comme une bague de mariage, comme s'il s'agissait d'un accessoire de cinéma.

En revanche, sur la photo placardée sur ma porte, la bague avait disparu. Pour quelle raison ? Si Elizabeth la changeait de doigt pour les besoins du tournage, où était-elle passée ? Ce n'était bien sûr qu'un détail qui, à un autre moment de mon enquête, m'aurait peut-être paru dérisoire. Ce détail s'était pourtant d'un coup imposé à moi avec la clarté de l'évidence. Je ne pus dès lors calmer mon excitation.

Deux heures plus tard, j'étais assis en face de ma grand-mère dans son petit appartement de la résidence de Westwood. Elle me parut fatiguée, mais je vis qu'elle faisait un effort pour se montrer de bonne compagnie. Les fleurs que je lui avais offertes étaient désormais fanées et avachies sur le comptoir de la cuisine ouverte. Je regrettai de ne pas lui avoir apporté un nouveau bouquet.

Elle me demanda des nouvelles d'Abby. Je lui mentis, disant qu'elle viendrait bientôt passer quelques jours à Los Angeles et lui promettant qu'elle m'accompagnerait la fois prochaine. Nous parlâmes de la pluie et du beau temps. Je m'en voulais de meubler la conversation simplement pour retarder l'objet de ma visite. Je profitai finalement d'un silence prolongé pour l'interroger.

– Au fait, est-ce que tu te souviens de cette bague que portait ma mère ?

Ma question ne suscita pas chez elle de réaction particulière.

– De quoi parles-tu ?

– Ce n'est rien mais… j'ai trié des photos et j'ai remarqué qu'elle portait toujours un anneau à l'index de la main gauche. Est-ce que tu sais d'où il venait ?

– Il appartenait à William.

– Ton mari ?

Son visage se ferma : je savais qu'elle n'aimait pas parler de lui.

– Bien sûr, mon mari… Sa mère nous avait offert deux anneaux en or identiques pour notre mariage. Il n'a pas été enterré avec, je l'ai récupéré juste après sa mort.

Elle me tendit sa main gauche pour me montrer sa bague en or jaune, à l'extérieur bombé, dénuée de toute fioriture.

— Tu veux dire que la bague que tu portes est exactement la même que celle de ma mère ?

Nina acquiesça.

— La mienne est légèrement plus fine, mais à part ça ce sont les mêmes… Lizzie avait l'habitude de farfouiller dans ma boîte à bijoux. Je crois qu'elle savait parfaitement à qui elle appartenait, bien avant que je le lui dise. Je ne lui ai jamais raconté quel genre d'homme était son père. William n'était plus là, et s'il y a bien une chose que j'ai apprise dans ma vie, c'est qu'il n'y a aucun intérêt à dire du mal des disparus. Lizzie avait tendance à l'idéaliser. Elle ne savait pas qu'il était ivre mort le jour de son accident… Elle ne savait pas non plus combien notre mariage était devenu compliqué les derniers temps.

— Les enfants sentent certaines choses.

— Sans doute, mais j'ai essayé de protéger Lizzie du mieux que j'ai pu.

Comme elle avait essayé de me protéger en me laissant croire que ma mère reviendrait un jour.

— Quand t'a-t-elle pris cette bague ?

— Elle devait avoir une quinzaine d'années. À partir de ce jour, elle ne l'a plus jamais quittée.

— Ce n'est pas pour ton mari que tu continues de porter cet anneau, n'est-ce pas ?

Elle soupira.

— J'ai épousé William devant Dieu et, quoi qu'il ait pu se passer entre nous, il restera mon époux jusqu'à mon dernier souffle, et même après. Certains liens sont plus forts que tout et ne peuvent être défaits. Mais quand Lizzie s'est mise à porter cet anneau, il est devenu une sorte de symbole qui nous unissait, elle et moi. Après sa disparition, je ne m'en serais séparée pour rien au monde. Je me dis que, là où elle est, cet anneau l'accompagne encore.

Rien n'était moins sûr puisqu'elle ne le portait pas le jour où cette photo avait été prise…

— Pourquoi cette bague t'intéresse-t-elle soudain ? reprit ma grand-mère devant mon silence.

— C'est juste de la curiosité.

— Je suis vieille, David, mais je ne suis pas sénile.

— Je le sais bien. Ne dis pas des choses pareilles.

— Tu as beau avoir 40 ans, tu es toujours pour moi un petit garçon. Je te connais par cœur, je sais quand quelque chose te chagrine…

— Cette bague n'a aucune importance.

Je restais pourtant obnubilé par celle que Nina portait au doigt. Ces quelques grammes d'or étaient-ils capables de relier des êtres par-delà le temps et la mort ?

— Est-ce que tu es sûr que tout va bien avec Abby ?

— Pourquoi ça n'irait pas ? Je t'ai dit qu'elle venait bientôt à Los Angeles. On ne s'est pas beaucoup vus ces derniers temps, on a juste besoin de se retrouver un peu.

— Tu mens très mal, David. Qu'est-ce que je disais ?… « Un petit garçon. » Abby m'a rendu visite avant-hier.

Je n'en revenais pas. Pour me donner une contenance, je passai une main sur mon front.

— Pourquoi ne me l'as-tu pas dit tout à l'heure ?

— Je crois que j'attendais que tu m'en parles.

— Qu'est-ce qu'elle t'a raconté au juste ?

— Peu de choses, mais j'ai senti que ça n'allait pas. Que s'est-il passé entre vous ?

Je me levai pour faire quelques pas dans le petit salon.

– Ce qui s'est passé ? Je ne suis pas à la hauteur, tout simplement. Je n'ai pas été assez présent pour elle. Je n'ai jamais pris le temps de l'écouter ni d'essayer de comprendre ce qu'elle désirait vraiment… Je ne sais pas si elle acceptera de revenir vivre avec moi.

– Vous êtes séparés pour de bon ?

– Je ne dirais pas ça. Abby m'a dit qu'elle avait besoin de quelques jours pour réfléchir à notre relation. Hier, j'ai débarqué chez une de ses amies et j'ai fait toute une scène, ce qui ne risque pas d'arranger la situation. Tout est de ma faute, j'ai commis trop d'erreurs.

Nina me regarda du même air doux et compatissant que lorsqu'elle essayait autrefois de me consoler après s'être emportée pour des broutilles.

– Toutes les erreurs peuvent être réparées, David.

– Tu as sans doute raison.

Mais, au fond de moi, je pensai : « Non, Nina, ta fille n'a jamais pu réparer les siennes. Et elle les a payées de sa vie… »

– Viens te rasseoir près de moi.

Je regagnai ma place. Ma grand-mère baissa les yeux et retira l'anneau d'or de son doigt.

– Qu'est-ce que tu fais ?

– Une chose que j'aurais dû faire depuis longtemps. Tiens, je veux que tu prennes cet anneau.

– Non, Nina, je ne peux pas…

– Si. Maintenant que je t'ai dit ce qu'il représentait pour moi, je sais que tu en prendras soin. Je veux que cet objet te revienne, et je veux te le donner aujourd'hui. Chaque fois que tu le regarderas, tu penseras à ta mère et à moi. Il n'y a rien qui puisse me procurer plus de joie.

Je savais qu'il était inutile de chercher à l'en dissuader. Elle prit ma main, y déposa l'anneau puis la referma lentement en souriant. Nous nous regardâmes sans plus échanger le moindre mot. Pour la première fois depuis des années, des larmes se mirent à sourdre en moi et, à ma grande surprise, je ne fis rien pour les retenir.

7

Vendredi 23 janvier 1959

Elizabeth alluma une cigarette. Un technicien qui passait par là s'excusa d'avoir laissé traîner son câble dans ses pieds. Elle s'écarta pour s'asseoir au bord du flight case, à l'extrémité du plateau, et chassa d'un revers de main la fumée qui lui revenait en plein visage.

Elle aurait aimé réfléchir, mais toute pensée rationnelle lui était impossible. Elle avait passé la journée à agir de façon machinale. Six heures de tournage déjà et elle savait que la plupart des prises seraient inutilisables. Harris n'était satisfait de rien : il se plaignait de l'éclairage, des cadrages mis au point par l'assistant réalisateur, du décor, même de son jeu à elle. « Tu ne m'écoutes pas, Elizabeth. Tu n'es pas concentrée ! Je veux que tu erres dans cette maison comme si tu étais un fantôme. » C'était pourtant bien ce qu'elle était : une coquille vide qui déambulait devant l'objectif, insensible au monde qui l'entourait.

Elle repensa au coup de téléphone qu'elle avait passé la veille au soir, au rendez-vous qui l'attendait à sa sortie du studio, aux menaces et à cet odieux chantage qu'il lui faudrait accepter… Tout lui paraissait dérisoire comparé à l'avenir sombre qui se profilait devant elle.

Elle aspira une nouvelle bouffée, posa sa cigarette sur le bord du flight case, puis croisa ses mains sur sa robe. Elle fronça les sourcils. Ses doigts… une sensation étrange. Elle baissa les yeux et constata qu'elle ne portait plus son anneau. Elle fit un effort pour se concentrer. Où l'avait-elle mis ? Le portait-elle encore au cours des prises de la journée ? Impossible de s'en souvenir… Non, elle ne l'enlevait jamais lorsqu'elle était en plein tournage. Elle avait l'habitude, en arrivant, de le changer de doigt pour se mettre dans la peau de son personnage et rendre à Vivian son alliance. Sur sa table de chevet peut-être ? Ou dans la salle de bains ? Rien n'était clair dans sa tête. En plus de dix ans, elle n'avait jamais égaré cet anneau, elle y tenait comme à la prunelle de ses yeux. Le seul souvenir qu'elle eût gardé de son père…

Elle leva le regard vers le cercle de projecteurs au-dessus de sa tête. « Mon Dieu, Lizzie, qu'est-ce qui t'arrive ? » Elle aspira une nouvelle bouffée de cigarette qui lui irrita la gorge.

Clic.

Harris se tenait face à elle, à quelques mètres seulement. Il tenait en main un petit appareil photo – un Graflex, comme il le lui avait appris un jour qu'il prenait à leur insu des acteurs du film. Elle grimaça et lui tira la langue de manière enfantine.

– « Ton éternel été ne se fanera pas et ne sera pas dépossédé de tes grâces. »

– Quoi ?

– Shakespeare, sonnet 18. Tu n'as donc rien appris à l'école ?

– Je ne suis qu'une jeune fille inculte. Vous ne vous en étiez pas rendu compte ?

354

– Pas de fausse modestie, Elizabeth. J'ai vu les livres que tu laissais traîner dans ta loge. Tu es la première actrice que je vois lire du Platon. Tu ne partages visiblement pas le goût de Vivian pour les romans à l'eau de rose.

Elle haussa les épaules.

– Je ne comprends pas la moitié de ce que je lis !

– Est-ce si grave ? J'ai arrêté les études à l'âge de 15 ans, au grand désespoir de mon père qui aurait voulu que je devienne chirurgien. Ce que j'ai appris, je l'ai appris seul, sans l'aide de personne. La vie est une école irremplaçable.

Elizabeth désigna l'appareil qu'il tenait toujours entre les mains.

– Pourquoi nous prenez-vous tout le temps en photo ?

Les techniciens continuaient de vaquer sur le plateau. Une fois qu'il eut replacé le cache sur l'objectif, Wallace Harris s'avança vers elle.

– Pour la même raison que je fais des films. Ce que nous mettons sur pellicule continuera d'exister bien après notre mort. L'été ne se fanera pas… Nous figeons des instants fugaces pour l'éternité. Quand tu seras bien vieille et que tu montreras le film que nous tournons à tes petits-enfants, la jeune Elizabeth Badina continuera d'exister, tout comme Vivian.

– Vivian n'existe pas, ce n'est qu'un personnage !

– « Le monde entier est un théâtre, et tous, hommes et femmes, n'en sont que les acteurs. »

Elizabeth sourit.

– Encore du Shakespeare ?

– *Comme il vous plaira*… Je t'en apporterai un exemplaire. Amours, trahisons, gaieté, enchantements… cette pièce est à l'image de la vie. Tu devrais la lire.

Harris finit par s'asseoir sur le flight case, si près d'Elizabeth que ses jambes effleuraient sa robe.

— Vivian n'était à la base qu'un être de papier, né de l'imagination d'un scénariste. Mais je t'assure qu'elle existe à présent, et c'est uniquement grâce à toi.

— Ce n'est pas ce que vous pensiez tout à l'heure…

Le réalisateur passa deux doigts sur la commissure de ses lèvres.

— Je suis désolé, je n'aurais pas dû te crier après. Un peintre n'a pas à blâmer son modèle pour ses propres insuffisances. Personne ne comprend mieux Vivian que toi. J'ai tout simplement été incapable de saisir ce que tu m'offrais.

Il leva son appareil en l'air.

— Mais la journée n'aura pas été inutile. Cette photo… j'aurai au moins réussi une chose aujourd'hui. Beaucoup de gens prétendent qu'un photographe ne peut jamais faire de portrait sur le vif, que le modèle est toujours conscient de la présence d'un œil extérieur.

— Je ne vous avais pas vu…

— Je te crois. Je ne sais pas à quoi tu pensais, mais tu semblais vraiment ailleurs. Tu étais parfaite.

— « Parfaite » ?

— Pareille à ce fantôme dont je te parlais à propos de Vivian… Cette absence te donnait une beauté que je n'ai jamais vue chez aucune femme.

— C'est votre manière à vous de me faire du gringue ?

Harris se dérida. Elle eut beau chercher dans sa mémoire, c'était la première fois qu'elle le voyait sourire.

— Ne change rien à ce que tu es, Elizabeth. Ne laisse pas ce métier impitoyable te transformer.

– Vous pensez que je pourrais devenir comme toutes ces actrices froides et arrogantes ? Ou, pire, comme Dennis Morrison ?

– Non, mais beaucoup de gens deviennent ce qu'ils s'étaient juré de ne jamais être. Rien n'est jamais acquis : c'est sans doute ce qui fait le sel, mais aussi le drame de toute existence.

Harris se leva.

– Vous me donnerez cette photo ?

– Bien sûr. Et dans plusieurs années, en la regardant, tu te souviendras de ce despote de Wallace Harris…

– Vous n'avez rien d'un despote.

– Nous nous construisons tous une image, Elizabeth : c'est le seul moyen que l'homme ait trouvé pour se protéger des autres et affronter le monde.

– Monsieur ? l'interpella un technicien occupé à brancher un nouveau projecteur.

Il tourna le regard, visiblement agacé.

– J'arrive ! Un moment ! Je crois que tu peux rentrer chez toi. Nous ne tournerons plus aujourd'hui, il ne sert à rien de s'acharner. Nous reprendrons lundi. N'oublie pas : un fantôme, Vivian n'est plus qu'un fantôme dans cette sinistre maison. Prends soin de toi.

*

Elizabeth feuilletait mécaniquement le dernier numéro de *Life*. « BEN HUR REMONTE SUR SON CHAR. La MGM dépense 14 millions de dollars pour sa nouvelle épopée romaine. » Elle survola l'article d'un œil distrait. Une photo représentait Charlton Heston, cheveux au vent, tirant les rênes d'un quadrige blanc. *Ben Hur*… N'était-ce pas ce film dont Harris avait parlé il y

357

a peu lorsqu'il s'était mis à invectiver toute l'équipe ? Elle continua de tourner les pages. Des publicités, encore et toujours… La dernière Chrysler, une crème de beauté, Gordon's Vodka, la nouvelle machine à écrire d'IBM… Fatiguée, elle jeta le magazine sur le canapé et regarda sa montre : 20 heures à peine. Depuis qu'elle était rentrée, les minutes et les secondes semblaient s'écouler au ralenti, comme pour mieux faire durer son calvaire.

Elle se leva. La maison était parfaitement silencieuse – un de ces silences pesants qui ne faisaient qu'accentuer sa solitude. Elle traversa le salon, monta à l'étage jusqu'à la salle de bains. Elle ouvrit l'armoire de toilette au-dessus du lavabo et prit un tube de comprimés que lui avait prescrits son médecin. Elle avala une pilule, sans croire qu'elle aurait un quelconque effet sur elle.

Dans le miroir, son visage était pâle, presque cireux. Ses yeux semblaient avoir rapetissé. Elle fixa les tubes dans le meuble entrouvert devant elle. Il y eut un moment d'incertitude, puis ce qu'elle aurait été incapable d'imaginer quelques minutes plus tôt s'imposa à elle avec le plus grand naturel. Elle fut même surprise de n'éprouver ni peur ni inquiétude à cette idée. Si le monde était un théâtre, il était si facile de mettre fin à cette comédie… Avaler les pilules l'une après l'autre, puis s'allonger tranquillement sur le lit et se laisser aller. Souffrirait-elle ? Probablement pas. Elle n'aurait qu'à fermer les yeux et s'endormirait comme après une trop longue journée.

Elle regarda autour d'elle : les objets familiers de la salle de bains la détournaient de son propre malheur. Elle resta immobile, dans l'attente de l'étape suivante, comme si un événement imminent pouvait venir décider de son sort à sa place. Mais il ne se passa rien.

Alors elle ouvrit un deuxième tube, puis un troisième… Sur le rebord du lavabo, elle aligna soigneusement les pilules rouges et bleues, qui formèrent bientôt un étrange chemin serpentant jusqu'au robinet. Elle se rappela la route de briques jaunes du *Magicien d'Oz* qui menait Dorothy et ses compagnons jusqu'à la Cité d'Émeraude. Elle devait avoir sept ans lorsqu'elle avait vu le film pour la première fois. Ce souvenir fit naître un sourire sur ses lèvres.

Elle prit une autre pilule, puis la porta à sa bouche en avalant un peu d'eau.

Une rouge, une bleue.

Elle avait conscience qu'agir ainsi était insensé, mais cet acte appartenait à une réalité extérieure qui ne l'atteignait pas. Elle songea ensuite à David. Si pénible que fût cette pensée, elle se rendit compte qu'elle le connaissait à peine. Combien de jours avait-elle passés auprès de lui ? Combien de temps lui avait-elle consacré depuis qu'il était né ? Moins sans doute que celui qu'elle avait passé sur ces maudits plateaux de tournage. Si elle disparaissait, il ne garderait aucun souvenir d'elle. Il y avait fort à parier qu'il n'aurait ni chagrin ni conscience de son absence…

Une bleue, une rouge.

Sa grand-mère saurait prendre soin de lui mieux qu'elle ne pourrait le faire. David grandirait à Santa Barbara, tout comme elle. Elle n'avait pas eu une enfance malheureuse… Pourquoi en serait-il autrement pour lui ? Oui, Virginia s'occuperait de David et en ferait un enfant vigoureux. À l'horizon de ses pensées, elle vit l'image d'un petit garçon en route sur le chemin de l'école, un cartable sur le dos, une *lunch box* à la main… Ce n'était qu'une image floue, sortie d'un rêve, mais c'était une image qui lui faisait du bien. Elle avala une nouvelle pilule.

Une bleue, une rouge…

Le silence de la maison se brisa : la sonnerie stridente de la porte d'entrée la fit sursauter.

La panique s'empara d'elle, son corps se mit à grelotter comme si la température dans la pièce venait de baisser de dix degrés. Elle balaya les pilules d'une main nerveuse et les renversa dans le lavabo. Disparu, le chemin de briques multicolores…

Elle regarda son visage hagard dans le miroir et crut y voir une étrangère. « Qu'est-ce qui t'a pris ? » Par réflexe, elle introduisit trois doigts au fond de sa bouche et ne les retira que lorsqu'elle se sentit prête à rendre ce qu'elle avait sur l'estomac. Elle régurgita un mélange brunâtre et liquide où baignaient les pilules encore presque intactes.

À nouveau, la sonnerie insistante de l'entrée…

Elizabeth se rinça la bouche, s'essuya rapidement les lèvres et sortit de la salle de bains d'un pas mal assuré. Qui pouvait venir la déranger chez elle à cette heure ?

Fébrile, elle se dirigea droit vers l'entrée et entrebâilla la porte. À la vue de son visiteur, elle sentit ses jambes flageoler.

– Qu'est-ce que tu fais ici ?

– Il fallait que je vienne… Betty, que t'arrive-t-il ? Tu es blanche comme un linge !

Elizabeth baissa le regard, hésita, puis s'écarta pour libérer le passage.

– Entre, ne reste pas là. Je ne veux pas que quelqu'un te voie…

8

Une semaine s'écoula, durant laquelle ma vie parut suspendue. Abby ne m'appelait pas. Je n'étais en réalité même pas certain qu'elle ait lu mon mail. Je passais mes journées à vérifier ma messagerie et à consulter mon portable, ce même portable qu'elle m'avait offert – ironie du sort – pour pouvoir me joindre plus facilement. Je n'avais pas le courage de mettre le pied dehors et d'affronter la chaleur poisseuse, le *smog*, les embouteillages sans fin, le bruit des klaxons, bref, tout ce qui me faisait détester cette ville lorsque j'avais le moral dans les chaussettes.

Hathaway me passa deux ou trois coups de téléphone pour prendre de mes nouvelles. Mon cœur s'accélérait chaque fois que j'entendais sa voix, comme s'il s'apprêtait à me faire part d'une découverte sensationnelle qui relancerait notre enquête. Mais il n'avait rien de nouveau à m'apprendre. D'autres affaires l'occupaient, la routine reprenait son cours. À peine essaya-t-il de me rassurer en me lisant quelques extraits du dossier qu'il était en train de monter pour faire rouvrir l'affaire. Je sentais que le cœur n'y était pas et je n'étais pas sûr que tout cela serve à grand-chose. Qu'est-ce que le LAPD, qui n'avait pas pu faire son travail en son temps, serait bien capable de découvrir que nous n'avions déjà mis au jour ?

Je laissai plusieurs messages à Crawford, à qui je n'avais pas parlé depuis plus de dix jours, mais il ne prit même pas la peine de me rappeler. Peut-être s'était-il désintéressé de mon affaire. Peut-être avait-il préféré tourner définitivement cette page de sa vie, ébranlé qu'il avait été par la disparition de son plus vieil ami.

Je me sentais désœuvré, sans but. Nos recherches désormais au point mort me plongeaient dans un sentiment de déprime absolue. Je n'avais plus touché au scénario de Cuthbert, qui, posé sur mon bureau, semblait me narguer chaque fois que je posais les yeux dessus. Voilà plus de trois semaines que j'avais ce script entre les mains. Que se passerait-il le jour où le studio me sommerait de présenter ma copie et d'honorer mon contrat ? Même cette échéance imminente n'avait plus vraiment d'importance pour moi. Il me faudrait rendre l'argent qu'on m'avait versé et j'aurais sans doute droit à un procès qui me coûterait quelques centaines de milliers de dollars… Cuthbert me laisserait tomber pour me remplacer par un auteur plus « bankable »… Cette dernière perspective était à vrai dire la seule qui me fît de la peine. Cuthbert était un ami fidèle : il avait toujours été là pour moi, même dans les coups durs, et ma traversée du désert qui durait depuis cinq ans en était assurément un.

Cela faisait trois jours que je n'avais pas ouvert la porte de la maison quand Marisa arriva un beau matin, les mains encombrées de plats qui iraient rejoindre dans le congélateur la montagne d'autres préparations auxquelles je n'avais pas touché. J'étais piteusement allongé sur le canapé en train de regarder sur le câble une rediffusion de *Pas de printemps pour Marnie* d'Alfred Hitchcock.

Gros plan sur un sac à main jaune. Une mystérieuse brune remontant le couloir d'un hôtel. Puis une salle de bains. Sous les violons de Bernard Hermann, Tippi Hedren se décolorait les cheveux dans un lavabo : changement d'identité pour une femme qui venait de dérober 10 000 dollars et comptait bien monter une nouvelle arnaque dans un autre État. J'avais toujours adoré ce film, honni même des thuriféraires de Hitchcock, qui lui reprochaient sa psychanalyse de bazar et ses effets démonstratifs. Le traumatisme infantile du personnage trouvait-il un écho en moi ? J'aimais plutôt penser que l'intérêt que je portais à cette œuvre était purement cinématographique.

– La maison sent le renfermé, se plaignit Marisa en me jetant un regard désapprobateur. Et vous ne vous rasez plus ?

– J'ai lu un article qui disait que les femmes trouvaient les hommes barbus plus généreux et plus extravertis…

– Vous racontez des bêtises pour me faire bisquer !

– Je vous assure que c'est vrai.

– Les magazines écrivent ce qui plaît à leur lectorat ! Vous avez l'air négligé. Je doute que ça plaise à Mlle Abby. Au fait, est-ce qu'elle est déjà repartie ?

Je m'enfonçai un peu plus dans le canapé et éteignis la télé au moment où Tippi Hedren jetait la clé d'un casier de consigne dans une grille d'évacuation.

– Non, elle passe du temps chez une amie à Venice.

– En tout cas, elle avait l'air heureuse de vous faire la surprise l'autre jour.

– Pour une surprise…

– Une chance que j'aie été là ! La pauvre petite serait restée à poireauter pendant des heures devant la porte… Vous auriez quand même pu lui donner une clé ! Tenez, vous aviez une tonne de courrier. Est-ce qu'il vous arrive d'ouvrir votre boîte aux lettres ?

– Pas ces derniers temps, je l'avoue. Merci, Marisa, posez tout ça sur la table basse, s'il vous plaît.

– Je n'aime pas vous voir traîner à ne rien faire. Vous m'aviez dit que vous aviez du travail… Antonio était comme vous : il attendait toujours la dernière minute pour faire ses devoirs ! Je passais mon temps à le houspiller…

Je remarquai sous un tas de lettres une grosse enveloppe blanche qui excita ma curiosité. Je m'emballai en constatant qu'elle provenait du ministère de la Justice et l'ouvris en toute hâte. L'intérieur contenait une épaisse liasse de documents accompagnée d'une lettre.

Ministère de la Justice des États-Unis
Bureau Fédéral d'Investigation
Washington, D.C. 20535

Le 22 septembre 1998

Objet : BADINA, ELIZABETH SUSAN

Cher M. Badina,

Cette lettre vient en réponse à votre requête adressée au gouvernement d'État dans laquelle vous demandiez, en invoquant le *Freedom of Information Act* (FOIA), copie de tous documents, enregistrements ou dossiers concernant votre mère, Elizabeth Susan Badina, née à Santa Barbara, Californie, le 2 janvier 1932.

Veuillez trouver ci-joint copie d'un document de 78 pages, résultat de l'enquête menée par le FBI sur la « disparition inquiétante » du sujet mentionné au cours de l'année 1959. La reproduction des documents fournis est la meilleure que nous puissions obtenir. Les difficultés éventuelles liées à la lecture sont uniquement dues à la nature des documents d'origine. Aucune copie de meilleure qualité ne pourra être fournie.

En revanche, toujours suite à votre demande, nous ne pouvons ni confirmer ni infirmer l'existence d'une enquête, même passée, sur le sujet mentionné ou sur un quelconque membre de sa famille. S'il est essentiel que le public soit informé des activités de son gouvernement, les intérêts des États-Unis et de ses citoyens exigent que certaines informations concernant la défense nationale ou les relations extérieures puissent être protégées contre toute divulgation.

Je vous prie d'agréer, monsieur, nos sentiments les meilleurs.

« Ni confirmer ni infirmer l'existence d'une enquête… » J'étais sidéré, et incapable de voir dans cette formule administrative autre chose que la preuve que ma mère avait bien été surveillée par le FBI. Amusez-vous à demander à quelqu'un de ne pas penser à des éléphants volants, et des pachydermes batifolant dans les airs seront la première chose qu'il verra ! Avec cette lettre s'effondrait l'espoir de posséder un document officiel prouvant l'implication du gouvernement dans notre affaire. J'étais affreusement déçu et pourtant guère surpris. Lydecker m'avait prévenu quelques jours auparavant : « Si secrets il y a, ils ne vous seront pas offerts sur un plateau… » Il ne croyait pas si bien dire.

J'évitai néanmoins de me décourager. Me restait le dossier d'enquête du Bureau fédéral. En le parcourant, je fus pris d'une émotion que je n'avais jamais éprouvée. Il y avait fort à parier que personne, en quarante ans, n'avait eu accès à ces pages. Et, malgré mes trois semaines d'enquête, j'avais encore du mal à me dire que la femme dont la vie était étalée dans un dossier criminel pouvait être celle qui m'avait donné le jour.

Il me fallut deux heures pour lire dans le détail tous les documents qu'il contenait. Une trentaine de feuillets rassemblait des articles de presse parus sur l'affaire entre le 28 janvier et le 9 mars 1959. Une bonne moitié m'était inconnue, car tirée de journaux de la côte Est : *Evening Star*, le *Times-Herald*, le *Washington Star*, le *New York Daily Mirror*… Je n'appris rien de vraiment neuf dans ces articles, mais ils eurent le mérite de confirmer la chronologie que j'avais établie à la bibliothèque.

Le premier document était une note interne qui émanait directement du directeur du FBI, John Edgar Hoover. Elle indiquait que le Bureau avait reçu une requête officielle du département de police de Los Angeles pour lui prêter assistance dans les recherches entreprises pour retrouver Elizabeth Badina. Elle ajoutait que, en raison de la notoriété de Wallace Harris et celle, naissante, de l'actrice, l'affaire avait connu une couverture médiatique très importante et que les investigations du LAPD étaient pour l'heure au point mort. La coopération de tous les services était requise. Cette note était intéressante, car elle laissait à penser que le FBI n'était intervenu dans l'affaire qu'à la demande de la police, ce qui ne cadrait pas avec les différentes versions que j'avais jusque-là entendues. Suivaient plusieurs pages d'informations provenant des services de la sécurité sociale sur les divers employeurs de ma mère.

Le deuxième document qui retint mon attention était la réponse du Bureau à un agent spécial de l'antenne de Los Angeles concernant le relevé d'empreintes effectué dans la Chevrolet.

Nous avons pris bonne note de votre lettre du 6 février qui nous soumettait pour examen trois séries d'empreintes digitales. Nous vous avisons qu'elles ont été examinées et comparées à nos dossiers, mais qu'aucune identification n'a pu être établie. Les relevés seront conservés pour toutes comparaisons qui pourraient être souhaitées ultérieurement.

J'ignorais totalement si les empreintes de l'entourage de ma mère avaient été relevées. Mais, quand bien même elles l'auraient été, leur éventuelle présence dans une voiture ne prouvait pas grand-chose puisque Elizabeth avait quitté son domicile seule le samedi matin.

Quelques pages plus loin, totalement stupéfait, je me retrouvai nez à nez avec l'homme du Blue Star : John Seymour, ou quel que fût son vrai nom. Le fameux portrait-robot qui ne figurait même pas dans le dossier d'enquête du bureau du district attorney qu'avait consulté Hathaway… Le dessin représentait un quadragénaire très brun, à l'implantation de cheveux basse, aux sourcils marqués et aux yeux légèrement enfoncés dans leurs orbites : un portrait précis et typé qui n'avait rien à voir avec les portraits-robots subjectifs et génériques qu'avait mentionnés Trevor Fadden, l'enquêteur du district attorney. Pourquoi cette pièce avait-elle été intégrée au dossier ? Le FBI ne s'était jamais mis en quête de cet homme, pour la simple et bonne raison qu'il s'agissait de l'un de ses agents. Ces soixante-dix-huit pages n'étaient-elles qu'une mascarade destinée à camoufler le véritable rôle joué par le Bureau dans cette affaire et à faire croire qu'une enquête sérieuse avait été menée ? Mais pourquoi diable se donner tant de mal puisque toutes ces données n'étaient pas censées être un jour rendues publiques, le *Freedom of Information Act* n'ayant été promulgué qu'au milieu des années 60 ?

J'accélérai ma lecture, survolant des documents sans intérêt, jusqu'à m'arrêter sur la lettre manuscrite d'un homme qui revendiquait le meurtre de ma mère ainsi que ceux d'une dizaine de jeunes femmes perpétrés en Californie dans les années 50. Le texte, farfelu et parsemé de grossières fautes d'orthographe, m'apparut comme l'œuvre d'un cinglé en quête de notoriété. Il ne contenait en tout cas aucun détail qui n'eût été divulgué antérieurement dans la presse – indice en général pris en compte par la police pour juger du sérieux de telles auto-accusations. Je savais que le LAPD avait reçu plusieurs lettres de ce genre, mais je ne voyais pas pourquoi celle-là en particulier avait été conservée dans les dossiers du FBI.

Je fus dépité de constater qu'une dizaine de pages avaient été caviardées. Des paragraphes entiers étaient biffés au feutre noir : émergeaient çà et là quelques mots esseulés qui ne permettaient pas de saisir la teneur des échanges entre les différents services. Ces pages avaient-elles un rapport avec la surveillance dont ma mère avait fait l'objet ? C'était possible, mais je n'en avais aucune preuve et préférais m'en tenir à des éléments purement objectifs.

Ma déception redoubla lorsque je compris que le dossier ne contenait aucune transcription d'interrogatoires. Soit le FBI n'avait interrogé aucun témoin, ce qui paraissait complètement improbable si l'enquête avait été reprise à zéro, soit les transcriptions avaient été soigneusement écartées.

Je continuai de tourner les pages : une demande d'informations et de coopération adressée à la police de Santa Barbara qui n'avait visiblement pas reçu de réponse ; une multitude de télétypes qui livraient au Bureau des informations sur la carrière et la vie de ma mère ; des plans de Los Angeles où étaient localisés les lieux qu'elle avait l'habitude de fréquenter ; le rapport de Dan Hunt, l'agent de patrouille qui avait retrouvé la Chevrolet sur Wilcox Avenue ; des duplicata de son certificat de naissance et de ses papiers d'identité.

Puis une photo de très mauvaise qualité qui laissait deviner un carnet à spirale. Sur la page suivante, on trouvait un message en provenance de l'antenne de Los Angeles :

ELIZABETH BADINA, VICTIME, DISPARITION INQUIÉTANTE
En réponse à votre lettre du 13 février réclamant envoi ou copies des effets personnels du sujet, veuillez trouver la liste complète des noms contenus dans le carnet d'adresses d'Elizabeth Badina retrouvé à son domicile de Silver Lake.

Le répertoire... celui qui n'avait jamais été rendu à ma grand-mère et qui devait dormir aujourd'hui dans les archives du LAPD ou dans celles du FBI. Mon excitation retomba presque aussitôt : les deux pages suivantes avaient été elles aussi noircies à l'encre. Aucun nom, aucune coordonnée n'était visible. J'enrageais. J'avais entre les mains un document essentiel qui aurait sans doute permis de relancer nos recherches, et ces maudites bandes noires réduisaient mes espoirs à néant.

Je poursuivis. Une note interne du bureau de Hoover s'inquiétait de la publicité négative que l'affaire avait faite au LAPD et des répercussions qu'elle pourrait désormais avoir sur le FBI : un article virulent du *Washington Post* accusant les autorités de passivité dans l'enquête était en particulier mis en cause. Je tombai ensuite sur plusieurs photos que je ne connaissais pas, toutes tirées de brochures promotionnelles de la Welles International Pictures et destinées aux journalistes. Regard fixé sur l'objectif, visage légèrement incliné se découpant sur un fond flou, sourire retenu au coin des lèvres, ma mère y posait pour la première fois avec l'assurance d'une star.

Les pages défilaient entre mes doigts. J'approchais dangereusement de la fin du dossier sans rien avoir eu à me mettre sous la dent. Jusqu'à cet *Office Memorandum* daté du 26 février 1959 :

Objet : DISPARITION DE BADINA, ELIZABETH SUSAN

La division de Los Angeles nous a informés que ***, né à *** le ***, était considéré comme un suspect très crédible en lien avec la disparition inquiétante du sujet mentionné. Sauf avis contraire de la part du Bureau, il est demandé à l'agence de mener un interrogatoire dans les plus brefs délais.

Et, au bas du document, une note manuscrite : *Je pense que nous devrions faire cela*, suivie d'une signature illisible.

Je me figeai. « Un suspect très crédible » ? Une demande d'interrogatoire ? Il ne pouvait pas s'agir d'Eddy Cowan, qui avait été cuisiné et blanchi par le LAPD bien avant cette date – d'autant plus que le FBI ne l'avait jamais contacté, à moins, bien sûr, qu'il ne nous ait menti lors de notre rencontre à San Diego.

Mes yeux étaient vissés sur le trait noir qui dissimulait le nom de l'individu. Qui était cet homme ? Pourquoi le FBI le soupçonnait-il ? Pour quelle raison Hathaway et moi n'avions-nous pas réussi à dénicher cette piste ? Je détachai la feuille, la punaisai sur mon tableau en liège et traçai au feutre un grand point d'interrogation. Les dernières pages ne contenaient malheureusement aucune pépite de ce genre.

Cette lecture m'avait à la fois frustré et épuisé. Un affreux mal de tête me tenaillait. Il était déjà plus de 5 heures de l'après-midi, je n'avais pas vu le temps passer. J'avais longtemps cru que seule l'écriture pouvait à ce point vous couper du monde réel. Je dus rester un bon quart d'heure enfoncé dans mon fauteuil, incapable de la moindre pensée constructive. C'est le bruit de la moto d'Antonio devant la maison qui me fit sortir de ma torpeur. Je compris que j'avais un besoin urgent de prendre l'air.

Sur le perron, j'allumai une cigarette – Hathaway m'avait gracieusement laissé son paquet. Quand je rejoignis le garçon quelques minutes plus tard, il était déjà installé au fond du garage devant son ordinateur.

– Salut, Antonio.

Nous échangeâmes une poignée de main.

– Ma mère est déjà partie ?

– Oui. En fait, je travaillais dans mon bureau, je ne l'ai même pas entendue. Qu'est-ce que tu fabriques ?

– Oh, je me lance dans le business…

– Tu es sérieux ? Quel genre de « business » ?

– De quoi me faire un peu d'argent. Je retravaille de vieilles photos pour des particuliers : lumières hautes et basses, contrastes, teintes, maquillage, découpes… On arrive à faire de vraies merveilles aujourd'hui avec un bon logiciel de retouche.

– Tu me montres ?

– Bien sûr.

Antonio tapa avec agilité sur son clavier et ouvrit une fenêtre. Sur la gauche, une photo en noir et blanc, apparemment une scène de mariage, dont l'original avait été déchiré en plusieurs endroits et dont les contrastes étaient faiblement marqués. À droite, la photo retouchée semblait intacte, comme si elle avait été tirée la veille.

– C'est incroyable ! Comment est-ce que tu fais ça ?

– Oh, je ne fais pas grand-chose, c'est surtout la bécane qui bosse. La seule galère, c'est de remplacer les parties manquantes. Vous voyez, là, sur le visage de cet homme ? Heureusement, la déchirure n'était pas trop importante. Parfois évidemment je ne peux rien faire, il y a quand même des limites aux miracles de la technologie.

Mon regard s'attarda sur le bas de la photo retouchée, en bordure du cadre. Une idée encore vague naissait dans ma tête.

– Dis-moi, Antonio, les retouches que tu fais ne fonctionnent que pour les photos ?

– Que voulez-vous dire ?

Je posai un doigt sur l'écran.

– Eh bien, là, le poinçon du photographe et l'ins-cription manuscrite « mai 1919 » sont réapparus alors qu'ils étaient quasi invisibles sur l'original.

– Oh, ça… Le logiciel ne fait pas vraiment de dif-férence avec la photo elle-même. Tout ce qui est pré-sent sur le tirage d'origine peut ressortir si vous vous y prenez bien. Il m'arrive de restaurer des cartes pos-tales avec du texte dessus. Vous savez, c'est un peu comme écrire un message secret avec du jus de citron et le faire apparaître à la chaleur. Je faisais ça quand j'étais gosse. Ma mère avait toujours la trouille que je mette le feu à l'appart quand j'utilisais une allumette.

Je demeurai sans bouger, debout à côté de lui, perdu dans mes pensées.

– Vous allez bien, David ?

– Tu m'attends cinq minutes ? Je voudrais te mon-trer quelque chose.

Je regagnai mon bureau avec empressement pour récupérer le brouillon de la lettre. De retour dans le garage, je le tendis à Antonio.

– Qu'est-ce que c'est ?

– Une lettre qui a été écrite il y a quarante ans.

– Par votre mère ?

– Oui. Le carton dans lequel elle se trouvait a pris l'eau. Tu vois, outre le fait qu'il y a des mots raturés, le bas de la lettre a été complètement effacé.

– Laissez-moi deviner : vous voudriez que je fasse subir à cette lettre le même traitement qu'à mes photos ?

– Est-ce que c'est possible ?

Il regarda attentivement le papier, l'agitant sous la lumière du garage.

– Je sais que les flics utilisent des éclairages ultra-violets pour faire apparaître des éléments non visibles à l'œil nu…

– Oublie ça, je n'ai pas de laboratoire de police scientifique sous la main. Je veux savoir si tu peux faire quelque chose avec les moyens du bord.

Il réfléchit quelques secondes.

– Je pourrais toujours faire un scan très haute définition et ensuite jouer sur les niveaux de luminance. Évidemment, l'encre qui a coulé ne réapparaîtra pas, mais si la pointe de la plume a suffisamment appuyé sur le papier, c'est jouable.

– Tiens, Antonio, tu viens de gagner un nouveau client.

– Pas un « client ». Vous ne croyez pas que je vais vous faire payer après tout ce que vous avez fait pour moi ?

– C'est la seule condition pour que je te confie cette lettre. Et je ne veux pas de ristourne.

– OK, vous avez gagné.

Antonio lut rapidement la lettre.

– Dites, elle est adressée à votre père, pas vrai ?

– Je n'en sais rien pour le moment. Et c'est pour le découvrir que j'ai besoin de ton aide.

*

Dans mon bureau, je relus une énième fois la demande d'interrogatoire adressée au FBI. « Un suspect très crédible en lien avec la disparition inquiétante du sujet mentionné… » Qui était-il ? L'amant de ma mère ? Mon père ? Son meurtrier ? Ou les trois à la fois ? Une triade qui pouvait devenir monstrueuse si elle n'avait qu'un seul et unique visage…

Je sortis d'un tiroir le scénario de Cuthbert, sans l'ouvrir. À quoi bon continuer de me mentir ? Je savais depuis un bon moment déjà que c'en était fini pour moi de ce boulot déprimant de *script doctor*, et que je ne finirais jamais ce travail pour lequel on m'avait engagé. Je n'avais plus le droit de mener Cuthbert en bateau. Il était mon ami. Et, comme Abby, je l'avais trahi.

– Tu es toujours à L.A. ? me demanda-t-il aussitôt après avoir décroché.

– Oui.

– Moi, je suis en Floride.

– Seul ?

– Qu'est-ce que j'irais faire seul en Floride ? J'ai rencontré une fille à ta soirée d'anniversaire. Elle s'appelle Gisèle, elle travaille chez HarperCollins. Tu lui as parlé un moment...

– Désolé, je ne me souviens pas d'elle.

Je me tus. Comme d'habitude, le courage me manquait.

– Inutile de tergiverser, David, je sais pourquoi tu m'appelles. Tu ne termineras pas le scénar, c'est ça ? À supposer que tu aies commencé à bosser dessus...

– Non, je ne le terminerai pas, c'est au-dessus de mes forces.

– J'en étais sûr ! J'ai bien senti la dernière fois que tu n'étais pas dans ton assiette. Je me sens coupable.

– Coupable de quoi ?

– Tu as du talent, et voilà des années que je t'incite à faire ce boulot de merde ! J'aurais dû en prendre conscience plus tôt. Tu mérites mieux que ça.

– Je croyais que tu te mettrais en pétard !

– Mais non, on va trouver une solution. Ça ne sera pas la première fois que j'invente un bobard. Le studio a mis deux autres types sur le coup, la Terre ne va pas s'arrêter de tourner pour si peu ! Après tout, ce film, ça n'est pas *Citizen Kane* !

– Je te paierai ta part.

– J'en ai rien à foutre de cet argent ! Ce boulot me sert uniquement à avoir un but dans ma vie. Tu m'imagines rester toute la journée le cul posé sur un transat devant une piscine, entouré de jolies filles ? Je prendrais vingt kilos dans l'année et je finirais aux Alcooliques Anonymes ! Ne t'inquiète plus pour ce scénar, je vais m'occuper de tout.

– En fait, ce n'est même pas pour ça que je t'appelais.

Je l'entendis soupirer.

– C'est à cause d'Abby ? Qu'est-ce que tu lui as encore fait ?

– Ça ne marche pas fort en ce moment entre nous, mais il s'agit d'autre chose. Je vais te demander de m'écouter attentivement, Cuthbert. Je te préviens, ça risque d'être long.

– J'ai tout mon temps.

– Très bien. Le lendemain de mon anniversaire, j'ai reçu un coup de téléphone d'un homme qui s'appelle Samuel Crawford. Tu as peut-être déjà entendu parler de lui, il a longtemps été un proche collaborateur de Wallace Harris…

C'est ainsi que je racontai tout à Cuthbert, dans les moindres détails.

9

Date : 27/02/1959
De : Directeur, FBI
À : bureau de Los Angeles, Californie
Objet : BADINA, ELIZABETH SUSAN
Sécurité nationale – C

La publicité considérable faite autour de la disparition inquiétante d'Elizabeth Badina pourrait porter
préjudice au Bureau. Dans de récents articles, la
presse a en effet remis en question l'efficacité des
forces de police et des agences du gouvernement.
D'après nos informations, des journalistes de la côte
Ouest enquêteraient en ce moment sur le passé du
sujet mentionné et risqueraient de mettre au jour les
contacts que nous avions établis avec lui avant sa
disparition. La divulgation de tels éléments pourrait
se révéler désastreuse pour le Bureau et fragiliser un
nombre important d'opérations en cours, nécessaires
à la sécurité des États-Unis d'Amérique.

Nous vous demandons de nous faire parvenir
dans les meilleurs délais toutes les pièces référen-
cées « Sécurité nationale – C » concernant Elizabeth
Badina et nous vous enjoignons de ne pas en conserver de copie. Les informations qui ont été recueillies

ne doivent en aucun cas être divulguées en dehors de l'agence.

Nous demandons également que l'agent John S. Seymour fasse preuve de la plus grande discrétion et se tienne pour un temps à l'écart de nouvelles investigations. Toute information relative au travail de la presse concernant cette affaire doit nous être immédiatement signalée.

10

J'étais encore dans les bras de Morphée quand mon portable sonna. Ma main tâtonna sur la moquette pour l'attraper. J'ouvris un œil fatigué. Quand je vis qui appelait, le sang afflua dans mon cerveau. Le réveil était brutal.

– Abby, c'est toi ?

Un silence un peu inquiétant… J'avais peur qu'elle ne raccroche.

– Bonjour, David.

Je m'extirpai des draps et m'assis sur le rebord du lit. Je me sentais la bouche pâteuse et le crâne enserré dans un étau – pas vraiment en forme pour entamer cette discussion que j'attendais depuis une semaine. Je passai une main sur mon visage.

– Écoute, je suis tellement désolé pour tout ce qui s'est passé…

– Pas maintenant. Je t'appelle parce que j'aimerais qu'on se voie.

Le ton de sa voix n'était guère rassurant. J'avais l'impression qu'elle était décidée à mettre fin à notre relation pour de bon.

– Tu n'as qu'à passer. Viens quand tu veux.

– Non, je suis en ville. On dit chez Spago vers midi trente ? J'ai déjà réservé une table.

– Abby…

– Tout à l'heure. On aura du temps pour discuter.

Elle raccrocha. Je restai les yeux bêtement collés à mon portable, puis l'envoyai valser à travers la chambre.

*

Pensive, Abby faisait tourner une tranche de citron dans son verre d'eau gazeuse. J'avais préféré du vin blanc. Depuis que je l'avais rejointe dans la salle du Spago, sur Horn Avenue, nous n'avions pas échangé un mot. Nous ne nous étions même pas embrassés à mon arrivée.

– Tu as eu mon mail, j'imagine ? finis-je par lui demander.

Elle acquiesça.

– Je n'avais pas tellement envie d'écrire.

– Une semaine, Abby ! Tu aurais quand même pu me répondre ou m'envoyer un petit mot pour me rassurer.

– Te rassurer sur quoi exactement ?

Je bus une gorgée, le temps d'encaisser sa remarque.

– Je n'aurais pas dû débarquer comme ça chez Meryl. C'était stupide de ma part, affreusement stupide ! Je croyais vraiment que tu serais chez elle. Tu sais que j'ai cassé un vase ? Mais, à ma décharge, c'était un accident.

– Meryl ne m'en a pas parlé, elle m'a juste dit que tu étais en colère.

– Je l'étais.

Sa copine remontait un peu dans mon estime. Elle avait donc dû aussi taire le fait qu'elle avait été à deux doigts d'appeler les flics.

– Tu avances dans ton enquête ?

Je n'étais pas sûr que mes recherches l'intéressent vraiment, dans la mesure où elles avaient été la cause de notre dernière dispute. Je voyais plutôt sa question comme un moyen de remettre à plus tard les sujets qui fâchent.

– J'ai découvert des choses… mais je préfère ne pas en parler pour l'instant.

La veille, Hathaway et moi avions passé des heures dans son bureau à décortiquer le dossier du FBI, sans que le détective parvienne à des conclusions plus brillantes que les miennes.

Lorsque je voulus lui saisir la main sous la table, elle se déroba.

– Qu'est-ce qui va se passer pour nous, Abby ?

Elle baissa les yeux. Un serveur arriva à ce moment-là pour prendre notre commande. Je choisis un plat au hasard sur la carte, Abby prit sa traditionnelle salade végétarienne.

– J'aimerais que tu reviennes à la maison. Ça ne rime plus à rien que tu restes chez Meryl !

– Je suis enceinte, David, dit-elle d'une voix atone.

La phrase d'Abby était parfaitement claire, nul n'était besoin de la lui faire répéter. Pourtant, elle ne signifia tout d'abord rien de concret pour moi. Ensuite, je me mis à paniquer. Je n'avais pas le temps d'envisager toutes les implications qu'entraînait cette nouvelle, mais je savais que les premières paroles que je prononcerais seraient les seules qui compteraient pour elle.

– Depuis quand le sais-tu ?

Je compris immédiatement que ce n'étaient pas les mots qu'elle attendait : ses lèvres se pincèrent, en signe de déception.

– Depuis ta soirée d'anniversaire… Enfin, un ou deux jours avant, mais je n'étais pas sûre à cent pour cent.

– Et tu en es sûre maintenant ?

Je continuais de m'enfoncer lamentablement, mais je ne trouvais rien de plus intelligent à dire.

– Oui, j'ai vu un médecin.

J'avalai cul sec le reste de mon vin blanc.

– Pourquoi ne m'en as-tu pas parlé plus tôt ?

Passer à l'attaque était le seul moyen pour dissimuler ma confusion.

– Je t'en aurais parlé si… Enfin, David, ce que je t'ai dit l'autre jour n'a pas suffi ? Tu n'as toujours pas compris ce qui clochait entre nous ? J'avais peur de t'en parler, voilà tout, je ne trouvais jamais le bon moment. C'est pour ça que je suis venue à L.A. Mais quand je suis entrée dans ton bureau, j'ai eu comme l'impression que tu avais une vie secrète. Que je ne te connaissais pas, en réalité…

– Tu ne crois pas que tu y vas un peu fort ? Tout ça à cause de quelques vieux papiers qui traînaient !

– « Quelques vieux papiers » ! Si tu t'étais vu l'autre jour quand tu m'as fait part de tes découvertes ! Tu enquêtes sur la disparition d'une mère que tu n'as pas connue et qui t'a hanté toute ta vie. Ne fais pas comme si c'était un boulot lambda auquel tu te consacrerais à tes heures de bureau !

– Ce sont les circonstances qui m'ont conduit à me lancer dans cette enquête, je n'ai rien voulu.

– Peut-être, mais tu vis en ce moment prisonnier du passé. Et moi, c'est l'avenir qui m'importe : j'ai besoin de construire quelque chose, et c'est à toi de décider si tu as envie de faire partie de ce projet.

Je n'arrivais toujours pas à croire qu'Abby était enceinte. J'aurais sans doute dû voir défiler des images de maternité, de nouveau-nés, de couches-culottes, de premiers pas, mais tout cela restait totalement abstrait dans mon esprit. J'étais le père de cet enfant et je n'éprouvais rien qu'une terrible angoisse doublée de l'impression de perdre les pédales.

— Alors, nous allons avoir un bébé…

J'avais eu besoin de formuler cette idée à voix haute, sans but particulier. Abby soupira en s'adossant à son fauteuil.

— Un bébé ne sauve pas un couple, David. On ne fait pas un enfant pour se donner un avenir.

— Qu'est-ce que tu veux que je te dise, alors ?

— Je sais que ça doit être compliqué pour toi. Tu n'as pas eu de parents, ta mère n'avait quasiment pas connu son père…

— Je t'en prie, inutile d'aller sur ce terrain-là ! Tu crois vraiment que la vie est aussi schématique : je serais condamné à reproduire un schéma familial immuable ? Je ne pourrais jamais être un bon père parce qu'il n'y en a jamais eu chez les Badina ?

— Ce n'est pas ce que j'ai dit ; mais tu avoueras que la situation actuelle n'arrange pas les choses. C'est pour ça que je n'ai rien pu te dire l'autre jour. Tu n'es pas en paix avec ton passé… et je ne peux pas rivaliser avec une morte.

Elle se mordit les lèvres.

— Pardon, je n'aurais pas dû dire ça, c'était blessant.

Conscient que nous étions sur une pente glissante, je préférai ne pas répondre à sa maladresse.

— Qu'est-ce que nous allons faire, alors ?

— Je suis sûre et certaine de vouloir garder ce bébé. Mais il ne faut pas que tu prennes de décision précipitée. Je veux te laisser le temps de réfléchir… à nous, à cet enfant. Quelle que soit ta décision, je l'accepterai.

– Mais de quoi est-ce que tu parles ? Tu t'imagines que je vais te laisser tomber et que je pourrais ne pas reconnaître ce gosse ?

– Je n'ai pas envie que tu agisses par devoir ou pour te donner bonne conscience. Mets de l'ordre dans ta vie, David, et quand tu t'en sentiras prêt nous reparlerons.

À ma grande stupeur, elle se leva.

– Qu'est-ce que tu fais ? On n'a pas encore déjeuné !

– Je n'aurais pas dû réserver une table, c'était idiot de ma part. Ça ne sert à rien de rester face à face pendant une heure à faire semblant – ou, pire, à se dire des choses qu'on regrettera plus tard.

– Et c'est toi qui me reprochais d'éviter toute discussion sérieuse ! Tu ne peux pas t'en aller maintenant.

– Tu sais que j'ai raison.

– C'est peut-être ça le problème entre nous : tu as *toujours* raison et je me sens chaque fois pris en faute.

Elle ouvrit la bouche mais renonça à ce qu'elle allait dire, se contentant d'un banal « À bientôt ». Puis elle me déposa un baiser sur la joue et traversa la salle du restaurant.

*

C'est dans un des vieux cartons où avaient été stockées les affaires de ma mère que je rangeai toutes les pièces de mon enquête : les photos, les articles de journaux, le dossier d'enquête du FBI, les notes d'Hathaway. Je le fermai avec du scotch d'emballage et écrivis simplement dessus au feutre noir : ELIZABETH. Longtemps auparavant, un flic du LAPD avait dû faire la même chose que moi et remiser des dossiers d'enquête dans les archives de la police. Affaire non résolue.

J'avais le sentiment d'être arrivé au bout du chemin, et ce chemin ne m'avait conduit nulle part. Pire, je ne voyais pas comment reprendre le cours de ma vie comme si de rien n'était. Je repensai à mon déjeuner new-yorkais avec Crawford, à ma visite chez Harris dans les Berkshires, à ma première rencontre avec Hathaway : autant d'événements qui m'avaient donné l'illusion d'un nouveau départ. Le bilan était triste à pleurer : je n'avais pas la moindre idée de ce qui allait se passer avec Abby – et, pour tout dire, je n'avais pas tellement envie d'y penser –, cette enquête m'avait mené dans une impasse, et je n'existais plus professionnellement parlant. *Nobody knows you when you're down and out...*

Je laissai le carton à côté de mon bureau en attendant de l'entreposer dans le garage. Je mis un peu d'ordre dans la pièce pour faire disparaître les dernières traces d'intrusion du mystérieux inconnu. Enfin, j'enlevai l'agrandissement de la photo accroché sur la porte.

– Je suis désolé, murmurai-je en la regardant une dernière fois.

*

Mon portable vibra comme un gros insecte sur la table de la cuisine alors que j'étais en train de vider un gigantesque pot de glace vanille-noix de pécan dont la date de péremption était probablement passée depuis longtemps. C'était Hathaway. Je n'avais aucune envie de répondre. Il ne laissa pas de message, mais le téléphone ne cessa plus de vibrer. Agacé, je finis par prendre l'appel à sa troisième tentative.

– Badina, vous êtes chez vous ? Pourquoi vous ne décrochez pas, bordel ?

– Hum… Je suis en train de faire une overdose de sucre.

– Qu'est-ce que c'est que ces conneries ? Vous n'avez pas l'air dans votre état normal ! Ne me dites pas que vous êtes *stone* !

– Qu'est-ce que vous voulez, Hathaway ?

– Vous devriez sans tarder aller faire un tour sur internet.

– Pour quoi faire ?

– Vous verrez bien. Tapez votre nom dans les actualités. Rappelez-moi après.

Il me raccrocha au nez.

Intrigué, j'allai dans le salon et allumai mon ordinateur. Comme me l'avait demandé le détective, j'entrai mon nom dans le moteur de recherche. Premier résultat, un article du *New York Times* mis en ligne à peine deux heures plus tôt : « Un scénariste enquête sur la disparition de sa mère, l'actrice Elizabeth Badina, et met en cause le FBI ».

QUATRIÈME PARTIE

La plupart des gens n'acceptent pas le
fait que, dans certaines circonstances,
n'importe qui est capable de n'importe
quoi.

Réplique du film *Chinatown*
de Roman Polanski

1

C'est une histoire comme Hollywood les aime. Nous sommes en 1959, à la fin d'une décennie flamboyante où se sont succédé sur grand écran les productions spectaculaires de l'âge d'or du 7e art. Wallace Harris (décédé le 31 août dernier) a commencé depuis quelques semaines le tournage de son troisième long métrage, *La Délaissée*. S'il n'est pas encore une figure majeure du cinéma américain, Harris a déjà à son actif plusieurs récompenses prestigieuses, ainsi que la réputation de régner en maître sur les plateaux. Après un long bras de fer avec son producteur, qui rêvait d'une star à l'affiche du film, Harris a réussi l'exploit d'imposer une quasi-inconnue dans le rôle-titre : Elizabeth Badina, jeune femme de 27 ans originaire de Santa Barbara, jusque-là surtout habituée des agences de mannequinat et des rôles de figuration. Pourtant, le miracle se produit. L'actrice inexpérimentée se glisse avec une facilité déconcertante dans la peau de son personnage, une épouse humiliée par un homme cynique et violent. Les premiers rushes ravissent le producteur réticent, la presse commence à s'intéresser au parcours de cette étoile montante. Tel Pygmalion façonnant de ses mains Galatée, Harris sait qu'il est en train de lancer la carrière d'une future vedette d'Hollywood. Mais les rêves de l'actrice feront long feu.

Ce lundi 26 janvier, alors qu'elle est attendue par l'équipe du film, Elizabeth ne se présente pas aux studios de la San Fernando Valley.

Impatient, je sautai le long paragraphe qui relatait avec force détails la disparition de ma mère et les investigations de la police. Je redoutais pourtant d'arriver au passage où j'entrerais en scène.

Quarante ans après les faits, l'enquête pourrait bien connaître une avancée majeure. Le propre fils d'Elizabeth, David Badina, scénariste du drame horrifique *La Maison des silences* qui a connu il y a cinq ans un succès retentissant au box-office, a décidé de rouvrir le dossier. D'après nos informations, il se serait adjoint les services d'un ancien policier du LAPD reconverti en détective privé. Les deux hommes ont minutieusement étudié les rapports d'enquête et mis au jour des incohérences et des négligences manifestes. Des négligences qui pourraient bien ne pas être involontaires. En effet, d'après le scénariste, la police de Los Angeles et le bureau du district attorney auraient sciemment délaissé des pistes sérieuses, peut-être dans le but de protéger un ou plusieurs suspects. Mais l'histoire ne s'arrête pas là. David Badina assure que sa mère a fait l'objet d'une surveillance de la part du FBI à partir de 1958. L'actrice aurait été l'une des nombreuses victimes du programme Cointelpro, projet couvrant des opérations clandestines du gouvernement contre des citoyens américains et qui aurait pris en particulier pour cibles des personnalités en vue de l'industrie du spectacle.
Selon David Badina, l'héroïne de *La Délaissée* aurait subi des pressions grandissantes de la part du Bureau fédéral et aurait même rencontré en toute

discrétion un agent spécial la veille de sa disparition. Simple coïncidence ? Le fils de la victime n'y croit guère et compte bien poursuivre ses investigations pour résoudre l'un des dossiers les plus énigmatiques de l'histoire d'Hollywood.

J'étais abasourdi. Je ne pris même pas le temps de relire l'article et rappelai aussitôt Hathaway.

– Vous l'avez lu ?

– Non, je suis allé faire du shopping sur eBay, répondis-je, énervé.

– Est-ce que vous savez d'où vient la fuite ? Je vous jure que…

– Pas la peine de vous égosiller, je sais que vous n'y êtes pour rien. C'est mon agent, Cuthbert St-Louis, qui a tout balancé à la presse !

– Quoi ! Il est au courant pour notre enquête ? hurla-t-il dans le combiné.

– Je lui ai tout raconté hier, juste avant de vous apporter le dossier du FBI.

– Quelle mouche vous a piqué, bordel ?

– J'en avais ras le bol de baratiner mon entourage ! Avec mes mensonges, j'ai déjà failli perdre Abby. Je voulais limiter les dégâts avec Cuthbert. Et puis j'avais confiance en lui : je n'aurais jamais imaginé qu'il me planterait un couteau dans le dos ! Merde, vous vous rendez compte ! On insinue que j'accuse le FBI d'être responsable de la disparition de ma mère !

– C'est un peu la vérité, après tout…

– Le FBI n'est qu'une piste parmi d'autres, je n'ai jamais prétendu que cet agent l'avait tuée ! Soyez sûr d'une chose : si d'autres dossiers existent dans leurs archives – et je suis sûr qu'ils existent –, cet article vient de réduire à néant tout espoir de les récupérer un jour.

Hathaway expira bruyamment.

– Bon, calmez-vous. À bien y penser, cet article pourrait nous faciliter les choses.

– Tiens donc ! Et en quoi ?

– La presse va faire une pub d'enfer à nos recherches. La police sera bien obligée de rouvrir le dossier si on lui livre nos conclusions. Les gens raffolent de ces vieilles affaires non élucidées. Attendez que CNN reprenne l'article et on aura les flics à nos pieds.

– Vous rêvez ! Le LAPD risque au contraire de tout verrouiller. Rien ne se passe comme je l'avais prévu… On est en train de perdre le contrôle, Hathaway ! Nous n'avons pas assez d'éléments pour être crédibles. Dès que les journalistes auront creusé l'affaire, on passera tous les deux pour des guignols, et je n'ai pas besoin de ça en ce moment. Je traverse une passe difficile avec Abby. Elle n'a plus aucune envie d'entendre parler de cette histoire. Quand elle lira l'article, elle va encore me reprocher de l'avoir tenue à l'écart…

– Vous n'avez qu'à lui dire la vérité.

– Abby ne me fait plus confiance, et quand vous avez perdu la confiance de quelqu'un, être honnête ne suffit plus. Je suis comme Eddy Cowan : l'innocent mort de trouille qui a toutes les allures d'un coupable.

– Vous n'êtes coupable de rien du tout ! À mon avis, on devrait contacter au plus vite le *New York Times* pour lui refiler nos notes, nos témoignages, sans oublier le dossier du FBI. Ça nous permettrait de reprendre le « contrôle », comme vous dites.

– Ce dossier donne au contraire l'illusion que le FBI a mené une véritable enquête. Il y a même le

portrait-robot de l'homme du Blue Star. Allez persuader les gens que ce type était un agent fédéral… Non,
c'est trop risqué. Inutile de se jeter volontairement en
pâture à la presse.

— Le *Times* ne cite pas mon nom. Votre copain…
vous ne le lui avez pas donné, j'espère ?

— Non, ne vous inquiétez pas.

— À partir de maintenant, je ne décroche plus mon
téléphone. Je laisse Gloria filtrer tous mes appels.

— Ne rêvez pas trop, ils finiront par vous trouver.

— Probable ; mais si on peut gagner un peu de temps,
ça n'est pas plus mal.

— Je vous laisse, Hathaway, je dois appeler Cuthbert.
Il ne va pas s'en tirer comme ça !

— Je n'aimerais pas être à sa place… Bon courage,
l'artiste !

Je retournai devant mon ordinateur et appelai
Cuthbert dans la foulée. Comme je savais qu'il n'était
pas du genre à se défiler, je ne fus pas du tout étonné
qu'il me réponde.

— Putain, le *New York Times*, Cuthbert ! m'excla-
mai-je sans même lui dire bonjour.

— Je ne vais pas faire semblant, je plaide coupable
à cent pour cent.

— Comment as-tu pu me faire un coup pareil ? Une
partie de moi espérait encore que tu n'y sois pour
rien…

— Tu es furax ?

— Je fulmine, tu veux dire !

— J'avoue que les apparences sont contre moi, mais
laisse-moi t'expliquer, je t'en prie…

— Je n'ai aucune envie de t'écouter. Je suis fatigué,
Cuthbert ! Fatigué de ces dernières semaines et de
cette satanée enquête qui est en train de foutre ma vie

en l'air. Je ne sais pas depuis combien de temps je n'ai pas fait une vraie nuit. Je suis à bout !

Mes mains tremblaient tellement que j'avais du mal à garder mon portable vissé à mon oreille.

– Je ne t'ai pas trahi, mon vieux. Au contraire, je voulais t'aider ! J'ai bien senti que tu étais au fond du trou l'autre jour. J'ai pensé qu'il fallait te faire réagir et te donner les moyens de faire avancer ton enquête. Essayons de voir les choses positivement : cet article va t'offrir une couverture médiatique incroyable. Les portes vont s'ouvrir comme par magie ! Dans tout le pays des journalistes vont prendre le relais et creuser cette affaire, avec des moyens que tu n'as pas.

C'était, à quelques mots près, le même refrain que m'avait servi Hathaway.

– Je suis acculé, maintenant, sommé de fournir des preuves que je n'ai pas.

– Les gens se contrefoutent des preuves ! Ce qu'ils veulent, c'est qu'on les fasse rêver, qu'on leur raconte des histoires passionnantes. Tu devrais le savoir… Le public va prendre ton parti, c'est tout ce qui compte.

– Le public peut-être, mais les flics ne vont certainement pas se contenter de quelques soupçons ! Surtout si je soutiens que cette enquête a été bâclée.

– Pense au moins à ta carrière, David ! Tu vas attirer l'attention des plus grandes majors ! On ne sera plus obligés de se coltiner ces scénarios bidon. Cette histoire va faire monter ta cote en flèche !

– Et la tienne par la même occasion.

– À aucun moment je n'ai pensé à mes intérêts.

– Bordel, il s'agit de ma mère ! Tu crois que j'ai envie de faire « monter ma cote » en utilisant sa disparition ? Ce serait comme cracher sur sa mémoire. Elle est morte, Cuthbert, sans doute assassinée par un putain de malade mental qui est passé entre les mailles de la justice !

– Je suis désolé, mais je crois toujours que tu avais besoin d'un électrochoc pour ne pas sombrer. J'ai agi en ami, voilà tout.

Je n'avais plus envie de m'en prendre à Cuthbert. Après tout, je l'avais moi aussi trahi à la minute où j'avais accepté la proposition de Crawford.

– Laisse tomber, le mal est fait, de toute façon. Je te rappellerai plus tard. En attendant, tu ne parles plus de moi à qui que ce soit, c'est compris ?

*

Mon cauchemar commença en fin de journée quand j'eus le malheur de répondre à un appel inconnu. C'était un journaliste de *USA Today* qui m'offrait un contrat d'exclusivité : la publication de mes recherches sur l'affaire, avec une accroche à la une, ainsi qu'une interview dont je dicterais toutes les conditions. Dans la mesure où quasiment personne ne possédait mon numéro de portable, j'enrageai une nouvelle fois contre Cuthbert, qui avait dû le refiler à toutes les rédactions du pays. Je refusai de confirmer le contenu de l'article du *New York Times*, mais j'eus l'impression de parler dans le vide. Devant l'insistance déplacée du journaliste, je fus contraint de lui raccrocher au nez.

Ensuite, les appels ne cessèrent plus, m'obligeant à mettre mon téléphone en mode silencieux. Médusé, je regardai les messages s'accumuler. J'en écoutai quelques-uns au hasard. Peu ou prou, les mêmes propositions : des contrats en or, des demandes d'interview, un direct sur *Fox News* avec Bill O'Reilly…

Je ne pus résister à la tentation de surfer sur le net pour juger de l'étendue des dégâts. Dans la soirée, cinq quotidiens avaient repris presque mot pour mot l'article du *Times*. J'en profitai pour consulter ma messagerie : dix nouveaux mails, dont la plupart émanaient des mêmes journalistes auxquels je n'avais pas répondu. Cette fois, nul besoin de mettre Cuthbert en cause puisque mon adresse était indiquée en première page de mon site officiel. Je la consultais tous les 36 du mois. Il était bien loin le temps où j'avais croulé sous une avalanche de messages admiratifs à la sortie de *La Maison des silences*.

Je reçus également un SMS d'Abby :

« Meryl m'a montré l'article. Ça va ? »

« Je n'y suis pour rien, je n'ai pas voulu ça. Je peux t'appeler ? »

« Demain, d'accord ? »

« Je pense à nous… et au bébé. »

La première partie de la phrase venait du cœur, la seconde était largement mensongère. L'idée même qu'un petit être partageant mes gènes puisse un jour sortir du ventre d'Abby m'apparaissait toujours comme une aberration. Tout scénariste débutant apprend la différence entre le vrai et le vraisemblable : ce qui arrive dans le monde réel n'est pas forcément crédible sur grand écran. Je faisais l'amère expérience de cette règle : ce qui m'arrivait était vrai, mais cette perspective demeurait pour moi invraisemblable.

Bizarrement, je parvins à dormir à peu près normalement cette nuit-là. L'accumulation de soucis avait eu raison de mes nerfs.

Le lendemain matin, juste après avoir avalé un café, je fus attiré par mon ordinateur comme par un aimant. La liste des articles s'était considérablement allongée pendant la nuit. Si le contenu ne changeait guère, les titres avaient subi d'habiles variations : « LE MYSTÈRE DE LA DISPARITION D'UNE ACTRICE DES ANNÉES 50 EN PASSE D'ÊTRE ÉLUCIDÉ ? », « L'AFFAIRE ELIZABETH BADINA : BIENTÔT L'ÉPILOGUE ? », « NOUVEAU REBONDISSEMENT DANS UNE AFFAIRE VIEILLE DE QUARANTE ANS », « LE SCÉNARISTE DAVID BADINA VA-T-IL RÉSOUDRE L'ÉNIGME DE LA DISPARITION DE SA MÈRE ? » Trois articles évoquaient mon mutisme : « David Badina n'a pas souhaité répondre à nos sollicitations », « Après avoir médiatisé ses recherches, le scénariste boude les journalistes », « En perte de vitesse à Hollywood, David Badina chercherait-il à relancer sa carrière en instrumentalisant ce *cold case* ? »

Je ne pouvais rester dans cette maison, au risque de passer la journée à me lamenter devant mon ordinateur. Étrangement, ce n'est qu'en sortant de la douche que je songeai à Nina. Comment avais-pu être aussi égoïste et négligent ? Si ma grand-mère devait apprendre l'affaire par les médias, je savais que je ne me le pardonnerais jamais.

Je m'habillai en quatrième vitesse et fis en un temps record le trajet jusqu'à Westwood malgré la circulation plutôt dense.

Nina n'était pas dans son appartement. Renseignements pris, je la trouvai dans la salle de conférence du rez-de-chaussée, où elle assistait avec nombre de résidents à une rencontre avec un pseudo-coach de développement personnel qui devait écumer toutes les maisons de retraite de la ville dans l'espoir de refourguer son dernier bouquin. La salle était pleine à craquer et je dus attendre une bonne demi-heure la fin de son intervention.

Nina fut surprise de me voir. Comme elle ne voulait pas remonter dans son appartement, nous nous installâmes dans la salle de restaurant. J'évitai de la questionner sur la conférence, craignant qu'elle ne se soit laissé embobiner par le baratin de ce type.

– Pourquoi es-tu là, David ? Tu ne viens jamais me voir en matinée…

Je sortis avec anxiété de ma poche l'article que j'avais imprimé.

– J'aurais préféré ne pas avoir à te montrer ça, mais je n'ai plus trop le choix. Je ne voulais pas que tu l'apprennes en regardant la télé ou dans les journaux. Hier est paru un papier sur le site du *New York Times*. J'aimerais que tu le lises. C'est au sujet de Lizzie… et de moi.

C'était sans doute la première fois que j'appelais ma mère par ce surnom.

Le visage de Nina s'assombrit. Elle prit l'article, mit ses lunettes et le lut attentivement. Je guettai la moindre de ses réactions, sans pouvoir pourtant déceler ses émotions.

– C'est vrai, ce qu'ils racontent ?

– À quelques détails près, oui.

– Je comprends mieux maintenant pourquoi tu n'as pas arrêté avec toutes tes questions…

– Écoute, Nina, si je suis resté vague chaque fois que je venais, c'était pour ne pas t'inquiéter. Je me suis lancé dans cette affaire par hasard. J'avais peur de te donner de faux espoirs. Reprendre une enquête aussi ancienne est très aléatoire. Mes recherches n'auraient jamais dû paraître dans la presse.

Elle semblait encaisser le choc mieux que je ne l'avais prévu.

– Qui est ce détective privé auquel l'article fait allusion ?

– Il s'appelle Sam Hathaway. Je t'ai parlé de lui quand je suis arrivé à Los Angeles il y a trois semaines. En fait, tu le connais…

Elle secoua la tête.

– Je n'ai jamais entendu ce nom.

– Lui se souvient de toi. Il t'a croisée plusieurs fois au quartier général de la police. Il m'a même vu dans un landau alors que je n'avais que quelques mois. C'était un jeune policier à l'époque, il n'a suivi l'enquête que de loin.

Nina désigna des yeux l'article posé sur la table.

– Qu'est-ce que c'est que cette histoire de FBI ?

– Est-ce que tu connais un certain Paul Varden ?

Ses yeux s'animèrent.

– Oui, c'était un écrivain… un ami de Lizzie. Elle m'a souvent parlé de lui ; elle m'avait même laissé un de ses livres.

– Ils étaient plus qu'amis en réalité. Ils ont eu une liaison aux alentours de 1956. Varden était un activiste communiste qui était fiché par le FBI. À cause de cette relation, Lizzie s'est retrouvée dans le collimateur du gouvernement.

– C'est impossible !

– J'ai eu la même réaction que toi, mais je suis sûr de ce que j'avance.

– Et cet agent dont parle l'article était l'inconnu du restaurant ?

– C'est plus que probable. Mais leur rencontre ne prouve rien.

Je laissai à Nina le temps de digérer ces nouvelles.

– Et ton père ? Tu as trouvé quelque chose sur lui ?

– Rien. Je ne suis même pas persuadé qu'il ait un quelconque lien avec l'affaire. Après tout, leur relation remontait à plus d'un an avant la disparition de Lizzie.

Elle replia ses lunettes et posa calmement ses mains sur la table.

– Ça suffit, je ne veux rien savoir de plus pour le moment.

– Quoi ! fis-je, éberlué.

– Je te fais confiance, David. Si tu as jugé bon de garder tout cela pour toi, c'est que tu avais tes raisons. Ne te sens pas obligé de te justifier.

Regardant ma main gauche avec insistance, elle sourit.

– Tu portes la bague…

– Elle est vraiment petite : c'est tout juste si j'ai réussi à la passer à l'auriculaire.

– Ça me fait plaisir. Ta mère aurait été heureuse que tu l'aies toujours sur toi.

J'avais envie de changer de sujet de conversation. Je regardai autour de nous les résidents attablés qui arboraient tous fièrement l'exemplaire du livre qu'ils venaient d'acheter. Sur la couverture, bras croisés, sourire étincelant, le coach fixait son lecteur d'un regard complice qui semblait dire : « Il est encore temps de redevenir maître de votre destin ! »

– J'ai l'impression qu'on est des parias : tu es la seule dans cette salle à ne pas avoir pris de bouquin.

– Pfff ! Pour qui est-ce que tu me prends ?

– Je croyais que tu avais aimé la conférence.

– Où vas-tu chercher des idées aussi absurdes ? Je déteste les gourous ! J'y suis allée pour passer le temps, et pour confirmer ce que je savais déjà au sujet des gens.

– C'est-à-dire ?

– Qu'ils sont terriblement influençables. Ils cherchent un sens à leur vie, en particulier lorsque celle-ci arrive à son terme. Et certaines personnes mal-intentionnées savent en tirer profit…

Je lui pris la main par-dessus la table.

– J'ai pensé à quelque chose, Nina. Je sais qu'il y a trois ans j'ai tout fait pour te convaincre de t'installer ici…

Elle retira ses doigts.

– Je te vois venir, David.

– Laisse-moi au moins le temps de t'expliquer !

– C'est inutile. C'est ici qu'est ma vie, à présent. Je n'ai ni l'envie ni les capacités de rester seule.

– Mais tu ne serais pas seule ! Marisa pourrait s'occuper de la maison à plein temps, et de toi par la même occasion.

– Marisa n'est pas infirmière, que je sache ! Je ne veux être un fardeau pour personne. Je suis bien ici, et je sais qu'au moindre pépin je serai prise en charge.

– Tu te portes bien, Nina, tu n'as plus eu le moindre problème !

– Ne parlons plus de ça, s'il te plaît.

Le profond soupir que je poussai n'y changea rien.

– Je veux que tu me fasses une promesse, David.

– Je ne remettrai plus le sujet sur le tapis…

– Il ne s'agit pas de ça. J'ai conscience que tu as voulu me protéger en me cachant les recherches que tu faisais sur Lizzie. Mais si tu apprends un jour qui est responsable de sa mort, je veux que tu viennes immédiatement me le dire, même si tu crois que cela pourrait me faire du mal.

– Tu crois que je serais capable de te cacher une chose pareille ?

– Oui, par amour, tu en serais capable. Parfois, les gens ne veulent entendre que ce qu'ils ont envie d'entendre. J'ai longtemps fait partie de cette catégorie. Mais les choses ont changé… j'ai changé. Et je sais que j'ai besoin de connaître la vérité sur la mort de ma fille avant de quitter ce monde.

2

Date : 26 septembre 1998 23 : 12

Salut mec,
J'espère que tu coinceras les salauds qui ont fait du mal à ta daronne. Les keufs, le FBI, la CIA ne sont qu'un ramassis d'ordures. Ils nous ont déjà bien entubés avec Roswell et JFK !!! Te laisse pas faire, tu les auras !!! La force est avec toi. Fox Mulder nous avait prévenus : LA VÉRITÉ EST AILLEURS. Reste sur tes gardes et surtout n'oublie pas : ne fais confiance à personne. À PERSONNE !
Ton pote, Billy the Resistance Fighter !

Date : 27 septembre 1998 09 : 23

Cher monsieur Badina,
J'ai l'honneur d'être le président de l'association Secrets d'histoire, basée à Pittsburgh, Pennsylvanie, depuis bientôt sept ans. Notre association, qui regroupe une vingtaine de bénévoles passionnés d'enquêtes non résolues, serait fière et heureuse de vous prêter main-forte dans vos recherches. C'est avec plaisir que nous pourrions mettre à votre disposition notre savoir-faire et notre logistique.

Nous pouvons nous targuer d'avoir récemment résolu l'affaire Jean Spangler, célèbre danseuse et actrice disparue dans des circonstances mystérieuses en 1949. Malheureusement, nos conclusions n'ont pas encore rencontré dans les médias l'écho que nous souhaitions. Nous ne connaissons naturellement pas le détail de votre enquête, mais nous pensons qu'il pourrait exister un lien sérieux entre les deux affaires.

Veuillez trouver en fin de message le lien conduisant à notre tout nouveau site internet où sont présentées les conclusions de nos investigations. Notre association ne vivant que de dons, nous acceptons avec gratitude toute contribution, même modeste, à notre travail de recherches.

Nous nous tenons bien évidemment à votre disposition pour de plus amples explications et espérons que vous nous contacterez.

Bien cordialement,
Mike Evans

Date : 27 septembre 1998 11 : 43

Hello David,

Est-ce qu'il est prévu prochainement une adaptation de l'histoire de votre mère ? Ça ferait un super film ! Quelle actrice aimeriez-vous voir dans le rôle ? Personnellement, je trouve que Julia Roberts serait absolument géniale ! Les gens la connaissent surtout pour ses comédies, mais je sais qu'elle a un potentiel dramatique énorme.

Ce serait chouette si vous pouviez me répondre.
Julia

J'en avais assez lu. Je fermai ma messagerie et éteignis mon ordinateur pour ne pas avoir la tentation de revenir traîner sur le web. La simple vue de mon téléphone m'était tout aussi déprimante : huit nouveaux messages, tous de la même farine.

Je préférai ne pas allumer la télé. Je fis quelques allers-retours jusqu'à la fenêtre pour voir si des journalistes en mal de scoops n'avaient pas obtenu mon adresse. J'avais bon espoir que cette affaire retombe comme un soufflé si je persistais à garder le silence.

Appel entrant : « Cuthbert ».

– Désolé de t'embêter, mais les nouvelles ne sont pas bonnes.

– Qu'est-ce qui pourrait être pire que ce que je vis en ce moment ?

– Le studio veut t'attaquer.

– Quoi ! M'attaquer ? Tu m'avais juré que tu réglerais le problème !

– Ça, c'était avant la parution de l'article…

– Dont tu es le seul responsable !

– Merci de me rafraîchir la mémoire.

– Que s'est-il passé ?

– Rien de bien surprenant. Ils ont piqué une crise en lisant ce papelard : ils ne comprennent pas comment tu as eu le temps de mener cette enquête alors que tu avais un scénario à retaper.

– Débrouille-toi comme tu veux, dis-leur que je suis disposé à payer.

– Ils ne veulent rien entendre !

– Eh bien, insiste ! À toi de me sortir de ce merdier.

– Ils sont prêts à te faire une proposition.

– Pourquoi ai-je l'impression que je ne vais pas aimer ce que tu vas me dire ?

– Ils acceptent de renoncer à toute poursuite si tu signes un contrat d'exclusivité avec eux.

– Mais de quoi est-ce que tu parles ?

– Je parle d'un scénario original sur la disparition d'Elizabeth Badina. Cette affaire les met dans tous leurs états. Ils sont prêts à signer un chèque à sept chiffres. Ils ont déjà des idées de titre…

J'étais estomaqué. La colère commençait à gronder en moi.

– Ces salopards ont pensé à un titre ?

– Si tu veux mon avis, certains sonnent plutôt bien…

– Je ne veux plus rien entendre. Je n'écrirai jamais de scénario sur ma mère, tu le sais très bien !

– C'est ce que j'ai essayé de leur faire comprendre. Ils sont disposés à engager une équipe de scénaristes, tu aurais simplement à…

– Dis-leur d'aller se faire mettre ! Ils veulent me faire un procès, grand bien leur fasse.

– Tu risques de perdre gros, David.

– Pour parodier Rhett Butler : « Franchement, mon cher, c'est le cadet de mes soucis. »

– Bon, d'accord, je ferai de mon mieux. Si tu changes d'avis, appelle-moi. Dans le cas contraire, je te conseille vivement de contacter ton avocat.

C'est ce que je fis. À mon grand dam, son analyse fut exactement la même que celle de Cuthbert. Les circonstances jouaient en ma défaveur. Non seulement j'étais sûr de perdre si l'affaire allait devant la justice, mais un procès pourrait porter un coup fatal à ma carrière : étant donné la médiatisation dont j'étais désormais l'objet, plus aucun studio n'accepterait de collaborer avec moi. Devant mon entêtement, il ne put que me conseiller de négocier pour éviter un fiasco inéluctable qui me coûterait au bas mot mon appartement new-yorkais.

En réalité, malgré mes fanfaronnades, je n'avais vraiment aucune envie de me retrouver devant les tribunaux. Après le succès de *La Maison des silences*, un obscur réalisateur espagnol m'avait attaqué pour plagiat : il prétendait que mon scénario n'était qu'une habile transposition d'un thriller qu'il avait écrit à la fin des années 80. Se faire accuser de plagiat n'a rien de bien extraordinaire à Hollywood, mais cette histoire m'avait miné le moral pendant les deux années qu'avait duré la procédure, même si j'avais fini par gagner.

Je venais à peine de raccrocher qu'Antonio sonna à la porte. J'étais content de le voir : sa présence pouvait m'aider à me changer les idées. Nous prîmes tous deux un Coca au comptoir de la cuisine.

– Vous savez, j'ai suivi toute l'affaire depuis hier. On a même parlé de vous à la télé ce matin.

– Tiens donc ! Qu'est-ce qu'on disait ?

– Rien de très sympa… Le journaliste soutenait que vous aviez résolu l'enquête mais que vous laissiez traîner les choses pour faire monter l'intérêt des médias.

– D'une, je n'ai pas résolu l'enquête ; et de deux, je me fous complètement des médias. C'est juste un mauvais moment à passer… Dès qu'ils auront lancé la procédure d'*impeachment* contre Clinton, plus personne ne parlera de moi, tu peux le parier.

Antonio fouilla dans la poche de sa veste.

– Je suis venu vous rapporter la lettre de votre mère.

Je me dressai sur mon tabouret.

– Ça a donné quelque chose ?

– J'ai fait pas mal d'essais… et le résultat est vraiment bon. Par contre, je ne suis pas sûr que le contenu vous aide beaucoup. Vous voulez peut-être que je vous laisse ?

– Non, non, reste.

La lettre était semblable à une photocopie dont on aurait poussé les contrastes au maximum. Dans le corps du texte, quelques mots raturés étaient réapparus comme par enchantement : « Je mets entre nous des *distances*, des "barbelés", as-tu dit un jour », « Le sacrifice que tu me demandes *serait un fardeau trop lourd à porter* », « Je crois qu'elle a compris *qu'il ne servait à rien de me brusquer*, que je me refermais comme une huître… »

Les dernières phrases effacées par l'eau étaient d'un gris pâle mais elles étaient maintenant parfaitement lisibles. Je n'en revenais pas : Antonio avait fait un boulot incroyable. « Toutes les précautions que nous pourrions prendre ne serviraient à rien. Il y aura fatalement un moment où notre secret sera découvert. Je ne peux plus continuer à vivre ainsi. Je t'en prie, essaie de me comprendre, et ne sois pas trop sévère avec moi. Je te demande de détruire cette lettre dès que tu l'auras lue. Il nous faut effacer les traces. Je t'aimerai toujours, Bess. »

Même si Antonio ne m'avait pas bercé d'illusions, j'étais terriblement déçu. J'aurais aimé croire que je passais à côté de quelque chose d'essentiel, mais ces quelques lignes ne m'offraient rien de nouveau. Une relation à cacher… L'angoisse de ma mère à l'idée qu'on puisse découvrir ses secrets… Je tournais en rond. Tout juste remarquai-je qu'elle n'avait pas signé la lettre de son prénom complet, mais qu'elle avait utilisé un diminutif, Bess – sans doute celui par lequel l'appelait son amant. Je pouvais demander à Nina si quelqu'un de son entourage avait coutume de l'appeler ainsi, mais je n'avais guère d'espoir.

– Tu as raison, il n'y a pas grand-chose d'intéressant, mais ça valait le coup d'essayer.

– Désolé, David, j'aurais vraiment aimé vous aider.

Je récupérai mon portefeuille dans le salon et tendis à Antonio un billet de 200 dollars.

– Non, c'est beaucoup trop !

– Tu as dû passer du temps sur cette lettre, prends-le.

Il capitula à contrecœur. Je me rassis et terminai ma bouteille de soda. Je n'arrivais pas à détacher mon regard de la lettre : « Que pourrais-je lui dire de toute façon, puisque son père ne l'a pas reconnu et ne le reconnaîtra jamais ? Nous imagines-tu vivant en couple dans une maison, à élever cet enfant comme si de rien n'était ? »

Attablé devant ce bout de papier, je me sentais soudain misérable. Mes atermoiements successifs laissaient place à quelque chose de nouveau, la prise de conscience d'une urgence. Qu'est-ce qui clochait en moi ? Le bonheur était peut-être à portée de doigts et je gâchais tout par mon attitude irresponsable. Pouvais-je me comporter comme mon salaud de père qui ne m'avait pas reconnu et n'avait rien fait pour aider Elizabeth ? Étais-je condamné à reproduire son attitude, comme l'avait suggéré Abby ? Elle m'avait laissé un temps de réflexion, mais il n'y aurait bientôt plus de retour en arrière possible. Lorsque le mal serait fait – et il l'était déjà en partie –, tout repentir de ma part serait sans effet. Je descendis brusquement de mon tabouret.

– Désolé, Antonio, il faut que je sorte. Ne te presse pas. Le frigo est plein si tu as une petite faim. Merci encore pour la lettre.

C'est ainsi que je retournai à Venice, sans même prévenir Abby de mon arrivée ni craindre de me retrouver face au cerbère de la maison. Je me sentais tout à la fois excité et angoissé. Je ne savais pas encore ce que je lui dirais, préférant laisser les mots venir d'eux-mêmes. Je n'étais certain que d'une chose : j'allais bâtir une famille et prendre soin d'Abby et de mon enfant.

Je refuserais désormais de laisser mon passé décider de mon avenir.

*

La chambre était plongée dans une quasi-obscurité. J'entendais à mes côtés le souffle régulier d'Abby, qui berçait son sommeil. J'étais allongé sur le dos, immobile, le regard fixé au plafond sur une tache un peu plus claire. 3 : 12, indiquait le réveil. J'étais incapable de dormir, mais cela n'avait rien à voir avec les insomnies dont j'étais coutumier les derniers temps. Je me sentais apaisé, et ce sentiment inhabituel venait paradoxalement me perturber.

Heureusement, Abby était seule quand j'étais arrivé chez Meryl. Je n'avais pas cherché à me confondre en excuses, je n'avais pas essayé de prononcer les mots qu'elle voulait peut-être entendre, ni le genre de sentences définitives que j'aurais pu mettre dans la bouche d'un de mes personnages. Je voulais être moi, tout simplement, et dire ce que mon cœur me dictait.

Notre « réconciliation » ne devait pourtant pas me leurrer. Si Abby avait accepté de revenir chez moi, je ne pouvais plus me contenter de pieuses paroles, je devais faire mes preuves. « Les intentions sont de peu d'importance, il n'y a que les actes qui comptent », avais-je dit à Hathaway quelques jours auparavant. Mieux valait ne pas l'oublier.

Mes résolutions étaient claires. Je me promis de rappeler Cuthbert à la première heure pour voir comment empêcher le studio de me poursuivre en justice. Quant à l'affaire, Hathaway avait peut-être raison : nous n'avions qu'à balancer tout ce que nous savions aux journaux et laisser le soin à d'autres de poursuivre l'enquête. Y compris à la police…

Sans faire de bruit, je quittai la chambre et allai me servir un verre d'eau dans la cuisine. La lettre était toujours sur la table, écrasée par la lumière basse du plafonnier. « Il y a sans doute une certaine lâcheté à t'écrire plutôt qu'à te parler en face… » Non, Elizabeth n'avait pas été lâche. Elle s'était battue avec les pauvres armes dont elle disposait pour protéger sa vie, sa carrière et son enfant.

Si j'étais désormais capable de relire cette lettre sans colère, je ne pouvais me défaire d'un sentiment d'impuissance et de frustration. Mon regard était rivé sur les dernières phrases du brouillon. Quelque chose m'avait effleuré l'esprit quand je l'avais lue la veille, mais ce quelque chose était resté à l'état embryonnaire, sans que je puisse me le formuler clairement. « Je te demande de détruire cette lettre dès que tu l'auras lue. Il nous faut effacer les traces. Je t'aimerai toujours, Bess. »

Comment avais-je pu être aveugle à ce point ? La signature…

Je filai directement dans mon bureau, le cœur battant. Je voulus allumer la lumière mais l'ampoule sauta. Je dus tâtonner dans le noir pour trouver l'interrupteur de la lampe en laiton posée sur la table de travail. Heureusement, je n'avais pas encore remisé le carton au garage. Je l'ouvris, arrachant à la hâte les couches de scotch d'emballage qui le recouvraient.

J'en vidai le contenu sur le sol pour ne pas perdre de temps. Les dossiers du FBI, les photos, les articles, les affaires personnelles de ma mère… rien de tout cela ne m'intéressait.

Je m'attachai au dossier que m'avait remis Hathaway quand nous avions déjeuné dans le restaurant chinois de Van Nuys. J'écartai les notes qu'il avait prises au bureau du district attorney pour me concentrer sur le résultat de ses premières recherches. Assis sur le sol, à la faible lumière de la lampe, je tournai les pages avec anxiété jusqu'à trouver enfin le document dont j'avais besoin.

Mes yeux firent des allers-retours incessants entre le document et le brouillon de la lettre posé près de moi. Puis je m'allongeai à même la moquette et les fermai. Des images de ces dernières semaines défilèrent dans ma tête. Peu à peu, chacune des pièces disparates du puzzle trouva sa place.

Tout était devenu clair, terriblement clair.

3

Vendredi 23 janvier 1959

À nouveau, la sonnerie insistante de l'entrée…

Elizabeth se rinça la bouche, s'essuya rapidement les lèvres et sortit de la salle de bains d'un pas mal assuré. Qui pouvait venir la déranger chez elle à cette heure ?

Fébrile, elle se dirigea droit vers l'entrée et entrebâilla la porte. À la vue de son visiteur, elle sentit ses jambes flageoler.

— Qu'est-ce que tu fais ici ?

— Il fallait que je vienne… Betty, que t'arrive-t-il ? Tu es blanche comme un linge !

Elizabeth baissa le regard, hésita, puis s'écarta pour libérer le passage.

— Entre, ne reste pas là. Je ne veux pas que quelqu'un te voie…

Elle referma la porte en toute hâte.

— Qu'est-ce qui s'est passé ?

— Rien. Je me suis sentie mal dans la salle de bains tout à l'heure. Mais ça va mieux.

— Non, tu n'as pas l'air bien du tout. Viens t'asseoir !

— Je n'ai aucune envie de m'asseoir.

— Est-ce que c'est à cause… de tous ces médicaments que tu prends ?

– Ça n'a rien à voir. Sans ces médicaments, je n'arriverais pas à fermer l'œil de la nuit. Tu n'aurais pas dû venir, c'est beaucoup trop risqué.

– Te parler en public est trop risqué, t'appeler au téléphone est trop risqué ! Je n'avais pas d'autre solution.

Elizabeth recula jusqu'au salon. Ses yeux allaient sans but d'un objet à l'autre dans la pièce. Ils s'arrêtèrent sur le sapin de Noël rachitique et desséché dont elle n'avait même pas pris la peine de se débarrasser. Elle était encore plus désemparée depuis qu'elle avait ouvert la porte. Son esprit était trop loin – comme sur le plateau de tournage quand l'*étrangère* prenait le pouvoir –, noyé dans un brouillard épais d'où elle pouvait à peine distinguer la scène qui se jouait dans son propre foyer : la confrontation de deux êtres désemparés qui n'avaient plus rien à se dire.

– Betty, je t'en prie…

Elle fit un effort pour se concentrer.

– Tu ne te rends pas compte ! Qui te dit que quelqu'un ne surveille pas la maison en ce moment même ?

– Nous ne faisons rien de mal. Tu as tout de même le droit de recevoir des visites !

– Je n'ai plus aucun droit. Ma vie ne m'appartient plus désormais.

– À quelle heure est le rendez-vous ?

Elle regarda sur la cheminée la pendule dont les aiguilles avaient entamé le compte à rebours.

– Dans une heure et demie… un peu moins en fait. Tu devrais partir, il faut que je me prépare.

– Je ne veux pas te laisser, pas maintenant. Laisse-moi rester. Je pourrais t'accompagner pour te soutenir…

Elizabeth perdait toute patience : elle fit un effort pour ne pas céder à la colère.

— Est-ce que tu entends ce que tu dis ? Je ne vais pas à une soirée ou un bal de charité ! C'est un agent du FBI, nom de Dieu ! Un homme qui peut détruire ma vie quand bon lui semblera.

Un silence se fit.

Laura s'approcha lentement d'Elizabeth, jusqu'à ce que leurs corps se touchent, puis elle déposa un baiser sur ses lèvres.

— Ne fais plus ça, s'il te plaît.

— J'ai besoin de toi, Betty. Je t'aime… comme je n'ai jamais aimé personne. Et tu ne pourras rien y changer…

4

Cela faisait plus d'une demi-heure que j'étais assis au volant de mon Aston Martin, sur Mulholand Drive, à une cinquantaine de mètres du domicile de Laura Hamilton. Mes yeux demeuraient fixés sur la pompeuse façade de briques rouges de l'autre côté de la rue. J'étais pétrifié. Je savais pourtant qu'à rester planqué à bord d'une voiture dans ce quartier un voisin zélé risquait d'appeler la police.

J'avais tourné en rond chez moi le reste de la nuit, l'esprit embrouillé, ignorant ce que j'allais faire. Vers 6 heures, alors qu'Abby dormait encore, j'étais sorti et avais quitté la ville pour rouler le long de la côte sur la route menant à Oxnard. Je n'avais laissé qu'un court message sur la table du salon : *Je suis désolé, je dois sortir. Quelque chose d'important à faire. Je reviens aussi vite que possible.* J'avais dépassé Malibu et m'étais garé aux abords de Point Dume. Puis j'avais emprunté une passerelle conduisant à une petite crique. Le soleil venait tout juste de se lever. Il n'y avait personne à cette heure, à l'exception d'un homme promenant un vieux labrador qui m'avait rappelé celui de Harris. Nous nous étions salués en nous croisant. L'océan et les falaises étaient magnifiques. J'avais marché le long des rochers, la tête vidée d'avoir trop réfléchi, épuisé par cette nuit sans sommeil.

*

Lorsqu'il fut 9 heures à ma montre, je me décidai à sortir de la voiture. Je traversai la rue, me rappelant l'unique fois où j'étais venu. La première image que l'on a d'une personne peut être trompeuse, mais c'est celle qui vous reste gravée à l'esprit : je n'avais vu en Laura Hamilton qu'une femme inoffensive qui s'occupait de son jardin. Je ne m'étais pas tenu sur mes gardes. Hathaway avait raison, je n'étais décidément qu'un amateur.

Les secondes qui séparèrent le moment où je sonnai et celui où la porte s'ouvrit furent parmi les plus longues de mon existence. Je retenais ma respiration.

Laura portait un vêtement d'intérieur à fleurs vertes. Son visage n'indiqua pas d'inquiétude particulière quand elle me vit. Je n'éprouvais pour ma part aucune émotion clairement identifiable.

– J'étais sûre que tu reviendrais me voir. J'ai acheté les journaux hier. Mon Dieu, tous ces articles…

– Je peux entrer ?

Elle s'écarta. Flottait dans la maison une odeur de fleurs fraîchement coupées à laquelle se mêlaient des relents de cannelle.

– C'est toi qui as prévenu la presse ?

– Non. Cette histoire m'a complètement échappé…

– Je suis navrée. Ça doit être dur de subir autant de pression.

– Je sais tout, Laura.

– Que veux-tu dire ?

– Je sais pour ma mère… et pour vous.

Elle baissa brusquement les yeux. Nous restâmes un assez long moment face à face dans l'entrée, sans rien nous dire.

– Viens dans la cuisine, nous serons mieux pour discuter.

Je repris la même place que la dernière fois. Laura s'assit à mes côtés en triturant une de ses manches et en continuant d'éviter de croiser mon regard.

– Qui était au courant ?

– Personne. Je l'ai appris grâce à ça.

Je sortis la lettre de ma poche et la fis glisser sur la table. Laura la lut en prenant tout son temps. Peut-être cherchait-elle déjà les mots qui viendraient apaiser nos blessures. Elle me fixa ensuite de ses yeux bleus et pâles, presque décolorés par les ans.

– Je n'ai jamais reçu cette lettre…

– Ce n'est qu'un brouillon, je ne pense pas que ma mère l'ait recopié.

Elle posa ses mains ridées sur la feuille.

– Qu'est-ce qui t'a fait comprendre ? Comment as-tu deviné que cette lettre m'était adressée ?

– Au début, j'ai simplement cru que ma mère l'avait signée d'un diminutif banal, Bess. Mais il ne s'agissait pas d'une signature…

Laura soupira.

– Non.

– Il aurait d'ailleurs été étrange qu'elle signe un simple brouillon – personne ne fait jamais ça ! Elle a écrit : « Je t'aimerai toujours, Bess. » C'est votre second prénom, n'est-ce pas ? Laura *Bess* Hamilton.

Une copie de la carte grise de Laura qu'Hathaway avait réussi à se procurer et qui lui avait permis de la retrouver : voilà ce que j'avais cherché dans le carton de mon bureau. Un document que je n'avais fait que survoler au début de notre enquête mais qui était resté dans un coin de ma mémoire.

– Betty ne croyait pas aux coïncidences. Lorsque nous étions seules, elle ne m'appelait jamais « Laura ». Elle pensait que mon second prénom était un signe du destin : Elizabeth… Betty… Bess. Que nous étions faites pour nous rencontrer et nous aimer. J'ai remarqué un jour qu'elle lisait un livre de Platon, *Le Banquet*… elle le laissait tout le temps traîner dans sa loge. Je ne sais pas qui le lui avait conseillé. J'étais incapable de lire ce genre de livres, mais Betty m'a rapporté une légende qui se trouvait dedans. À l'origine, les humains étaient des sortes de sphères avec quatre bras, quatre jambes et deux têtes. Certains de ces êtres étaient masculins, féminins ou androgynes. Un jour, les dieux avaient décidé de les séparer en deux pour se venger d'eux et les affaiblir…

– Je connais ce mythe. Depuis, chaque moitié passait sa vie à rechercher l'autre pour s'unir à elle.

– Oui. Lorsque deux femmes sont attirées l'une par l'autre, c'est qu'elles veulent retrouver leur entité féminine première. Betty et Bess n'étaient que deux parties d'un même être qui étaient destinées à se retrouver…

Laura sourit et replia la lettre.

– Et puis « Bess » avait l'avantage de brouiller les pistes. Personne ne connaissait mon second prénom. Quand je la demandais au téléphone ou que je lui écrivais, je l'utilisais toujours pour qu'on ne puisse pas faire de rapprochements entre nous. C'était devenu une sorte de jeu. Ça ne m'étonne pas qu'elle l'ait utilisé dans cette lettre.

– Je veux que vous me racontiez tout, Laura, dans les moindres détails. Vous m'avez suffisamment menti !

Son visage se fit dur.

– Comment aurais-je pu agir autrement ? Tu t'imagines que j'aurais pu tout te raconter de but en blanc lorsque tu es venu chez moi l'autre jour ? Crois-tu vraiment que tu aurais aimé entendre la vérité ? *Cette* vérité !

« Parfois, les gens ne veulent entendre que ce qu'ils ont envie d'entendre », avait dit Nina. Laura avait raison : rien ne m'avait préparé à une telle découverte, et je n'étais toujours pas certain d'être prêt à l'accepter.

– Je suis désolée si tout cela te peine, mais je ne vais pas m'excuser pour ce que nous avons vécu. J'ai aimé ta mère comme je n'avais jamais aimé personne. Et cet amour, j'ai dû le tenir secret, même après sa disparition. Personne n'en a jamais rien su. Il n'y a rien de plus cruel que de devoir se cacher pour pleurer ceux qu'on aime. Crois-moi, c'est une blessure qui ne guérit pas.

– Dites-moi tout. J'ai besoin de savoir.

– Si c'est ce que tu veux… Je t'ai dit que j'avais rencontré ta mère en septembre 1958 pour des essais de maquillage ; c'était faux. Le 6 mars 1958, un jeudi : voilà le jour où j'ai vu Betty pour la première fois. J'avais rendez-vous dans un bureau du centre-ville en compagnie d'autres membres de l'équipe du film. À l'époque, j'étais salariée de la Welles International Pictures et Harris m'avait renouvelé sa confiance. Il s'agissait d'une réunion préparatoire, à laquelle les chefs maquilleuses étaient systématiquement conviées. Je ne savais pas que j'étais censée rencontrer ta mère ce jour-là. Elle est entrée dans le bureau, nos regards se sont brièvement croisés. Même si ça peut paraître stupide de dire ça, j'ai su que ma vie venait de changer à jamais.

Laura ferma les yeux et joignit ses mains.

– Ce n'est pas vraiment sa beauté qui m'a frappée. C'était plutôt… une tristesse cachée au fond de ses yeux. Oui, une tristesse qui m'a bouleversée et qu'aucune photo d'elle n'a jamais pu laisser deviner. Durant toute la réunion, je ne l'ai pas lâchée du regard. J'en étais presque gênée : j'étais persuadée que tout le monde voyait l'effet qu'elle produisait sur moi. Nous n'avons échangé que quelques mots. Une date a été fixée afin que l'on commence les essais de maquillage la semaine suivante. Betty était détendue ce jour-là. Elle s'est montrée gentille et attentionnée, comme elle savait l'être même avec des inconnus. Nous avons beaucoup parlé et ri… À mon grand étonnement, à la fin de la journée, elle m'a donné son numéro personnel. Elle m'a simplement dit qu'elle serait heureuse qu'on puisse se voir en dehors du travail. C'est à ce moment que j'ai compris que Betty n'avait pas d'amis et qu'elle devait se sentir seule. Je lui ai moi aussi donné mon numéro.

– Vous l'avez appelée ?

– Non, je n'aurais jamais osé. C'est elle qui l'a fait. Trois jours plus tard, nous nous sommes revues…

*

Mars 1958

Il n'y avait plus une place de libre chez Romanoff. Laura tournait la tête dans tous les sens, comme un petit oiseau apeuré. Les nappes immaculées, les confortables banquettes ornées de motifs géométriques, les serveurs discrets mais suffisamment attentionnés pour veiller à ce que vous ne manquiez de rien… elle n'était pas habituée à ce genre d'endroits. On se serait d'ailleurs davantage cru dans un club que dans un restaurant.

Elizabeth commanda un *old-fashionned*. Laura n'en avait jamais bu et, pour ne pas paraître stupide ou ignorante, elle prit la même chose. Elle remarqua que l'actrice essayait de suivre le mouvement de son regard à travers la salle, comme si elle avait perçu sa gêne.

– Peut-être aurions-nous dû aller ailleurs…

Laura se sentit encore plus gênée.

– Non, tu as bien fait, je n'étais jamais venue ici.

– Je trouvais amusant de te montrer l'adresse à la mode du Tout-Hollywood !

– Est-ce qu'il y a des gens célèbres autour de nous ? demanda Laura en chuchotant.

Elizabeth se pencha vers elle.

– Je ne crois pas, mais Cary Grant dînait ici la semaine dernière, juste à la table à côté. Tu sais, le propriétaire prétend descendre d'un tsar…

– C'est vrai ?

– Mon agent m'a dit que c'était de la blague : Romanoff n'est même pas son vrai nom !

On leur apporta leurs verres. Laura sentit l'alcool sucré lui brûler la gorge, une brûlure agréable qui ne tarda pas à la griser. Elizabeth passa une main dans ses cheveux puis joua avec l'étui à cigarettes posé à côté de son assiette.

– Comment es-tu devenue maquilleuse ?

– Un peu par hasard, en fait. Ma mère travaillait dans un studio de montage des Consolidated Film Industries. Trier et classer des négatifs… rien de bien passionnant. Mais elle connaissait des gens dans le métier. Quand j'ai quitté le lycée, elle m'a obtenu un stage à la MGM.

Elle s'arrêta, se trouvant soudain honteuse de parler de choses aussi insignifiantes.

– Et ce métier te plaît ?

– Oui, beaucoup.

« Car il m'a permis de te rencontrer », pensa-t-elle – et, durant quelques secondes, elle craignit d'avoir prononcé ces mots à voix haute.

Elles parlèrent de tout et de rien. Elizabeth lui raconta ses premiers mois à Los Angeles. L'unique repas par jour dans des drugstores minables, les interminables files d'attente dans les agences, la cohorte de lauréates de prix de beauté qui venaient comme elle tenter leur chance ici… « le Hollywood des losers », comme elle disait. Et les hommes aussi… les dragueurs minables : pseudo-producteurs, agents sans clients, imprésarios sans relations qui vous promettaient la lune pour mieux vous mettre dans leur lit…

Laura l'écoutait, en apparence attentive, mais elle ne fut bientôt plus captivée que par son visage : l'harmonie de ses traits que venait briser un nez légèrement en trompette, l'ourlet de ses lèvres, ses yeux mélancoliques, presque turquoise, qui traduisaient une émouvante fragilité. « Voilà une femme à laquelle je ne ressemblerai jamais, même avec le plus habile maquillage du monde », pensait-elle. Il n'y avait pas la moindre jalousie dans ce constat : Laura aurait simplement aimé se rapprocher d'elle, pour s'attirer une once de son magnétisme, pour toucher de manière physique au charme indéfinissable qui se dégageait de sa personne. Elle essaya de chasser ces pensées ridicules. Qu'est-ce qu'une actrice comme Elizabeth

pouvait avoir à faire d'une pauvre petite maquilleuse ?
C'était déjà un miracle qu'elle l'ait invitée.

– Tu as quelqu'un ?

Laura se sentit rougir. La question, qu'elle n'avait
pas vue venir, la déstabilisa.

– Oh, non.

– Personne, vraiment ?

– Il y a bien eu quelqu'un, il n'y a pas si longtemps.
Mais il se montrait… trop insistant.

– « Insistant » ? répéta Elizabeth comme si elle avait
mal entendu.

Mais Laura eut l'impression qu'il ne s'agissait que
d'un jeu auquel elle se prêtait par malice.

– Comme le sont parfois les hommes. Comme
l'étaient tes dragueurs…

Elizabeth sourit et continua à manipuler distraite-
ment son étui à cigarettes. Elles gardèrent le silence.
Alors que Laura voulait prendre son verre, leurs doigts
s'effleurèrent par accident – ou peut-être n'en était-ce
pas vraiment un. Le contact ne dura qu'une fraction
de seconde, mais il suffit à faire naître dans son ventre
un frisson d'un genre inédit, dont elle ne savait pas
s'il lui procurait de la joie ou de la souffrance. Ce
trouble nouveau la bousculait, mais il la rendait surtout vivante. Elles se regardèrent plus longuement
qu'elles n'auraient dû. Laura aurait aimé suspendre ce
moment, s'y enfermer comme dans une bulle, empêcher le mouvement de la vie de reprendre ses droits.

– Voudrais-tu venir chez moi tout à l'heure ?

Laura sentit son cœur s'emballer. Venant d'un
homme, une telle question l'aurait naturellement horri-
fiée, mais le ton d'Elizabeth était si naturel qu'elle se
trouva bête d'imaginer des choses. Et pourtant… leurs
doigts qui s'étaient effleurés lui apparaissaient désor-

mais comme une répétition en miniature de gestes futurs, des gestes plus intimes qu'elle ne pouvait déloger de son esprit.

– Je viens de déménager, reprit Elizabeth. C'est encore un vrai champ de bataille mais j'aimerais te montrer la maison.

Laura se donna du courage en avalant une gorgée de son cocktail, puis elle osa à nouveau la regarder droit dans les yeux.

– Rien ne pourrait me faire plus plaisir…

*

– C'est ainsi que tout a commencé entre nous.

J'écoutais Laura en me retenant d'émettre le moindre jugement, quoique son récit m'ébranlât profondément. Durant toute ma vie, j'avais ignoré qui était réellement ma mère – et personne à l'exception de Laura ne l'avait jamais su. Je repensai à la lettre : « Nous imagines-tu vivant en couple dans une maison, à élever cet enfant comme si de rien n'était ? » Comment l'auraient-elles pu, en effet ? Si le seul fait d'être une mère célibataire était mal vu à l'époque, qu'en était-il de deux femmes entretenant une liaison ? N'avait-il pas fallu attendre les années 70 pour que la Californie abroge ses lois contre les homosexuels ?

– Quand avez-vous appris qu'elle était enceinte ?

– Betty me l'a avoué quelques semaines après notre rencontre. Elle s'est alors effondrée. On aurait dit que deux femmes cohabitaient en elle : l'une aurait donné sa vie pour cet enfant, l'autre était désespérée à l'idée de voir s'écrouler sa carrière…

– Est-ce que ma mère a songé à avorter ?

– Non, elle n'aurait jamais fait une chose pareille !

– Vous en êtes vraiment sûre ?

– Elle n'aurait renoncé à toi pour rien au monde ! En avril, nous avons heureusement appris que le tournage serait repoussé de plusieurs mois. Betty y a vu une planche de salut. Les semaines ont passé, nous prenions soin d'éviter les rencontres en public. Los Angeles est une grande ville, mais de plus en plus de gens la reconnaissaient. Nous nous cachions. J'allais le plus souvent chez elle : nous voir dans mon appartement aurait été beaucoup trop risqué. Une fois, nous sommes parties toutes les deux en week-end à Oceanside. Nous logions dans un charmant petit hôtel où j'avais fait une réservation à mon nom. Nous avions évidemment pris des chambres séparées, nous faisant passer pour des sœurs, mais Betty était contrariée.

– Pourquoi ?

– Elle avait l'impression que l'homme à l'accueil avait tout saisi de notre « manège » – c'est l'expression qu'elle a employée. J'ai compris ce jour-là que nous ne serions jamais heureuses, que le jugement des autres viendrait gâcher notre bonheur, quoi que nous fassions.

Le regard de Laura se fit lointain. Je me sentais blessé par ses paroles : ce bonheur qu'elle avait recherché auprès de ma mère, j'en avais été plus cruellement privé qu'elle.

– En mai, Betty est retournée à Santa Barbara. Nous nous appelions tous les deux ou trois jours, même si elle craignait que ta grand-mère ne découvre quelque chose.

– C'était donc à vous qu'elle téléphonait... Ma grand-mère m'a parlé de ces appels.

– Après son accouchement, elle est revenue presque immédiatement s'installer à Los Angeles. Nous avons recommencé à nous voir, mais tout a changé quand elle a reçu la visite de cet homme du FBI. Les photos compromettantes, sa relation ancienne avec Paul Varden... son passé venait de refaire irruption dans sa vie.

– Mais cet agent ne savait rien au sujet de votre liaison ?

Laura secoua la tête.

– Betty s'imaginait qu'elle était surveillée en permanence, mais je crois que le FBI s'était contenté de collecter des informations sur elle. Personne ne la suivait. Ce que je pouvais lui dire ne servait à rien. Elle était constamment sur ses gardes, et la fatigue n'arrangeait pas les choses : le tournage approchait, les répétitions lui prenaient tout son temps... Nous nous sommes vues moins régulièrement et, lors de nos rares rendez-vous, nous prenions des tas de précautions.

Laura m'avait menti avec un aplomb incroyable. À aucun moment je n'avais douté de ses confessions lors de nos deux précédentes rencontres.

– La soirée sur la plage de Malibu n'a donc jamais eu lieu ?

– Si, elle a eu lieu, mais elle ne s'est pas déroulée comme je te l'ai dit. Betty ne m'a rien révélé ce soir-là que je ne sache déjà. Mais c'est là que j'ai senti qu'elle était en train de m'échapper...

– Ma mère a-t-elle rompu ?

Ma question fit naître chez elle un regard hostile.

– Non !

– Elle en avait pourtant l'intention. C'est ce que cette lettre laisse entendre.

– Cette lettre... je t'ai dit que je ne l'avais jamais reçue ! Oui, Betty se montrait de plus en plus distante, oui, notre histoire était sans doute en train de mourir à petit feu, mais il n'y a pas eu de rupture à proprement parler. Quand le tournage a commencé, nous avons pris garde de ne pas commettre d'impairs. Nous évitions de nous retrouver seules en dehors des séances de maquillage. Betty ne voulait plus que je mette un pied chez elle. J'en ai beaucoup souffert mais je savais qu'elle m'aimait toujours. La pression qu'elle subissait était trop forte, je ne pouvais pas lui en vouloir.

– Pourquoi m'avoir rappelé l'autre jour pour me faire ces révélations sur le FBI ? Quel intérêt aviez-vous à ce que je continue à fouiller le passé ?

Laura se leva. Elle fit le tour de la table et vint se poster devant la fenêtre, me tournant le dos.

– Parce que j'avais peur que tu ne finisses pas découvrir la vérité me concernant. J'ai pensé qu'en t'orientant sur cette piste je t'éloignerais de tes recherches sur les relations amoureuses de ta mère.

En somme, Laura m'avait manipulé comme elle l'avait voulu. Et je ne pouvais être certain qu'elle ne continuait pas en ce moment même à le faire.

– Où étiez-vous le week-end où ma mère a disparu ?

Elle se retourna brusquement.

– Je t'en ai déjà parlé : j'étais au mariage d'une cousine à Palmdale.

– Désolé, Laura, mais il va me falloir plus que ça.

– Qu'est-ce que tu crois ? Que j'aurais pu faire du mal à ta mère ? Que je suis responsable de sa disparition ?

– Vous m'avez menti depuis le début ! Je ne peux pas me contenter d'un vague alibi !

Le mot était lâché. Contre toute attente, Laura était devenue mon principal suspect. Un crime passionnel : la première hypothèse qu'Hathaway et moi avions retenue. « Dans quatre-vingts pour cent des meurtres, la victime et l'auteur se connaissent. Et dans un quart des cas ils entretiennent une relation… » Je me souve-nais encore des chiffres du détective.

– Très bien, dit-elle en se dirigeant vers la porte de la cuisine.

– Où allez-vous ?

– Je dois te montrer quelque chose.

Je restai assis, n'osant pas l'empêcher de quitter la pièce. Elle s'absenta deux minutes tout au plus et revint avec l'album qu'elle m'avait montré lors de ma dernière visite.

– Voici les photos du mariage, fit-elle en demeu-rant debout à mes côtés. Le samedi 24 janvier 1959 : la date est indiquée là. Je vais préparer un peu de thé. Est-ce que tu en veux une tasse ?

Sa proposition supposait que nous étions loin d'en avoir fini. Je n'avais aucun intérêt à la bousculer et je n'avais rien avalé de chaud depuis mon lever.

– Je veux bien.

Huit photos sur une double page : l'assistance réunie devant une église ; un portrait en pied des mariés ; quelques scènes de groupe autour d'une grande table en plein air où avait dû être servi le repas de noces ; et un cliché de Laura, souriante, entourée par un couple d'inconnus et par son frère que j'avais déjà vu en photo.

Laura sortit sa théière et fit bouillir de l'eau.

– Je suis arrivée le samedi en milieu de matinée, accompagnée par mon frère Warren. La cérémonie a eu lieu à l'église vers 11 heures. Il devait y avoir une bonne soixantaine d'invités. Beaucoup sont morts aujourd'hui, mais tu n'auras aucun mal à en retrouver certains. Je pourrai te donner les noms. Ils te diront tous la même chose : que je ne suis pas arrivée en retard à l'église et que je suis restée là-bas jusqu'au dimanche soir. Est-ce que ça te va comme alibi ?

Je fis un rapide calcul. Il devait falloir aujourd'hui une bonne heure pour aller de Los Angeles à Palmdale. Et j'imaginai que le trajet devait être bien plus long en 1959. Si ma mère avait quitté son domicile à 9 heures le samedi, je ne voyais pas par quel miracle Laura aurait pu la retrouver en ville, la tuer à la suite d'une dispute, dissimuler son corps et être à l'heure pour assister à la cérémonie, fraîche et pimpante comme elle l'était sur la photo. Sans compter le fait qu'elle ne s'y était pas rendue seule.

Si une hypothèse vraisemblable s'effondrait, j'étais pourtant soulagé : j'aurais été terrifié d'apprendre que Laura avait joué un rôle dans la mort de ma mère.

Je refermai l'album. Ce simple geste me sembla une réponse suffisante à sa question.

– Quand avez-vous vu ma mère pour la dernière fois ?

– Je pourrais te dire que c'était sur le plateau, le vendredi en milieu d'après-midi, mais je te mentirais à nouveau. Je l'ai revue un peu plus tard…

– Chez elle ?

– Oui. Tout ce que je t'ai raconté à propos du bouquet d'œillets qu'elle a reçu le jeudi était vrai. À demi-mot, Betty m'avait confirmé qu'il lui avait bien été envoyé par l'agent du FBI. Nous n'avons pas eu le temps de parler le lendemain : Betty a quitté le plateau aux alentours de 15 heures, puisque Harris avait renoncé à tourner. Je suis partie deux ou trois heures après. J'ai juste eu le temps de passer chez moi avant de la rejoindre à Silver Lake.

– Pourquoi être allée là-bas ?

– J'étais folle d'inquiétude, je ne voulais pas la laisser seule dans un moment pareil ! Quand je suis arrivée, elle était livide et abattue. Je suis sûre qu'elle avait pris des médicaments juste avant que j'arrive.

– Quel genre de médicaments ?

– Il y avait de tout dans sa salle de bains : des pilules pour lutter contre les insomnies, les angoisses, la fatigue… Ta mère était devenue dépendante, David. Chaque fois qu'elle en prenait, je voyais que quelque chose s'éteignait dans son regard.

– De quoi avez-vous parlé ?

– Il n'y a pas eu de vraie discussion. J'ai simplement appris qu'elle devait rencontrer l'agent du FBI au Blue Star vers 22 heures. Je voulais l'accompagner à son rendez-vous pour la soutenir mais elle a refusé.

– Vous êtes restée longtemps ?

– Non, un quart d'heure tout au plus… Betty m'a demandé de partir et de ne pas chercher à entrer en contact avec elle jusqu'au lundi.

– Ce que vous avez fait ?

– Non. J'ai essayé à plusieurs reprises de l'appeler depuis Palmdale, le samedi et le dimanche. J'étais tellement peinée qu'elle ne veuille plus de mon aide… J'avais l'impression de ne plus lui être d'aucune utilité. Tu connais la suite… Dieu sait ce qui s'est passé ce week-end-là ! Ce n'est que dans les journaux, la semaine suivante, que j'ai appris qu'elle avait disparu le samedi matin après avoir salué une voisine…

Mes considérations égoïstes mises de côté, Laura suscitait désormais en moi de la compassion. Si ma mère n'avait pas disparu ce week-end de janvier 1959, leur histoire aurait sans doute pris fin bien avant que ne se termine le tournage.

Je me sentis pourtant obligé de maintenir une certaine pression :

– Vous avez conscience que je vais devoir vérifier votre alibi ?

– Fais ce que tu as à faire, je ne t'en veux pas. Je vais t'écrire les noms des invités qui sont encore en vie. Mais tu perds ton temps, David. Tu ne cherches pas dans la bonne direction…

– Que voulez-vous dire ?

– Rien de particulier, répondit-elle d'une voix blanche en déposant les tasses de thé sur la table.

– Laura, je vois bien que vous avez quelque chose en tête. Vous devez tout me dire, maintenant ! Avec l'ampleur que prend cette affaire, la vérité finira de toute façon par éclater ! La question est : est-ce que ce sera *avec* ou *sans* votre aide ?

Elle prit une gorgée de thé. Je fis de même, me sentant la gorge affreusement sèche.

– Je l'ai laissé trop infuser… il est fort, fit-elle avec une petite grimace.

À ce moment, un bruit de carillon m'annonça que j'avais un nouveau message. « Tout va bien ? » Je pianotai rapidement sur le clavier : « Oui. Je rentre bientôt. Ne t'inquiète pas. »

– Un message d'Abby ?

– Comment le savez-vous ?

– Tu m'as parlé d'elle l'autre jour. Et vu l'heure qu'il est, ce n'était pas difficile à deviner.

– Évidemment… Abby est enceinte.

Je ne sais pas pourquoi j'avais sorti cette phrase. Peut-être parce que, en dépit de tous ses mensonges et de ma stupide jalousie, je me sentais bien en compagnie de Laura.

– C'est formidable, dit-elle en souriant. Comment est-ce que tu le vis ? Je me souviens que l'autre fois…

Notre conversation au jardin botanique me revint en mémoire.

– Vous aviez raison : les hommes ne se sentent jamais prêts à devenir pères. Mais j'ai pris du recul ces derniers jours, et je crois que c'est la meilleure chose qui pouvait m'arriver.

Laura continua à boire son thé. En la regardant, je songeai que ma mère aurait eu à peu près le même âge qu'elle. Je l'imaginai habitant une maison en bois qui donnait sur le front de mer, à Malibu ou Santa Monica, entourée de livres et de chats. Durant de longs après-midi d'été, nous aurions feuilleté d'épais albums où, page après page, je l'aurais vue lentement vieillir jusqu'à devenir la femme qu'elle était, toujours belle et mélancolique – ces images d'elle qui n'existeraient jamais et que j'étais incapable de me figurer clairement.

– Et ton père ?

Laura me fit sortir de mes pensées.

– As-tu découvert quelque chose sur lui ? poursuivit-elle.

– Mon père ? C'est à lui que vous pensiez en disant que je ne cherchais pas dans la bonne direction ?

Elle ne répondit pas.

– Est-ce que vous savez quelque chose, Laura ? Vous m'avez toujours dit que vous ignoriez qui c'était…

– Crois-tu que, durant tous ces mois où Betty et moi nous nous sommes aimées, elle aurait pu me cacher son identité ?

– Réfléchissez bien à ce que vous allez dire. Certains mensonges pourraient avoir des conséquences terribles.

Elle soutint mon regard avec une assurance qui me fit comprendre qu'elle s'apprêtait à me dire la vérité.

– Tu as le droit de savoir, à présent.

– Qui est mon père, Laura ?

– C'était un ami de Wallace Harris... son plus fidèle ami, en fait.

Il me sembla que ma chaise se dérobait sous mon corps.

– Il s'appelle Samuel Crawford et je crois qu'il est toujours en vie.

5

Novembre 1957

Brouhaha des conversations. Rires retenus ou débridés. Robes élégantes et visages célèbres naviguant entre les prétentieuses colonnes de porphyre qui menaient du hall à la salle de réception…

La soirée s'éternisait. Elle avait lieu dans la villa chic d'un agent fort riche dont Elizabeth n'avait pas bien saisi le nom : quelque chose en « wood » ou « hood ». Elle était debout dans un coin du salon, une coupe presque vide à la main, un sourire de façade sur les lèvres. Le maître de maison venait de lancer un stupide concours de charades – le genre de jeux puérils destinés à prolonger la soirée et à lui donner un regain d'intérêt en cette heure avancée de la nuit. Elizabeth observait les convives de loin, en simple spectatrice d'une pièce dont elle n'aurait pas vraiment compris l'intrigue.

Elle s'était retrouvée là un peu par hasard. À la fin de sa journée de tournage – elle interprétait dans une comédie le rôle d'une serveuse débitant trois répliques insipides qui seraient sans doute coupées au montage –, un copain figurant l'avait invitée à dîner. Enfin, façon

435

de parler… « J'ai reçu une sorte d'invitation à une soirée », avait-il dit. Elle avait accepté.

Elle était passée en coup de vent chez elle pour enfiler sa seule tenue de soirée disponible : une robe à 15 dollars, affreusement mal coupée, sur laquelle elle n'arrêtait pas de tirer pour en chasser les faux plis.

Ils étaient arrivés parmi les derniers invités – une règle qu'une camarade d'un cours d'art dramatique lui avait apprise : si l'on voulait réussir son entrée et attirer les regards, mieux valait disposer d'un public pour ça ; tout ensuite était une question de dosage, le risque d'une arrivée tardive étant de tomber sur une assistance trop éméchée pour vous prêter la moindre attention.

Son copain figurant avait disparu au troisième verre. Avait-il trouvé compagnie plus intéressante que la sienne ? Une vieille héritière cherchant un protégé ou une actrice sur le déclin voulant faire taire ses craintes sur son pouvoir de séduction ? Elle n'était pas là pour lui, de toute manière. Le seul fait que les journaux puissent mentionner votre présence à l'une de ces soirées suffisait à vous faire oublier combien elles étaient barbantes. De plus, pensait-elle, si les dirigeants du studio la voyaient au milieu de véritables vedettes, ils finiraient peut-être par penser qu'elle en était une aussi.

Elizabeth ne remarqua pas l'homme qui se dirigeait dans sa direction. Elle ne le vit que lorsqu'il se fut planté devant elle : la trentaine, le regard vif, la moustache fine, le tout dans un smoking taillé sur mesure aussi seyant que sa robe à elle était affreuse.

– Bonsoir. Je vous observe depuis tout à l'heure et…

Elle se mordit les lèvres, peu d'humeur à supporter le baratin d'un Casanova de salon.

– Dites donc, vous n'êtes pas très grand ! le coupa-t-elle en le toisant.

L'homme fut cloué sur place.

– Pardon ?

Elizabeth rit bruyamment.

– Désolée. C'est une réplique du *Grand Sommeil*.

– Quoi !

– Vous ne vous souvenez pas ? La rencontre entre Bogart et… cette actrice, comment s'appelle-t-elle déjà ?… Peu importe, j'ai toujours rêvé de la sortir à un homme.

– Fût-il d'une taille tout à fait dans la moyenne ? remarqua-t-il, vexé.

– Ne le prenez pas mal, c'était pour plaisanter.

– Et qu'est-ce que Bogart répondait ?

– « J'essaie pourtant. » C'est très drôle, vous ne trouvez pas ?

– Si, répondit-il sans enthousiasme.

– Je n'ai rien compris à l'intrigue de ce film, mais les dialogues m'ont beaucoup fait rire.

– Étrange entrée en matière, en tout cas – j'aurais préféré ne pas en faire les frais !

– « Entrée en matière » plus originale que la vôtre. Qu'alliez-vous me dire quand je vous ai interrompu ? « Je vous observe depuis tout à l'heure et… » cochez la bonne case : 1) « Je vous trouve ravissante » ; 2) « Je n'ai pas tellement envie de rentrer chez moi et de finir la soirée seul » ; 3) « Je suis un célèbre agent d'Hollywood et je jure mes grands dieux que je vais faire de vous la future Ava Gardner. »

L'homme sourit, désormais disposé à se prêter au jeu.

– Très bien… A-t-on le droit de cocher plusieurs cases ?

– Oh non, vous ne respectez pas les règles !

– Une toute petite entorse, rassurez-vous… Je vous trouve ravissante *et* je suis un agent hollywoodien.

Elizabeth fit une moue forcée.

– Un agent, c'est tout ? Pas un *célèbre* agent ?

– La célébrité est relative. Comparé à la moitié des personnes présentes ce soir, je ne dirais pas que je suis célèbre.

– Avez-vous remarqué que, dans ce genre de soirées, les gens importants recherchent toujours à un moment ou à un autre la compagnie d'inconnus ?

– Pourquoi ça ?

– Pour se dépayser, pour briller parmi les quidams… Mais ça ne dure jamais très longtemps. Au bout d'un moment, ils commencent à paniquer, comme s'ils avaient peur d'être déclassés.

L'homme posa son verre sur l'élégant piano à queue à côté d'eux.

– Vous êtes actrice, je suppose.

– Comment avez-vous deviné ? demanda-t-elle d'un ton ouvertement ironique.

– C'est étrange : je n'ai jamais vu votre visage sur grand écran. Je suis pourtant certain que je n'aurais pas pu l'oublier.

– Attention, vous redevenez prévisible.

– Aimeriez-vous être célèbre ?

– Comme qui ? Ava Gardner ?

Il sourit à nouveau.

– Ne vous défilez pas !

– Vous connaissez quelqu'un dans cette ville qui ne rêverait pas de devenir célèbre ? La plupart des gens préfèrent encore échouer à Hollywood que mener une vie à peu près heureuse ailleurs.

– D'où venez-vous ?

– Santa Barbara.

– Et c'est ce genre de vie qui vous attendait là-bas ?

– Peut-être, je ne le saurai jamais… Et, à vrai dire, je préfère ne pas y penser.

Des éclats de rire fusèrent à l'autre bout du salon. Le jeu des charades avait un franc succès.

– Cette soirée m'ennuie au plus haut point.

– Pourquoi restez-vous alors ?

– J'ai perdu mon cavalier, je voulais lui dire au revoir.

– Votre « cavalier » ? répéta-t-il en riant. On est à Hollywood, pas dans *Cendrillon* !

– Vous avez raison. De toute manière, je ne suis pas venue en carrosse et ma robe ne pourrait pas être pire que ça, même minuit passé.

– Je l'aime bien, votre robe. Je n'ai jamais raffolé des tenues trop sophistiquées chez les femmes.

– C'est en général ce qu'on dit quand on n'a pas les moyens de se payer une robe de soirée décente.

– Avez-vous du travail en ce moment ?

– Je n'ai pas à me plaindre, fit-elle à voix basse. Il est tard à présent, je crois que je vais rentrer.

Le visage de l'homme s'alarma.

– Vous ne pouvez pas partir maintenant, on vient juste de se rencontrer !

– Il le faut pourtant.

– Je me suis trompé tout à l'heure…

Elle haussa les sourcils.

– Votre jeu ! Je choisis finalement la deuxième possibilité : « Je n'ai pas tellement envie de finir la soirée seul. »

Elizabeth lui adressa un sourire complice.

– Trop tard, vous avez déjà eu droit à deux réponses.

– Donnez-moi votre nom.

– Laissons faire le hasard plutôt. Peut-être nous reverrons-nous un autre soir…

– Je ne crois pas au hasard : tout n'est question dans la vie que de désir et de volonté. Un prénom au moins ?

Elle hésita quelques secondes, puis lui tendit la main avec une pointe d'affectation comique.

– Elizabeth, mais en général les gens m'appellent Betty.

L'homme esquissa un geste de salut.

– Et moi Samuel… Samuel Crawford.

*

Décembre 1957

Les premiers rayons du soleil pointaient à travers la vitre de la chambre. Un petit réveil égrenait son tic-tac lancinant sur la table de chevet. Par terre, à côté d'un oreiller chiffonné et d'une pile de livres, traînaient deux verres encore remplis de scotch, seuls témoignages de la soirée de la veille.

Assis dans le lit, dos enfoncé dans un coussin, Samuel Crawford alluma une cigarette. Il ramena le drap sur son corps pour chasser le frisson qui lui traversait les jambes.

– *Room service*, annonça Elizabeth en entrant dans la chambre, un plateau dans les mains.

– Mazette ! Je serais bien incapable de me souvenir de la dernière fois où une femme m'a apporté le petit déjeuner au lit !

– « Petit déjeuner » ? Un bien grand mot pour une si petite chose. Tu n'as vraiment rien dans ta cuisine !

440

Je n'ai pu trouver que du café et des tranches de fromage toutes rabougries.

Crawford tapota sa cigarette dans le cendrier posé sur son ventre.

– Je pensais qu'on pourrait manger quelque chose dehors…

Elizabeth déposa le plateau sur les draps froissés.

– Désolée, mais je n'aurai pas le temps. Il faut que je repasse chez moi, j'ai un rendez-vous en fin de matinée.

Elle s'approcha de Crawford pour lui retirer sa cigarette.

– Je n'aime pas qu'on fume au lit. Ta chambre va empester !

– On joue les rabat-joie, miss Badina ?

– Tiens, bois plutôt, lui dit-elle en lui portant aux lèvres une des tasses.

– Hum ! Je n'ai jamais réussi à préparer un café aussi bon.

– Je m'en doute bien. Les cafés que tu m'as servis étaient tous imbuvables : on aurait dit de l'eau chaude colorée.

Elizabeth se retourna.

– Non, ne bouge pas.

– Pourquoi ?

– Ce rayon de lumière qui tombe sur ton visage, c'est magnifique. Dommage que je n'aie pas un appareil photo sous la main.

– Tu te moques de moi !

– Jamais je n'oserais.

Elizabeth lui prit la main, caressa du doigt son alliance.

– Depuis combien de temps es-tu marié ?

– Betty, je t'ai dit que je ne voulais pas parler de ça !

– Oh, ne crains rien, je ne suis pas jalouse. C'est juste de la curiosité.

Crawford leva les yeux au plafond.

– Sept ans. Mais tu sais bien que tout est fini entre nous.

– Pourquoi restes-tu marié alors ?

– Les choses sont parfois compliquées dans un couple…

– Vous voulez sauver les apparences ?

– Non, ce n'est pas ça.

– C'est quoi alors ?

– Nous avons traversé des moments très difficiles, mais on s'accroche parfois à un mariage pour des raisons qui nous échappent. Par peur de devoir accepter un échec qu'on n'avait pas prévu. Estelle et moi en sommes arrivés à une espèce de trêve…

– Une « trêve » ? Ça suppose la possibilité d'une réconciliation ?

– Non, ça veut simplement dire que nous ne voulons plus nous faire la guerre. Parlons d'autre chose…

– Pardon. Je n'aurais pas dû t'embêter avec ces questions.

Crawford reprit une gorgée de café, le temps de laisser passer un silence.

– Sais-tu comment Gene Tierney est devenue actrice ?

– Comment le saurais-je ?

– Un jour, elle participait avec sa famille à une visite guidée des studios de la Warner – son père était assureur et connaissait quelques types dans le monde du cinéma. Ils se trouvaient dans les coulisses d'un tournage lorsque le réalisateur Anatole Litvak l'a vue et lui

a dit : « Vous devriez faire du cinéma, mademoiselle. »
Elle n'avait que 18 ans. À partir de ce jour, malgré les
réticences de son père, elle n'a plus rêvé que de faire
une carrière d'actrice.

– Pourquoi me racontes-tu ça ?

– Parce que j'imagine que si un réalisateur t'avait
croisée à tes 18 ans il t'aurait dit la même chose.

– Malheureusement, Santa Barbara n'était pas le
meilleur endroit !

– Aujourd'hui, je parlerai à Wallace.

– À quel sujet ?

– À ton avis ? Je ne t'en ai rien dit mais… il travaille
d'arrache-pied à son prochain film, un drame policier
auquel il croit beaucoup. Il cherche une actrice… Je
veux qu'il te fasse faire des essais.

Elizabeth se leva pour rajuster son déshabillé.

– Je te rappelle que je suis déjà sous contrat, et je
n'ai pas besoin de lui, ni de toi d'ailleurs, pour décrocher des troisièmes rôles.

Crawford posa le cendrier sur la table de chevet et
arrangea le coussin derrière son dos.

– Tu n'as pas compris, Betty : je suis en train de te
parler du rôle-titre !

– Mais… qu'est-ce que tu racontes ? Personne ne
me connaît, Samuel ! Je n'ai même jamais eu mon nom
sur une affiche.

– Toutes les célébrités ont été à un moment ou à un
autre inconnues. Tu vas devenir une star, Betty, j'en
suis certain. Je ne veux plus que tu perdes ton temps
avec des rôles stupides de serveuse ou de réception-
niste ! Tu vaux mieux que ça.

– Si je suis digne d'être une star, explique-moi
pourquoi on ne me propose rien d'autre que ces « rôles
stupides » !

443

– Tu ne comprends pas. Une star n'existe qu'en tant que star : il n'y a pas de second rôle possible pour toi. Lorsque je t'ai vue à cette soirée le mois dernier, je ne t'ai pas abordée parce que j'avais envie de te draguer.

– Je ne te plais pas, alors ?

– Ne dis pas de bêtises ! Bien sûr que tu me plais ! Ce que j'ai vu en toi, je ne l'ai jamais vu chez toutes ces filles qui viennent se pavaner pour faire décoller leur carrière. Tu étais seule, près du piano, le visage triste et songeur… Tu donnais l'impression d'être étrangère à cette fête. Le monde autour de toi ne semblait pas te toucher. Je me suis dit : « Cette fille, c'est Vivian. »

– Vivian ?

– C'est le nom de l'héroïne du film de Wallace. Il ne veut pas des actrices en vogue que Welles tente de lui imposer. Vivian est unique. Il recherche un visage neuf, qui ne serait attaché à aucune autre histoire. Il est persuadé que la réussite du film tiendra à celle qui interprétera le rôle. Et je partage son avis. Laisse-moi parler à Wallace, je t'en prie.

Elizabeth ramena une mèche de cheveux derrière son oreille.

– Est-ce qu'il est au courant… pour nous ?

– Non, et il vaudrait mieux qu'il ne l'apprenne pas. Wallace a le favoritisme en horreur : il n'a jamais reçu d'aide de personne pour devenir ce qu'il est. Je n'ai pas envie qu'il pense que je cherche à t'imposer à cause de notre relation.

– Et je ne veux pas que ce soit le cas ! J'attends que tu sois impitoyable, que tu me juges plus durement que tu ne le ferais avec les autres.

– Mais j'en avais bien l'intention, ma chère. Viens t'asseoir près de moi. Je vais te parler de Vivian…

*

Janvier 1958

Elizabeth sortit de l'immeuble et s'arrêta sur le trottoir. Le bruit de la circulation lui fit du bien. Elle regarda les voitures défiler devant elle à la manière des taches mouvantes d'un kaléidoscope. Ayant posé une main sur son ventre, elle respira profondément. Il y avait quelque chose de nouveau dans l'air – ou plutôt dans la perception qu'elle avait du monde extérieur –, comme si ses sens étaient exacerbés, son être doté d'une acuité décuplée.

Le médecin, qui avait été gentil avec elle, n'avait fait que confirmer ce qu'elle savait déjà. Mais la chose, énoncée par une bouche étrangère, éclaircissait soudain une réalité contenue, comme un bain chimique révèle une image latente sur le papier photographique. Elizabeth ne voulait penser à rien qui pût lui gâcher l'instant présent, les ennuis viendraient bien assez vite. Elle connaissait parfaitement les termes de son contrat : si l'on apprenait qu'elle était enceinte, son salaire serait immédiatement suspendu et il ne faudrait pas vingt-quatre heures pour qu'on la remplace.

Elle marcha cinq minutes, se laissant entraîner par le flot continu des voitures, avant d'entrer dans un bar-restaurant pour téléphoner. Dans la cabine aux murs recouverts d'un horrible velours grenat, elle se sentit soudain oppressée. Elle hésita à quitter les lieux. De son sac à main, elle sortit le mot qu'elle avait reçu deux jours plus tôt. Elle s'aperçut qu'elle n'éprouvait plus de sentiment de culpabilité à le relire. Ce qui lui arrivait semblait désormais appartenir à un ordre des

445

choses qui la dépassait, sur lequel elle n'avait plus aucune prise. Elle introduisit une pièce dans le téléphone.

– C'est moi, Samuel…

– Betty ! Pourquoi ne m'as-tu pas appelé avant ? Tu as reçu mon mot ?

La voix dans le combiné était anxieuse. Elizabeth froissa le morceau de papier dans le creux de sa main.

– Je l'ai reçu.

– Il faut qu'on se voie. Je n'ai pas arrêté de passer chez toi mais tu n'étais jamais là…

– Non, Samuel, tu ne dois plus chercher à me joindre. Je crois avoir été assez claire.

– Tu sais bien que les choses ne peuvent pas se terminer comme ça ! Ne sois pas stupide !

Elle respira profondément, les yeux mi-clos.

– Tout est fini. Tu es marié, Samuel, et je sais que tu ne quitteras jamais ta femme.

– Tu ne vas pas recommencer avec ça ! Je t'ai expliqué que…

– Inutile de te répéter. Essaie de sauver ton mariage, c'est la meilleure chose que tu puisses encore faire. Je ne suis pas celle qu'il te faut.

– Alors c'est ça ! Je n'ai été bon qu'à te faire décrocher le rôle dont tu rêvais ! Mlle Badina va devenir une star et elle n'a plus besoin de moi !

– Ne sois pas injuste. Je ne t'ai jamais manipulé, c'est toi qui as insisté pour…

Elle s'arrêta net : elle n'avait pas appelé pour se perdre dans d'interminables justifications.

– Qu'est-ce qui se passe, Betty ? Tu as tellement changé.

– Il n'y aura peut-être pas de film.

– Qu'est-ce que tu racontes ?

Ne pas flancher, pas maintenant.

– On ne sait jamais ce que la vie nous réserve. Je suis désolée, Samuel. Merci pour tout ce que tu as fait pour moi, je te souhaite d'être heureux.

– Betty !

Elle raccrocha et demeura quelques instants la main posée sur le combiné. Elle sortit de la cabine et ne put faire que quelques pas dans la salle aux trois quarts vide avant d'être prise d'un vertige. Tout juste eut-elle la présence d'esprit de s'appuyer au comptoir pour garder l'équilibre.

Le garçon, occupé à essuyer des verres, s'approcha d'elle, alarmé.

– Mademoiselle, vous allez bien ?

Elizabeth tenta de reprendre ses esprits. Elle rouvrit les yeux et lui adressa un sourire amène.

– Ça va, je vais bien… Je ne me suis même jamais sentie aussi bien.

6

J'avais la pénible impression de m'être pris un uppercut en pleine mâchoire.

– Je connais Crawford.

– Comment ça, tu le connais ?

– Je l'ai rencontré il y a quelque temps à New York.

Je me levai – j'avais besoin de bouger pour mettre de l'ordre dans mes pensées.

– Non, Crawford ne peut pas être mon père, c'est impossible ! Quelle preuve avez-vous ?

– Betty me l'a dit, et je l'ai toujours crue. Nous ne sommes plus dans les années 50 ! Un simple test de paternité suffirait à te le prouver.

Ma raison résistait, mais au plus profond de moi je savais que Laura disait la vérité. Je me rappelai notre rencontre dans ce restaurant de Midtown West. Crawford m'avait donné le sentiment d'une incroyable familiarité, comme si un lien secret nous unissait.

– Quand se sont-ils rencontrés ?

– Lors d'une soirée dans une villa de Bel Air en novembre 1957.

Sur ce point-là au moins, il ne m'avait pas menti.

– Et ils sont devenus amants ?

– Oui. Le mariage de Crawford battait de l'aile. Je crois même que tout était fini depuis longtemps avec sa femme. Betty n'a jamais vraiment été amoureuse de lui, mais c'était un homme élégant, charmeur et cultivé. Il lui a fait découvrir des livres, l'a emmenée dans les musées… Betty l'admirait, comme on peut admirer un mentor. Avec lui, elle avait l'impression de devenir enfin quelqu'un d'important. Peu de temps après leur rencontre, il l'a présentée à Harris pour qu'elle fasse des essais.

Il n'avait guère eu besoin d'insister pour l'imposer, puisque je savais que le réalisateur était immédiatement tombé sous son charme.

– Et vous, depuis quand connaissiez-vous Crawford ?

– Je l'avais rencontré sur le tournage de *La Chevauchée du désert*. Il a toujours été très aimable avec moi. Il a même rendu service à mon frère Warren en lui trouvant du travail quand il traversait une mauvaise passe.

– J'imagine que Crawford sait qu'il est mon père.

– Il ne le savait pas à l'époque. Personne en fait ne savait que Betty avait accouché d'un fils à Santa Rosa. Mais il a dû le découvrir depuis…

Je repensai à la note du FBI et à ce « suspect très crédible » qui avait été interrogé par la division de Los Angeles. Pouvait-il s'agir de Samuel Crawford ? Le mystérieux amant de ma mère, son assassin, mon père : les trois inconnus réunis en une seule et même personne, ce que je redoutais depuis le début de cette enquête. J'avais pourtant du mal à croire à une telle hypothèse. Pourquoi Crawford aurait-il pris le risque de me contacter et de me mettre le pied à l'étrier s'il était responsable de quoi que ce soit ? Je savais que, sans lui, je n'aurais jamais cherché à en apprendre plus sur ma mère. Sauf que Harris s'était montré insistant pour que cette rencontre ait lieu : Crawford avait pu céder à sa demande pour garder le contrôle et ne pas se retrouver hors jeu.

Soudain, une théorie terrifiante me vint à l'esprit. Wallace Harris voulait me révéler la vérité au sujet de la relation amoureuse entre Crawford et ma mère. Il soupçonnait son ami de l'avoir fait disparaître et souhaitait le mettre face à ses responsabilités, jouant avec lui un jeu sadique dont il était coutumier. Crawford avait alors mis fin à ce jeu en le tuant, sans lui laisser le temps de me faire part de ses soupçons. Harris était certes mort officiellement d'une crise cardiaque, seul dans sa propriété, et les flics n'avaient jamais vraiment pensé qu'il puisse s'agir d'autre chose que d'un accident. Une simple enquête de routine, comme l'avait dit Crawford. Pourquoi, cependant, le réalisateur aurait-il attendu si longtemps pour agir ? Avait-il découvert quelque chose peu auparavant ? Se sachant malade, avait-il voulu être en paix avec lui-même ?

– Que savez-vous d'autre, Laura ? Si vous m'avez parlé de Crawford, c'est que vous le soupçonnez de quelque chose !

– Leur relation n'a guère duré… Betty a rompu dès qu'elle a appris qu'elle était enceinte. Elle savait que Crawford ne quitterait pas sa femme, et elle ne voulait pas comme père de son enfant d'un homme qui mènerait une double vie. Il n'a jamais accepté que Betty l'ait repoussé : d'après ce qu'elle m'a confié, il avait l'impression qu'elle l'avait manipulé. C'était faux, évidemment ! Elle ignorait qu'il était l'ami de Harris lorsqu'ils étaient devenus amants, elle était même réticente à l'idée qu'il intervienne pour qu'elle obtienne le rôle.

– Est-ce que Crawford harcelait ma mère ? Est-ce qu'il s'est montré menaçant avec elle ?

– Non… du moins pas au début. Quand le tournage a été reporté à cause de la censure, nous avons bien cru que le film capoterait. Crawford s'est tenu à l'écart de Betty : le rôle de sa vie était en train de lui échapper, peut-être pensait-il tenir là sa vengeance. Mais, en janvier, il s'est mis à passer au studio au moins deux ou trois fois par semaine, soi-disant pour assister Harris. En réalité, je suis certaine qu'il cherchait à reconquérir Betty, ou plutôt à retrouver l'ascendant qu'il avait eu sur elle. Je les ai vus discuter plus d'une fois entre deux scènes…

– Se sont-ils disputés ?

– Je ne dirais pas vraiment ça. Betty s'arrangeait pour qu'ils ne soient jamais seuls, mais elle sortait toujours contrariée de ces discussions.

– En avez-vous parlé avec elle ?

– Une seule fois… et elle n'a pas voulu s'étendre sur le sujet. « Tout ça, c'est du passé », m'a-t-elle dit.

– Savait-il que le FBI la surveillait ?

– Non, je ne pense pas. Betty se serait mise en danger en le lui disant.

Lors de notre rencontre à New York, Crawford avait voulu me faire croire qu'il était rarement présent sur le plateau. Il s'était même montré insistant sur ce point, à l'évidence pour minimiser le lien qui l'unissait à Elizabeth.

– Avez-vous vu Crawford la semaine avant la disparition de ma mère ?

– Il est passé en coup de vent le jour où elle a reçu le bouquet d'œillets. Mais, après le week-end, nous ne l'avons plus revu sur le plateau. Je ne suis même pas certaine qu'il ait été interrogé par la police.

Par la police peut-être pas, mais le FBI avait forcément dû retrouver sa trace en enquêtant sur le passé de ma mère.

– Pourquoi n'avez-vous rien dit à l'époque ? Crawford était un suspect évident, il avait un mobile sérieux !

– Un mobile, tu l'as dit. Tout comme j'en avais un… Si j'avais parlé de lui, on aurait commencé à s'intéresser à moi et on aurait fini par découvrir ma relation avec Betty. Que se serait-il passé alors ? La police en serait arrivée aux mêmes conclusions que toi : rejetée par Betty, folle de jalousie, j'aurais été capable de la faire disparaître.

– Vous aviez un alibi !

– Quand bien même… J'aurais probablement perdu mon travail : plus personne n'aurait pris le risque de m'engager après un tel scandale.

Tout comme Eddy Cowan, pensai-je, qui avait été ostracisé par la profession après son interrogatoire chez les flics.

– Avez-vous revu Crawford par la suite ?

– Une fois, à la fin du tournage, mais je ne lui ai pas parlé. Il était amaigri et marqué.

Désespéré par la disparition d'Elizabeth ou rongé par le remords ? Telle était la question.

– Je n'ai plus jamais travaillé pour Harris. Après ce film, j'ai quitté la Welles International Pictures pour une autre société de production. J'avais besoin de changement pour traverser cette épreuve. Quelques années plus tard, j'ai croisé Crawford par hasard dans un restaurant de Beverly Boulevard. Il était en compagnie de sa femme. Je ne pourrais pas te dire s'il avait l'air heureux ou s'il avait fini par se faire une raison. J'ai appris longtemps plus tard qu'il avait eu une fille, morte à l'âge de six ans d'une leucémie. Son mariage n'a pas survécu à cette tragédie… Tu vois, je ne peux pas m'empêcher de penser que s'il avait eu le courage de divorcer à l'époque Betty serait peut-être encore en vie aujourd'hui.

Une petite fille morte à l'âge de six ans… Si Crawford était mon père – ce dont je ne doutais plus –, j'avais eu une demi-sœur que je ne connaîtrais jamais.

– Que comptes-tu faire à présent ?

– Je ne sais pas. Peut-être rentrer à New York pour avoir une explication franche avec Crawford – en espérant qu'il veuille bien me dire la vérité.

– S'il a fait du mal à Betty, il ne te dira rien. Cette histoire est trop ancienne : tu ne pourras jamais obtenir de preuves contre lui.

– Je ne cherche pas de preuves. Je ne veux pas me venger et je me moque que l'assassin de ma mère finisse sa vie derrière des barreaux ! Ce n'est pas ça qui la fera revenir.

Laura se mura dans le silence. Elle avait l'air épuisée par notre conversation et je regrettai de l'avoir poussée à bout.

Ne sachant plus quoi lui dire, j'ouvris l'album posé sur la table. Je fis tourner quelques pages et retrouvai la petite photo dentelée représentant Laura et ma mère devant un hangar des studios. L'idée qu'elles puissent être autre chose que deux amies ne m'avait jamais effleuré l'esprit. La première fois que j'avais vu cette photo, je m'étais même dit qu'on aurait pu les prendre pour des sœurs.

Soudain, j'eus la même impression devant ce cliché que face au dernier portrait de ma mère – celle de passer à côté de quelque chose, de rater l'essentiel. Puis, par une association mentale que je n'aurais su m'expliquer, une autre image me revint : celle de Tippi Hedren se décolorant les cheveux pour changer d'identité,

453

devenir une autre femme. Marnie… La brune devenue blonde dans le miroir d'une salle de bains.

Durant quelques secondes, ce fut comme si je n'étais plus physiquement présent dans cette cuisine. Mon esprit fouillait dans les tonnes d'informations que j'avais accumulées au fil de mon enquête.

Je me revis assis dans le bureau d'Hathaway à Van Nuys lorsque j'avais fait sa connaissance. J'entendais encore ses paroles. Ma mère, vue pour la dernière fois par une voisine… Les arbres et les haies qui ne permettaient qu'une vue partielle sur le porche d'entrée de la maison. Si cette femme l'avait vue, ça n'avait été que l'espace de quelques secondes.

– Ce n'était pas ma mère…

Laura plissa les yeux, puis se pencha légèrement en avant, dans l'attente d'une explication.

– Ce n'est pas ma mère qui a quitté le domicile de Silver Lake ce samedi-là. C'est vous, Laura.

7

Samedi 24 janvier 1959
Quartier de Silver Lake, Los Angeles

Quand elle ouvre la porte, Laura est aveuglée par la lumière du jour. Elle place une main en visière au-dessus de ses yeux, qui portent les stigmates d'une nuit sans sommeil – une nuit infernale qui vient de faire basculer son existence. Son esprit n'est plus qu'un marécage opaque et le ciel bleu sur la ville de Los Angeles lui semblerait presque une anomalie.

Elle referme la porte derrière elle, s'arrête un instant sur le perron, le temps d'attraper la paire de lunettes de soleil dans son sac pour cacher ses yeux. Elle rajuste le pill box sur sa tête puis descend les trois marches qui la séparent de l'allée.

Elle tourne la tête du côté de la haie clairsemée qui borde la propriété. Dans la maison voisine, à une fenêtre du rez-de-chaussée, elle discerne la silhouette immobile. Tout se déroule exactement comme elle l'a prévu. Vera Anderson… Toujours aux aguets, toujours à l'affût des moindres faits et gestes du voisinage, comme le lui a un jour raconté Betty.

Laura fait un geste discret de la main pour la saluer. Derrière la vitre, la femme y répond. Un frisson la traverse. Les choses paraissent si simples… Elle n'arrive pas à croire que son plan se déroule sans anicroches. Elle détourne le regard en remontant ses lunettes sur son nez. Les chaussures de Betty lui font mal et elle doit faire un effort pour marcher d'un pas naturel jusqu'au garage.

Elle s'installe dans la Chevrolet, s'empresse de démarrer le moteur. Elle sait au plus profond d'ellemême qu'il est encore temps de faire marche arrière et d'assumer ses erreurs. Une force obscure la retient ici. Une partie de son être demeure amarrée à cette maison dans laquelle elle aurait aimé passer le reste de sa vie. Tout est déjà joué pourtant, sa décision est prise depuis des heures.

Tandis que le véhicule regagne la rue, elle regarde pour la dernière fois la jolie façade et le jardin impeccablement entretenu. Elle descend la vitre et allume une cigarette – sa première de la journée. La bouffée qui pénètre dans ses poumons la rassérène durant quelques secondes, avant que l'angoisse et la peur ne reprennent le contrôle.

Elizabeth Badina ne verra jamais son nom ni son visage sur les murs de la ville. Elle ne sera jamais adulée par les foules silencieuses des salles de cinéma. Par son entière et unique faute… Et le plus dur à supporter, c'est que le nom même de cette femme qu'elle a passionnément aimée n'éveille plus aucun sentiment en elle.

Dans quelques minutes, Laura redeviendra la fille insignifiante qu'elle a toujours été et qu'elle aurait dû rester. Sans l'amour de Betty, elle n'est plus rien. Et sa vie, alors, ne sera plus qu'un cauchemar éveillé.

Dès qu'elle a quitté le quartier et rejoint Santa Monica Boulevard, Laura retire ses lunettes et son chapeau. Elle jette un coup d'œil dans le rétroviseur : des larmes coulent sur ses joues, entraînant avec elles l'épais maquillage qui recouvre son visage.

8

– Vous l'avez tuée ! criai-je. Vous avez tué ma mère !

Mon corps était agité d'un tremblement incontrôlable.

– Vous vous êtes trahie tout à l'heure. Vous avez parlé d'un geste de la main qu'Elizabeth et sa voisine auraient échangé. Ce détail n'a jamais été rendu public. J'ai lu presque toute la presse de l'époque : aucun journal ne l'a mentionné. Seuls les enquêteurs étaient au courant !

Le visage de Laura n'exprimait aucun effarement, comme si mes accusations ne l'atteignaient pas.

– J'aimais Betty plus que tout au monde…

– Et c'est pour ça que vous n'avez pas supporté l'idée qu'elle puisse vous quitter ! Sa voisine n'a pu apercevoir qu'une silhouette ce jour-là. Elle n'a vu que ce qu'elle s'attendait à voir : l'actrice Elizabeth Badina sortant de sa maison.

Pour la faire réagir, je pointai du doigt la photo de l'album qui m'avait dessillé les yeux.

– Ne restez pas silencieuse comme ça ! Elizabeth et vous faisiez quasiment la même taille et vous n'aviez que deux ou trois ans de différence ! Vous étiez maquilleuse professionnelle, ça n'a pas dû être bien difficile pour vous de faire illusion le temps de gagner la Chevrolet : une robe appartenant à ma mère, un chapeau, un astucieux maquillage… Un vrai artifice de cinéma ! Ma mère était déjà morte à ce moment-là. Mais vous aviez besoin que quelqu'un la voie, ou croie la voir, pour vous forger un alibi. Il vous suffisait d'attendre que sa voisine paraisse à la fenêtre de sa cuisine. Vous ne preniez aucun risque : à cette distance, il était impossible qu'on se rende compte que c'était vous !

Le visage de Laura demeurait impénétrable. Elle souleva sa tasse de thé, se figea, puis but une longue gorgée.

– Parlez ! Ayez enfin le courage d'assumer vos actes !

Inexplicablement, ni ma colère ni ma haine n'arrivaient à prendre pour cible cette femme assise en face de moi. Je me sentais désemparé de ne trouver aucun exutoire.

– J'ai su que tout était fini le jour où tu es venu me voir, dit-elle calmement. J'ai eu la même pensée que Betty le soir où elle a rencontré cet agent du FBI : « J'attendais depuis des années celui qui viendrait me faire payer mes erreurs. » J'ai compris que ce n'était plus qu'une question de temps. Au fond, si cette enquête n'a jamais été résolue, c'est que tout le monde se moquait de Betty. La presse et la police ne voyaient en elle qu'une actrice à la vie dissolue ; pour l'équipe, elle était devenue un désagrément qui pouvait faire capoter le tournage ; quant à Crawford, il n'a même pas eu à assouvir la vengeance qu'il ruminait depuis des mois. Il n'y avait que toi, David, qui pouvais découvrir la vérité.

– Qu'avez-vous fait à ma mère ?

Inconsciemment, j'avais attendu ce moment toute ma vie, et il ne ressemblait à rien de ce que j'avais pu imaginer. J'avais conscience que les paroles qu'elle allait prononcer seraient les plus cruelles que j'aurais à entendre.

– Je suis retournée chez Betty ce vendredi-là. Il était près de minuit… Je savais que je serais incapable de passer le week-end sans l'avoir revue, sans que nous ayons eu une vraie discussion. Elle ne m'a laissée entrer qu'à contrecœur et j'ai tout de suite compris que les choses allaient mal se passer…

*

– Je suis épuisée et j'ai envie de rester seule. Tu dois t'en aller.

– Pas avant que tu m'aies raconté ce qui s'est passé.

Le salon n'était éclairé que par une petite lampe posée sur un guéridon, près de la fenêtre. Elizabeth s'éloigna de Laura et vint s'asseoir sur l'accoudoir du canapé.

– Très bien. Tu veux tout savoir ?… Ils sont au courant. Ils ont des photos.

– Mais… ils ont ces photos depuis des mois.

– Des photos de nous, Laura ! Le week-end où nous sommes allées à Oceanside, quelqu'un nous a suivies. On nous voit ensemble sur la plage et sur la terrasse de l'hôtel… Quand cet homme m'a tendu cette enveloppe… j'étais certaine au fond de moi qu'ils avaient découvert notre relation.

– Qu'est-ce que ça prouve ? Nous avons toujours fait attention, il n'y a jamais eu de gestes déplacés entre nous en public !

Elizabeth haussa la voix en lui décochant un regard aussi acéré qu'une flèche.

– Qu'est-ce que tu imagines ? Qu'ils avaient besoin de nous surprendre en pleins ébats ? Mon fils est né d'une relation adultérine et j'ai posé nue en échange de quelques billets : mon passé fait déjà de moi une dévergondée ! Même des photos innocentes suffiront à jeter le doute sur ma vie privée.

– Eh bien, puisqu'ils savent tout, nous n'avons même plus à nous cacher, maintenant.

Elizabeth se dressa brusquement.

– Est-ce que tu es devenue folle ? Il n'y a donc que ton petit bonheur qui t'importe... On pourrait m'arracher mon fils si on savait quel genre de vie je mène !

– Ton fils ? Mais qu'est-ce que tu as fait pour David ? Tu ne t'es jamais occupée de lui depuis qu'il est né et tu voudrais maintenant jouer les mères modèles !

– Comment oses-tu dire une chose pareille ?

Laura demeura bouche ouverte, comme frappée de stupeur, puis ses yeux commencèrent à se remplir de larmes.

– Pardonne-moi, Betty. Je ne voulais pas dire ça... Je sais que tu aimes David plus que tout au monde.

S'étant approchée d'elle, Elizabeth lui posa une main sur la joue.

– Je ne t'en veux pas, mais tu ne dois pas rendre les choses plus difficiles qu'elles ne le sont. Tu sais bien que tout est fini entre nous... depuis des semaines, peut-être des mois.

– Non...

– Tu refuses encore de le croire, mais cette relation ne nous mènera nulle part. J'ai trop peur pour ma famille. Nous pourrions rester amies, qu'en dis-tu ?

Nous pourrions continuer à nous voir, mais pas de la même façon qu'avant.

– Tu crois donc que tu peux me jeter comme tous ces hommes, Varden, Crawford… et tous ces sales types qui ne seront pas restés plus d'une nuit dans ton lit ? Tu n'as jamais respecté personne, Betty, tu n'as jamais eu le moindre égard pour les sentiments des autres.

– Je t'en prie, va-t'en !

Laura se raidit. Elizabeth vit de la fureur se déchaîner dans ses yeux.

– Je raconterai tout, tu entends ? Moi aussi j'ai des photos… Sans compter les mots passionnés que tu m'as écrits ! J'ai tout gardé, précieusement. Combien de journaux seraient prêts à me faire un pont d'or pour le récit de notre relation ? Une future star du cinéma qui n'est en réalité qu'une lesbienne fille mère…

– Je te connais trop, tu n'oserais jamais faire ça. Tu détruirais ta vie par la même occasion !

– Un sacrifice que j'accepterais bien volontiers s'il peut détruire la tienne !

– J'ai été trop gentille avec toi.

Elizabeth l'attrapa par le bras et entreprit de la tirer hors du salon.

– Lâche-moi !

– J'ai tout fait pour t'éviter de souffrir, mais tu ne me laisses plus le choix. Je ne veux plus te voir. Sors de ma maison !

Laura voyait trouble : ses yeux étaient désormais embués de larmes. Son cœur battait trop fort, son corps était agité de hoquets. Elle aurait aimé pouvoir effacer comme par magie la scène qui venait de se dérouler. Elle n'avait pas voulu se montrer aussi cruelle. Ce n'était que des paroles en l'air, destinées à la provoquer ! Jamais elle ne pourrait nuire à Betty…

Comme une lame de fond, le remords submergeait sa propre colère. Mais il était trop tard, elle se sentait paralysée, incapable de se confondre en excuses ou de quitter les lieux de son plein gré. Alors elle se débattit pour se libérer de l'emprise d'Elizabeth, qui resserrait l'étau de ses mains.

– Fous le camp d'ici, tu m'entends !

Les jambes de Laura flanchèrent. Elle se retrouva presque genoux à terre. Elizabeth poussa un grognement d'exaspération et la tira violemment pour la remettre sur pied.

Laura avança de deux pas, perdit à nouveau l'équilibre, puis tenta de se rattraper en agrippant la première chose qui s'offrait à ses doigts.

Un objet dur, lourd et froid qu'elle serra à pleines mains. Sur le coup, elle ne comprit pas qu'il s'agissait de la statuette en bronze qu'elle avait offerte à Betty – la reproduction d'un buste grec qu'elle avait achetée dans une galerie de Beverly Hills, une folie qui lui avait coûté la moitié d'un salaire.

Elizabeth lui lâcha le bras pour l'attraper par les cheveux, en prononçant quelques mots qu'elle ne comprit pas – des insultes peut-être. Laura ne poussa pas le moindre cri. Serrant le buste de toutes ses forces, elle frappa. Deux fois…

Le premier coup porté arracha à Elizabeth un geignement semblable à celui d'un petit animal. Au second, Laura sentit la statuette s'enfoncer profondément dans son crâne.

Les yeux inondés de larmes, elle ne vit pas Elizabeth s'effondrer comme une masse devant elle.

Il n'y eut plus bientôt, dans la maison, qu'un silence de mort.

*

Laura parlait, ne s'interrompant que pour boire de temps à autre une gorgée de thé. J'avais par moments l'impression qu'elle n'était plus vraiment consciente de ma présence dans la pièce.

La tête me tournait. Je sentis la nausée monter en moi à l'idée que l'arme du crime puisse trôner sur le linteau de ma cheminée : la statue en bronze que j'avais contemplée chaque matin depuis le début de mon enquête.

– J'ai tout de suite vu que Betty ne respirait plus. Le plus étrange, c'est qu'il n'y avait presque pas de sang. Tout juste une petite tache au sol derrière sa tête. Il n'y avait plus de colère dans ses traits, son visage semblait apaisé. Ensuite, je ne sais pas vraiment ce qui s'est passé. J'ai dû rester longtemps par terre, accroupie auprès de son corps, sans faire de mouvement. Je savais que j'avais commis un acte affreux, mais j'étais auprès d'elle, et rien ne me paraissait plus important que ça. Quand je me suis relevée, j'ai vu à la pendule qu'il était près de 1 heure du matin. J'ai compris que je devais quitter cette maison au plus vite... Il me fallait pourtant d'abord effacer toutes les traces. J'ai pris un torchon dans la cuisine et j'ai entrepris de frotter tous les endroits où j'avais pu laisser des empreintes. Ensuite, j'ai fouillé sa chambre et son bureau. J'ai trouvé la lettre qu'elle n'avait pas eu le courage de m'envoyer... j'ignorais bien sûr qu'elle en avait laissé un brouillon quelque part. J'ai pris les rares photos sur lesquelles j'apparaissais. Je n'ai par contre pas pu

464

mettre la main sur les lettres que je lui avais écrites : je crois qu'elle les détruisait sitôt qu'elle les recevait.

Laura écarta légèrement l'échancrure de sa tenue, assez pour que je voie à son cou, pendu à une chaînette en or, l'anneau de ma mère. Elle le fit délicatement tourner entre ses doigts.

– Vous avez pris sa bague, murmurai-je sans la quitter des yeux.

– Elle était sur sa table de chevet. Betty avait dû l'oublier ce matin-là… elle ne la portait pas le dernier jour.

– Vous l'avez toujours gardée à votre cou ?

– Je ne m'en suis jamais séparé en quarante ans, malgré le risque que cela représentait. J'avais dit à mon mari qu'il s'agissait d'un bijou de famille que m'avait légué ma grand-mère…

J'étais conscient que cette bague représentait le seul petit indice matériel qui pouvait prouver la culpabilité de Laura. Rien ne m'assurait en effet qu'elle réitérerait ses confessions devant la police.

– Qu'avez-vous fait de son corps ?

Son regard papillonna, puis elle me regarda comme si j'étais un intrus qui venait de faire irruption dans sa cuisine.

– Au dernier moment, alors que je m'apprêtais à m'enfuir, j'ai changé d'avis…

– Pourquoi ?

– J'étais venue deux fois dans la soirée. Je savais que des voisins avaient pu me voir, ou du moins qu'ils avaient pu voir ma voiture garée le long du trottoir. Partir comme un voleur était insensé. J'ai alors eu une idée : on ne devait jamais retrouver le corps de Betty et, surtout, on devait croire qu'elle était encore en vie quand je serais loin de Los Angeles. Je savais que je ne pouvais pas agir seule. Il me fallait un complice.

L'évidence s'imposa à moi.

– Votre frère.

– Je ne pouvais pas téléphoner à Warren depuis la maison de Betty : la police n'aurait eu aucun mal à retrouver l'appel auprès de l'opérateur… Alors j'ai pris le risque de sortir et de me rendre en voiture jusqu'à une cabine publique. J'étais très proche de mon frère ; je crois que je ne lui ai jamais rien caché. Il savait tout de notre liaison… Je ne me souviens pas bien de notre conversation au téléphone, mais le peu que je lui ai dit a suffi. Je suis retournée chez Betty en prenant soin de me garer à bonne distance cette fois. D'une certaine façon, ce n'est qu'en revenant dans la maison que j'ai réellement compris ce que j'avais fait. Le corps de Betty dans ce salon mal éclairé… Son visage avait déjà changé d'aspect, je ne l'ai même pas reconnue.

– C'est votre frère qui a transporté le corps ?

Elle fit un signe affirmatif de la tête.

– Moins de vingt minutes plus tard, Warren est arrivé. Je lui ai dit qu'il s'agissait d'un accident, que je n'avais jamais eu l'intention de lui faire du mal. Il était étonnamment calme, tout le contraire de moi qui étais devenue hystérique. Warren m'a fait avaler des tranquillisants qu'il a trouvés dans la salle de bains. Ensuite, je lui ai expliqué la situation : on m'avait peut-être vue et je ne pouvais pas exclure que quelqu'un soit au courant de notre relation. Le corps de Betty devait disparaître et je devais prendre sa place pour écarter les soupçons.

– Il n'a rien fait pour vous en empêcher ? m'écriai-je.

– Il était réticent, mais il savait bien que nous n'avions plus le choix. Assis dans le salon, les lumières éteintes, nous avons élaboré notre plan. Warren a attendu le milieu de la nuit pour s'occuper de Betty. Il n'a pas hésité à se mettre en danger en avançant sa camionnette devant le garage. Ensuite, il est passé chez moi chercher ma tenue pour le mariage. Je suis demeurée seule le reste de la nuit… J'ai nettoyé les traces de sang et vérifié que je ne laissais aucun indice derrière moi.

Quoique terrifié par son récit, je devais connaître l'histoire jusqu'au bout.

– Vous avez alors pris l'apparence de ma mère pour quitter la maison…

– Au petit matin, je me suis installée dans la chambre de Betty, devant sa coiffeuse. Je me suis maquillée pour essayer de lui ressembler. Même si je connaissais le moindre détail de son beau visage, le résultat n'était guère probant. J'étais certaine à ce moment-là que mon plan échouerait… J'ai enfilé une de ses robes et mis un chapeau pour camoufler au mieux mes cheveux. J'ai également emporté une paire de lunettes de soleil pour dissimuler mes yeux.

– Comment pouviez-vous être sûre qu'on vous verrait ?

– Ta mère m'avait souvent parlé de sa voisine postée derrière ses rideaux : elle avait l'impression d'être épiée chaque fois qu'elle sortait de chez elle. Cachée à une fenêtre de l'étage, j'ai attendu de la voir paraître dans sa cuisine, puis je suis sortie. Mon cœur battait à tout rompre… Nous avons échangé un geste de la main. Quand j'ai été certaine qu'elle m'avait vue, je me suis dépêchée de monter dans la Chevrolet et j'ai roulé jusqu'à Hollywood.

– Et vous avez laissé la voiture sur Wilcox Avenue, tout près du Blue Star…

– Une manière de continuer à brouiller les pistes : j'espérais que la police établirait un lien entre la disparition de Betty et sa rencontre avec l'agent du FBI. Comme convenu, Warren m'attendait. Il était rasé de frais et avait revêtu un beau costume. Personne n'aurait pu imaginer ce qu'il avait fait cette nuit-là. Je me suis démaquillée et changée dans la voiture pendant que nous faisions route vers Palmdale. Ensuite, j'ai passé le week-end à jouer la comédie.

– Où se trouve le corps de ma mère ?

Laura ne répondit pas. Son regard se suspendit, puis son visage afficha soudain une grimace de douleur. Son corps fut agité de spasmes, comme si elle était prise d'une crise de larmes. Mais elle ne pleurait pas.

– Laura, qu'est-ce qui vous arrive ?

Lorsqu'elle releva la tête, je vis que sa respiration était devenue irrégulière.

– Ce n'est rien, c'est juste… l'émotion. J'ai longtemps cru que l'on devait se sentir mieux à avouer ses crimes, mais il n'en est rien… Au début, Warren a refusé de me dire ce qu'il avait fait du corps de Betty. Il ne voulait plus évoquer cette nuit-là, il avait besoin de faire comme si rien ne s'était passé. Mais nous avons eu une dispute terrible et il a fini par parler. Mon frère travaillait pour la ville de Los Angeles, dans les travaux publics…

– Ce boulot que Crawford lui avait obtenu ?

– Oui. La ville était en train de rénover le commissariat du secteur de Southeast. Warren a enfoui le corps à l'endroit précis où une chape de béton devait être coulée la semaine suivante pour faire un parking.

– Un commissariat !

– Des générations de policiers y ont garé leur véhicule depuis… J'y vais chaque année depuis quarante ans, le 23 janvier, jour de sa mort. Plus d'une fois j'ai hésité à descendre de ma voiture et à pousser la porte de ce poste de police. Mais je n'ai pas pu m'y résoudre. Je n'avais pas le droit d'entraîner Warren dans ma chute : il avait agi par amour, j'étais la seule responsable.

Je sentis la tête me tourner. J'avais la gorge sèche et avalai le peu de thé qu'il restait dans ma tasse.

– Tu n'es pas obligé de me croire, mais j'aurais voulu tout t'avouer avant. Je n'en avais simplement pas la force. Je pensais que les choses seraient plus simples une fois que nous serions tous réunis…

– « Tous réunis » ?

À nouveau, une grimace tordit son visage. Laura se leva, et ce simple mouvement parut la faire souffrir atrocement. Des spasmes la secouèrent si fort qu'elle dut s'appuyer des mains sur la table.

– Betty, moi et notre petit bébé, dit-elle avec difficulté. On nous a volé notre bonheur. Nous aurions pu être si heureux dans cette maison.

– Quel bébé ? Est-ce que vous parlez de moi ?

– Tout reviendra bientôt comme avant… Nous allons retrouver ta mère, David. Et je suis sûre qu'elle saura me pardonner.

Je suivis le regard de Laura jusqu'à sa tasse, puis fixai la mienne, horrifié. Je passai une main sur mon front : il était en sueur.

– Qu'avez-vous mis dans ce thé, Laura ?

9

– Rassure-toi, il n'y en a plus pour longtemps…

Je reculai de la table, totalement paniqué, et hurlai :

– Qu'est-ce que vous avez mis dans ce putain de thé ?

Laura geignit en se tenant le ventre des deux mains. Je crus un instant qu'elle allait s'effondrer au beau milieu de la pièce. Sans plus me préoccuper d'elle, je me ruai jusqu'à l'évier et introduisis deux doigts dans ma bouche pour me faire vomir. Comme je n'avais rien mangé depuis la veille, je ne pus quasiment rien régurgiter. Le sang battait puissamment à mes tempes.

Quand je me retournai, Laura avait disparu. Je me précipitai hors de la cuisine. Elle était dans le salon, tordue de douleur sur le canapé. J'allai m'accroupir auprès d'elle.

– Quel poison ? Dites-moi quel poison vous avez utilisé !

– Il est trop tard, David, gémit-elle. Je suis désolée…

Une nouvelle contraction déforma son visage. Je sortis mon téléphone et je composai le 911, les doigts tremblants.

– Quelle est votre urgence ?

La conversation qui suivit me sembla irréelle : j'avais l'impression que, sous le coup de la panique et par instinct de survie, une entité étrangère avait pris ma place pour répondre aux questions de l'opératrice.

– Empoisonnement… Oui, j'en suis sûr… Non, ce n'est pas une tentative de suicide. Une femme d'environ 65 ans et un homme de 40… Oui, je suis l'une des victimes.

La voix se fit lointaine dans le combiné :

– Votre urgence a bien été prise en compte. Une ambulance est en route, monsieur. Ne cherchez surtout pas à quitter votre domicile.

Quand je raccrochai, Laura poussa un cri déchirant qui me glaça. Son corps était pris d'une convulsion généralisée, son visage était devenu blême. Le spectacle était si atroce que j'en oubliai presque que le même sort m'attendait. Laura avait bu deux tasses de thé et elle devait bien peser vingt kilos de moins que moi : logique que je ne sois pas encore atteint des mêmes symptômes qu'elle…

Désorienté, je mis un moment à remarquer les deux feuilles de papier pourtant posées bien en évidence sur la table.

Je m'appelle Laura Bess Hamilton. Ceci est la confession du meurtre que j'ai commis le 23 janvier 1959 sur la personne d'Elizabeth Badina.

Je parcourus les aveux de Laura à toute vitesse. Elle y racontait tout : sa liaison avec ma mère, la nuit du meurtre, le rôle joué par son frère… Il y avait une date à la fin, juste avant sa signature : *le 8 septembre 1998*. Autrement dit, Laura avait rédigé cette confession le jour même où j'étais venu la voir. Elle avait dû déposer la lettre sur la table au moment où elle était allée chercher l'album photo et où elle avait pris le poison.

Je sentis soudain à la base de mon cou une désagréable pulsation, très irrégulière. Puis, l'instant d'après, une affreuse douleur me traversa le crâne. J'enserrai ma tête entre mes mains en gémissant. Le poison commençait à agir. Je ne pouvais pas mourir de façon aussi stupide. Je pensai à Abby, à notre enfant, à la nouvelle vie qui m'attendait…

Sur le canapé, Laura avait cessé de geindre. Son corps s'était relâché. Elle semblait désormais dans un état cotonneux, à mi-chemin entre la veille et le sommeil. J'aurais dû détester cette femme pour tout le mal qu'elle m'avait fait, et je n'avais pourtant aucun désir de la voir mourir. Je m'agenouillai près du canapé en lui prenant la main.

– Les secours arrivent, tenez bon, Laura.

La douleur reflua dans mon crâne, mais aussitôt mes muscles se contractèrent, comme si l'on venait de me balancer une décharge électrique dans le corps. La sensation était horrible. Je me tordis à même le sol pendant une bonne minute, jusqu'à ce que mes membres se relâchent, me laissant pantelant.

Quand je relevai la tête, je vis Laura chercher désespérément l'oxygène que son corps refusait de lui donner. Ses yeux avaient pris un aspect pâle et vitreux. Sa bouche grande ouverte formait un grand trou noir au bas de son visage.

Je fis un effort pour me remettre debout et traversai le salon, le corps plié en deux. Dans le couloir, je dus m'appuyer contre le mur pour conserver l'équilibre. Il me restait à peine assez de force pour quitter la maison. Arrivé sur le palier, je m'effondrai.

L'air du dehors me parut suffocant. J'avais du mal à respirer, comme si un voile commençait à recouvrir mes poumons. Le souffle aigu de ma propre respiration résonnait à mes oreilles.

Je sortis mon téléphone et composai le numéro d'Abby – peut-être le dernier geste que j'arriverais à accomplir. Il fallait que je lui parle encore une fois.

Au bout de la deuxième sonnerie, sous l'effet d'un nouveau spasme, je lâchai mon portable. Ma poitrine se mit à haleter. Mes narines et ma gorge étaient obstruées, je n'étais même plus capable d'avaler ma salive.

Il me sembla entendre mon nom répété en boucle dans le téléphone. La voix d'Abby… Je n'étais plus seul. Elle était avec moi, et c'était l'unique chose qui importait désormais.

Alors que j'entendais l'ambulance arriver, mon corps tout entier se paralysa. Ma respiration se bloqua.

Deux silhouettes troubles penchées au-dessus de moi : ce fut la dernière chose que je vis avant de perdre connaissance.

10

Sous les rires mécaniques du public, Jay Leno cabotinait à son bureau devant deux starlettes d'un *soap opera* à la mode. Je zappai sur MTV, qui diffusait le dernier clip du groupe Oasis. Dans un décor onirique, un orchestre à cordes jouait devant une assistance protégée par une myriade de parapluies.

– Toc, toc… Vous êtes visible, Badina ?

La porte de la chambre s'ouvrit. Je coupai le son à la télécommande. Hathaway apparut dans l'embrasure, chemise hawaïenne et bouc rasé. Je vis à ses yeux rougis qu'il n'avait pas dû fermer l'œil de la nuit.

– Vous ne m'avez même pas apporté de fleurs ? me forçai-je à plaisanter.

– Si j'avais su que les infirmières de cet hosto étaient aussi mignonnes, je vous jure que j'en aurais pris des brassées.

Le détective rapprocha de mon lit le seul fauteuil de la chambre. Je rajustai le coussin derrière mon dos pour me redresser un peu.

– Alors, comment ça va, l'artiste ?

– Bien. Ils veulent me garder jusqu'à ce soir, pour être sûrs qu'il n'y aura pas de complication…

– Vous m'avez fait une de ces peurs ! Strychnine, il paraît ?

J'acquiesçai.

– S'il m'avait pris l'envie de boire une deuxième tasse de thé, nous n'aurions pas cette discussion. Vous voyez, vous avez raison de vous en tenir au scotch.

– Où est-ce qu'elle a pu trouver cette merde ? Ça ne s'achète pas au drugstore du coin !

J'avais eu plus de temps qu'il n'en fallait pour penser à la question.

– Laura a dû se procurer ce poison il y a très longtemps, pour se ménager une porte de sortie… Selon moi, elle n'avait jamais écarté l'hypothèse qu'on la démasquerait un jour. Elle ne se serait pas laissé arrêter, vous pouvez me croire. Depuis ma première visite, elle devait se tenir sur le qui-vive.

Hathaway secoua la tête et frappa l'accoudoir du fauteuil de la paume de la main.

– Qu'est-ce qui vous a pris de retourner chez elle sans prévenir personne ? Pourquoi vous ne m'avez pas mis au courant de votre découverte ?

– Je n'arrivais pas à envisager qu'elle ait pu tuer ma mère… Jusqu'au bout j'ai espéré qu'il y aurait une autre explication.

– Ils n'ont vraiment rien pu faire pour elle ?

– Elle était déjà morte à son arrivée à l'hôpital. Et je crois que c'est mieux ainsi.

Je baissai les yeux. Le détective dut sentir que je n'avais guère envie de revivre l'épisode qui avait failli me coûter la vie. Après un bref silence, il tourna la tête vers le poste de télévision muet.

– Vous avez vu les infos ? Vous êtes devenu une véritable star depuis hier.

– Il paraît… Alors voilà, notre enquête est finie…

– On dirait bien, dit-il d'un ton un peu triste. En tout cas, vous avez été au top. Vous auriez fait un malheur dans la police !

– Vous savez très bien que je ne serais arrivé à rien sans votre aide.

– Les flics ne vous ont pas trop cherché des poux ?

– Non. Par chance, Laura a tout confessé dans une lettre, ça va leur faciliter les choses.

– Je suis au courant pour la lettre. En fait, je sors à peine du commissariat, ils m'ont tout raconté. Des aveux… on ne pouvait pas espérer mieux.

– Ils doivent me réinterroger demain : ça ne sera pas une partie de plaisir, mais je sais bien qu'il faut en passer par là.

– Comment avez-vous compris que c'était Laura ?

– Vous n'allez jamais au cinéma, Hathaway, vous ne pourriez pas comprendre…

– Qu'est-ce que c'est que ces foutaises ?

– Je vous expliquerai tout, mais plus tard, d'accord ?

Je pris la télécommande pour éteindre le poste. Les heures passées dans cette chambre m'avaient permis de réfléchir à bien des zones d'ombre de notre enquête. Je savais qu'il ne m'était plus possible de reculer.

– Il y a certaines choses dont je n'ai pas parlé aux flics…

Le détective me glissa un regard inquiet.

– Ah ?

– Le cambriolage, la menace, l'ombre qui m'épiait et me suivait… Je ne leur dirai rien à ce sujet, rassurez-vous.

– Pourquoi est-ce que je devrais être *rassuré* ?

– Je n'ai pas envie de vous compromettre, Hathaway, mais il est grand temps que vous me donniez des explications. Je sais que vous me menez en bateau depuis le début… Vous saviez d'avance que je passerais à votre bureau et que je chercherais à vous engager. Si vous en avez marre de faire le privé, une formidable carrière d'acteur vous attend à Hollywood !

Il soupira et se carra dans son fauteuil.

– Écoutez, Badina…

– Non, c'est vous qui allez m'écouter ! Quel rôle avez-vous joué dans cette affaire exactement ? Depuis quand connaissez-vous Samuel Crawford ? Depuis combien de temps êtes-vous de mèche avec mon père ?

11

New York, une semaine plus tard

Le taxi nous déposa devant le Metropolitan Museum of Art, à hauteur des stands de vendeurs de hot-dogs. En levant les yeux vers la façade du bâtiment, en haut des grands escaliers, je sentis les battements de mon cœur s'accélérer. J'avais passé la nuit à imaginer ce moment et, à présent qu'il arrivait, je n'étais plus vraiment certain d'avoir le courage de l'affronter.

– Tu es sûr que tu ne veux pas que je t'accompagne ?

Je pris la main d'Abby.

– Non, je dois y aller seul. Tu aurais dû garder le taxi.

– Je suis une grande fille… et j'ai envie de marcher un peu.

– Ménage-toi, Abby.

– Je suis enceinte de six semaines ! rétorqua-t-elle en riant. Tu ne crois pas que tu dramatises un peu ?

– « Dramatiser »… c'est un peu mon métier, non ?

– On se retrouve tout à l'heure ? On pourrait déjeuner chez Cipriani…

– Bonne idée. Je t'appelle dès que je sors.

Nous nous embrassâmes. Je la regardai s'éloigner sur la 5e Avenue durant un assez long moment, tentant comme je le pouvais de repousser la conclusion de cette histoire.

Le hall du musée était noir de monde. Les immenses dômes au-dessus de ma tête me donnèrent l'impression d'avoir soudain rapetissé. Je trouvais le lieu trop solennel pour cette rencontre. J'aurais préféré un endroit quelconque, un parc ou un café, mais je n'avais pas vraiment eu le choix.

Dès que j'eus acheté mon billet, après avoir jeté un coup d'œil à un plan, je montai au premier étage jusqu'à la partie du musée consacrée aux arts asiatiques. Je dus traverser cinq ou six salles avant de repérer Crawford. Il était assis sur un banc, immobile, fixant les œuvres exposées face à lui, et il ne se rendit vraiment compte de ma présence que lorsque je me fus installé à ses côtés. Il se tourna vers moi en souriant tristement. Je trouvai son visage encore plus marqué que le lendemain de la mort de Harris.

En regardant devant moi, je compris pourquoi il avait choisi cette salle comme lieu de notre rencontre. *La Grande Vague de Kanagawa* de Hokusai… L'œuvre me surprit par sa taille minuscule : elle était encore plus petite que la reproduction que j'avais chez moi. Bien qu'étant très souvent venu au MET, je n'y avais jamais prêté attention. À dire vrai, j'ignorais même que le musée en possédait une version. « Le rivage est plus sûr, mais j'ai envie de me battre avec les flots… »

– Ma mère aimait beaucoup cette estampe.

– Je le sais, David. Je possédais un livre, *Trente-Six Vues du mont Fuji*. Elizabeth me l'a emprunté un jour – elle ne me l'a d'ailleurs jamais rendu… Cette estampe est fascinante. Pour un Occidental, les pêcheurs rament vers la droite et fuient la grande vague ; pour un Japonais, ils rament vers la gauche et s'apprêtent à l'affronter dans toute sa fureur.

– À cause du sens de lecture ?

– Le monde nous donne à voir une réalité, mais chacun l'interprète à sa manière. Tout dans la vie n'est qu'une question de perception.

Tous ceux qui avaient connu ma mère s'étaient forgé d'elle une image. Je les avais recueillies une à une pour tenter de donner un sens à sa vie et une logique à son histoire. Elle m'était pourtant toujours aussi insaisissable.

– Est-ce que tu vas bien ?

– Vu ce que j'ai traversé, je ne pourrais pas aller mieux.

La situation me mettait mal à l'aise : Crawford avait beau être mon père, j'avais l'impression d'être assis à côté d'un parfait inconnu. Quels liens, forcément illusoires, serions-nous encore capables de tisser ?

– Je suppose que vous avez parlé à Hathaway ?

– Je l'ai eu au téléphone la semaine dernière, quand tu étais encore à l'hôpital. Il n'a donc rien voulu te dire ?

– Non, il est resté muet comme une tombe. Il voulait que j'entende toute l'histoire de votre bouche.

Il émit un petit rire.

– Ce détective est un brave type. Il était désolé de devoir te mentir.

– Je ne lui en veux pas, et il le sait.

– Au début, il n'a vu dans ma proposition qu'un travail comme un autre. Mais il a très vite compris que cette enquête l'entraînait plus loin qu'il ne l'avait imaginé : une partie de sa vie refaisait surface, et il culpabilisait de ne pas en avoir fait davantage à l'époque pour résoudre cette affaire. Je crois aussi qu'il a fini par s'attacher à toi.

Les sentiments… « Un enquêteur doit rester objectif et éviter de s'impliquer émotionnellement… » En somme, ces paroles ne m'étaient peut-être pas adressées : Hathaway avait cherché à prendre de la distance pour s'éviter des remords.

– Qu'est-ce que Laura a eu le temps de te raconter avant de se suicider ?

– Elle m'a tout dit – du moins tout ce qu'elle savait.

Crawford passa une main dans ses mèches blanches.

– J'ai aimé ta mère, David, comme je n'ai aimé aucune femme. Notre histoire n'avait rien d'une passade, je te l'assure. Mais la vie parfois met des barrières infranchissables entre les êtres.

Cet aphorisme m'apparut comme une manière peu élégante de fuir ses responsabilités.

– Quand avez-vous appris mon existence ? Ça ne peut pas être lorsque vous avez lu cet article du *New York Times*, comme vous me l'avez fait croire !

– Non, évidemment… Je l'ai appris très vite, en fait. Environ six mois après la disparition d'Elizabeth, alors que l'enquête de police était au point mort, j'ai discrètement fait appel au meilleur cabinet de détectives de Los Angeles. Ils ont enquêté sur son passé sans trouver de piste sérieuse, mais ils ont découvert que ta grand-mère élevait seule un petit garçon d'un an. Le rapprochement n'a pas été difficile à faire… On m'a fourni une copie de ton acte de naissance : les dates concordaient. J'étais certain qu'Elizabeth n'avait pas d'autre homme dans sa vie durant le peu de temps qu'avait duré notre relation. J'ai alors compris pourquoi elle avait rompu du jour au lendemain : elle ne voulait pas d'un homme marié dans son existence à présent qu'elle allait avoir un enfant. Il n'y avait plus rien entre ma femme et moi, mais j'étais trop lâche pour mettre un terme à notre union.

– Vous avez découvert que vous aviez un fils et vous n'avez rien fait !

Comme j'avais brusquement haussé la voix, quelques visiteurs nous dévisagèrent d'un air choqué.

– Je savais qu'il valait mieux que je reste à l'écart de ta vie. Que pouvais-je faire ? Débarquer chez ta grand-mère ? Réclamer ta garde et demander à t'élever ? Je passais mon temps à travailler et à voyager. Je n'avais aucunement le droit de t'arracher à ta véritable famille. Je n'aurais pas été un bon père de toute façon, je n'aurais rien pu t'apporter de bon.

Crawford se pencha en avant, les avant-bras sur ses cuisses.

– En somme, ma vie n'aura été faite que de rendez-vous manqués. Je suis resté dans l'ombre de Wallace, je suis passé à côté du grand amour de ma vie et je n'ai pas pu voir grandir mon fils… Mais je ne me m'apitoie pas sur mon sort. Je n'ai jamais regretté ma décision : tu t'en es très bien sorti sans moi, David.

Je m'en étais sorti surtout grâce à Nina. Je ne pouvais malgré tout m'empêcher d'imaginer ce qu'aurait été ma vie si j'avais grandi auprès de Crawford. Avoir un père, même absent ou occupé, vaut toujours mieux que de se retrouver orphelin – de cela j'étais persuadé.

– L'enquête que j'ai menée n'a été qu'une comédie ? Je n'ai été qu'un personnage du scénario que vous aviez élaboré ?

– Ce n'est pas ainsi que je vois les choses…

– Comment les voyez-vous alors ?

– Il y a quelque temps de cela, je suis parti pour un voyage de trois mois en Europe, où je n'étais plus retourné depuis près de vingt ans – je t'ai dit que j'avais été journaliste à Paris après guerre… Je venais d'avoir 77 ans et je savais que je n'aurais bientôt plus le courage d'entreprendre un tel périple. J'avais envie de revoir la France, l'Italie, l'Espagne… retrouver tous ces lieux qui m'avaient tant marqué. Mais ces trois mois n'ont rien eu d'une sinécure : ce voyage me ramenait à mon passé, je n'arrêtais pas de ressasser les erreurs de ma jeunesse et de penser à Elizabeth. J'étais pourtant très loin d'imaginer ce qui se passerait à mon retour à New York. Comme un mauvais coup du sort, une lettre m'attendait dans mon courrier… ou plutôt un simple mot qui disait : « Je dois vous parler d'Elizabeth. Appelez-moi au plus vite. » Il était signé Warren Gray.

– Le frère de Laura…

– Je connaissais bien Warren : c'était un garçon travailleur mais qui avait eu de gros problèmes d'alcool dans sa jeunesse. Peu après le tournage de *La Chevauchée du désert*, Laura m'avait demandé de l'aide : il avait décidé de reprendre sa vie en main et elle voulait que je lui trouve un travail. J'avais pas mal de relations à la municipalité et je n'ai eu aucun mal à lui rendre ce petit service. Il s'est tenu à carreau et n'a plus jamais touché une goutte d'alcool. Pour me remercier, il venait de temps en temps chez moi faire des travaux de jardinage. C'est ainsi que je l'ai côtoyé pendant quelques années. J'ignore comment Warren a eu mon adresse à New York, mais le fait est qu'il a dû se donner du mal pour l'obtenir. Son mot était accompagné d'un numéro de téléphone. Je l'ai aussitôt appelé. Il s'agissait du numéro d'une maison de retraite de

Ventura. Quand j'ai demandé à lui parler, on m'a appris qu'il était mort quelques semaines auparavant d'un cancer des poumons.

Laura Hamilton avait-elle été au courant de l'initiative de son frère ? C'était peu probable. Quel intérêt aurait-elle eu à me cacher cette partie de l'histoire à l'heure de ses confessions ?

– Il savait qu'il allait mourir et il voulait vous révéler toute la vérité…

– Cela, je ne l'ai compris que la semaine dernière, après le suicide de Laura. Il n'empêche que j'étais extrêmement troublé par ce message et par sa mort. Pourquoi, après tant d'années, avait-il voulu me parler d'Elizabeth ? Il n'était même pas au courant de notre relation – du moins le croyais-je. Je n'ai à aucun moment pensé que Laura avait pu tuer ta mère. J'ai simplement cru qu'elle savait quelque chose au sujet de sa disparition et qu'elle en avait parlé à son frère.

Crawford se leva.

– Je commence à avoir mal aux jambes. Avançons un peu, veux-tu ?

Nous longeâmes toute une série d'estampes, de gravures et de rouleaux de l'époque d'Edo. Mais ni Crawford ni moi n'y prêtions la moindre attention.

– Au mois de juin, j'ai passé une semaine entière chez Wallace dans les Berkshires. J'ai constaté qu'il se fatiguait pour un rien et que son état s'était aggravé. Je dois te dire que j'ai beaucoup hésité à lui parler de Warren : toute allusion à cette époque de sa vie le déprimait. Mais Wallace était mon meilleur ami et je n'ai pas voulu le tenir à l'écart.

– Harris savait-il que vous aviez eu une relation avec ma mère ?

– Il l'a appris peu après sa disparition et cela a bien failli nous coûter notre amitié. Il ne comprenait pas comment j'avais pu lui dissimuler une chose pareille.

– Et… en ce qui me concerne ?

– Je n'ai pas commis la même erreur. Je lui ai tout avoué dès que j'ai appris la vérité, en 1959 ; il a même eu une copie de ton acte de naissance entre les mains.

– Comment a-t-il réagi quand vous lui avez montré le mot de Warren ?

– Il était ébranlé, et il en est arrivé aux mêmes conclusions que moi. La seule différence…

– Oui ?

Crawford eut un moment d'hésitation avant de poursuivre.

– Vivre un tournage est une expérience unique. Des gens qui ne se connaissent pas sont amenés à cohabiter durant des mois. Il est difficile de jouer tout le temps la comédie, on laisse facilement le naturel revenir au galop. Chaque jour, Wallace voyait Elizabeth et Laura se parler, plaisanter et rire ensemble. Mais Wallace n'était pas n'importe qui. C'était un observateur maniaque de ses congénères. Il disait souvent qu'un bon réalisateur doit être capable de voir chez les autres ce qu'ils ignorent d'eux-mêmes. Bref, il avait senti à l'époque qu'Elizabeth et Laura entretenaient une relation… particulière, mais il n'avait jamais osé se formuler les choses clairement. Il ne faisait en revanche aucun doute pour lui que Laura possédait des informations capitales. En fait, nous pensions tous deux qu'elle connaissait le coupable… ou du moins qu'elle avait des soupçons sur l'identité de l'assassin, si meurtre il y avait eu.

– Mais vous ne pouviez rien faire !

– Nous n'avions aucune preuve ; sans compter que Wallace ne pouvait pas s'exposer dans cette affaire, je ne l'aurais pas permis. Nous avons pensé que tu avais le droit d'apprendre ce que nous savions.

– Vous vouliez que j'enquête sur l'affaire et que j'approche Laura pour lui tirer les vers du nez ?

– Mais pour cela tu avais besoin d'aide.

– Hathaway !

– Il nous fallait un professionnel… une personne déjà au courant de l'affaire et qui ait connu cette époque. Le choix était restreint mais je ne partais pas de zéro : je disposais d'un certain nombre de documents que m'avait remis le cabinet de détectives auquel j'avais fait appel en 1959.

– Vous possédiez la liste des policiers qui avaient travaillé sur l'affaire, c'est ça ?

– Un sacré atout ! Je me suis mis patiemment à leur recherche et j'ai eu la chance de découvrir qu'Hathaway s'était installé à son compte depuis plusieurs années. Certes, il s'était plutôt spécialisé dans les divorces et les adultères, mais je ne pouvais guère faire la fine bouche. Ensuite, il ne me restait plus qu'à entrer en contact avec toi.

– Pourquoi tout ce cirque ? Il suffisait de me dire la vérité dès le premier jour !

– Wallace pensait qu'il nous fallait d'abord te jauger, pour voir si tu étais assez solide et désireux de te lancer dans cette enquête. Le prétexte du scénario était tout trouvé : l'adaptation du roman de Hawthorne auquel Wallace avait longtemps travaillé, le dernier film d'une carrière exceptionnelle… Je savais que tu ne pourrais pas refuser son offre et que tu viendrais à lui sans difficultés. Quand il t'a montré les rushes de *La Délaissée*, Wallace a senti que quelque chose de profond avait resurgi en toi et que nous ne pouvions plus faire machine arrière. Il m'a appelé après ton départ : il était temps de tout te révéler.

– Mais Harris est mort et vous avez changé votre plan du tout au tout !

– J'étais effondré par sa disparition et je ne me sentais plus capable de t'avouer que j'étais ton père ni que nous avions usé d'un stratagème. J'ai alors eu une idée… folle, je l'avoue : la vérité sur Elizabeth, tu allais devoir la découvrir par toi-même. Une quête, en quelque sorte, qui te ferait remonter le temps à la recherche de ta mère.

– Et Hathaway serait mon guide…

– Plutôt un garde-fou qui, grâce à son expérience, t'empêcherait de t'égarer, et aussi un auxiliaire qui se chargerait des contraintes matérielles.

Nous passâmes dans la salle suivante, qui exposait toute une série d'encres sur papier japonais – des œuvres abstraites et épurées qui m'auraient peut-être apporté une certaine sérénité si j'avais été un visiteur comme un autre.

– J'ai imité l'écriture de Wallace pour rédiger le mot que je t'ai remis, puis j'ai ajouté les coordonnées du détective à l'arrière de la photo. Il fallait que tu imagines que Harris t'avait mis sur une piste. De mon côté, je pouvais prétendre n'être au courant de rien. J'ai ensuite appelé Hathaway en catastrophe pour qu'il accepte de prendre part à mon plan.

– J'espère au moins que vous avez été généreux avec lui !

– Plus qu'il ne pouvait l'espérer.

– Quelle certitude aviez-vous que je l'engagerais ?

– Aucune, je le reconnais, mais il était évident que tu réaliserais vite que tu n'arriverais à rien sans son aide. Dans le pire des cas, il était censé te proposer ses services ou te fournir gracieusement des indices pour te faire avancer.

– Cet homme qui me surveillait, l'effraction dans ma maison… c'était votre idée ?

Crawford hocha la tête et s'arrêta devant un immense panneau : il n'avait fallu à l'artiste que trois ou quatre coups de pinceau virtuoses pour figurer un énigmatique personnage.

– Te souviens-tu que je t'ai appelé le lendemain de l'enterrement de Wallace ?

– Je venais juste de sortir de la bibliothèque.

– Je t'ai trouvé… indécis, hésitant au téléphone. Je craignais que tu n'abandonnes tout pour revenir à New York. Hathaway a jugé bon de te faire réagir au plus vite : si tu te croyais surveillé, tu comprendrais que tu étais sur la bonne voie. L'adversité peut être un stimulant puissant.

– Qui était l'homme que j'ai vu devant chez moi ?

– Marcus, le fils d'Hathaway. Il lui a donné quelques billets pour accomplir cette petite mission.

– C'est lui qui m'a suivi en voiture jusqu'à Sherman Oaks quand je suis allé voir Lydecker, mon ancien professeur ?

– Oui.

– Et l'effraction de mon domicile, c'était aussi un moyen de me motiver ?

– Tu venais de te disputer avec ta fiancée et tu commençais à avoir de sérieux doutes quant à l'utilité de cette enquête. Hathaway a eu peur que tu ne renonces pour sauver ton couple. Il s'est occupé de tout…

– Vous vous rendez compte de ce que vous avez fait ? Entrer chez moi, mettre mon bureau sens dessus dessous et écrire ce mot menaçant sur la photo de ma mère !

Crawford eut l'air gêné.

– Je sais que nous sommes allés trop loin, mais nous étions convaincus qu'après cela tu ne reculerais devant rien pour connaître la vérité.

Toutes ces menaces étaient donc feintes... J'avais tout envisagé, y compris l'implication de flics du LAPD ou du FBI. Mais jamais je n'aurais pu imaginer que l'homme avec qui je faisais équipe avait tout mis en scène.

– C'est vous qui, le premier, m'avez parlé de Laura en me faisant croire que vous aviez oublié son nom de famille. Et Hathaway a habilement manœuvré pour que ce soit moi qui aille l'interroger...

– Il était impératif que tu lui parles seul, pour la mettre en confiance et la pousser à te dire ce qu'elle savait. Mais votre première rencontre a été décevante.

– Hathaway n'a pourtant rien fait pour que je retourne la voir !

– Il ne devait pas se montrer insistant, au risque de te mettre la puce à l'oreille. Nous avons préféré laisser l'enquête se dérouler à son rythme, quelle que soit la direction qu'elle puisse prendre. Hathaway et moi avons été stupéfaits lorsque Laura t'a lancé sur la piste du FBI : j'ignorais totalement que les fédéraux avaient surveillé ta mère.

– Vous avez donc vraiment cru qu'ils étaient impliqués dans sa disparition ?

– Si incroyable soit-elle, cette hypothèse tenait la route : elle expliquait notamment pourquoi Laura avait eu peur d'avouer toute la vérité.

– Que se serait-il passé si je n'avais pas résolu l'affaire ? Quand aviez-vous l'intention de tout me révéler ?

– Lorsque la presse a appris que tu menais une enquête, Hathaway a essayé de me convaincre de tout arrêter. Mais il était plus facile pour moi de repousser la discussion que nous avons en ce moment, et j'ai refusé. J'ai conscience du risque que nous t'avons fait courir. Personne n'aurait pu imaginer que tu retournerais voir Laura et qu'elle se trouverait être la coupable. Ni qu'elle en viendrait à de telles extrémités… S'il t'était arrivé malheur, je ne me le serais jamais pardonné.

Les excuses de Crawford ne me touchaient guère, mais il semblait si sincère en prononçant ces paroles que je n'eus pas le cœur de l'accabler. Je préférais par ailleurs éviter de me laisser entraîner sur la pente dangereuse des sentiments.

– Avez-vous lu le dossier d'enquête du FBI ?

– Hathaway m'en a fait parvenir une copie.

– Le « suspect très crédible » que le Bureau voulait interroger, c'était vous ?

– Oui. On ne peut pas dire qu'Elizabeth et moi avions été très discrets. Nous sortions dans les restaurants, nous allions dans des soirées… des tas de gens nous avaient vus au bras l'un de l'autre. Le FBI m'a rapidement identifié et m'a interrogé en février ou en mars 1959. Ces agents pensaient vraiment avoir fait une prise. Malheureusement pour eux, je n'étais pas à Los Angeles le week-end où Elizabeth a disparu, et j'avais de plus un excellent avocat qui a vite calmé leurs ardeurs.

Nous déambulâmes en silence dans la salle. Crawford avait désormais l'air absent. Son regard glissait d'une œuvre à l'autre, sans se fixer sur aucune en particulier.

Deux jeunes filles passèrent devant moi, stylo et bloc-notes à la main – sans doute des étudiantes en art. Elles étaient encore au début de leur vie, sans avenir distinct tracé devant elles, Crawford à la fin de la sienne, ruminant les erreurs de son existence. Quant à moi, je me trouvais au milieu du gué, en partie libéré de mon passé mais terriblement anxieux à l'idée de devenir père.

Crawford reprit la parole quand nous commençâmes à rebrousser chemin.

– Je suis heureux de t'avoir revu, David, et je ne veux pas que nous en restions là.

Peut-être espérait-il que je dirais la même chose, mais je me tus.

– Je n'attends ni que tu me pardonnes ni que tu me tombes dans les bras dans une grande effusion de larmes. Je crois deviner que ce n'est pas ton genre, et ça n'est pas le mien non plus. Inutile de faire semblant : nous ne rattraperons pas le temps perdu. Mais il me reste encore quelques années devant moi, et je pense qu'une relation est encore possible entre nous. J'aimerais pouvoir te parler de ta mère, des magnifiques moments que nous avons vécus ensemble. J'aimerais aussi te parler de ma vie, des voyages que j'ai accomplis, des personnes extraordinaires que j'ai pu rencontrer. Bientôt, tous ces souvenirs n'existeront plus, et je voudrais que tu en sois le dépositaire.

Il s'arrêta et me fixa droit dans les yeux.

– Et j'aimerais par-dessus tout connaître mon petit-fils ou ma petite-fille… Hathaway m'a appris qu'Abby était enceinte.

Je ne pus m'empêcher de sourire.

– Je ne sais pas pourquoi, mais je suis certain que ce sera une petite-fille…

À son regard qui se troublait, je sus immédiatement à qui il pensait.

– Laura m'a dit que j'avais eu une demi-sœur.

Crawford sourit à son tour, et ce sourire n'avait étrangement rien de triste.

– Maureen était une enfant très douce. Elle a été un vrai rayon de soleil dans ma vie, même s'il fut beaucoup trop fugace. Je crois avoir été un bon père pour elle. Je ne me suis jamais senti aussi coupable que lorsqu'elle a disparu, alors qu'il s'agit du seul drame de ma vie dont je n'étais pas responsable… Réfléchis à ma proposition. Ce serait formidable si Abby pouvait être des nôtres la prochaine fois.

J'entrouvris les lèvres, mais je me rendis vite compte que je ne savais pas quoi lui répondre.

– Tu n'as pas besoin de te décider maintenant. Je vais partir quelque temps : il y a des choses que je dois remettre en ordre dans ma vie. Voilà quinze ans que je n'ai pas revu mon ex-femme. Je n'ai pas aimé la manière dont nous nous sommes quittés la dernière fois et je crois que ça, au moins, je peux encore le réparer. Je serai rapidement de retour à New York. Je t'appellerai si tu en es d'accord…

Je fis un signe minimaliste de la tête qui avait l'avantage de ne fermer aucune porte. Crawford eut l'air de s'en satisfaire.

– Au fait, Hathaway m'a expliqué que tu n'avais parlé à la police ni de Wallace ni de moi. Je t'en remercie : il y a des choses que les gens ne seraient pas capables de comprendre… Je te souhaite d'être heureux avec Abby. N'oublie pas, David, seuls l'amitié et l'amour peuvent nous donner l'illusion que nous ne sommes pas seuls…

Mon père me tendit la main puis, sans rien ajouter, il s'éloigna lentement parmi les visiteurs.

Épilogue

Un mois plus tard, au vu des preuves détenues par la police, l'enquête pour « disparition inquiétante » fut requalifiée en enquête pour « meurtre ». Un juge ordonna que des fouilles soient entreprises sur le parking du commissariat de Southeast à Los Angeles. À l'aide de tractopelles, les enquêteurs percèrent la dalle de béton coulée quarante ans plus tôt et découvrirent en moins de vingt-quatre heures les restes d'un squelette.

Des tests ADN confirmèrent qu'il s'agissait bien de ma mère. L'expertise médico-légale pratiquée sur les ossements montra qu'elle avait été frappée à deux reprises par un objet contondant et qu'elle était décédée à la suite d'une fracture de la voûte du crâne avec déplacement d'un fragment osseux. Les résultats de l'autopsie collaient parfaitement avec le récit laissé par Laura dans sa lettre d'adieu.

Au début de l'année 1999, les enquêteurs du LAPD déposèrent un dossier auprès du district attorney et, en raison du décès de l'unique suspecte, déclarèrent le meurtre d'Elizabeth Badina « résolu autrement ».

Durant les longues semaines où les médias couvrirent les rebondissements de l'affaire, je refusai de donner la moindre interview. Abby et moi prîmes nos quartiers dans son duplex de SoHo pour nous tenir à l'écart de Los Angeles. Comme à la fin des années 50, jamais le nom d'Hathaway ne fut cité dans la presse. Sur internet, je découvris qu'on avait lancé une pétition demandant la création d'une étoile au nom d'Elizabeth Badina sur le Walk of Fame ; une semaine après son lancement, elle avait déjà recueilli près d'un demi-million de signatures.

Les restes de ma mère furent inhumés au cimetière de Forest Lawn par une pluvieuse matinée de mars. Mon père était présent. C'est ce jour-là qu'il rencontra Nina pour la première fois. Durant l'inhumation, il demeura parfaitement immobile à mes côtés, digne et droit, les yeux fatigués et perdus dans le vague. Il disait adieu à son passé, du moins le supposai-je. Ruminait-il encore les erreurs irréparables de sa vie, ou avait-il au contraire réussi à faire la paix avec lui-même, comme j'avais si longtemps essayé d'y parvenir moi-même ? Quant à ce qu'il adviendrait entre nous, je préférais éviter les supputations…

À la fin de la cérémonie, debout près de la tombe, une rose à la main, je récitai en la mémoire de ma mère deux quatrains d'Emily Dickinson :

On dit que le temps guérit –
Jamais le temps n'a guéri.
Une véritable souffrance s'endurcit
Comme les nerfs avec l'âge.

Le temps est épreuve de chagrin
Mais non un remède.
Si tel il se montre, il montre aussi
Qu'il n'y avait point de maladie.

Le mois suivant, je fis rénover et aménager la maison de Silver Lake afin que Nina puisse revenir vivre chez elle. Une chambre fut créée au rez-de-chaussée, une infirmière engagée à plein temps, et Marisa accepta de s'installer dans la maison pour aider ma grand-mère dans les tâches quotidiennes – ce qui en prime lui évita de devoir payer un loyer.

Contre toute attente, Cuthbert convola en justes noces avec Gisèle, l'éditrice de chez HarperCollins qu'il avait rencontrée à ma soirée d'anniversaire. « Je sais ce que tu vas me dire, s'écria-t-il en m'annonçant la nouvelle, mais cette fois-ci, je me case pour de bon, c'est promis. Je n'ai plus l'âge de jouer les tombeurs ou les maris infidèles. C'est fini, toutes ces conneries ! » Naturellement, il me demanda d'être son témoin. La cérémonie de mariage fut des plus intimes : Cuthbert n'y convia que sa famille et ses amis les plus proches. L'année qui suivit, il arrêta de fumer, devint végétalien et perdit quinze kilos. Ils divorcèrent au bout de huit mois. Cuthbert se délesta au passage d'un tiers de sa fortune, replongea dans ses vices et ne fut pas long à retrouver ses kilos durement perdus. Il s'installa quelques semaines plus tard avec une journaliste de ABC News qu'il me présenta comme « le grand amour de sa vie ».

Hathaway ne tarda pas à fermer boutique. Grâce à mon entregent et nonobstant sa méfiance tenace envers Hollywood, il devint consultant technique pour un grand studio avant d'être engagé comme coscénariste dans d'honnêtes polars que je ne manquais pas d'aller voir au cinéma. « Chapeau l'artiste ! » lui envoyai-je par SMS le jour de la sortie de son premier film. Nous dînions quelquefois ensemble avec Gloria lorsque j'étais de passage à Los Angeles, mais, d'un commun accord, plus jamais nous ne parlâmes de l'affaire Elizabeth Badina.

Fin mai 1999, Abby donna naissance à une magnifique petite fille de plus de quatre kilos. Lorsque je la pris pour la première fois dans mes bras, je me mis à trembler de tout mon être. Je me rendis compte que je n'avais jamais tenu de nourrisson et, quoique l'idée pût paraître stupide, j'avais peur de lui faire mal. Avant de revenir dans la chambre d'Abby, je dus essuyer quelques larmes et prendre une grande respiration. Elle ironisa quand je lui annonçai le poids de notre enfant : « J'ai passé ma vie à faire des régimes et ma fille est obèse ! » Nous l'appelâmes Susan, du deuxième prénom de ma mère.

Six mois plus tard, nous achetâmes une propriété de cinq acres en bordure des rives de la Bitterroot River dans le Montana. Dès notre première visite, nous étions tombés amoureux fous de la maison en bois et de la nature environnante.

C'est dans ce lieu que je me remis à travailler pour de bon. Un matin, sans avoir rien prévu, je ressortis la vieille Underwood sur laquelle j'avais fait mes premières armes au sortir de l'adolescence. Dans mon bureau, une pièce entièrement lambrissée dont les fenêtres donnaient sur une magnifique forêt de sapins, j'écrivis les premières lignes de mon seul scénario original depuis plus de cinq ans : l'histoire d'une fille mère, dans les années 50, qui ose braver les interdits de son temps pour élever dignement son fils.

Il me fallut moins d'un mois pour en venir à bout : j'avais l'impression que quelque chose s'était libéré en moi, que les vannes de la création s'étaient ouvertes sans que j'aie à fournir le moindre effort. J'ignorais si les studios s'intéresseraient à un tel script, mais cela m'importait peu en définitive. Je l'avais écrit uniquement pour ma mère. Même si elle ne l'interpréterait jamais, c'était la première fois qu'un scénariste lui écrivait un rôle taillé sur mesure, et j'étais fier d'être cet homme-là.

Avant de me mettre à la tâche, j'avais accroché dans mon bureau un grand cadre contenant la dernière photo de ma mère – cette image surgie d'un lointain passé qui avait été le point de départ de toute cette histoire. Sa présence ne m'avait jamais quitté durant l'écriture.

Je savais qu'un jour, lorsqu'elle serait plus grande, ma fille Susan lèverait son petit doigt vers le mur en demandant :

« C'est qui ? »

Alors, la prenant dans mes bras pour qu'elle puisse mieux voir son visage, je lui répondrais simplement :

« C'est ta grand-mère. Elle s'appelait Elizabeth, et c'était une très grande actrice… »

RÉALISATION : IGS-CPÀL'ISLE-D'ESPAGNAC
IMPRESSION : CPI FRANCE
DÉPÔT LÉGAL : JUIN 2018. N° 138651-6 (3034824)
IMPRIMÉ EN FRANCE